广东技术师范大学人才引进项目"中国当代小说神话叙事研究"（2021SDKYB010）资助出版

新时期以来
小说神话叙事研究

张栋　著

WUHAN UNIVERSITY PRESS
武汉大学出版社

图书在版编目(CIP)数据

新时期以来小说神话叙事研究/张栋著.—武汉：武汉大学出版社，
2023.5
ISBN 978-7-307-23407-9

Ⅰ.新… Ⅱ.张… Ⅲ.小说研究—中国—当代 Ⅳ.I207.42

中国版本图书馆 CIP 数据核字(2022)第 195458 号

责任编辑:蒋培卓 责任校对:鄢春梅 版式设计:韩闻锦

出版发行:**武汉大学出版社** (430072 武昌 珞珈山)
(电子邮箱：cbs22@ whu.edu.cn 网址：www.wdp.com.cn)
印刷:武汉中科兴业印务有限公司
开本:720×1000 1/16 印张:18.75 字数:270 千字 插页:1
版次:2023 年 5 月第 1 版 2023 年 5 月第 1 次印刷
ISBN 978-7-307-23407-9 定价:76.00 元

序

神话叙事古已有之，而神话叙事研究，特别是关于小说神话叙事研究则是新近的事情。张栋博士的《新时期以来小说神话叙事研究》是一个将古老的创作现象上升为新颖的理论问题，又将新理论运用到新的文学现象分析的研究成果，涉及理论的探索与文本分析及二者的契合，看似简单，实际很有难度，他为此进行了紧张思索和刻苦钻研，也取得了比较重要的成果。

关于神话，现代以来已有很多新的界定和解释，其中就有关于神话作为叙事模式的研究，因为神话最基本的特征就是叙事，就是讲故事，神话是叙事文学的源头。加拿大著名理论家弗莱关于文学是神话的移位之观点就很有影响。另外，还有不少学者程度不同、自觉不自觉地触及过神话与叙事的关系，比如德国的卡西尔。我曾经在一篇文章中说过，在众多的关于神话的解释中，卡西尔在《人论》中的见解更具概括性，也极有启发性，他说神话仿佛具有一副双重面目：一方面它向我们展示一个概念的结构，另一方面则又展示一个感性的结构。它并不只是一大团无组织的混乱概念，而是依赖于一定的感知方式。如果神话不以一种不同的方式感知世界，那它就不可能以其独特的方式对之作出判断或解释。我们必须追溯到这种更深的感知层，以便理解神话思想的特性。在经验思维中引起我们注意的是我们感觉经验的不变特征。卡西尔说的神话的感性结构、概念结构和神话思维方式，是神话研究的重要维度。把这个观点运用到小说叙事研究，这可以理解为，以神话思维用小说话语讲现实故事，其中有一种无形而实在的精神贯通了远古与现代。小说的神话叙事，既有属于创作过程和叙事方法的神话思维，也有包含哲理意味的神话精神，还有属于叙事模式的意态结构，有些小说则有对神话题材、故事的再创作。从这个意义上说，弗莱所说的文学是神话的移位的观点是有普遍意义的。

张栋首先所做的工作，是界定"小说神话叙事"的概念和阐释小说神话叙事的批评范式。将神话叙事上升为一种文学理论命题，进入文学理论研究和批评方法探讨的领域和层面，是理论上的新探索，而将神话叙事视为一种渗透在文学创作领域的深层模式和叙事方式，通过作品细读对此进行理论概括和分析，则是新的批评范式的探索。张栋说，小说神话叙事，指作家借用神话的思维观念或叙述话语特征进行故事讲述的独特叙事形式。在小说神话叙事中，神话原型、神话结构、神话主题、神话模式等神话元素都被纳入小说的情节设置与组织结构之中，且往往形成日常生活理性与神话逻辑的并置。他的这个解释我觉得基本把什么是小说的神话叙事的概念说清楚了。神话原型、神话结构、神话主题、神话模式等神话元素潜在于某些小说的创作中，这主要说的是小说神话叙事"内容"方面，或者说在"故事"中所体现的神话要素；还有一个方面是研究作家在创作中是如何讲述具有神话元素的故事的，张栋把这后一方面归结为"话语"，认为作家们以打破现实与虚构之间隔的话语方式，使其营造的故事不再是对现实世界的简单描摹，而是打破了客观现实与人类主观体验的界限，从而再造了一个糅合着人类神话想象与感性经验的审美世界。这大致属于、但又不限于"怎么说"的范围，侧重于所谓"形式"。与此相关，他还讲到神话思维在小说神话叙事中的重要性。他的这种阐释在理论上讲得通，也符合创作实际。基于这样的理解，张栋进一步指出："在神话思维的影响下，作家们在小说叙事主题的选择上更倾向于把某些具有典型意义的神话母题作为表现的中心，而且神话式情节也往往构成叙事的主要元素，并成为探索人类精神世界的核心中介。另外，对主要人物的神性塑造、对神话时空观的叙事借鉴等，使小说神话叙事被赋予了独特的叙事外观，且产生了一定的叙事价值与审美价值。"这样看来，张栋关于小说神话叙事的理论有了自己较完整的观点和逻辑，这是值得肯定和重视的，因为以前还没有人这样系统说过。将这种理论再运用到小说叙事中来，对作品文本进行分析，发现其他批评方法未揭示的内容，同时对神话叙事理论进行验证，这大抵就是小说神话叙事批评范式研究。这样一个过程，是从文学创作实践出发，提出理论问题，又将理论返回到文学创作现象用以揭示文学作品精神的过程，所谓从实践中来，到实践中去。这个过程不是在封闭起来的圈子里打转，而是在寻觅一种普遍性的理论，就是认为神话叙事是贯穿在文学创作中的具有普遍性的因素，从古至今，它成为一种潜在的创作意识和叙事模式，影响了作家创作观念和作品的内在意蕴。张栋从新时期小说创作实践中发现了神话叙事的元素，从而把小说叙事与神话叙事联系了起来，既提出一个理论概念，又发现了一种创作现象。

张栋接下来所做的重要工作是以新时期以来的小说神话叙事为研究对象，结合当代文学的创作语境与作家不同的创作个性，进行个案分析，阐释小说神话叙事在主题表达、内容更新、形式拓展等方面的具体表现。这方面他下了很大功夫，依然不是从概念出发，而是从创作实际出发，在大量阅读作品的基础上，分析与之相关的创作现象，特别是一些代表性作家作品。这种研究有两方面的学术价值，一方面是对一些作品作出了不同以往的新解释，如贾平凹、张炜、莫言、韩少功等作家的创作，揭示了新时期小说中神话主题及其表达方式。另一方面，如他所说，是试图描摹具有中国特色的神话叙事话语体系，并以此为原点深入更为系统的神话叙事批评话语之中，构建新的理论批评模式。他认为，中国语境中的小说神话叙事，可总结出其作为启蒙的推动力、作为经验解构与建构的力量，以及作为时代价值言说主体的多重内涵，而这正是一种叙事话语能够与其他话语实现交流的重要前提。这是小说神话叙事话语探究的最终目标，它不仅能够推动叙事文学批评范式的转换，而且能够导向与人类经验相关的共同体话语建构。应该说，张栋的这本专著，在这些方面目前都达到了新的水平。

任何学术探索都是逐步深入的，一开始可能不够深入、不够完善，而命题价值的大小则在于它研究的是不是一个真问题、新问题，以及它的拓展性和可能触及的深广度。张栋的研究命题有一些潜在的价值，他提出的有些问题，自己做了一些探索，提出了自己的见解，有些问题，未来还可进一步探讨，也可以启发别的研究者，比如小说神话叙事的理论形态与文学史呈现，作为理论形态的小说神话叙事，小说神话叙事的历史传统，小说神话叙事结构、类型与功能，中国神话叙事传统的当代延续，原始神话资源的当代再利用，文人神话叙事传统的当代拓展，民间神话叙事的小说转化，科幻叙事的神话品格，作为"方法"的神话，学者神话叙事倾向，用神话"启蒙"，小说神话叙事对既往经验的打破和历史的解构，感性经验的重建，等等，这样一些话题，我觉得都有深入研究的必要，它们的意义不仅在于已经得出的结论，还在于提出这些话题本身，它们具有的潜在研究价值。我们期待张栋创化出新的理论成果，打开小说神话叙事研究的新天地。

程金城

2023 年 2 月 6 日

目　　录

绪　　论

一、问题的提出：小说神话叙事现象与概念

在中国新时期以来的小说创作中，存在一种颇具典型性的叙事现象，即小说神话叙事。从总的层面来看，小说神话叙事与其他类型的小说叙事相比较，表现出了不同的形态特征，并体现出一定的独特性。在中国的叙事文学中，虽然神话叙事方法的运用有着久远的历史，且小说神话叙事作为其中的一个组成部分，也已呈现出多元的表现样式，但在新时期以来的中国文学创作语境中，小说神话叙事又表现出了新的多重特质，从而在既有的叙事基础上实现了一定程度的深化。因此，对小说神话叙事的创作现象进行讨论便极有必要。具体来说，这一叙事现象可以从以下几个方面进行描述：第一，一些作家着重从中国的传统神话中选取叙事的材料，并通过叙事完成对经典神话的重构，从而开拓出神话的现代意蕴；第二，一些作家将某些具有神话特质的文学主题(意象营造、"民间"特性发掘等)作为其系统创作的核心部分，从而在整体上形成特征鲜明的神话叙事，同时形成作家创作的主要风格；第三，一些作家从叙事内容出发，从对中国的边地表现、少数民族地区神话的呈现，乃至科幻创作中，开掘神话表现的新内容，从而拓展了神话叙事的内容，更新了读者大众对于神话的既有认知；第四，一些作家将神话的叙事方式作为创作的切入点，不仅借鉴神话特有的显性形态(如象征、隐喻等)，还深入神话表现的隐性形式，这些叙事层面的新变都说明神话自身所蕴含的无限可能，文学艺术只是创造这些可能性的其中一个方

面。小说神话叙事的多元存在状况为其概念说明提供了一个基本的客观背景。但在对小说神话叙事展开论述之前，需要回到这种创作类型的原点，从神话及其叙事特质中提炼小说神话叙事的原理与机制。

关于"神话"的定义，古往今来诸多研究者都做出了自己的解答，神话的复杂性使人们既可以通过它解释自然与人类社会的诸多现象，也可以将它作为情感表达与思想辨析的重要中介。虽然学者们对神话的定义众说纷纭，但有一点是大家能够大致达成共识的，即神话是一种叙事。即使学者们为神话赋予了诸多社会的、心理的内容，但这些内涵的展示仍是要通过"故事"才能够成立，因此神话作用的发生，是通过故事的讲述完成的，而且这一故事蕴含着"转化"的信息。在人类创造的多种神话中，故事的转化往往涉及宇宙的创生、人类的诞生、社会的来源等诸多主题，在转化逐渐发生的过程中，人类的知识体系与情感世界得以建构起来。因此，在这里可以为神话提供一个更符合其叙事实际的定义，即神话是以故事塑造与呈现内容转化的方式表现自然世界与人类生存等重要主题的叙事形式。神话叙事作为神话展开的实践形式，既可以呈现经典神话故事讲述的具体细节，从主题、情境、视角、时空等诸多层面描述神话的特征，也可以由神话延展开去，成为人类艺术创作乃至社会活动的象征性特征。经典神话的讲述是神话叙事的重要基础，从神话中提炼出的诸多叙事特征都可通过转化再现于人类行为的描绘中，因此神话叙事本身即存在创造性模仿的倾向。神话叙事的这种特征，为小说神话叙事的概念成立与叙事展开提供了一个基本前提。

在西方语境中，"Myth"一词本身即有"虚构故事"的内涵，点明了神话这种叙事文类的特色。"神话"与"神话叙事"有着不同的关注点，其展示的最终形态也是不同的，如果说"神话"呈现出叙事完成的静止样态，那么"神话叙事"则是一种动态的讲述过程，其呈现特征是开放的。真正改变"叙事"的附属地位，将"神话叙事"作为独立概念提出并予以解读的，是加拿大学者诺斯洛普·弗莱，在《现代百年》中，他提出了一种"人文教育的社会形式"，称其为"神话叙述/叙事"（Mythology）。弗莱认为，"每一个时代都有一个由思想、意象、信仰、认识、假设、忧虑以及希望组成的结构，它是被那个时代所认可的，用来表现对于人的境况和命运的看法。我把这样的结构称为'神话叙述'，而组成它的单位就是'神话'。"①由此可见，弗莱认为神话仅是构成神话叙事的一个基本单位，这种见解来源于列维-斯特劳斯，他将神话叙事的最小单位定义为神话素。弗莱的定义超出了叙事学层面，将神话叙事与人的境况联系起来，且这种联系以流动的结构形式呈现出来。中国学者们对"神话叙事"多有涉及，但均未形成系统性论述。在当代学界，只有少数研究者对神话叙事予以零星关注，杨义在《中国叙事学》中对这种叙事方式作出了进一步的阐释："最早的叙事文字是简练实用的，但隐藏着的思维方向却是多元散漫的、隐晦神秘的。这些简短文字的多元状态，一者散见于占卜、吉凶的描述。……二者以神话片段的形式散见于《山海经》和诸子书。……三者是商周的钟鼎彝器铭文。"②杨义虽未提及"神话叙事"，但却提供了神话叙事的早期形态与思维背景。随着时代的演进，占卜、钟鼎等早已成为历史的遗迹，而《山海经》与诸子书中的神话片段，因其以文字的方式记录反而得以流传，这种相对来说明晰的神话记录使得神话叙事的研究者更多专注于文学作品的神话叙事分析。叶永胜在杨义研究的基础上着重突出了神话叙事与文学作品的深层关联，认为"它们并不是纯粹的神话故事，而是大多经过整合、润和、增删、变形，以其他文体形式表现出来、具有神话内涵的文学作品"③。从这个层面来看，文学作品中的神话叙事得到了最大程度的关注，这种关注甚至能够上升到文学史的层面。神话叙事研究角度的切入也能够开辟出文本研究的另外一种视角，既往的文本研究会因之而焕然一新，这对于中国神话学的发展是大有裨益的。同时需要指明的是，"神话叙事"一词虽然被广泛使用，但绝大多数研究者均以不自觉的态

①　[加]诺斯洛普·弗莱. 现代百年[M]. 盛宁，译. 沈阳：辽宁教育出版社，1998：74.

②　杨义. 中国叙事学[M]. 北京：人民出版社，2009：16-17.

③　叶永胜. 中国现代神话诗学研究[M]. 合肥：合肥工业大学出版社，2014：12.

度使用"神话叙事"，甚至还有研究者将"神话叙事"等同于"神话"，忽视了神话作为一种叙事方式的独立性意义。

对丰富创作现象的概括，及对"神话叙事"概念的基本阐释，是"小说神话叙事"能够作为一个独立概念得以成立的根本前提，而且对这一概念的说明是在对丰富创作现象的说明与阐释基础上完成的，而非以理论来约束对文本的阐释。从客观层面来说，神话不仅构成了人类初期文化的主要内容与观念表达形式，成为人类文化发展的重要心理原型，而且也成为人类叙事文学的源头，从一定意义上来说，小说创作即神话叙事的延续与变异。加拿大文学理论家弗莱之所以将文学称作"神话的移位"，也正是出于对上述客观情境的考虑。由于这一创新性观点本身是具有挑战性的，因此并未引起大范围的关注，但随着时代的发展，以及人类文学创作实践的深入推进，神话与小说的关系却越发密切，作家们越发频繁地利用神话的形式表达对于人类命运与时代发展的思考，这都成为弗莱相关论述的艺术实践证明。以西方小说为例，在《神话简史》中，英国学者凯伦·阿姆斯特朗将乔伊斯、博尔赫斯等现代作家的创作方式描述为"将超自然与现实融合在一起，将日常理性和梦幻、童话的神话逻辑并置起来"①，而在俄国神话学家叶·莫·梅列金斯基那里，卡夫卡、托马斯·曼等作家亦开拓了小说神话叙事的多维层面。而在中国文学创作领域，以鲁迅、茅盾等为代表的现代作家也以神话叙事的风格，构成其小说创作的重要特征。但与西方作家以神话叙事表达对于西方社会的异化思考不同，中国作家更倾向以神话表达启蒙理念，以应和时代主题。不管表现的倾向如何不同，中西作家都试图通过神话的选择与叙事表现，呼唤一种感性直观能力的回归，并由此解决人类面临的精神问题。所以，小说神话叙事本身即有一种内在的逻辑，它通过将人类的日常理性与神话的观念与逻辑并置，构造一种独特的反差效果，从而引导读者思考神话在当下时代的独特作用，以及介入人类现代社会

---

① [英]凯伦·阿姆斯特朗．神话简史[M]．胡亚豳，译．重庆：重庆出版社，2005：151．

的可能。而在叙事形式层面，小说神话叙事则指神话叙事传统在小说创作领域的现代延续及置换变形，它将小说创作的现代精神、创作技巧与神话的叙事模式、经典原始意象融合在一起，从而使小说创作既具有神话韵味，同时又具备现实旨归，开辟了小说这一叙事类型的新型表现空间。

二、研究历史与现状

据刘锡诚先生的介绍，自蒋观云于 1903 年在日本横滨发表神话学专文《神话历史养成之人物》，夏曾佑于 1905 年在《中国历史教科书》里开辟"传疑时代"专章讲授中国古神话，以及鲁迅 1906 年在《破恶声论》中对"神话之作"进行界定时，已开启了对中国神话学的研究。中国神话学研究自创建伊始，就存在两条路径。其一是借鉴西方传来的人类学派神话学的理论与方法，其二则是以搜神述异传统为主导的中国传统神话理论与方法。在西方神话学派的引入与借鉴方面，自 20 世纪初，引入英国人类学派神话学、德国与法国的社会学派神话学、德国语言学派与英国功能学派神话学、苏联神话诗学与美国文化人类学神话学，乃至当下的美国口头诗学与表演理论，西方的神话学理论构成中国神话学学习、借鉴的历史，直到现在仍方兴未艾。可以说每一阶段的西方神话学理念的引入，都促使中国的神话学研究产生新的变化，并培养了一代又一代的中国神话学人。如果说西方的神话学建立在丰厚的神话讲述传统与文本、严谨的逻辑推理与分析的非西方原始民族田野调查的论证之上，那么中国自身的搜神述异传统则促使了中国特色神话研究的形成。

中国也有发达的神话讲述传统，在文献典籍方面，《山海经》《吕氏春秋》《淮南子》等都以完备的神话叙述形成具有特色的叙事风格，更不用说散落在《尚书》《周礼》《礼记》《诗经》以及四书五经之中的神话细节，对于上述古代典籍的发掘，构成中国神话研究的两条道路。一是将神话与历史并置，把神话作为历史或史料的史学研究，顾颉刚等人的"疑古"神话学形成这一研究理路的先声，直到现在，神话的历史研究仍是神话研究的重要领域，在对古文献的校订（如袁珂《山海经校注》）与古代神话的现在再阐释（如钟敬文《洪水后兄妹再殖人类神话》）方面，都时有新发现。另外，新的考古材料的发现也成为神话历史研究的重要依据。二是神话作为文学文本，也得到了文学研究者的关注。古典文学中的神话因素得到了诸多研究者的关注，20世纪二三十年代苏雪林、闻一多、游国恩、陆侃如等人对《楚辞》《九歌》等文学作品的研究，以及对《山海经》《淮南子》等的神话研究，使中国神话学研究开辟出一条新的路径。在20世纪神话复兴的时代，文学作品对神话的青睐更使得神话文学研究成为神话研究的显学。自新时期以来，散落于汉族与各少数民族民间的"活态"口传神话成为重点关注的对象。口传神话的研究不仅是对散落于民间的珍贵的神话资料的搜集整理，也是神话文学研究新空间的开拓，执着于民间口传神话研究的杨利慧、吕微等人，使中国神话学研究上了一个新的台阶。

中国学界的神话叙事研究严格来说自20世纪90年代即已开始，但数量稀少，自21世纪开始，神话叙事研究开始得到关注。其分期可大致限定在2009年。自2010年开始，神话叙事研究体现出一些新动向，除却之前的针对传统典籍神话、西方神话作品、少数民族神话，以及个别文学作品的神话叙事研究之外，2010年之后的神话叙事研究的研究对象呈现出更为多元化的特征，神话的影视叙事研究、口头神话叙事研究，以及更为大量的现当代文学作品都成为研究对象。据笔者的整理，神话叙事研究的范围大致表现在三个方面，即神话叙事的起源研究、神话叙事的叙事学层面分析、神话叙事的外延研究这三个部分。

神话叙事的起源研究，指神话思维及与之相关的诸种特性。它不外乎两个方面：一为外在于人的自然，它促成了人类神话思维的形成，进而影响了神话的叙述；一为由人组成的社会，神话叙事在某种程度上成为人类社会活动与生活的记录。神话思维的兴起，立足于人类对客观事物的关注。如果说由对物的观察延伸至图腾崇拜是神话思维的一个方面，那么由物的运动、变化而引申出的对神话的重新解释，则是将物本身作为叙事主体，因此是对神话思维内涵更为深入的发掘。在这一基础上，一些学者重新解读了夸父追日的神话，星舟的《神桃五题——中国神话叙事结构研究之二》一文即是代表。学者傅修延的文章《元叙事与太阳神话》一文甚至从自然事物的形态变化中生发出"元叙事"这一概念，这种"元叙事"与西方叙事学理论中的"元叙事"不同，是"叙事之始"的含义。在原初的神话中，人类的社会生活映射在神话的叙事之中，并与自然的戏剧相得益彰。人类现代社会中理性的过分突出，使得原始神话思维失去了发展的空间，人类的生活也一次次陷入空虚的生存危机。学者向丽在《交换与社会叙事——关于两种神话叙事及审美交流问题研究》中认为，现代神话叙事需要回到原始神话叙事的原点，只有重建如原始社会中"图腾"一般的交换中介，原始与现代神话叙事才能实现审美上的"同一性"，神话叙事才能有实现审美意义的可能。

使用"叙事学分析"这一说法，是对多元叙事研究方法的汇总。神话世界自身的宏阔决定了其讲述的方式绝非固守一隅，而是呈现出多元化特征。国内学界对神话叙事的叙事学分析可归纳为三个方面，即叙事媒介研究、叙事结构研究、叙事手法研究。

神话叙事的媒介研究，即探讨神话叙事如何完成物质成为想象与记忆的载体，换言之，即神话叙事的外在形态是以何种方式进行呈现。国内学者如杨利慧、吕微等，或是以实地调研的方式，对民间叙事文本的开放性、交流性、动态性特征作出总体归纳，辨析新型神话文本在特定语境中的形成过程(杨利慧《民间叙事的传承与表演》)；或是从《荷马史诗》等史诗文本入手，探究史诗整体的口头叙事特征对于其中神话范例起到的"语境"作用(吕微《史诗与神话——纳吉论"荷马传统中的神话范例"》)。神话叙事的结构研究，是对媒介研究的深入。一些研究者并未单纯借鉴西方学者的结构分析方法，而是从中提炼出结构性的思维方式，以用于中国神话研究，如《中国神话与叙事文学原型生成的关系》一文即典型例证。在对少数民族神话的探究中，结构分析也成为研究者颇为青睐的角度，如高海珑的《中国壮侗语族射日神话形态结构分析》中对壮侗语族射日神话形态结构的分析，李斯颖的《壮族布洛陀神话叙事角色及其关系分析》一文借鉴普罗普的民间故事形态学理论对壮族布洛陀神话进行的分析等，都较有代表性。神话叙事的研究手法多样，体现出神话叙事自身可供发掘内容的丰富性。笔者将既有的叙事手法归纳为三类：一，神话的象征与隐喻叙事，国内学者多将此种叙事方式与现代意味浓厚的作品结合起来进行研究，如叶永胜《现代小说中的"神话叙事"》。二，将神话与仪式串联起来的神话-仪式叙事，彭兆荣的《瑶汉盘瓠神话——仪式叙事中的"历史记忆"》即其中一例。三，以某一行为模式为关注中心的核心线索叙事，比如梅新林的《〈红楼梦〉"契约"叙事论》即从"契约"叙事这一角度对《红楼梦》进行重新解读，颇有新意。

神话叙事的外延研究，以语言、国族、历史作为核心出发点。叙事是语言的艺术。蒋原伦的《中国：神话叙事进入历史》一文突出了神话发展与语言历史的互相参照性。神话叙事虽然要借助语言才得以完成，但在叙事过程中，语言与神话不仅分别实现了自身，也实现了一种同出自"主观的冲动和激情情状的表象"的结合。民族国家想象与神话叙事之间的关联，是当下学界的热点话题。在对诸多少数民族神话进行考察时，研究者普遍发现了一个问题，即在封建社会时占主流地位的汉族神话话语系统与少数民族神话话语系统的差异。瑶汉盘瓠神话、壮侗语族的射日神话等，都是学者解读的重要对象。对神话与历史之间关系的辨析，一直是研究者讨论的热点。一些学者将神话的历史化与后世的叙事文串联在一起，认为神话历史化使历史叙事趋于完整，进而建构了体系化的上古史。一些学者则尝试寻找神话叙事中的"历史真实"，如彭兆荣的《神话叙事中的"历史真实"——人类学神话理论述评》。这种真实不是考据学概念之中的"真实"，而是深入历史发展的肌理之中，研究神话叙事的哪些核心要素影响了历史的讲述，以及这种讲述如何影响了当下，使当下的人类仍然生活于某种神话与历史语境之中。

另外，中国现当代文学的神话叙事研究也已取得了一些成绩，但成果仍较为稀缺。一些学者注意到了中国现当代文学创作中的神话叙事现象，且作了大致的分析，这以方克强、叶永胜等学者的研究为代表。如20世纪90年代初出版的方克强的《文学人类学批评》一书中，就将"神

话思维与人类艺术思维的建构"与"神话与新时期小说的神话形态"作为
其神话原型批评的一部分，并将小说中存在的神话叙事解释为"把握世
界和反映生活的一种非现实主义的想象模式及表达模式，它是与传统现
实主义并列、互补的特殊艺术形态"①。他同时在文本中把宗璞、王蒙、
贾平凹、莫言、郑万隆等人的作品作为上述叙事的代表。方克强等学者
的早期研究为小说神话叙事研究开了先例，20 世纪 90 年代乃至 21 世
纪以来，越来越多的小说神话叙事作品出现在中国文坛，而且也呈现出
越发复杂的创作形态，而这些新型创作仍未引起足够的关注。因此，以
方克强等学人的研究为基础，进一步充实小说神话叙事的理论与创作实
践研究，便成为当下文学人类学批评的重要任务。小说神话叙事研究即
在综合考察作家的创作心理背景、作品在叙事各个层面呈现的神话要
素，以及作品最终展现出的神话品格与风貌等诸多层面，更为全面、系
统、科学地探讨作家创作与神话叙事之间的关联。因此，小说神话叙事
的整体研究，相对于个案研究，更具备文学史的视野，对于由之开辟的
更为多元的作家作品个案分析，具有更为深远的文学史意义，对于创建
更有深度的跨学科研究，也大有裨益。

三、选题缘由、目的与意义

中国新时期以来小说创作在神话叙事范畴的多元表现，既是文学创
作规律在新时期发展的必然，也是作家们自觉选择的结果。神话叙事方
法的选择，在中国现代文学时期即已开始，鲁迅、茅盾、闻一多等现代
文学大家不仅在理论层面阐释神话的历史、结构与功能，而且在《故事
新编》《神的灭亡》等创作中践行其神话观。鲁迅认为，"夫神话之作，
本于古民，睹天物之奇觚，则逞神思而施以人化，想出古异，诙诡可
观，虽信之失当，而嘲之则大惑也。太古之民，神思如是，为后人者，

---

① 　方克强. 文学人类学批评［M］. 西安：陕西师范大学出版总社，2019：
116.

当若何惊异瑰大之；矧欧西艺文，多蒙其泽，思想文术，赖是而庄严美妙者，不知几何"①。在这段论述中，鲁迅不仅分析了神话产生的客观现实来源、神话表现的方式、神话的呈现效果、大众对于神话应采取的辩证态度，更重要的是点明了神话作为人类的思想与文学艺术的根基，对于人类文明产生的重要推动作用。

以鲁迅为代表的中国现代作家，在理性审视中西神话产生与流变，以及与艺术创作之间关联的基础上对神话进行改造，在这种理论前提下，中西神话资源皆成为鲁迅等作家的创作素材。面对五四运动以来中国大地上风起云涌的运动与变革，中国现代作家赋予了原始色彩浓厚的神话以厚重的历史使命感，他们以治理洪水的大禹(鲁迅)、涅槃的凤凰(郭沫若)、填海的精卫(筑夫)、复仇的参孙(茅盾)等，作为神话叙事的表现对象，在对社会变革的呼唤与大众的启蒙等主题表现中，不断更新神话的内涵，使其更加符合新的时代主题。这一神话叙事传统在新时期得到延续，新时期以来更为深入的中西艺术交流，不断冲击着当代作家既有的神话理论储备，而中国相较于现代时期更为广阔的社会现实，更使得神话叙事具有了更加丰富的表现内容。

当代作家不仅以现代语言重述着深入人民大众心底的神话，也以神话叙事串联中国社会的历史、呈现中国地域的多样文化，以及表现处于复杂社会变动中的复杂人性，这不仅使既往的文学表现对象呈现出一种新的面目，也开启了读者观照人类整体历史的新视角。小说神话叙事是解读中国新时期以来小说的重要线索，但遗憾的是，虽然已有小说神话叙事的个案研究，但由于整体性眼光的匮乏，往往难以把握研究对象的全局。在中国文学艺术创作的新时代，学术研究的方法也需要与时俱进。小说神话叙事作为一种跨学科的研究方法，使中国当代小说中以隐形方式存在的神话叙事传统得到显现，当代小说与传统文化资源之间的紧密关联得以彰显，另外，对于神话本身来说，其以文学创作为代表的

---

① 鲁迅．破恶声论[A]．鲁迅全集·第8卷[M]．北京：人民文学出版社，2005：32.

的艺术化表现方式也得到进一步确证。对于中国小说的历史回顾、现状分析，乃至未来发展的展望，小说神话叙事研究方法是非常重要的中介。

对新时期以来小说神话叙事现象进行描述与探讨，其最重要的目的是将小说神话叙事作为一种具有独立生产性意义的叙事方式提炼出来，从而使得神话的现代化用脱离了只针对神话故事讲述内容与方式的探讨，形成一套专属的叙事语法与话语方式，因此能够适用于更广泛的文本研究。而中国文坛自新时期开始的诸多创作现象，皆可被纳入小说神话叙事的研究范畴之中。自寻根文学开始对中国传统的神话资源进行发掘并形成创作风潮开始，中国的小说创作就隐隐地存在一种倾向，这种倾向的表现是：一些作家更善于发现"偏离"现实生活的创作材料，选择具有神秘、荒诞、魔幻、奇异、超验、传奇等特质的创作对象，在叙事效果上，更注重引起读者的超验体验，使其获得超脱现实生活的精神感受。这种叙事特点，一般的叙事方法难以进行总结概括，而在命名上，又稍显混乱，比如莫言等作家被贴上的"魔幻"标签，阎连科自称的"神实主义"创作等。从根本上来说，上述类型的作家创作都属于"神话叙事"的衍生。内蕴于作家心灵世界的神话思维，促使作家笔下的神话叙事表现出多种形态，并延伸出多层精神向度。

总体来说，中国小说有历史悠久的神话叙事传统，从魏晋小说的志怪传统，到明清时期小说神话叙事的繁盛，乃至中国现代文学时期小说神话叙事风格的现代转向，以及中国当代文学阶段，尤其是新时期以来，小说神话叙事在外在形态、主题内涵、美学特征等多层次实现了全面发展。因此在促使一种独立概念生成的同时，小说神话叙事研究仍有其他多重目的：第一，新时期以来的中国小说，是诸多复杂文学现象的集成，以它为样本可以理清中国小说神话叙事的多种样态；第二，新时期以来的中国小说的创作者，具有不同创作风格，在他们笔下，神话叙事获得了不同的表现力，对小说的解读其实也是对作家群体在另一种参照下的重新划分；第三，新时期以来中国小说的创作是神话叙事开放性的最佳证明，尤其是新媒体的兴起，使得传统作家的神话叙事与其他艺术类型实现了交融互渗，这在具体的叙事过程中得到了体现，因此对小说神话叙事的解读，也是对中国当下艺术生态、文化生态的别样展示。

　　新时期以来中国小说的神话叙事探讨有多重意义。首先，从神话叙事角度对新时期以来中国小说的解读，完善了中国文学神话叙事的整体面貌，从小说产生伊始的神话叙事早期形态，到当下中国小说表现出的神话叙事新动向，神话叙事的发展线索得以明晰。其次，神话叙事是一种以神话思维为基础的叙事方式，这种叙事方式的采用，不仅使读者与研究者注意到叙事方式的新变，也使得作为人类思维方式之一的神话思维重新得到关注。另外，神话叙事也为文学批评提供了另一种思路。神话叙事是一种文学人类学范畴的研究方式，它将神话学、人类学的相关理论与具体的文学批评相结合，使文学批评在某种程度上脱离了过于繁琐的文本批评模式，而指向一种更具社会与历史内涵的批评特色，从而使文学批评获得一种宏观品格。

第一章　小说神话叙事的理论形态
与文学史呈现

　　小说神话叙事不仅是一种具有典型性的创作现象，而且也具有一套系统的理论话语。这一话语体系不仅是从既有的神话阐释中凝练概括出来的，而且得到了当下丰富创作实践的有力补充。因此，小说神话叙事的话语系统与创作实践是充分契合的，并构成了新时期以来小说史解读的重要参照。因此，在以某种理论话语介入文本阐释之前，对于这一话语的系统呈现是必要的。对于小说神话叙事理论话语的说明，主要集中于几个方面，即小说神话叙事的理论形态、历史传统，以及结构、类型、功能等。而新时期以来的小说神话叙事创作，自然是作家自觉选择的过程，它也经历了一个由萌生、发展乃至逐渐多元的过程，面对这种多元状况，理论话语的介入便能有效地对诸多创作实践进行分类整合，同时能够科学地阐释作家神话叙事的缘起、特征与最终效果。作家们对于神话的浓厚兴趣，使其创作呈现出浓郁的中国神话品格，作品中表现出的神话记忆，早已内化为作家文化心理结构的组成部分，因此作为一种理论形态的小说神话叙事，能够帮助读者完成对于神话线索的溯源，使人们明晰小说中神话细节的来源，以及经过了怎样的转化，才形成了作品中最终呈现的样态。以上述解读为背景，新时期以来的文学史观照便被赋予了另一种视野，一些小说创作也具有了另一种阐释的可能。

第一节　小说神话叙事理论研究

一、作为理论形态的小说神话叙事

对"小说神话叙事"这一概念的理论概括，需要从神话的原初叙事中寻找线索，也就是说，对神话叙事理论形态的描绘，是小说神话叙事能够成立的前提条件。简单来说，神话叙事即指神话言说的方式，人类神话的诞生之时即其叙事开始的标志。在神话叙事的发生时期，叙事主要借助于人类的原始思维而产生，这种思维方式，维柯称为"诗性思维"，列维-斯特劳斯称为"野性思维"，卡西尔称为"神话思维"，指的是一种以人类的直觉感知能力为基础的认知心理机制，它成为人类社会生活的重要心理依托。原始思维是一种形象的思维方式，它以隐喻、象征为主要特征，呈现出整体、灵活的主要形态，强调感知对象的混融状态，具有开放的动态特征。卡西尔认为，"神话观念的开端既不是设想出独特的神概念，也不是心理和人格概念，而是始于对事物内部固有的神秘效验、神秘力量的一种仍旧全未分化的直观"①。也就是说，对外在自然与世界的一种直观感受，是原始思维的起点，而一种更具概括性的"神"的观念乃至原始宗教的发生，则是原始思维发展后期的产物，它代表着人类理性思维的进步。原始思维不仅包括泰勒所说的对"灵魂"等的信仰，也包括人类对外在自然与世界的认知系统，它建构了人类想象世界的方式，并成为人类日常生活实践的指导信条。值得注意的是，人类的思维方式有转化为叙事实践的能力，就如中国学者曲景春认

———————

① ［德］卡西尔. 神话思维［M］. 黄龙保，周振选，译. 北京：中国社会科学出版社，1992：18.

为的，"神话是神话思维以特定的方式所展开的世界图景"①，这里所谓"特定的方式"即指叙事的方式。神话叙事的方式呈现有一个流变的历史，从文字诞生之前的图像、口语、仪式等身体叙事，到文字诞生之后以文学创作等为代表的叙事方式，乃至人类在科技文明高度发展之后的技术叙事等，神话本身的灵活性与强大的可塑性，是上述叙事形式能够得到呈现的重要原因。由此，神话叙事便经历了由思维形态到叙事形式的转变，并最终演化成为一套完整的话语系统，它能够成为我们观照与解释世界的重要中介。

简单来说，神话叙事指的是神话讲述的方法。古往今来的诸多神话概念中，神话的叙事特性往往能够得到集中性的突出，比如古希腊时期神话被定义为"真实的叙述"，亚里士多德《诗学》认为神话具有情节、故事或叙述性结构，美国神话学家阿兰·邓迪思认为"神话是关于世界和人怎样产生并成为今天这个样子的神圣的叙事性解释"②，在西方的神话学术系统中，神话与叙事性的材料有着紧密的关联。在中国的神话学界，虽然古代文献中并未有"神话"这样的词汇，也未建构起系统性的神话研究体系，但中国学者对于神话的解释，也着重突出神话传说在叙事层面的特征，以及其在当下的延续意义。就如鲁迅在探讨神话的特性时，认为"故神话不特为宗教之萌芽，美术所由起，且实为文章之渊源"③，这里的"文章"自然指的是人类的叙事文字，在鲁迅那里，神话是人类的思想与艺术的来源，启发了人类智慧的发生，而人类的叙事文学也自然会汲取神话中的营养，成为神话叙事的余脉。在鲁迅之后，神话学家袁珂的"广义神话"论等观点，则突破了既有神话研究的狭隘视界，扩大了神话研究的范围。袁珂的神话观念，使得神话叙事的材料空前丰富，许多民间文学的内容得以被纳入神话研究的范畴，从而更新了

---

① 曲景春. 神话思维与艺术[J]. 文艺研究，1993(4).

② [美]阿兰·邓迪思. 西方神话学论文选[C]. 上海：上海文艺出版社，1994：1.

③ 鲁迅. 神话与传说[A]. 马昌仪，编. 中国神话学百年文论选[M]. 西安：陕西师范大学出版社，2018：27.

神话叙事的内容。虽然袁珂的观点至今仍有争议，但对于打破神话研究的藩篱仍有积极意义。

与西方学者不同，中国学者浓厚的历史意识与现实责任感使神话研究往往与社会历史内容相关联，在这种视阈下，神话叙事便不再只是就叙事层面的探讨，而变为研究者观照历史与现实的重要中介。在新的时代条件下，神话叙事研究便具有了新的形式，它是叙事表层与深层、内涵与外延的融合。

总的来说，神话叙事包括两大部分。首先，在神话叙事内部（或者说叙事的表层），神话叙事包括具体叙事方法的探究，如叙事者与叙事对象的选取、叙事人称、叙事结构的营造，以及叙事风格的呈现等，这是神话叙事的方法论研究。另一部分，在神话叙事的深层（或者说叙事的外延），它指向了神话讲述背后的隐喻层面，叙事者通过对叙事材料的排列组合，使神话的叙事功能得以实现，其最终目的是突出神话内蕴的丰厚文化信息，它是讲述神话的民族主体深层文化心理结构的呈示。神话叙事的两种呈现方式是紧密相关的，在神话叙事的多种表现方式中，表层的多元化叙事与深层的文化阐释深度结合，前者是叙事的外在形式特征，后者是神话之现实性、文化性的展现。在神话与人类社会生活实践的互动、交融中，神话叙事早已成为人类的重要叙事方式之一，它以灵动的叙事手法与丰富的叙事呈现，成为人类感性经验与世界认知的重要证明。在诸多神话叙事方式中，以小说创作呈现的神话叙事成为具有代表性的一种，它不仅能够较为完善地实现神话叙事的多种特性与功能，而且也能够在更深的层面开掘神话叙事的巨大空间，同时发挥神话叙事的现实价值。

小说神话叙事，指作家借用神话的思维观念或叙述话语特征进行故事讲述，是一种以新型叙事语言形成的想象与表达方法，与传统现实主义叙事、现代主义乃至后现代主义叙事相区别。它注重在叙事中创造一个非现实的世界，但这一创造仍是作家日常体验的现实投射。在小说神话叙事中，"故事"与"话语"是融合的，叙事所采用的隐喻、象征等方法往往构成故事的内核，因此实现了小说叙事内容与形式的统一。神话叙事的非现实的、超自然的、打破现实与虚构之间隔的话语方式，使其营构的故事不再是对现实世界的简单描摹，而是一个打破了客观现实与人类主观体验的界限，并蕴含着人类神话想象与感性经验的审美世界。小说神话叙事将叙事的经验性与虚构性糅合在一起，使真实世界与虚构世界混融，这成为作家进行神话叙事的普遍特征。神话思维观念的介入，使小说神话叙事在叙事方式上表现出一定的独特性，这表现在作家在叙事主题的选择上更倾向把某些具有典型意义的神话母题作为表现的重心，而且神话式情节也往往构成叙事的主要元素，并成为探索人类精神世界的核心中介，另外，对主要人物的神性塑造、对神话时空观的叙事借鉴等，使小说神话叙事成为一种具有独特叙事外观，且能产生一定叙事价值与审美价值的叙事方式。中国与西方皆有小说神话叙事的创作传统，西方以歌德、托马斯·曼、卡夫卡、詹姆斯·乔伊斯等为代表的作家，依托由《荷马史诗》《神谱》等开拓的神话叙事传统，开辟出神话叙事的现代形式。中国神话与古希腊罗马神话不同，它以讲述的象征性与灵活性，深刻启发着中国作家的创作，以《西游记》《红楼梦》等为代表的中国古典小说即典型例证。进入新时期以来，中国作家对神话的理解更为多元，这影响了小说神话叙事的表现形式。在新时期以来的小说中，作家们或是将一些神话元素当作现实表现的辅助材料，从而突出现实的偶然性；或是从一些特殊的文化情境中寻找神话存在的线索，以实现其现实观照的目的；或是立足于历史视角，重构语焉不详的神话史，从而为神话讲述赋予清晰的外观；或是将人类新神话的创造作为叙事的目的，从而在神话创造情境的还原中，考察人类存在的多种可能性。因此在新时期以来的小说创作语境中，神话叙事传统得到了现代承接与置换变形，它上承人类叙事文学的源头，在当下则将人类的理性逻辑与神话逻辑并置，通过对原始神话原型的化用与变形，实现以小说形式完成对传统神话叙事模式的创新。作家们运用他们充沛的想象力与成熟的叙事架构能力，将神话重新置放于新时期以来的小说叙事系统之中，不仅内在地更新着中国小说的叙事表达，而且系统地展现出神话内蕴的叙事价值与艺术特质。

　　具体来说，小说神话叙事不仅包括从既有的神话资源中遴选适合于小说表达的材料，并进行叙事的安排与组合，从而开拓传统神话的新讲法，另外，它也包括以隐喻形式表现神话在当下时代重现的价值，从而在隐性层面探讨神话的深刻内蕴。在新时期以来的中国小说创作中，小说神话叙事在多维主题的表达与典型化表现、叙事内容的新型表现，以及叙事方法与形式的新变等多个层面，实现了神话与小说叙事的耦合。需要明确的是，小说与神话都属于叙事艺术的代表，但二者仍有区别。按照一般的理解，神话以神灵为主要表现对象而展开叙事，它重在表达叙事主体的超现实体验，是关于世界、人类、文化之由来的神圣言说，在漫长的发展历史中，它将民间的神鬼信仰、巫觋仪式等纳入言说系统之中，成为一种内涵丰富、关涉内容广泛的阐释体系。小说则是创作者立足于人类的现实生活实践，将丰富的情感体验与实践经验相结合，并以虚构的形式与文字表达组织成多元故事的艺术创作形式。在《小说的兴起》中，伊恩·P.瓦特把小说家的根本任务归结为"传达对人类经验的精确印象，而耽于任何先定的形式常规只能危害其成功"①。也就是说，小说作为人类现实体验与实践经验的凝结，并不受特定形式的规约，它往往能够突破既有的叙事限制，把一切适于表达人类经验的形式为己所用。在人类的叙事历史中，神话与小说出现的时间存在前后差异，但在以想象结构故事原型、以虚构作为叙事特色、以故事激发情感体验等方面，存在着本质意义上的趋同。

　　在当下的创作情境中，小说神话叙事是小说创作在形式上的新发现，"神话"在这里不仅承担了结构性作用，而且成为以叙事方式表现人类精神状况与文化形态的助推器。据杨义的考证，中国最早的叙事文字(如卜辞)既表现了日期、内容等基本的叙事要素，也"留下了于太阳处告祭'(上)帝五玉臣'，祭河神'沉二牛'或燎剖二牛，以及'亦有出虹自北饮于河'的神话影子"，这些文字"简短、朴素，探究着人与冥冥

---

　　①　[美]伊恩·P.瓦特.小说的兴起[M].高原，董红钧，译.北京：生活·读书·新知三联书店，1992：6.

间的非因果、超因果关系"。① 这些叙事文字可视为神话叙事的初期形态，它亦成为后世小说神话叙事的先声。因此，新时期以来的小说神话叙事，是神话与小说之间紧密关联在新的时代条件下的新型呈现，与以往的神话叙事相比，当下的小说神话叙事被赋予了浓厚的现实性内容，这是时代发展对小说创作要求的具体体现，而这也促使传统神话实现了在当下小说创作中的形式与内容转化，这是当代作家对神话资源进行现实主义改造的结果。这一改造过程，表现在神话叙事的材料选择、神话材料的叙事安排与神话现实精神的发掘等诸多层次。

中国的传统神话虽不像古希腊罗马神话那样形成了完整的神话谱系，但按照袁珂先生的观点，存留于中国民间的广博的神话内容（丰富多元的民间故事、形式多样的民间信仰内容、以佛教与道教等宗教信仰包容的丰富神话等），都可纳入中国神话的言说系统之中，这就使得中国神话的资料卷帙浩繁，如何在这些神话资料中遴选适合小说表达的材料，便成为小说神话叙事首先面临的问题。小说创作一般倾向表现主题鲜明的故事，以矛盾的冲突与解决为主要线索，同时着力于塑造具有典型性格的人物形象，其创作目的也以现实为旨归，因此，那些具有鲜明的情节、故事的矛盾性突出、结构完整、人物性格丰富，以"所谓超自然的、神圣的、或者是神秘的"②材料反观现实的神话素材，就成为作家的普遍选择。在这方面，鲁迅作为一位先行者，为其他作家提供了良好的借鉴。在《故事新编》中，鲁迅选择了女娲补天、嫦娥奔月、大禹治水等经典神话，但他通过对原始神话的现代性运用，以现代语言重组了一系列神话，从而为其启蒙目的服务。鲁迅、茅盾等现代作家对神话的创造性利用启发了当代作家的叙事选择，这开启了新时期以来小说神话叙事的诸多形式。当代作家或是以同题重述的形式改造神话，延续鲁

---

① 杨义. 中国叙事学[M]. 北京：人民出版社，2009：16.
② 张光直. 商周神话之分类[A]. 马昌仪，编. 中国神话学百年文论选[M]. 西安：陕西师范大学出版社，2018：482.

迅的创作传统，或是将视角转向民间，在民间历史的展演中发掘其中蕴藏的神话因素，并予以叙事表现；或是在现实题材书写中将一种神话的隐喻贯穿其中，从而在理性与神话逻辑的并置中拓展现实书写的可能性；或是以神话叙事传统中的空白点为叙事的中心，以历史再造或科幻叙事的方式扩大神话叙事表现的空间。

作家的不同叙事选择，必然引起叙事要素的重新排列组合。一些作家在进行神话重述时，往往在保证故事情节基本完善的前提下，对故事做符合当下时代情境的改造，使人物形象、情节逻辑等更符合现代人的审美方式，从而实现神话讲述传统与当代经验的承接，一些传统情节必然因之发生变化。民间情境中丰富的神话故事，比如少数民族地区广泛流传的创世神话、洪水神话、兄妹造人神话等，则构成作家创作的重要题材来源，但当代作家对于上述神话材料进行安排时，并非像人类学家进行田野调查一样，将它们作为民族志的一部分，而是将民族地域的神话历史嵌入民族国家整体的社会历史发展历程之中，在这一条件下，民族地区的地方性情境得以突出，而且也影响了其介入整体性历史的方式，当代作家的叙事选择重塑了民族地区的神话构成。

当代作家的叙事编排，都服务于神话叙事的现实性目的，即神话现实精神的开掘。它主要表现在几个方面：首先，当代小说的神话叙事，使神话从原始时期人类生存实践的重要支撑与心理构成，转化为一种可供审美鉴赏的艺术创作，从而使神话的现实功用实现新的时代情境中的转化，同时使读者获得一种艺术想象力的张扬与美的感受；其次，小说神话叙事的当代表现，使得新时期以来的现实主义文艺获得了新型表达方式，开拓了当代人类观照现实生活的新视野，并以从神话鉴赏之中生发的诗意态度融入现实人生；最后，小说神话叙事为读者提供了重新发现历史的中介，历史的神话叙事表现并未使历史变得虚无缥缈，反而使其获得了更强的表现力，而历史与现实的密切关联，又使得读者能够在对历史肌理的梳理中探查到现实的本质。

二、小说神话叙事的历史传统

对于小说神话叙事之"历史传统"的说明，主要是就中国神话的历史生成与时代演变而言，其他文明地域中的神话只是作为参考，而非探讨的主体，这是因为新时期以来的小说创作主要是基于中国的历史与现实情境而发生，中国的神话叙事传统是上述创作的主要依据。这一历史传统之所以发生，主要基于以下几点原因。

第一，中国的神话叙事有独立的发展规律，它构成中国文学史讲述的一条重要线索。袁珂在《中国神话史》中对此有完备的梳理，他按照"广义神话"的观点，将中国神话还原成一种具备完整结构，且有大量神话文本为支撑的神话言说系统。西方虽存在以《荷马史诗》《神谱》等为代表的神话叙事传统，但这是就西方独特的神话发展环境而言的，西方神话并不能真正融入中国的文化体系之中，因此西方神话叙事传统的参照性意义远大于其实践性意义。

第二，从中国现当代小说的创作实践来看，中国现代作家对于西方神话的借鉴，往往是把它作为社会变革或革命的象征。上海生活书店于1934年出版的小说集《取火者的逮捕》、尹及的《偷天火者》（《战国策》1940年第2期），以及周楞伽的《盗火者》（《小说月报》1941年第8期）等作品，皆把古希腊神话中的普罗米修斯作为神话原型，并将他视为抵抗者的代表，这与当时中国现代知识分子的启蒙主张息息相关。但实际上，普罗米修斯是一个内涵复杂的人物，中国作家往往根据自己的现实需要与创作目的，放大神话人物行为或性格的某一侧面，这成为中国作家利用其他文明地域中神话的普遍情况。其他文化类型中的神话原型虽然成为中国现代作家的创作对象，但却难以得到客观的审视与叙事表现。在十七年文学时期，当代作家对意识形态主题的表达，使得神话内蕴的意识形态属性得到放大。十七年文学时期小说延续了延安时期小说的创作风格，以带有丰富革命情感的语言完成了对革命神话的建构。不管是像《青春之歌》这样描写知识分子转变的小说，还是像《红旗谱》这样表现农村革命与改革的小说，抑或是像《林海雪原》这样具有强烈民间风格的小说，其主题都是为了展现由中国共产党领导并最终获得胜利的革命历程。因此，在十七年文学时期的作家笔下，中国的革命被赋予了神话的品格，不仅一系列具有神话英雄气质的主人公得到集中表现，而且惊险的革命历程也具有了传奇性质，从而使得一种政治话语有了被以叙事化形式进行传播的可能。十七年文学时期小说的神话叙事方式，启发了新时期以来的寻根文学等创作，从而开启了中国神话传统的叙事再表现，这体现出小说神话叙事传统对小说内容更新与形式变革的介入。

第三，从中西小说神话叙事的差异性表现来看，二者在观照世界的角度、时空观念的表现等诸多方面均存在差别，这形成了不同的小说叙事外在形态。浦安迪在考察中西神话之区别时，认为"希腊神话以时间为轴心，故重过程而善于讲述过程；中国神话以空间为宗旨，故重本体而善于画图案"①。相对于西方神话叙事而言，中国小说神话叙事在空间性体认、抒情特质的发扬等方面有着突出的表现，并且随着中西方文学交流的发生，叙事性的强调也逐渐呈现在中国当代作家作品之中。新时期以来的中国小说神话叙事，是悠久的中国神话叙事传统在绵延的文学创作历史中延续、转化、更生、变异的结果，它既遵循了中国神话讲述传统的叙事规律，也在西方神话叙事的影响下出现了一些新变化。总结来说，中国小说神话叙事的历史传统主要表现在三个方面，即口头叙事传统、文字叙事传统与民间信仰传统。

原始神话的诞生，与人类语言的产生、心智的成熟紧密相关。虽然图像亦可称作一种叙事形式，但在叙事的完整与清晰层面，口头叙事显然具有更大的优势。神话叙事的早期历史，是通过人类的口头表达与传播而得以建构的。当人类在童年时期面临足以影响其发展进程的重大事件时，比如贯通天地的闪电、泛滥的洪水与撼天动地的地震时，他们嘴里发出的声音表达出其惊恐、敬畏、震撼等多元的心理特征与情感状态，这为后来的一种想象性话语创建提供了原始的助推力。卡西尔认为

---

① ［美］浦安迪. 中国叙事学［M］. 北京：北京大学出版社，1998：42-43.

人类的语音"存在着一种超越事物的特殊力量","原始人处理事件和灾祸的'驱除妖魔',寻求用唱歌、喧闹的叫喊和嘈杂声来避免日食、风暴等灾难。然而,语言的神秘、巫术的力量在清晰的发音中得到真正的显示"。① 这种神秘的力量伴随人类度过最初的艰难岁月,它逐渐转化为一种人类解释世界的能力,并以叙事的形式呈现出来。神话口头叙事包含了丰富的内容,它不仅包括对世界与人类历史之源起的解释,如宇宙神话、创世神话、人类诞生神话、文化起源神话等,也将弥漫于民间的信仰、习俗与仪式收纳其中,从而为小说神话叙事提供了异常丰富的主题。神话口头叙事具有较为灵活的表现形式,它往往以某一主题为核心展开叙述,但其具体细节与表达形式会因为客观环境的不同而发生改变,因此呈现出形态多元、细节丰富、叙事灵活的特点,它反映出叙事者内在情绪变化引发的神话外在叙事层面的变动,神话的口头叙事即以活态形式构成庞大的、广泛留存于民间的叙事系统。在人类学家的田野调查中,这些神话口头叙事逐渐浮出地表,成为神话当代呈现的方式之一。

小说神话叙事虽然在叙事的最终呈现形态上与口头叙事不同,但后者仍在多个方面滋养了小说神话叙事。

首先,神话口头叙事往往植根于某一具有典型性的叙事起点,比如人类的产生这一神话母题,对这一母题的民间解释与叙事性表现多种多样,比如女娲造人、兄妹洪水后再殖人类、蛋生人、竹生人等。人类诞生的多元解释推动作家主动发掘人类表现的新形式,他们不再简单地重复女娲造人的故事,而是试图探讨人类精神的起源,在人类的物质形式获得科学解释的今天,对于人类精神问题的探讨显然是神话表现的新主题,而且在一些科幻小说中,作家们也着力于探索新兴人类诞生的可能,比如机器人的诞生或者人工智能对于人类基因改造的影响等,这些书写都要归功于传统神话中的人类诞生母题。

其次,在当下社会,神话口头叙事仍广泛存在于中国社会的多个文

---

① [德]卡西尔. 神话思维[M]. 黄龙保,周振选,译. 北京:中国社会科学出版社,1992:46.

化地域，现代都市中流传的神话与传奇，乡土社会中伴随民俗表演、民间仪式而发生的地方性口头神话叙事，以及在少数民族地区广泛传播的民族神话，都成为小说神话叙事的重要参照。神话口头叙事既作为一种叙事的历史传统潜隐在小说创作的深层，也以参与小说情节架构、人物塑造等形式进入叙事的表层，它既印证了远古神话流传至今的强韧生命力，也使人类在心理层面产生与神话的关联，从而使神话重新进入人类的社会生活实践，并启发人类的直觉能力与审美实践。

文字的发明与运用，是人类文明发展史中的重大事件，它既反映着人类思维的进步，同时也推动了人类新型表达能力的发生。文字的发明，使得神话叙事实现了由口头语言向书面文字的转化，在这一前提下，神话的表现形式、内容创作等诸多方面均产生了巨大的变化。王逸在探讨屈原创作《九歌》的源起时，就还原了中国文人神话叙事的发生图景：屈原放逐，窜伏其域，怀忧苦毒，愁思沸郁，出见俗人祭祀之礼，歌舞之乐，其词鄙陋。因为作九歌之曲。上陈事神之敬，下见己之冤结，托之以讽谏。王逸不仅展示了神话叙事的初级形态，即糅合了口语、祭礼、歌舞等多种形式的叙事方式，而且也阐明了屈原创新神话叙事方式的缘由。神话口头叙事的"其词鄙陋"，及其世俗功能的过于突出，难以使神话叙事的审美功能得到充分发挥，因此屈原是在审美特性与现实功能方面实现了对神话口头叙事的改造，从而凸显出神话文字叙事的特殊形式与价值，这为小说神话叙事的未来发展提供了优良借鉴。

以文字形式存在的小说神话叙事，主要表现为两种形式：一是广泛散布于传统典籍的神话叙事材料，虽然这些材料并未被组织成具有逻辑性与完整结构的故事，但却成为小说神话叙事的主要材料来源；二是在文学史中出现的完整表现一个故事的神话小说，它们直接启发了后世的小说神话叙事。就前者而言，先秦与汉初时的《山海经》《吕氏春秋》《诗经》《穆天子传》《淮南子》《楚辞》、汉代的《吴越春秋》《风俗通义》《神异经》、魏晋南北朝时的《搜神记》《博物志》《拾遗记》等，为中国神话史提供了丰富的材料，大禹治水、后羿射日、嫦娥奔月等经典神话故事，以及西王母、女娲、黄帝、蚕马、无支祁等神话原型，均具备转化为小说表现对象的巨大潜质。就后者而言，胡应麟谈道："凡变异之谈，盛于六朝，然多是传录舛讹，未必尽幻设语。至唐人乃作意好奇，假小说以寄笔端。"①由此可见，唐朝成为小说神话叙事发展的关键节点，袁珂认为，唐以前的神话大体是笔记体，"到了唐代，其中一支还沿袭着以往的道路，以笔记体的形式记录着往古的神话和新产生的神话；而另外一支则以一些神话传说作为材料，开始有意识地写作神话小说"②。从唐五代时的《古镜记》《枕中记》《南柯太守传》《柳毅传》，到宋元时的《夷坚志》《吴船录》，乃至明清时的《西游记》《封神演义》《聊斋志异》，小说神话叙事经历了一个讲述技巧渐趋圆熟、结构不断完善、主题越发明晰、内涵趋于丰富的过程，而当代小说神话叙事也处于这一叙事流变的脉络之中，并呈现出与之前创作不同的特点。

民间信仰传统，与神话的口头、文字记录不同，它更多情况下是民众的一种精神记录，是对大众独特心理的直观呈现。民间信仰的呈现方式也不限于口头与文字的记录，而是集合语言、文字、图像、仪式等多种讲述方式于一体，是一种系统化的、具有严谨程式的信仰形态。它对小说神话叙事的影响，不仅在于其组成内容对于作家的启发，很多时候作家的神话叙事本身即对这一民间信仰的形象书写，民间信仰传统对小说创作的影响是多方面的，是小说叙事的内涵能够深化，且能够引起大众心理共鸣的重要前提。因此可以这样认为，民间信仰传统是中国当代小说神话叙事本土性的重要来源。对于中国的民间信仰传统来说，神话是其能够发展壮大的源头，而民间信仰的渐趋多元，也使神话得到越发多样的民间化表现。以中国民间的玄武神话与信仰为例，据学者陈器文的考证，玄武经历了一个从神龟灵兽到道教大神的嬗变过程，民间的四灵信仰、巫术传统等促成了这种转变，玄武龟蛇双首勾环的独特构形，在继承《山海经》开启的合体与变形传统以引发神圣意味之余，亦引发

---

①　(明)胡应麟．少室山房笔丛·二酉缀遗(中)[M]．上海书店出版社，2022：371.

②　袁珂．中国神话史[M]．北京：北京联合出版公司，2017：205.

了民间审美形式的拓展与内涵的深入。另外，围绕玄武产生的民俗信仰、民间神话(如桃花女神话与周桃斗法故事)与民间祭祀，也使玄武神话成为民间信仰传统的组成部分。按照贝特森的观点，"仪式、神话、艺术等潜意识心灵历程所控制的领域，就是从支离的部分重新构成一个整体，呈现出整合和类型化的一面，将心灵和肉身重新结合起来"①。也就是说，民间信仰体系将神话传说、信仰观念、仪式行为、器物图像等包容在内，将民众的思想观念与实践行为结合在一起，形成了一套独具特色的运行逻辑。小说神话叙事对民间信仰体系的引入，是一种自觉的叙事选择，这是因为民间信仰体系在很大程度上组成了民间生活的主要形式，是对中国民间文化特性的最真实记录，另外，神话与民间信仰之间的天然联系，使得小说神话叙事对民间信仰体系的表现更为自然。

口头叙事传统、文字叙事传统与民间信仰传统，构成新时期以来中国小说神话叙事的历史传统。虽然不同作家的神话叙事各有侧重，但都实现了对神话叙事历史传统的继承与开拓。随着人类文明的进步，以及不同文化族群之间交流的深入，文字叙事逐渐成为神话叙事的主流形式，但口头叙事传统并未因此消歇，神话学者开展的田野调查，以及在某些地域开展的神话资料搜集，不仅为神话学界发掘出宝贵的神话叙事材料，而且也深度地促进了小说神话叙事在形式与内容方面的变革。作家在对民间信仰传统的改造性书写中，以现实主义眼光重新审视民间神话与仪式行为，使一些地域色彩浓厚、民间文化信息丰富的神话叙事作品成为表达现代人历史与社会认知、文化感受的重要中介。小说神话叙事历史传统，在新的时代中焕发出了新的生命光彩。

三、小说神话叙事结构、类型与功能

对小说神话叙事结构、类型与功能的阐释，是小说神话叙事基本概

---

① 陈器文.玄武神话、传说与信仰[M].西安：陕西师范大学出版社，2013：161.

念的框架性拓展，对于具体的文本分析具有指导性作用。叙事结构的分析，是对某一叙事基本框架的说明，它组成叙事的骨架，是叙事能够成立的重要前提。叙事类型的归纳总结，则是从丰富的叙事行为中提炼出的叙事模式，一种合理的叙事类型的划分，能够在整体性层面对多元的叙事现象进行概括性说明。叙事功能的解读，则涉及叙事的最终效果，小说叙事功能的实现，不仅是在文本的叙事层面，而且也能够进入读者的审美心理层面，因此也构成叙事理论探讨的重要问题。对结构、类型与功能的充分说明，是小说神话叙事存在之合理性的证明，对于其理论构建具有重要的支撑作用。

小说神话叙事的叙事结构，指小说神话叙事所呈现出的外在轮廓，或叙事的外在模式，它以相对固定的形态反映出创作者对于神话内涵与功能的理解。与一般叙事相比，小说神话叙事结构是开放的，这取决于神话诞生时口头叙事的灵活形式与不稳固状态，并且在不同的时代存在不同的表现方式，因此其结构是变动不居的。即使面对相似的主题，小说神话叙事也往往能够以不同的结构模式予以表现。

文学作品的叙事结构，既关涉具体的创作文本，又与时代、社会主题相关联。杨义认为，"结构既内在地统摄着叙事的程序，又外在地指向作者体验到的人间经验和人间哲学，而且还指向叙事文学史上已有的结构"①。也就是说，叙事结构是容纳文本内外的动态存在，对小说神话叙事结构的分析也应从文本的内与外两个层面进行说明。在内部的小说创作层面，明清时期中国具有代表性的古典小说创作，其神话叙事结构具有源头性意义，成为后世作家借鉴的对象。吴承恩的《西游记》开创了以人物历险为叙事主体，并以孙悟空等核心神话人物贯穿文本始终的叙事结构；曹雪芹的《红楼梦》以女娲补天起始，把主要人物贾宝玉（通灵宝玉）、林黛玉（绛珠仙子）的前世盟约作为叙事的主要线索，并以贾宝玉神游太虚幻境等片段强化叙事的神话特性，从而突出文本整体循环叙事的特色；许仲琳的《封神演义》则以历史神话化的方式，将商

---

①　杨义．中国叙事学［M］．北京：人民出版社，2009：46.

周间的战争历史表述为神魔之战，并把这种对位结构进行伦理化处理，把善与恶、正义与非正义的伦理因素作为神话叙事的延伸；蒲松龄的《聊斋志异》则充分表现了流布于民间的神鬼信仰传统，将鬼物、精灵等提升到与人类等同的叙事地位，从而使人与鬼之间的对抗或合流构成神话叙事的主要结构。另外，《水浒传》中一百零八位英雄的"妖魔"身份，《金瓶梅》以玉皇庙、永福寺开启的"双构性思维"①，使得文本内部充满浓厚的象征性，其目的是借神话反观现实。新时期以来小说创作所依托的社会情境，使作家较少选择神怪故事作为叙事材料，而是更多将神话与现实并置，发挥神话叙事对于现实的介入功能。这种选择指向了神话在"结构层次更高的社会里"的更新的发展方向，即"上升为观念，成为历史和哲学思想的把握原则"②。把女娲补天神话解释为人类社会构成与组织的方法，或者如弗莱所说把堕落神话视为把握罗马历史的原则等，都是将神话叙事思想化或哲学化的典型例证。

在中国当代作家的小说神话叙事中，这种从叙事外部的社会历史层面拓展神话叙事结构空间的例证并不鲜见。他们或者以传统神话中表现的行为实践(如补天神话、射日神话、奔月神话)类比人类的某些行为，或者以经典神话意象(如朱雀、羽蛇)作为人类生存的象征，并由此介入对人类社会实践的思考，这种叙事结构的创新显然能够产生更为深刻的意义，它能够使小说神话叙事在获得社会普遍认同的同时，进一步推动人类群体之间的交流。

小说神话叙事类型研究，是对神话叙事在文本中的表现与具体分类的探究，其依据是神话元素进入小说的方式，以及作家对这些元素的再创造与处理方式。美国学者汤普森认为，"一种类型是一个独立存在的传统故事，可以把它作为完整的叙事作品来讲述，其意义不依赖于其他

---

①　杨义．中国叙事学[M]．北京：人民出版社，2009：51.

②　[加]诺斯洛普·弗莱．现代百年[M]．盛宁，译．沈阳：辽宁教育出版社，1998：74.

任何故事"①。中西方学者皆有小说神话叙事类型划分的先例,如约翰·怀特在《现代小说中的神话》一书中将小说神话叙事划分为四种类型,即"1. 对经典神话的完全重述""2. 对叙述传统神话与当代世界观照的并置性叙述""3. 背景设置在现代世界,但将一种神话模式或参照贯穿于小说始终""一种神话主题(事件、人物或受限的人)预示了小说叙事的某一部分,但不像第三种那样贯穿叙事始终"。② 一些中国学者的类型划分则集中于小说神话叙事的显性与隐性层面。③ 对于小说神话叙事的类型划分,既要依照小说的具体叙事表现,也要考虑到神话叙事的古今之变对于当代小说的影响,综合来说,小说神话叙事可划分为三种类型,即"重述型""隐喻型"与"再造型"。

"重述型"神话叙事,指作家立足于当下的时代与社会情境,对传统神话中的人物、情节等神话要素重新进行叙事层面的组合与改造,从而使传统的神话内容通过现代手法而被赋予了新的形式与内涵。神话重述的核心问题和最终目标,是探讨神话的传统形式如何在当下得到合理的再现,并通过这种再现重新建构神话哲学及其感性显现。在当代小说家的创作实践中,"嫦娥奔月""女娲补天"等神话素材都成为重要的神话原型,这些神话在保存基本骨节架构的同时,也成为当代作家借以表达现代观念的重要中介。

"隐喻型"神话叙事,指作家不以讲述一个神话故事作为叙事核心,而是以神话思维等观念形式作为叙事的背景,着重在叙事中营造一种与现实相异的情境,并以此作为神话主题的现代形式,同时发挥神话叙事特有的象征作用。由此,当代的一些小说在外在结构与内涵的延伸上,

---

① [美]斯蒂·汤普森. 世界民间故事分类学[M]. 郑海,等,译. 上海:上海文艺出版社,1991:498.

② John J. White, Mythology in the Modern Novel:A Study of Prefigurative Techniques. Princeton:Princeton University Press,1971:51-54.

③ 叶永胜. 中国现代神话诗学研究[M]. 合肥:合肥工业大学出版社,2014:34-35.

都实现了对传统神话的沿袭。举例来说，传统的"化生"神话即以死而复生的形式表现自然循环的主题。盘古、精卫、鲧等的化生，是以主体的变化解释自然现象发生的原因，同时隐喻自然生命的接续与转化。从唐传奇到明清古典小说，乃至以鲁迅创作等为代表的中国现代小说，以及当代作家贾平凹、莫言等人的创作，隐喻型神话叙事存在一条明晰的叙事链条。

"再造型"神话叙事，指创作者通过重新塑造神话人物、设置叙事链条、虚构神话情境的方式，创造一个模仿传统神话但又内蕴神话之现代特性的宏大神话世界，借以表现现代人对神话的新型理解与历史认知。再造型神话叙事存在两种创作倾向：一是挖掘神话历史中的空白点，并以叙事形式重新进行表现，从而构建整体的、系统性的神话历史；二是以科幻叙事的形式塑造未来神话，它往往以对科技景观的细致描摹，形成对人类神话想象的现实形塑，从而以新型表现方式开拓神话叙事表现的广阔空间，进而揭示作家对时代发展走向的思考。小说神话叙事类型的划分，以及作家神话叙事的丰富性与多元性，为神话资源的当代转化提供了理论与创作实践的支撑。这种转化不仅指向具体的小说叙事层面，也深入人类思维观念的深层次表现，这预示了小说神话叙事未来的诸多发展方向。

对于小说神话叙事功能的讨论，需要回到神话的源头，从神话诞生的情境出发，考察神话对于人类群体的作用。神话之产生源自人类解释世界的欲望，因此其叙事方式便承载着人类对生存环境与自身生存实践的独特理解。在人类学家马林诺夫斯基对土著社会的考察中，他将土著的神话与巫术联系起来，认为神话以凝结的咒语形式参与到土著社会的制度建设之中，因此，人类早期的神话叙事不仅承担着解释日常生活经验之来源的作用，成为人们感性经验的重要支撑，而且也成为人类社会制度建构的重要凭借。正如神话学家劳里·杭柯所言，"神话当然具有众多特殊的功能，然而我们可以概括地说它们既提供了行为的认识基础，也提供了行为的实践模式"①。在神话学家看来，神祇故事的演绎只是神话表达的一个方面，神话叙事还是构成人类神话思维表达的重要方式，因此，小说神话叙事包括神话故事的文学表达，且具有通过叙事实现对人类社会实践与精神生活的探查作用。小说神话叙事的特殊性，在于它是通过文字组织与主题阐释的方式介入神话的表现，因此与仪式行为等实践方式存在区别，这也影响了其叙事功能的实现。总结来说，小说神话叙事的功能主要体现在三个方面，即认知、审美与伦理。

对于小说神话叙事来说，认知、审美与伦理功能的实现，是一个由浅到深、由表及里的转化过程，通过叙事表达的支撑，神话得以重新进入读者的审美视界之中，并实现其在当下时代情境中的重要作用。

小说神话叙事认知功能的发挥，是通过小说作为一种公共文化产品的流通与传播而实现的。在十七年文学时期，中国的一些传统神话资源被视为传统文化的糟粕，成为封建迷信的代名词，因此并未得到充分的表现。新时期以来，当代作家自觉地发掘既有的神话资源，并以多元的叙事手法完成对神话的现代化改造，这些叙事作品在新时期以来的文学创作场域中获得广泛的传播，从而更新了社会大众对神话的固有认知。神话具有的神秘特质与特有的包容性，使人类在新的时代情境中更新了对于神话的认知，并在此基础上生发对于神话乃至神秘世界的敬畏之心。

随着人类对神话的认知渐趋成熟，小说神话叙事的审美功能才能得以实现。原始神话有着多元的面貌，这说明了不同文化区域中人们审美趣味的差异，它同时影响到小说神话叙事的审美表达。小说神话叙事对神话审美性的发现是多样的，它不仅以充沛想象力的叙事营造呼应原始神话的瑰奇特质，而且以具有强烈冲突性的情节的设置、性格鲜明的神话人物的刻画，以及宏大神话场景的塑造，触发读者的感知系统，使其心理在获得极大满足的同时，也在知觉层面感受到激情的勃发，从而获

---

①　[芬兰]劳里·杭柯. 神话界定问题[A]. 朝戈金，译. [美]阿兰·邓迪斯，编. 西方神话学论文选[M]. 上海：上海文艺出版社，1994：68-69.

得类似于视觉享受般的美感。

　　小说神话叙事使读者获得审美性感受，让读者能够在现实之中感受到艺术化了的自然进程，进而培养一种美学的态度，这种审美态度会延伸到人类的道德伦理层次，影响到人类的善恶观念与行为选择。马林诺夫斯基认为，神话参与了人类信仰与道德体系的构建，影响了人类参与现实的方式，"它不是聊以消遣的故事，而是一种经过苦心思索而成的积极力量；它不是一种理性解释或艺术幻想，而是原始信仰和道德智慧的实用宪章"①。小说神话叙事的伦理功能，恰恰是通过塑造富有典型意义的神话形象、虚构带有神话意味的教谕色彩明显的故事以确立一种善的标准，从而引导人们趋向正确的道德规范与行为方式，其最终的叙事效果是在文本中弘扬真善美的优良精神品质。

第二节　中国神话叙事传统的当代延续

　　中国的神话叙事传统历史悠久，当代作家通过对神话资源的再利用与叙事转化，实现了神话叙事传统在当代文学的延续。具体来说，中国的神话叙事资源大致可分为三类。首先是记录在传统典籍中的原始神话资源，如《诗经》《山海经》《吕氏春秋》《淮南子》等中记录的神话，这些神话是原始先民集体创作的结果，并被编者辑录，更多地保留了神话的原初特质。其次是中国文人的神话叙事传统，从庄子、屈原，到曹雪芹、蒲松龄，中国文人在对原始神话资料进行改编、辑录乃至再创造的过程中，逐渐形成了完整、系统的神话叙事经验，这对后世作家的神话认知与创作产生了深远影响。最后是民间神话资源的叙事转化与利用，这里的"民间神话"指在历史发展中散落于民间而未被主流文化收纳、采集的神话，在新的历史阶段，这些民间神话成为作家重点表现的对

---

　　①　[英]马林诺夫斯基.神话在生活中的作用[A].[美]阿兰·邓迪斯,编.西方神话学论文选[M].上海：上海文艺出版社，1994：263-264.

象，并重新迸发出蓬勃的生命力。

一、原始神话资源的当代再利用

按照神话学界的一般说法，中国原始神话的记录都比较散乱，且不成系统，在经过历史化改造之后，遗留下来的神话资料更是有限。而西方神话（尤其是古希腊神话）则被完整地记录下来，而且经过荷马的《荷马史诗》、赫西俄德的《神谱》等史诗的艺术加工，成为西方后世文学创作的重要资源。然而，在神话内容的丰富性及人类精神世界的多元反映层面，中国神话并不亚于西方神话，创世神话、洪水神话、祖先神话等传统神话母题的存在，证明了中西原始人类思维的共通性。神话被记录及演绎的不同方式，证明了不同种族思维的差异性，但在对后世艺术创作的启迪层面，中西神话并无本质的差别。神话学家何新认为，"作为人类语言发明以后所形成的第一种意识形态，在神话的深层结构中，深刻地体现着一个民族的早期文化，并在以后的历史进程中，积淀在民族精神的底层，转变为一种自律性的集体无意识，深刻地影响和左右着文化整体的全部发展"①。也就是说，神话对于后世文学的影响，主要体现于文化内涵与思维方式的沿袭，其叙事形式因素并不具有决定性影响。从当代小说的创作整体情况来看，传统神话记录与表达的缺失并未影响当代作家小说神话叙事的表现力，当代作家反而因之开辟了更大的叙事空间以及更自由的叙事动力。

中国古代并无专门记录神话的典籍，神话材料多散见于地理、历史、人物志、谶纬之书中，中国当代小说对于神话材料的处理，也大致采取了上述方式。除了一些重述神话创作，很多作家都将神话材料组织入现实题材的创作，使神话或者作为重要的叙事情境，或者作为与现实对照的形式突出作家独特的思维特征，这成为当代小说神话叙事的重要

① 何新．论远古神话的文化意义[A]．马昌仪，编．中国神话学百年文论选[M]．西安：陕西师范大学出版社，2018：660.

特色。在传统典籍中，《山海经》一般被认为是一部地理志书，但却描画了形态多样的自然物象，呈现了诸多具有神秘意味的神话地域，记录了中国原始社会的自然生态，同时也塑造了女娲、精卫、羲和、常羲、西王母、黄帝等在后世艺术创作中反复出现的神话原型。《诗经》这部中国最早的诗歌总集，则记录了《玄鸟》《生民》等以神话叙事方式解释商周祖先之来源的神话，感生神话、动物神话的穿插，以及以神话介入历史源起解释的方法，开启了后世历史叙事的神话形式。史书中的神话叙事材料，则以《尚书》《周书》中的赤帝、黄帝、蚩尤神话，《左传》中的高辛氏二子神话，《国语》中的蓐收神话等为代表。经过神话资料的不断补充，以及神话叙事的不断更新，女娲补天、共工触山、后羿射日、嫦娥奔月等在后世成为经典的神话，在《吕氏春秋》《淮南子》等典籍中被赋予了更为圆熟的形式与更充实的内容。纵览传统典籍中的神话，虽然其记录不成体系，但却形成了独特的神话典型化讲述方式，而正是这种方式，滋养了后世一代代的叙事者，并形成了中国神话叙事的独特色彩。

新时期以来的小说创作中，"重述神话"系列创作可称作对原始神话资源的最自觉借鉴。叶兆言的《后羿》、苏童的《碧奴》、李锐的《人间》、阿来的《格萨尔王》构成了这一系列的主要部分。严格来说，苏童选择的孟姜女故事、李锐选择的白蛇传说，与阿来选择的格萨尔王史诗，都可称作民间神话资源的再利用，因此留待后文讨论。叶兆言选择了较为经典的嫦娥与后羿神话，在《后羿》中，他将后羿射日与嫦娥奔月神话结成一个统一体，在原始社会背景的设置中，作家探讨了后羿与嫦娥之神性此消彼长的过程，这种世俗性质显著的叙事方式与大众化思潮的影响息息相关。叶兆言的叙事与传统典籍的记录相比发生了比较大的变化，它冲击了读者的既有神话体验，同时在社会层面引起了争议。另外，也有一些作家则以传统典籍中神话讲述的空白点为根基展开叙事，从而以现代语言充实了神话史的内容。这在现代文学中已有先例，如干宝在《搜神记》中记录的"蚕马"神话，以寥寥数语解释了蚕的祖先的来源，在现代诗人冯至的《蚕马》中，诗人不仅补充了神话的细节，而且以细腻的情思把神话重新演绎为一个优美的爱情故事。

当代作家中，沿袭这一创作思路的代表是朱大可。作为一位文化学家，朱大可不仅研究神话理论，而且也在具体的创作中践行着自己的理论主张。在《长生弈》等作品中，他把目光转向了湮没于典籍中的春神句芒神话。句芒神话在传统典籍中的记录并不多，如《山海经》中有"东方句芒，鸟身人面，乘两龙"，《尚书·洪范》中有"东方之极，自竭石东至日出博木之野，帝太皞神句芒司之"，《淮南子·天久篇》中又有"句芒，蓐收，执规矩而治春秋"等。在为数不多的典籍记录中，句芒具有了一个东方的、专司春秋之神的大致身份，但围绕这一神灵的叙事语焉不详，这就为后世的神话叙事提供了一个具有极大开放性的神话原型。在《长生弈》中，朱大可虚构了与春神句芒对应的死神阎魔形象，并以人世间的纷争映照神界的生死争端，从而使一段在传统典籍中未被充分叙述的神话材料，重新具有了再叙事的可能，且具备了浓重的现实性意义。另外，在《字造》一书中，朱大可亦以仓颉造字这一神话故事原型，将《淮南子·本经训》中所载的"昔者仓颉作书而天雨粟，鬼夜哭"还原成一个有强烈冲突性与丰富细节的故事，且着重刻画了仓颉等神话形象，由此，朱大可的神话再造显然是一种颇具野心的叙事创新，按照这种思路，完整的神话历史完全可以通过艺术创作的形式被重现出来。

在对传统典籍中的神话进行重述或再造的同时，也有一些作家将叙事重心转向了神话形象的塑造。相对于神话情节来说，神话形象蕴涵的信息是复杂的，其内涵也一直在发生变化，作家们往往会根据创作需要与现实情境的要求，对神话形象作出更为科学的解读。比如朱雀，在一些学者看来，朱雀与凤凰有着同样的原型。王大有认为，凤凰在商周时为玄鸟，即燕子、乌鸦、鹰鹑类属的统称，秦汉时为朱雀，即朱雀、踆乌之类。① 而关于凤凰的记录，早在《山海经》中即已出现。《山海经·南山经》中记载："丹穴之山有鸟焉，其状如鸡，五彩而文，名曰凤皇。首文曰德，翼文曰义，背文曰礼，膺文曰仁，腹文曰信。是鸟也，饮食

---

① 王大有. 龙凤文化源流［M］. 北京：中国时代经济出版社，2008：40-41.

自然，自歌自舞，见则天下安宁。"由此可见，在关于凤凰(朱雀)的早期典籍记录中，朱雀已被赋予了神鸟的属性，而且承载着丰富的美学信息，同时成了人类道德理想的象征。在当代作家的神话形象塑造中，一些自然物象不再仅具有神性的特质，而且成为作家表达历史意识的中介，在某些情境中，它们甚至会成为历史本身。比如葛亮的《朱雀》中，一个朱雀形状的挂饰即被凝结为串联起人物命运的神秘事物，在南京城的历史与现实相交织的情境中，朱雀这一神话意象被赋予了浓重的历史意味。又如白鹿。葛洪在《抱朴子》中言："虎及鹿兔，皆寿千岁，寿满五百岁者，其毛色白；能寿五百岁者，则能变化。"典籍中的"白鹿"不仅寓意长寿，而且具有了能够变化等神性特质。在陈忠实的《白鹿原》中，白鹿不仅成为白、鹿两个家族命运走向的内在隐喻，而且白鹿内蕴的神圣气质也使其成为小说核心人物朱先生与白灵的象征，白鹿的出现与消失，成为作者表现中国近现代历史与人物命运的重要凭借，传统的历史叙事因之充满了浓郁的神话气息。

　　在神话情节的设置、神话形象的塑造之外，一些作家则从神话的叙事结构方面汲取原始神话资源的营养。人类早期神话中的一些经典结构，在长久的传播与流变过程中，早已成为具有典型意义的结构原型，并内在于人类当下的诸多艺术创造中。迪梅齐尔在比较神话与小说时认为，二者在有些层面的叠合，证明二者"存在同一个连贯的情节，同一条线索，以致我们可以把小说看成从神话的宗教结构派生出来的文学结构"①。如果说西方小说神话叙事与宗教因素相关，那么中国当代小说则更注意神话与现实因素的相合，并在此基础上营造故事的结构。在《老生》一书中，当代作家贾平凹把《山海经》的文本以"楔子"的形式纳入小说结构，原始神话文本中和谐有序的自然秩序的凸显，人物生存的现实中战争、瘟疫、欺骗等诸多无序的事实，二者的并置以及由之形成的神话与现实的对位结构，便使小说呈现出更深层次的意义。《老生》

---

①　[法]乔治·迪梅齐尔. 从神话到小说：哈丁古斯的萨迦[M]. 施康强，译. 北京：北京大学出版社，2012：144.

中的神话结构本身即具有独特的作用，它既在一定程度上映照了现实，也触及了人物心理的深层。

类似的叙事方式也可见于莫言的《生死疲劳》等作品。"生死疲劳"一词源于佛经中的"生死疲劳，从贪欲起，少欲无为，身心自在"一语，莫言在小说中也自然借鉴了话语蕴含的深意，而他在叙事中表现出的循环意味，则是来自神话。盘古化生万物、女娲溺毙之后化为精卫鸟等化生神话，都是以叙事主体生命形态的变化来表现生命的延续过程，这种叙事形式反映在《生死疲劳》中，即是以主人公西门闹的驴、牛、猪、狗、猴、大头婴儿等变形形式，形成叙事的循环结构，它既呈现了历史的变迁，而且也导向一种人生无常、善恶有道的主题内涵的开掘。总的说来，对于传统典籍中记录的丰富神话资源，中国当代作家从神话情节、神话意象与神话结构等多个层面进行了充分发掘，而他们的小说创作也成为原始神话的现代回声。

二、文人神话叙事传统的当代拓展

所谓文人神话叙事传统，指中国的知识分子从传统神话中汲取可供叙事表现的内容，并根据自己的学养、经验、性情乃至创作风格组织以神话材料为基础的叙事，从而形成的一套系统的、代表知识分子叙事风格，且有一定思想性的叙事体系。如果说传统典籍中的原始神话是先民集体创造的结果，那么文人神话叙事则更注重个体性表达与思想性创造。文人神话叙事的早期代表，当是庄子与屈原。

《庄子》中有相当丰富的神话材料，"神话人物尧、禹、离朱、赫胥氏、燧人氏、罔象、翼、神农氏等多次出现，如《大宗师》中以狶韦氏、伏羲氏、黄帝、颛顼、傅说、冯夷、肩吾、禺强、西王母等神话人物串起诸多神话材料"[1]。庄子寓言式的、思辨式的创作风格，与其笔下的

---

① 叶永胜. 中国现代神话诗学研究［M］. 合肥：合肥工业大学出版社，2014：46.

自然神话物象相得益彰，庄子的自然认知与哲学观念即建立在上述基础之上。王煌认为，庄子"颇喜爱征引传说中的帝王与神话中的山水之神灵，以辅助陈述天道的全能与遍在"①，将自然万物都当作有个体思想的存在，并在与这些事物的交流中体味神性的流通，最终获得一种民胞物与的悲悯情怀。如果说庄子以神话叙事实现对其哲学与自然思想的注解，那么屈原则以想象的瑰奇、手法的灵活，使神话叙事的艺术性得以增强。

　　屈原是从个人的现实遭际与主观抒情相结合的角度去理解神话的，也就是说，屈原的人生遭际与情感认知体验使他更倾向从主观角度认同、解释神话，神话对于他来说是主观心理投射的对象，而非像庄子那样是社会或人生观念表达的中介。因此，他会通过《天问》以叩问天地的形式表达自己的情思，而在《离骚》中，诗人则把自己塑造为一个超越时空界限的神界人物，他上叩天阍，下求佚女宓妃、有娀氏女和有虞之二姚，东由天河渡口出发，西至极远之昆仑，在一个立体的空间中，上下求索，东西寻觅，在与神灵的神思融汇中，找寻自己人生存在的意义与价值。庄子与屈原的神话叙事实践，拓展了神话资源的再利用空间，同时影响了魏晋时期的志怪小说、唐传奇，乃至明清时期的长篇小说。

　　庄子、屈原之后的中国知识分子作家，延续了前辈的创作思路，他们不把神话视为信仰的对象，而是视其为阐发思想与表达情感的重要凭借。比如《红楼梦》中的女娲补天神话，曹雪芹显然并不尝试重述该神话，而是把它组织入小说的结构。贾宝玉幻化的顽石，在经历人生悲喜之后重归来处，这本身就蕴含着一种人生无常之感，曹雪芹在前人神话叙事传统的基础上，将自身的人生体验编织进一个神秘的传奇故事中，成为古典小说神话叙事的代表。在当代小说《天漏邑》中，作家赵本夫采取了与曹雪芹相近的创作思路。"天漏"与"补天"的叙事逻辑，与文

---

①　王煌. 老庄思想论集[A]. 叶舒宪，编. 庄子的文化解析[M]. 武汉：湖北人民出版社，1997：20.

本中的历史变迁、人物命运紧密结合在一起，使传统的神话叙事具有了浓重的历史意味。又如冯玉雷的《敦煌遗书》，同样是以神话的方式表现历史，但他是以后现代的笔调，将斯坦因在河西走廊挖掘寻宝的踪迹，与敦煌的神话、历史与现实联系起来。作者将一种人类的现代行为艺术——"裸奔"，作为文本诸多人物命运的隐喻化表现，从而以一种文学的仪式化书写形式将历史视域的丝绸之路与文化视域的逐日之路相串联。赵毅衡认为，冯玉雷的敦煌书写是继神话、英雄、近代历史叙述之后的"第四次书写"①，因此与传统的神话叙事方法相比，冯玉雷的叙事选择显然更具有突破性，且为小说神话叙事开拓了更多可能性。

作为小说神话叙事的先导，庄子与屈原的创作开启了神话叙事的不同路径。《庄子》作为先秦散文的代表，神话被作为庄子言说的注解，传统的神话因之具有了更多的思想内涵。屈原则是以神话材料的阐发作为叙事的主要部分，他发掘了神话极具艺术性的部分，并以自己充沛的想象力塑造了宏大、神秘的神话世界，《离骚》也因之成为一部经典作品。庄子对神话的思想性与哲理性阐发，屈原对神话的艺术化塑造，延续到了魏晋时期的志怪小说与唐传奇中，这一时期的小说神话叙事开始加入鬼怪灵异的叙事成分，同时开始注重神话的现实作用，神话的现实品性得以增强。

明清时期的小说神话叙事将思想性、现实性、艺术性纳入整体叙事，为后世文学提供了小说神话叙事的经典作品。《红楼梦》以女娲补天始，以顽石回归终，凸显"白茫茫大地真干净"的哲学意蕴与人生体味；《封神演义》以神魔之战映照人的神性与魔性之争，以神话形式重新解释了历史；《金瓶梅》以开头与结尾的一寺一观作为神话原型，揭示了家族神话的另一种形式；《西游记》以人物游历的形式，沿袭了由《山海经》等神话文本开辟的通过神话视角转换推动叙事的传统。在明

---

① 赵毅衡. 敦煌的艺术书写——序冯玉雷长篇小说《敦煌遗书》[J]. 小说评论，2009(5).

事，主要包括牛郎织女、白蛇传、孟姜女等，这些故事与一般的传说不同，它们往往发生在遥远的过去，而叙事者一般以神圣的笔调突出作为"异人"(或是由动物转化而来，或是有某种天赋的异能)的主人公形象，从而与一般传说中的人类主人公区别开来；第二，在少数民族或偏远地区流传的神话，这些神话往往在相对封闭的文化地域中传播，是该地域人们日常生活与仪式行为依托的对象，而且是大众文化心理结构的重要组成部分，被神话学家广泛谈及的盘瓠神话、竹生人神话，以及少数民族英雄史诗神话(藏族民间说唱体长篇英雄史诗《格萨尔》、蒙古族英雄史诗《江格尔》和柯尔克孜族传记性史诗《玛纳斯》)等，均是该类型神话的代表。当代作家对上述民间神话资源的叙事性转化，不仅表现在以现代的理解遴选民间神话中适于叙事表现的内容，而且也表现在通过叙事从侧面反映出多民族地区的文化生态，从而实现了文学特有的记录功能。当代作家的民间神话叙事表现与人类学家的田野调查一道，成为当下民族传统文化创造性转化与创新性发展的重要借助。

对于一些作家来说，他们更倾向以重述神话的叙事方式展现民间流传的神话。关于"重述神话"，前文已有涉及，这里主要就重述神话的民间源流与重述的大致方向作出说明。民间神话在定型之前，往往要经过长时间的流播与嬗变。以白蛇传故事为例，自唐传奇《李黄》，到南宋话本《西湖三塔记》、明代冯梦龙的《白娘子永镇雷峰塔》，白蛇传的故事大体定型。清朝黄图珌的《雷峰塔》与方成培的《雷峰塔传奇》，则在叙事中完成了白娘子心性由恶向善的转变，从而为现当代文学的白蛇传再叙事提供了重要的神话原型与基本的价值旨归。当代小说中，李锐、蒋韵合著的《人间——重述白蛇传》《青蛇·白蛇》、李碧华的《青蛇》等作品，都表现出共同的创作倾向，即不满足于重述既有的白蛇故事，而是突出了作为异类的蛇在转变为人后所经历的迷惑、痛苦与情感上的挣扎，很显然，在当代作家笔下，白蛇传不再是一个猎奇的神话，而是作家探讨现代社会人性异变与美好人性呼唤的重要凭借。

又如孟姜女传说，这一传说自《左传》时即已出现。从"杞梁之妻"的身份，到《礼记·檀弓》中"哭之哀"因素的加入，孟姜女的社会身份逐渐下移，而围绕她展开的故事情节更加丰富，也更加具有戏剧性，从"夫死哭城"到"寻夫送衣"，孟姜女的形象也变得越发复杂。如果说现代文学阶段的孟姜女叙事继续发挥了民间叙事中主人公的贞烈品性（如熊佛西《长城之神》、张恨水《孟姜女》、吴祖光《孟姜女传奇》），以顺应现代作家的时代启蒙主张，那么当代作家苏童的《碧奴》则集中探索了孟姜女"哭"这一行为的来源与具体表现，当孟姜女身上的贞烈标签被揭开之后，苏童似乎终于发现了主人公身上更具本质性的东西，它是一种情感表现与行为呈示，而且可以被人类共同理解。孟姜女之"哭"是一种悲感的表示，但在苏童等作家笔下则转化成了一则女性寓言，它体现出女性在历史中的命运变迁，以及作家对中国女性历史与未来命运的反思。相对于以往神话叙事对孟姜女形象的符号化塑造，当代作家显然打破了符号化的弊端，为孟姜女披上了更富人性化色彩与人本思考的外衣，这也进一步拓宽了民间神话更广博的再阐释空间。

发掘少数民族地区的优秀神话资源，并以此为基础展开符合于时代情境的神话再叙事，不仅是小说神话叙事历史发展的必然结果，也是中国优秀传统文化在当下能够延续的必然要求。习近平总书记在文艺工作座谈会上指出，以《格萨尔王》等为代表的民族史诗处于中国辉煌灿烂的传统文化体系之中。因此，为了实现不同类型文化成果的和谐融通，少数民族地区的民间神话资源必然要经过文艺工作者的创造性转化与创新性发展，从而为新时代的文艺发展贡献力量。

当代作家阿来即是其中的代表，作为一名藏族作家，他自小便受到藏文化的熏染，而在藏族同胞之间广为流传的格萨尔王史诗更是沉淀为其宝贵的童年经验，这正是其从事文学创作的重要资源。在民族身份、文化背景、知识储备、童年经验等多重基础上，阿来展开了对格萨尔王史诗的重述，其《格萨尔王》也因之具有了更为明晰的史诗质感。在对格萨尔王时代的回顾中，阿来也不忘记自己处身的时代，他通过在小说中楔入说唱人晋美这一人物，使远古神话与当下现实相衔接，已经传唱上千年的史诗在小说创作中重新获得了生命力。

另一位与阿来采取类似创作思路的是陕西作家红柯。在《复活的玛纳斯》等作品中，红柯以一个现代人的眼光重新讲述了当代玛纳斯的故事。《复活的玛纳斯》以 1962 年苏联在中国新疆塔城引发的暴乱为缘起，引出主人公团长这一形象，团长强大的躯体力量、雄浑的英雄气魄，以及像玛纳斯那样完成驱逐异族入侵之伟业的英雄事迹，使他实现了由人到神形象的转化。另外，就像阿来一样，红柯也安排一位玛纳斯神话的传唱者——玛纳斯奇进入叙事，他对传奇英雄玛纳斯事迹的传唱与现实中团长的作为形成一种互文关系，这种类似蒙太奇的叙事效果不仅渲染出团长的神性特征，也预示出其生命力由旺盛到衰竭的过程，进而引出团长儿子与玛纳斯之子赛麦台依之间命运的相似。现实英雄与史诗英雄在叙事者视角的不断变化中形成叠化，而作为汉族的团长与作为柯尔克孜族的玛纳斯之间形象、气质的混融，也体现出一位汉族叙事者的民族眼光。将史诗或类史诗中的神或英雄的叙事作为主叙事层，以当代传唱者的讲述作为次叙事层，在二者的相互配合中突出神话与现实的紧密关联，这成为阿来与红柯创作的共同特征。

除了阿来、红柯这样的以远古史诗为依托展开现代英雄形象塑造的神话叙事，还存在迟子建、范稳等专注于特定的民族地域，系统地展现该地域的神话存在与类型的作家，他们的小说类似于为某些民族地域创造了民族志。

在《额尔古纳河右岸》中，迟子建以额尔古纳河流域的鄂温克族在现代社会冲击下的变迁为主题，描绘了以山林为家、以萨满信仰为心灵皈依的鄂温克人经历的生与死、欢欣与痛苦。萨满信仰不仅规定了鄂温克族日常生活的主要秩序，而且也塑造了他们独特的生死观念，这支撑着他们一直步入现代社会。鄂温克族走出山林，走向现代生活的过程，也是萨满信仰逐渐消散，乃至消失的过程，迟子建以"我"这一个鄂温克族最后一个酋长的女人的身份，将鄂温克族的历史缓缓道出，充满了浓浓的感伤意味。

如果说迟子建是从民族与现代生活之间的冲突为出发点重温民间神话，那么范稳则是从民族与历史之间关联的角度，以"藏地三部曲"的系列创作，走进藏东那片神奇的土地，去表现在那片土地上不同神话信仰之间的争执以及少数民族在现代化历程中的历史命运。藏族、汉族、纳西族、西方传教士同在这块土地上，藏传佛教的活佛、西方基督教的耶稣、纳西族的自然神灵与汉族的革命信仰，亦在这块土地上共同会见，神话从未像在"藏地三部曲"中这样获得如此复杂的呈现。历史的观照角度与视野，使作者更着力于发现神话信仰的不同表现方式，以及诸多方式实现和解的可能。民族地区丰富的文化与历史信息，以及神话在这些地域的特殊遗存方式，都促使当代作家去思考神话存在的特殊性与未来命运，这也使得当代作家的小说叙事注定担负了重要的使命。

第三节　新时期以来的文艺思潮与小说神话叙事

小说叙事所呈现出的诸多风格，往往是在文艺思潮的影响下发生的。新时期以来，中国的文艺创作进入了一个新阶段，它更注重艺术创作的独立性特征，而不再只是意识形态的承载物，诸多艺术类型的创作者选择了艺术的自觉态度。这种艺术自觉，既表现在对既往不合理创作模式的批判上，也表现在创作者对艺术创作规律的主动探索上，他们通过系统阐释中国传统文化资源的脉络与重要性，实现了文艺创作的古代与现代传统在当下的续接，从而使新时期以来的文艺创作真正突破藩篱，获得了更为丰富的表现力。在这一过程中，作为重要传统文化资源的神话，也成为作家进行现代化改造的重要对象。在小说创作层面，当代作家在作品中对神话要素的表现，以及对神话叙事模式的利用，贯穿了新时期以来的小说创作史，也成为观照当代文学史创作变迁的一条重要线索。在这一创作流变中，寻根思潮、大众化思潮、新媒体思潮等构成了文艺思潮演变的主要内容，并成为小说神话叙事转变的关键节点，各种思潮的变迁不仅改变着小说神话叙事的主要创作方向，而且使小说对神话的表现空间趋于丰富，从而使神话在当代情境中获得更加充沛的生命力。

一、新时期以来小说神话叙事现象概览

新时期以来的中国小说创作，呈现出纷繁复杂的整体样貌，成为中国社会现实变迁与大众精神状态流变的艺术呈现。在新时期以来的现实境况中，当代作家承担着破旧立新的任务，他们既需要从之前的创作桎梏中解脱出来，以新的叙事表现对于历史、现实、人生的思考，而且需要从古今中外的精神资源中发掘适用于当下的重要内容。也就是说，当代作家的创作，不仅需要表现新内容，而且需要找寻当下创作与中国人精神历史之间的联系，因此实现新与旧、古与今的融合，这成为当代作家最紧迫的任务。

值得注意的是，纵观新时期以来的文艺思潮，从中都可发现神话的身影。从初期的寻根思潮，到后来的大众化思潮与新媒体思潮，神话都成为当代作家重点借鉴的对象，对于一些作家(如贾平凹、莫言等)来说，他们对于神话的发现甚至超越了思潮的意义，而成为他们文学创作历程的叙事主题，乃至构成了其小说的整体风格。当代作家从神话中发现了联通古今的秘密，这是因为神话承载着人类的集体记忆，并早已进入人类的潜意识之中，而且从叙事层面来说，神话叙事也构成人类叙事文学的重要源头，开启了小说叙事的多元空间，因此，在新的时代情境中开启小说神话叙事的新方向，是既能够发挥中国传统文化资源，而且也能够进一步开拓叙事空间、塑造宏大精神世界的重要支撑。

当代作家对神话的重新发现，是从寻根思潮开始的。所谓"寻根"，指的就是作家对于中华民族精神来源的回顾，在一个需要反思精神创痛的时代，这种回顾是必要的，它能够使一个民族重新发现其能够走过艰难岁月并继续走向未来的精神力量。因此像王安忆、阿城、郑义、莫言、韩少功等作家才会在作品中塑造涝渣、肖疙瘩、孙旺泉、余占鳌等人物，而这些人物其实都属于传统神话英雄的当下再现，他们身上有着传统英雄的巨大力量，有着坚韧不拔、坚持不懈的精神能量，所以才能够引起作家内心的极大震撼，并早已成为当代文学史书写中的典型人物

形象。通过这种书写方式，也能看出当代作家对于神话的理解也超脱了传统意义的范畴，而是将传统神话延续下来的观念或思维呈现在当代创作中，它以神话原型的再现为表现方式，同时重点突出原型本身所蕴含的丰富内涵。这种对神话的现代理解，构成新时期初期的文学创作潮流，这不仅体现在寻根文学系列创作之中，也构成贾平凹等作家创作的主体特色，而且在20世纪80年代以欧阳江河、杨炼等诗人赋有神性意味的诗歌创作中，神话的当代表现得以延续，且神话的诗性特质得到进一步彰扬。在20世纪80年代当代文学创作的黄金时代，神话是一个不可忽视的角色，它以新型的表现形式与精神内涵的延续，扩展了当代小说的表现空间，也为之后的小说创作提供了良好的借鉴。

如果说寻根文学对于小说神话叙事来说承担的是开启者的角色，那么20世纪90年代乃至21世纪以来的小说创作，则细化了小说神话叙事，这不仅表现在神话与更多元叙事内容的契合上，而且表现在当代小说在更多方面借鉴了神话的讲述方式上，这其实正是思想解放与创作自由的表现。在20世纪90时代以来的创作场域中，经历了20世纪80年代文学创作的激情，更多作家选择以沉潜的姿态去选择所要表现的内容。以神话为例，更多作家不再简单地在创作中延续某一个神话主题或者塑造神话英雄，而是以神话的象征性表现探讨中华民族的历史命运与现实选择，比如陈忠实的《白鹿原》，贾平凹的《废都》。白鹿原上的"白鹿"与废都的神秘情境，其实都内在地隐喻了中国民族特性的丰富性与复杂性，这种写法其实也是对中国史传笔法的延续，一种神话象征极为凝练地概括了中国文化的特殊性。

20世纪90年代以来一系列现实主义小说的问世，其实都是在上述的思维背景中产生的，在系列创作中，神话具有了浓厚的象征意味，构成中国人的精神隐喻。21世纪以来，随着中国经济的迅速发展，中国人的文化心理发生了巨大的变化，一些具有深厚历史内涵与精神拷问性质的主题难以再得到关注，自90年代涌现的"王朔现象"即是一个典型。不管是作家还是读者，似乎都更乐于关注与表现那些与人的欲望相关的内容，这是大众文化思潮发展没有受到相应约束的必然结果。尽管面对着复杂的社会情状，也有作家坚持着精神上的独立性，他们以普遍的精神关怀与对社会状况的普遍忧虑介入创作之中，不仅试图借此形成自己创作的风格，也希望对于社会风气的扭转产生一定的作用，张炜可以算作其中具有代表性的作家。在创作中，张炜一直致力于他在80年代末所创作的《古船》的主题，即对社会变动的警醒态度，以及以一种深厚的思辨力量介入人类生活世界的表现之中，而他所凭借的正是神话。

21世纪以来的小说神话叙事，除了像贾平凹、莫言、张炜、韩少功等形成了系统性的神话叙事创作与风格的作家之外，其他作家的创作往往是就神话的某一个切面进入神话与现实世界的联系之中，因此他们的创作虽然不够系统，但却能够形成创造方向上的纵深，因而对于小说神话叙事空间的开拓也起到了重要的支撑作用。比如苏童、叶兆言、阿来、李锐等创作的神话重述系列创作，即在当代语境中发掘既有神话叙事资源并进行创新性再叙事的代表，他们将人们耳熟能详的神话重新构造为一个个现代故事，从而更新读者对于传统神话的认识，了解神话再叙事的方法。对于神话讲述方法的兴趣，不仅表现在一些作家以传统神话为基础的再创作上，而且也体现在一些作家以神话的某些典型特性（如象征、隐喻等）为叙事的中心创造的现代故事，这在鲁敏、葛亮、陆文夫等作家的创作中体现较为明显。而对于另外一些作家来说，他们则将神话与自己的系统思考联结在一起，使神话成为作家与外在世界之间联系的中介，作家借助神话实现自我的主体性建构，这在朱大可等作家的创作中表现得较为突出。

另外，一些作家则是在自己更为熟知的文化环境中表现神话，因此他们的神话叙事具有更强烈的民间特性，从而丰富了中国神话的内容。比如红柯、迟子建、范稳等作家的创作，多是将民族地域的神话作为表现的重心，因此对于民族神话的艺术表现与传播起到了一定的助力。而在刘慈欣、王晋康等科幻作家的创作中，他们通过将人类想象的科技现实化，从而满足了人类长久以来的渴望，他们的创作"找到了科学作为载体，把科学作为实现神话的方式"①，人类生存的未来内容得以进入人类当下的审美鉴赏之中，这其实是传统神话叙事内容在当下的新变。通过诸多作家的共同努力，小说神话叙事贯穿了新时期以来的当代文学史，它不仅充实了当代文学的表现内容，而且也以创作形式上的变化冲击着传统的叙事模式，从而使得神话真正融入读者大众的审美世界与精神滋养，并成为社会文化生态系统建构的重要支撑力量。

二、寻根思潮与神话再发现

新时期初期文学创作的基本脉络，经历了伤痕文学、反思文学、改革文学的创作轨迹。这些创作是时代与社会变革主题的文学呈现，构成了新时期初期文学发展的主体样貌，但从实质上来看，伤痕文学等创作仍在一定程度上延续了十七年文学的创作思路，作家的控诉式书写其实仍是作家封闭思维的一种体现，它难以深入历史与时代的肌理，因此只能成为阶段性的文学创作。在叙事层面，新时期初期的创作存在明显的模式化痕迹，主题的单一、人物刻画的粗糙、文本内蕴的单薄等，都造成了叙事的单调。因此，新时期文学在叙事的内容与形式等多方面，均需要变革的出现。寻根文学创作即诞生在这一当代文学转变的关键时期，汪曾祺在考察"寻根"的源起时，提到"新时期文学屡次易帜，从伤痕文学、反思文学到寻根文学是合乎逻辑的历史发展。从反思文学引起对文学的反思，是很自然的。反思的结论之一，是当代文学缺少一点东西——文化"②。汪曾祺先生的观点触及了问题的根本，那就是文学创作之所以产生意义的根本来源，就在于民族文化内涵的注入。新时期初期文学创作存在的诸多问题，正是文化信息呈现与内涵表达缺失的结果。这种缺失转化成为当代作家的普遍焦虑，即在一个新的时代环境

---

① 谢有顺. 为不理解、不确定而写作[J]. 当代作家评论, 2019(6).

② 汪曾祺. 中国寻根小说选·序[M]. 香港：三联书店(香港)有限公司, 1993：1.

中，有没有一种可以超越"伤痕"与"反思"的创作，它既能深层次地反映中国的历史与现状，也能全面地体现出作家强烈的文化意识。在这样的考量下，当代文学史中著名的杭州会议诞生了。也就是在这次会议上，韩少功、李杭育、阿城等青年作家纷纷亮相，他们的"寻根"宣言与"文化"倡导不仅为中国当代文学注入了一针强心剂，而且深刻影响了之后的文学创作。在与会作家的诸多论述中，作为传统文化重要组成部分的神话，成为他们口中的高频词汇。神话作为一种重要的文化资源，不仅成为他们重点介绍与推广的对象，而且也进入他们的具体创作实践之中，开启了寻根小说的创作潮流。

韩少功在《文学的"根"》中提道，在乡土世界中存在的传统文化，很大程度上与所谓规范文化不同。"俚语、野史、传说、笑料、民歌、神怪故事、习惯风俗、性爱方式，等等，其中大部分鲜见于经典，不入正宗"，而且，"规范的东西总是绝处逢生，依靠对不规范的东西进行批判地吸收，来获得营养，获得更新再生的契机"。① 李杭育在《理一理我们的"根"》一文中，则将注意力转向了神话，他认为"现存的大部分上古神话，尤其是那最富有人类学意味的伏羲和女娲兄妹配婚型的洪水遗民再造人类的故事，其本来面目几乎全都保存在西南诸少数民族中。另一个神话杰作，盘古开天地的传说，则起源于五岭南北的瑶、苗、侗、黎诸少数民族，三国时才由吴人徐整搜集、加工，记入《三五历记》，而在中原的流传则是宋以后的事了"②。在"寻根"作家看来，神话长久以来一直被列入"不规范"之列，且并未得到较为集中的表现，然而这些有着充沛生命力的文化存在，却往往能够为主流文化注入发展的活力，从而拓展既有文学叙事的空间。"寻根"作家的系列创作，使神话重新浮出历史地表，在与小说实现紧密关联的同时，也重新唤起了大众的神话记忆。

"寻根"作家从多个方面重新发现了神话，这反映在其神话叙事的

---

① 韩少功.文学的"根"[J].作家，1985(4).

② 李杭育.理一理我们的"根"[J].作家，1985(9).

多元内容与风格呈现之中。以韩少功的成名作《爸爸爸》为例，不论是表现楚地巫风弥漫的鸡头寨和鸡尾寨，还是表现文本中人物以"唱古"等方式构建的独特神话情境，抑或是表现丙崽等富有神秘气息的人物，作者都试图将上述"不规范"的事物作为地域文化表现的凭借。事实上，这些所谓"不规范"的事物一直是中国文化结构的组成部分，只不过随着时代的发展，一些文学表现的传统主题难以再得到主流的青睐，并获得大众的肯定，因此这些事物便被遮蔽起来，成为被边缘化的、意义被消解的对象。20 世纪 80 年代的时代情境与文学表现主题转换的迫切需要，乃至改变、更新大众审美接受习惯的要求，使得"不规范"事物重新回到作家的创作视阈中，甚至成为文学表现的主流，这深刻影响了当代文坛的后续发展。韩少功的文学宣言与创作实践，与一批初登文坛的作家一道，以小说神话叙事的叙事改革，构成 80 年代中国当代文学革新与发展的一道风景线。王安忆在《小鲍庄》中设置了洪水神话的原型，在充分表现洪水影响大众生存状况的同时，突出了以捞渣的仁义本性为代表的儒家伦理，从而使"规范"与"不规范"之间重新建立了紧密的联结；郑义的《老井》虽然是以现实主义手法表现老井村艰苦卓绝的打井历史，但文本处处都呈现出神话的风采，不论是祭祀龙王爷的祈雨仪式，还是在文本中穿插的主人公孙旺泉与祖辈孙小龙之间的神秘联系，都证明了在民间广泛存在的神话与仪式传统对于作家创作的重要启示意义；以李杭育的《最后一个渔佬儿》为代表的"葛川江系列"创作则重点表现以福奎等为代表的"最后一个"与时代发展大潮之间的冲突，福奎漂流于葛川江的自然生活方式使他与自然之间实现了最大程度的契合，当时代变革的潮流不断冲击着他的生活方式与情感世界，这无疑暗示着自然神话的破灭。在读者看来，虽然福奎等人的生活方式注定要消逝，但自然神话的美感与其注定消失的命运却引起了人内心最深刻的震动。另外，阿城的"三王"（《棋王》《树王》《孩子王》）、张承志的《北方的河》、莫言的《红高粱家族》等作品，也体现出"寻根"作家试图将神话作为人类社会历史思考中介的初衷。在"寻根"作家的神话叙事中，不仅传统神话的重要特质被作家作为人类当下生存情境的映照，而且作家们也试图发掘神话存在的现代意味，因此神话是在传统与现代相糅合的综合层面进入当代作家的视阈的。

中国文化的表现有表层与深层之分。一方面，寻根小说中呈现的各种各样的神话符号，如洪水、英雄、祭祀仪式、巫术等，构成了小说文化内涵的表层结构，这也是寻根小说借鉴神话资源的有效证明；另一方面，寻根小说也开掘了中国文化的深层结构，从而延伸了传统神话更深刻的内涵。孙隆基认为，每一类型的文化总是通过一定的文化行为而呈现，并表现为一定的文化脉络关系，这一"脉络关系"即文化行为的"结构"。而"深层结构"，"并不是指个人发展史或民族性形成史上的一个属于'史前史'的心理岩层，必须用释梦、临床治疗或比较神话学的诸种方法去做'考古发掘'，它是指即使在日常生活这个'当代史'中也可以看得到的文化行为"①。寻根小说中的神话表现，被作家们视为探究中国文化深层肌理与民族性格的重要中介，尤其是当作家将神话元素与其他文化元素并置时，神话作为中国文化深层结构建构的重要角色便更加明晰。寻根作家对于神话及其意义的再发现，也启发了其他当代作家对于神话的思考，并逐渐形成一股延续至今的小说神话叙事潮流。几乎与寻根思潮同时，马原、苏童、余华、孙甘露、扎西达娃等人开启了一种先锋叙事方式，他们注重在作品中塑造神秘的、超现实的现实情境，这种书写方式开辟了现实生活的另一种面相，人物在这种现实中表现出模糊、虚幻的情感状态，这是现代人生存之思的现代表达方式，先锋作家们虽不基于传统神话元素展开叙事，但在想象力的张扬以及追求精神的反叛层面，实现了与神话思维的续接，从而构成神话介入中国当代小说创作的另一种形式。总之，在小说神话叙事层面，寻根思潮对于神话的再发现以及神话元素的叙事组织，具有重要的开拓性意义，它扩大了中国当代小说的表现空间，增强了小说对于现实的表现能力，使当代小说获得了更丰厚的文化意味。

---

① 孙隆基.中国文化的深层结构[M].北京：中信出版社，2017：9.

三、大众化思潮与小说神话叙事的多元走向

20 世纪 90 年代以来，文化领域的改革也开始起步，这不仅表现在文化产业等经济形式的崛起，而且诸多西方的文化观念也开始进入中国的文化场域中，从而冲击了大陆的文化环境。在上述改革背景下，大众文化元素开始介入中国的文艺创作之中，引起了中国当代文学创作与传播等多层面的深刻变动。大众化思潮对中国当代文学的影响是深远的，它深刻影响了作家的创作心理，影响了文学创作的形式与内容，同时影响了读者的审美趣味。大众化思潮虽然在一定程度上使当代文学创作呈现出一定的通俗特性，但也在同时扩大了当代文学的表现范围，在这一前提下，小说神话叙事自然也受到了影响。它不再是寻根小说时期的初步表现，而是通过形式的改易与同大众趣味的贴近，展现出更丰富的表现形式，神话的内涵也在这一过程中得以扩展。

大众化思潮改变了大众对于神话的既有观念，以及接受神话的方式。以"通俗"为主要特点的大众文化，引导人们重新厘清现实与虚幻的差异与区别。洛文塔尔认为，"在通俗文化中，人们通过抛弃每一件事物，甚至是对美的崇敬，以从神话力量中把自己解放出来。他们拒绝超出既定现实的任何事物"①。也就是说，虽然大众难以从既有的通俗文化中获得促使自我心灵境界提升的真实体验，但他们却能从纷繁多变的通俗文化形式中获得一种满足感，而且这种满足感与人们从传统神话中获得的精神体验并不相同，它并不是从人与现实乃至自然存在的深度关联之中生发的，而是通俗文化形式的现实性使然。在通俗文化形式的神话鉴赏中，神话不再是令人敬畏的存在，而是变成消费与产生愉悦的对象。

在寻根小说中，寻根作家把神话视为疗治社会痼疾与提升社会整体

---

① ［美］利奥·洛文塔尔. 文学、通俗文化和社会［M］. 甘锋，译. 北京：中国人民大学出版社，2012：25.

审美层次的灵丹妙药，他们不仅自身对神话充满了发自内心的崇敬与热爱，而且还在叙事层面开拓着神话的内涵，但在 20 世纪 90 年代以来的文学创作场域中，大众化思潮却改变了神话叙事资源转化的流向，神话也得到了不同小说类型的共同表现。在网络文学创作领域，诸多以神话为噱头的玄幻、魔幻小说，通过离奇情节的设置、神话式人物的塑造，以及模式化的创作，极大地激发了大众的阅读热情。客观上来说，作为新型的小说创作形式，网络小说对于神话的再利用是富有成效的，它不仅更新了神话存在的方式，也极大地满足了读者的审美愉悦，因此理应得到专门的探讨。但严肃文学作家们则并未把神话作为可供娱乐消遣的对象，而是试图延续寻根创作的思路，进一步开拓小说神话叙事的新型表达方式。在神话现实性的提倡、通俗性的表达等多个层面，当代作家与大众化思潮达成了和解，其最终目的是要通过神话叙事使读者获得更高层次的个体性审美体验，这一体验比从庸俗读物中获得的虚幻满足感更为真实，也能更加深入地触及人类的心灵。

总的来说，20 世纪 90 年代以来中国小说的神话叙事主要在三个方面呈现出新的变化，这是作家们寻求神话叙事的艺术特性与大众审美趣味之间平衡的表现。

第一，在小说神话叙事的文学特性与意义开掘层面，一些已形成明显的神话叙事风格的作家，在新的时间阶段继续深入发掘神话的丰富信息及其与当下现实的契合之处。这些作家包括贾平凹、张炜、莫言、韩少功等，他们在新时期初期就已基于某些地域的文化特质展开对神话的思考，这些思考已经成为寻根创作的核心主题。贾平凹对秦岭神话的追寻与探索，张炜在对胶东历史的回溯中表现出的神话与历史的缠绕，莫言对高密这块土地上具有神话气质的英雄的塑造，以及陈忠实在白鹿原的百年变迁中探寻舞动的"白鹿精魂"，上述作家的神话叙事往往借助历史的视阈，在一种历史的变迁书写中突出神话特有的象征意味。

第二，在小说神话叙事对象更新层面，当代作家以神话为中介展现了现实生活的多元内容。由寻根小说开启的边地神话，使得边地作为审美对象得到独特表现的同时，也使得中心与边缘对话这一主题得到了集中体现，而这也完整地延续到了红柯等作家的边疆叙事中。神话元素的充分呈现，神话氛围的充分营造，使得边地神话获得了较为全面的表现，并成为与中心并置的文化存在。少数民族地区一直有着丰富的神话资源，在当代小说中，阿来对于藏族史诗《格萨尔王》的神话重述突出了小说神话叙事的宏大特性；迟子建对鄂温克族萨满信仰的小说表现，通过巫术仪式与日常生活表现的融合形式呈现出来，开拓了神话叙事的日常风格；范稳则在"藏地三部曲"中重点表现了多民族神话原型在特殊时期的融合，拨开了汉藏交汇地区历史的迷雾。另外，刘慈欣等人的科幻小说，以表现未来人类世界的命运遭际为主题，以神话再造的方式创造了小说神话叙事的新型对象。

第三，在小说神话叙事方法拓展层面，不同类型的作家均从神话中汲取了观照现实、表达思考的新方式。一些作家以神话特有的象征与隐喻方法为依托，他们或者将传统的神话意象或行为作为原型，以其神秘性质作为当代人现实生活的映照，或是将人的生存做寓言化处理，从而突出人的现实生存与传统神话中人类命运的隐秘关联。另外，一些出版项目的推动，也使得传统神话在当下的集中再叙述成为可能，在传统神话的滋养与商业资本的推动下，当代作家的重述神话既表现出对于传统神话解构的激情，也表现出趋向大众审美趣味的媚俗性质，因此这一创作现象是比较复杂的。除此之外，王小波、朱大可等作家则从更多的层面开拓了神话的意涵，他们或者开拓了神话的"知识化"倾向，或者将神话作为个体主体性建构的依据，从而使神话在当代人精神世界的塑造与充实方面发挥了更大的作用。总之，20世纪90年代以来作家对小说神话叙事多元方向的开掘，充实了神话叙事的内涵，也使得小说叙事具有了更多的可能性。

神话叙事是从人类的原始生活实践中诞生的，它糅合了人类的日常生活经验与原始想象力，因此也在极大程度上与大众产生了密切的联系。按照马克思的观点，神话只能存在于人类社会发展的特定时期，其在未来阶段的消逝是必然的。客观来说，不管是从人类社会的规律层面，还是人类心理发展层面，神话其实都未曾真正远离人类。凯伦·阿姆斯特朗认为，"神话根植于人类的死亡经验和衰亡恐惧之中"①，而这种关于生死的真实体验将会伴随人类生命的始终。她又提道，"一个神话就是一个事件，在某种意义上，它不仅曾经发生过，而且始终没有停止过……神话则是一门艺术，它记录历史之外的事件，指示出人类能够超越时间的永恒，让我们从偶然事件的混乱无序中超脱出来，去一窥真实之堂奥"②。也就是说，神话的真实性很大程度上存在于人类的内心体验之中，而这恰恰支配了人类的现实生活。随着物质文明的发展与科学技术的进步，人类的既有神话体验不断受到代表科技进步的理性冲击，大众对于神话的态度也随之发生改变。神话存在的衰微以及呈现方式的变化，在西方语境的艺术表达中更早出现，尽管存在发达的由荷马史诗开启的神话系统，但西方的科技进步也更早起步，因此其神话表达受到来自科技理性的挑战也是正常的，这种理性也表现为可口可乐与好莱坞明星神话等大众文化的形式，因此也才有罗兰·巴特对神话的大众文化阐释，它指向的是作为消费对象与象征符号的神话，而非作为人类精神依托与慰藉的神话。

20世纪90年代以来大众化思潮对中国社会的冲击，同样存在上述问题，潜隐在大众心理深层的欲望被调动起来，金钱主义、利益至上的观念不仅影响了社会的风气，也使得艺术作品难以发挥其审美功能以实现对大众的教育。基于以上社会情境，当代作家的小说神话叙事便成为对人类原始记忆的追寻，以及对大众神话经验的呼唤，他们或者通过发掘湮没于历史尘埃中的原始神话材料，重新恢复神话的风采；或者通过典型神话情境的塑造，突出神话的现代内涵以及对人类心灵重要的滋养作用。在具体创作中，作家的创作初衷与作品注定要面临复杂的社会情况。大众化思潮特有的通俗化特征，往往对一些作家的创作心理与艺术表现趋向产生较大的影响，从而直接导致作品艺术性的缺失，其叙事最

---

① ［英］凯伦·阿姆斯特朗．神话简史［M］．胡亚豳，译．重庆：重庆出版社，2005：4.

② ［英］凯伦·阿姆斯特朗．神话简史［M］．胡亚豳，译．重庆：重庆出版社，2005：7-8.

终成为大众审美趣味的试验场，神话也自然失却了可供大众进行精神安慰与反思的本质性特征。20 世纪 90 年代以来的当代小说神话叙事，即是在大众化思潮的影响下，在小说表现的得当与失当之中，构成 90 年代以来当代小说史的解读线索。

四、21 世纪以来的神话观念与小说神话叙事更新

自 20 世纪 70 年代开始，西方的文学批评产生了一些新变化，以往一些被贴以现代文学标签的西方作品，得到了来自神话视角的重新阐释。卡夫卡、乔伊斯、托马斯·曼等西方作家的创作，被一些神话学家（如梅列金斯基）当作 20 世纪神话主义的代表作品，由此 19 世纪的传统现实主义便被取代。梅列金斯基认为，"居于首要地位的观念是确信原初的神话原型以种种'面貌'周而复始、循环不已，文学和神话中的英雄人物以独特的方式更迭递嬗；作家试图将世俗生活神话化，文艺批评家则热衷于揭示现实主义的潜在神话基原"①。而中国大陆学界对于神话观念的变迁产生自觉的认识，则是在新世纪之后。

在新世纪之前，中国大陆的当代小说已产生了一些反映神话观念变迁的创作，但直到 21 世纪才得以与理论的阐释相结合，并催生出一系列新型神话叙事作品。究其原因，首先在于大众化思潮在新的时期的发展越发深入，在产业化转型的推动下，大众文化成为推动国家经济发展与文化整体建构的重要力量，因此大众化思潮也在新的时间阶段糅合了其他文化观念，呈现出一种综合形式的文化形态。另外，在小说神话叙事方面，写作者处于不断变动的文化情境之中，因此其创作也在不断地从文化形态的变动中发掘新质，从而实现了叙事内容与形式的革新。

中国学者对于神话观念更新的讨论，主要集中于几个方面。首先，人类科技水平的发展，以及技术理性的张扬所引发的诸多社会问题，使

---

① ［俄］叶·莫·梅列金斯基. 神话的诗学［M］. 魏庆征，译. 北京：商务印书馆，1990：2.

得神话作为反思科技理性发展缺失的功能得以实现，因此神话叙事便被赋予了传统神话题材之外的新形式与新内容；其次，21世纪的神话叙事具有了更加丰富的形式，比如文学创作、影视传媒、动漫游戏等，而小说创作也在很大程度上借鉴了其他创作形式的独特之处；最后，21世纪以来的神话叙事注重神话传统性与当代性的并置，作家更注重在神话的形式中注入丰富的当代体验，并试图将神话的阐释上升到哲学的高度，并通过叙事的解读探讨人类的命运走向。在诸多神话的演述方式中，小说神话叙事更具有代表性，一些学者以"新神话主义"等命名小说创作中出现的新现象，这一提法还有待商榷，但却是对小说神话叙事新变化的独特发现。恰如某些学者认为的，21世纪以来的小说神话叙事创作，"在创作观念上，严肃与通俗、科学与神话、现实与幻想、历史与虚拟等过去被视为二元对立的一系列范畴，都出现了共通融合的趋势"①。

　　在一种综合性视域下，网络玄幻小说、新武侠小说等创作类型成为研究者关注的对象。作家的自觉创作与评论家的理论推动，就这样形成一种相配合的整体态势，而在另一层面，作家们也是在顺应神话叙事发展规律的前提下做出了自觉的叙事选择。随着神话语境的转换，作家们通过小说创作，不仅思考神话在新的时代条件中的表现方式，也在叙事中贯穿了对神话与现实、科技与理性、人类与世界之间关联的思考。

　　以语言文字形式组织叙事的小说神话叙事，在21世纪以来的诸多神话叙事形式中(如仪式叙事、景观叙事等)②，具有了更为丰富的表现内容与更为成熟的表达形式，其表现之一即重述神话的集中呈现。神话经典的解读甚至解构，以及神话的重新讲述，对于作家的神话理解能力与叙事能力来说是极大的挑战。虽然中国古代文学创作中不乏重述神话作品，但真正运用小说现代手法、表达现代意义的重述神话是从中国

---

　　① 韩云波.大陆新武侠和东方奇幻中的"新神话主义"[J].西南师范大学学报(人文社会科学版)，2005(5).

　　② 田兆元.神话的三种叙事形态与神话资源转化[J].长江大学学报(社会科学版)，2019(1).

现代文学开始的，其中又以鲁迅的创作为代表。鲁迅以《故事新编》为代表的重述神话，处于中国现代文学中西文艺思潮交汇的时代场域中，鲁迅通过神话的日常生活还原(《奔月》)、神话情节的重新设置(《补天》)、神话人物的典型化塑造(《理水》)等创新叙事手法，丰富了神话的现代表述方式，但其创作又有着清晰的现实指向。《故事新编》既是鲁迅一直关切的国民性批判的神话式展演，又是鲁迅对国民性合理发展方向的神话式展望。鲁迅的这种现代创作意识使其重述神话小说成为现代文学的经典作品，且深刻影响了之后作家的同类型创作，在不同的时代情境中，作家们也会根据现实情况做出相应调整。

2005 年以来，以苏童、叶兆言、阿来等为代表的当代作家重述神话系列创作，是在出版集团的策划下，集合作家的文化资本、出版集团的宣传策略等出现的创作现象。客观来说，苏童等作家的重述神话使小说神话叙事呈现出了新的面貌，比如综合传统神话中的诸多因素并转化为新型神话文本，或者以小说形式再现少数民族的神话史诗原型，或者以神话与现实并置的形式探讨人性的诸种可能，或者将大众文化元素切入神话的当代叙事之中，等等。这是当代作家对小说神话叙事内容与功能的开拓性贡献，但上述命题作文式的创作仍使某些中国作家暴露出历史认知有缺失、创作逻辑不稳固、价值立场不明晰、现实剖析不透彻等诸多问题，重述神话在一定程度上成为应景之作，不仅文本的质量难以保证，而且也难以成为一股可持续的创作力量。因此，在对神话历史具备基本认知的基础上突出神话叙事的思想内涵与价值，以及实现神话与现实的深度融合，仍是摆在当代作家面前的重要问题。

重述神话创作，是基于作家们对于神话的传统理解而发生的，随着21 世纪人类科技文明的进步，诸如人工智能、科幻时代等新的时代问题开始成为作家的思考对象，在这种前提下，小说的科幻叙事与神话发生了密切的联系。(在颜翔林等学者的考察中，"新武侠"也是神话叙事的对象，但因"新武侠"不是本书的讨论对象，故暂且不论。)中国小说科幻叙事的开启，自晚清时即已开始。代表作品如吴趼人的《新石头记》，在这部小说中，贾宝玉不仅学习英语，而且在科技文明成果的体

验中(如开潜水艇、坐热气球环游世界等)加深了对世界的认知。江希
张的《大千图说》则采用《山海经》的结构性叙事方式,描绘了一幅外星
文明的奇幻图景。而中国现代文学的代表人物鲁迅,则在其文学生涯初
期即已接触到科幻叙事的风采,他虽然没有身体力行地进行科幻小说的
创作,但其早期的两本翻译著作《月界旅行》与《地底旅行》,则均是科
幻大师凡尔纳的代表作。鲁迅表现出的对于科幻创作的热衷,其观念的
起点仍是神话,在他看来,"迨神话演进,则为中枢者渐趋于人性,凡
所叙述,今谓之传说。传说之所道,或为神性之人,或为古英雄,其奇
才异能神勇为凡人所不及,而由于天授,或有天相者。简狄吞燕卵而生
商,刘媪得交龙而孕季,皆其例也"①。鲁迅认为神话有一个向传说演
变的过程,因此神话中具有神性特质的英雄人物便被逐渐赋予了越来越
多的世俗的人性特征,这正是《奔月》中后羿与嫦娥的神性消退的原因。
而鲁迅之所以翻译科幻小说,其初心可能也在于此,即探讨在科技昌明
的时代人性发展的趋向,这是神话叙事发展脉络的必然走向。

在科技理性越发昌明的时代,以传统神灵为主体的叙事必然式微,
因此另一种"神灵"必然会取代传统神明,并成为作家叙事的新对象。
这些神灵,包括贾宝玉乘坐的潜水艇、鲁迅译笔下的宇宙飞船与地底旅
行器,这些新世界的"神灵"在极大地满足了人类想象力的同时,也对
人类的心灵世界产生了强大的冲击。当然,在鲁迅生活的时代,人类的
科技文明还远未发达,但鲁迅通过对凡尔纳作品的翻译,隐约窥探到了
人类未来生活的图景。通过科幻作品的翻译与基于启蒙立场的神话叙
事,"科幻"与"神话"在鲁迅的文学世界中实现了神秘的耦合,至于通
过具体的创作实践以探讨科幻与神话之间的关联,则成为 21 世纪以来
当代作家的任务。

经过鲁迅等作家的努力,中国小说逐渐形成了现代神话叙事传统,
这一传统在刘慈欣、王晋康等当代科幻作家笔下实现了延续。在当代科

---

①　鲁迅. 神话与传说[A]. 马昌仪,编. 中国神话学百年文论选[M]. 西安:
陕西师范大学出版社,2018:27.

幻作家的创作语境中，中国的科技发展已取得了重大的进步，这为科幻作家塑造科幻情境乃至展开技术思考提供了重要基础，因此与晚清与民国时期的科幻叙事相比，当代科幻小说构筑的想象世界更加宏阔，也更符合人类文明当下与未来发展的现状。但与此同时，他们也面临着远甚于前人的异化状况，科技文明的发展在使人类的生活得到便利的同时，也产生了诸多现实问题，环境污染与自然破坏、人类欲望与战争的发生、人工智能本身存在的安全隐患问题，等等，科技理性的发展也引发了知识分子对于人类存在危机的深重忧虑。刘慈欣等人的创作，即是在上述文明与忧虑的双重背景下发生的，他们的创作着眼点，或是表现在展示人类个体在宏大的宇宙世界中无法避免的毁灭命运(如《三体》《流浪地球》)，或者在特殊的时代境遇中以科幻的形式探索人性发展的多种可能(如《逃出母宇宙》)等。借助新型媒介传播方式，中国当代科幻小说被转化为影像的呈现方式，从而获得了更丰富的表现，以及社会大众的广泛认同。由此，21世纪的科幻叙事实现了语言文字与影像语言的融合，这成为神话叙事在21世纪的重要表现形式。

第二章　小说神话叙事的多维主题表达与典型化表现

　　神话是人类叙事文学的最初源头，它不仅开启了人类的朴拙想象力，而且启发了人类感知、表达自我情感的多种方式。古希腊时期的《荷马史诗》与《神谱》，以整饬的文学形式与神话人物情感的细腻表达，在还原了神话基本样貌的同时又突破了传统神话的表现阈限，从而开启了后世西方文学重新构造、表现神话的先河。中国神话虽然没有形成相对完整的叙事系统，对重要神话人物的刻画也相对简略，但其对中国叙事文学最大的贡献也在于此，即中国神话提供了诸多具有空白点的神话形象、结构、故事原型，而这些正是可以被深入发掘的部分。

　　如果说西方神话以完成的形态滋养了西方的叙事文学，那么中国神话则以未完成或者不完整的形态，启发着中国的作家以叙事文学的形式完善神话的世界。新时期以来的小说神话叙事，既是在中西方神话的滋养下发生、完善的，而且其叙事实践也充实了中国的神话系统，继而更新了神话在当下存在的方式。中国作家对神话资源的创新性转化，尤其是对一些重要传统神话主题的独特表达，丰富了神话在当下叙事文学中的呈现方式，通过对一些核心主题的探讨，深入剖析了神话的运作方式与效果，这影响到了当代小说意义的产生方式。因此，展开小说神话叙事的个案研究，对一些具有代表性的作家作品进行专门剖析，既能够说明小说神话叙事的主题表现形式，也能够借此对新时期以来小说神话叙事的整体状况作出一个基本说明。

　　本章以贾平凹、莫言、张炜、韩少功等四位作家的创作为代表，探讨其对神话某些主题的叙事选择，这种选择所形成的特殊叙事效果，对于作家创作整体风格的影响，以及其在新时期以来小说创作序列中的独特位置。选择上述四位作家的创作作为研究的典型案例，主要基于以下考虑：

第一，四位作家的创作起步于新时期，且初登文坛便形成了具有浓郁主体性的语言与叙事风格。贾平凹的神秘日常、莫言的勇猛热烈、张炜的静观独思与韩少功的巫风绚烂，这些既成为他们叙事对象的主要特征，而且也构成了其叙事风格的主要特点。从创作初期对神话的发现与粗略表现，乃至在之后的系统创作中，神话叙事方法越发丰富，四位作家的神话叙事风格越发浓厚，对神话叙事话语的运用也更为自如。在新时期以来的小说创作中，四位作家的神话叙事具有典型意义，且为研究者提供解读神话介入当下现实的多种方式。时至当下，几位作家仍笔耕不辍，为当代文学提供了不断更新的神话体验与叙事表达，因此他们的作品需要得到持续的关注。

第二，在中国神话叙事资源的发掘层面，几位作家也提供了较好的示范。中国神话资源的存在方式是极为丰富的，选取适合于当代小说表现的形式与内容，以及借此凸显传统神话的现实意义，对于作家对传统文化的理解与文学叙事的创新能力是极大的挑战。贾平凹在创作历史中系统性地发掘湮没在秦岭山林中的神话，由此重新发现了一个神秘与现实兼具的、在人类日常生活中普遍存在的神话世界；莫言的神话讲述则着重塑造在高密东北乡这块土地上诞生的民间英雄原型，莫言借助民间神话的发现，同时细致描绘了中国民间文化的特性与民族性格；张炜是一个时代发展的现实境况的反思者，他通过向自然神话的回溯与带有神性特质的人物描摹，以及塑造上述表现对象与现实之间的反差，表现出一位具有理性的知识分子的冷静思考；韩少功在小说中刻画了一个神话传说、巫觋信仰、民间仪式并存的南方世界，他在用细致的笔触呈现这个世界诸多细节的同时，也试图从中发现人类生存的根本秘密。作家们不同的神话叙事选择，丰富了新时期以来小说对于神话的发现，同时开启了读者观照神话世界的不同窗口。

第三，几位作家神话叙事的不同表现，也从侧面展现了中国不同文化地域神话讲述与传承的差异，各自地域的文化独特性借此凸显。来自不同地域的作家对于神话的理解，都会反映在他们的小说叙事之中。贾平凹对秦岭中神话意象的表现发挥了该地域文化厚重、朴拙的特征，莫言对于高密民间神话中充满热力与激情的特质进行了展现，张炜在胶东大地上的行走使他不断地发现这块土地上充满着的具有浓郁自然特质的神话故事与人物，韩少功对南方的神话塑造则发挥了南方文化中神秘、魔幻的特点。四位作家的神话叙事既有东西之差，亦有南北之别，因此以他们的创作作为阐释小说神话叙事的依据，是审视中国传统神话资源的叙事转化与不同文化区域间关系考辨的重要中介。

当然，除了用"神话叙事"去定位几位作家的作品，还需要区分神话叙事与小说中神话元素的区别。从神话元素发现的角度来说，几位作家文本中均有着丰富的神话元素，但这里的"神话"却也有内涵呈现的区分。在一些作家那里，"神话"的表现与传统神话相续接，更多突出了传统神话的诸多元素，因此呈现出神话现代转化的外观（如贾平凹、莫言），而在另一些作家那里，"神话"的内涵不仅是指一些具有神秘特性的故事，而是具有了意识形态属性，因此能够成为作家观照现实人性或者权力运作的重要中介，这显然丰富了既有神话的内涵，从而拓展了神话的现代表现力，这在张炜、韩少功等作家的小说中表现较为显著。对于神话的现代理解与叙事转化，成为贾平凹等作家进行创作的普遍倾向。客观来说，"神话叙事"虽然是上述作家的重要叙事选择，但却并未构成其创作的整体性或普遍性现象，在一些现实主义创作中，神话的影子确实难以发现，因此，探讨贾平凹等作家创作的神话叙事特征，不能陷入神话泛化的泥淖，而须秉着客观的态度，理性地评析具有神话特质的内容。因此，笔者结合作家对神话的独特理解，选择最具代表性的作家创作倾向，从意象、自然、民间乃至文化的角度，分别剖析贾平凹等作家的神话叙事特征，从作家凝练的主题表达中窥见小说神话叙事的多元面貌与整体特征。

第一节　神话意象的发掘——贾平凹的神话叙事

纵观贾平凹的创作史，他一直将丰富的社会历史内容作为重要的表现对象，但在他笔下，却很少出现宏大叙事的笔调，而是在对日常生活的绵密书写中揭示人类生存的本质。贾平凹的日常经验来自他的故乡——秦岭。不管是历史重述，还是现实书写，秦岭地域的自然风物、各色人物等，都进入贾平凹的主题表达中，而他最新的作品《山本》则更是一本秦岭志。自然意义上的秦岭，不仅为贾平凹提供了重新发现宏观历史与大众日常生活史的来源，而且更重要的是，它为贾平凹的创作提供了重要的文化资源。这种文化资源在很大程度上是神话资源，它不仅影响了贾平凹观照世界、思考问题的方法，而且也进入其小说创作的组织架构与叙事实践之中，这使得贾平凹的创作在整体上呈现出浓郁的神话叙事风格。而神话意象，作为秦岭神话资源的重要组成部分，更是贾平凹叙事表现的重点，种类多样、特征鲜明的神话意象不仅推动贾平凹构建了宏大、神秘的神话世界，而且促动作家实现了对独特神话结构的发现，与此同时，神话意象在神秘外衣遮盖下的现实底色，亦使得贾平凹在小说中实现了日常生活表现与神秘氛围的综合。

一、秦岭书写中的神话意象

郭璞在《注〈山海经〉序》中提道，"游魂灵怪，触象而构"，又言"圣皇原化以极变，象物以应怪，鉴无滞赜，曲尽幽情"。在对《山海经》的解读中，郭璞发现了叙事者通过对"意象"的描绘及其结构意义的发现而构筑山海经世界的秘密。在古希腊神话中，叙事者倾向表现由性格鲜明的神或人所演绎的系统故事，中国神话虽然也是叙事性的，但往往呈现出片段性的、零碎式的叙事外观，而且往往集中于特征鲜明的神话意象的塑造，或者像"夸父逐日"这样的"神话事象"①，这种叙事思路较为完整地体现在了贾平凹的小说中。在总结自己的创作经验时，贾平凹这样说道："有山有水有树林有兽的地方，易于产生幻想，我从小就听见过和经历过相当多的奇人奇事，比如看风水、卜卦、驱鬼、祭神、出煞、通说、气功、禳治、求雨、观星，再生人呀，等等，培养了我的胆怯、敏感、想入非非、不安生的性情。"②这可以作为贾平凹与传统神话之间发生紧密关系的证明。

贾平凹从秦岭中获取的童年经验，以及诸多神话物象给予他的认知与情感刺激，极大地影响了他理解世界的方式与文化心理的构成，这在其小说中得到了较为完整的呈现。在贾平凹创造的神话世界中，神话意象既包括具有特殊形象外观的"物"，也包括这一物象内蕴的"意"，即神话的意义或精神要素，二者是紧密联系在一起的，不可分割。从早期的《太白山记》到《山本》，贾平凹在创作的不同阶段还原或创造了诸多神话意象，这些意象构成贾平凹文学世界中独有的意象序列，成为对其创作解读难以绕过的核心对象。贾平凹笔下的神话意象是多元的，且随着作家观念的变化，这些意象的内涵也在不断深化。神话意象的演变史，也是贾平凹对神话的认识渐趋深入的历史，它成为作家小说神话叙事分析的一条重要线索。

贾平凹笔下的神话意象大致可分为两类：一类以自然世界中的动植物为代表，一类则是人自身。贾平凹不仅细致表现了两类意象的特殊性，而且将二者紧密联系在一起，同时展现了他们在一定条件下相互转化的过程。

早在《太白山记》中，贾平凹就已在诸多篇目中详细呈现了人与自然物之间身份的互换。《猎手》中的狼乃是人所化，《公公》中的老人最后化为娃娃鱼，《饮者》中乡长原来是小螃蟹所变，《观斗》中的人——

---

① 王怀义. 事象与意象：中国神话呈现方式的类型分析[J]. 民族艺术，2014(5).

② 贾平凹. 远山静水[M]. 长春：时代文艺出版社，2017：35.

虎—犬—蟋蟀的转化，以及《母子》中模样怪异的熊、三只眼的奇物、长着蛇舌的女人、长角的男人等。不同物种之间实现形象甚至习性的互转，其实是神话思维的一种表现方式，且在中国传统神话中早已有先例。中国神话中的盘古死后化生为万物、女娲化生为精卫鸟，以及鲧死后化为黄熊或玄鱼等叙事，其目的即表现神话人物通过外形的变化以实现生命形态的延续。贾平凹借鉴了这种思维方式，且在神话叙事中延续了化生神话的表现样式，但他的创作并非对神话的重复，而是试图借助这种形式表达更丰富的内涵。以小说《公公》为例，故事情节与《隋书》中的一段记述相仿。开皇十七年，一老翁赴袁村佛会，众人不识。事后寻其踪迹，见一陂中有白鱼，人们将之射杀并剖腹，发现其中有当日宴席中的饭菜，才知白鱼正是老翁。几日后洪水暴涨，杀死白鱼的人皆溺水而死。①《隋书》中的老翁化白鱼不仅是一段神秘的故事，而且包含了因果报应等因素，而在《公公》中，贾平凹在展现故事本身神奇性的同时，也借助叙事表达了对人性与人伦界限的思考。客观来说，贾平凹在《太白山记》等早期作品中对神话意象的运用还较为表面，即仍将神话意象作为神话境界塑造与神秘氛围烘托的中介物，它本身仍未获得充分的表现与独立性意义。这种情况即使是在后来的《废都》《白夜》等作品中也未得到真正改善。

《废都》中出现了大量的"异象"，如小说开头同根生出的红、黄、白、紫四枝花朵，以及四个太阳、七条彩虹等，其实都是作家以自然现象的神秘化表现以映射人事。以及那头被作家注入了大量理性思考的哲学家牛，其实仍是作家真实心境的虚构化表现。因此这里所谓的神话意象其实皆是虚指，它们以闪回的形式出现在小说中，而未真正成为引领叙事线索的核心部分，也就不能进入神话语境的构建过程之中。这种创作发生转机是在《白夜》中。在这部小说中，神话意象的出现频率虽然不多，但却贯穿了整个文本，小说开头的再生人，以及主人公夜郎在目

---

① （唐）魏征.《隋书》卷二十三《志》第十八《五行下》[M]. 北京：中华书局，1973：651.

连戏中"化身"为精卫鸟，二者之间有着隐秘的联系，而夜郎在小说中的形象演绎也是再生人的现实版本。因此，再生人的自焚与夜郎化身精卫鸟后以象征性的仪式方式选择"自焚"便形成了首尾的结构呼应与内在意义上的联结。也就是说，从这部作品开始，贾平凹开始有意识地创造并运用一些神话意象，这就使其神话叙事方法越发圆熟，并使其之后的创作进入一个更为宽广的世界之中。

《怀念狼》这部小说，为贾平凹将自然意义上的物象设置成为神话叙事主体提供了可能。虽然狼灾本身就是一场灾难，但这并不意味着狼在作者眼里成了纯恶的象征。相反，因为狼越来越少，使得"崇拜世间声音"的"我"再也听不到声音，"猎人们普遍患了软脚病"①，狼由此获得了一种生态伦理的意味。而在秦岭的神话氛围中，贾平凹又细致地表现了狼与人、猪之间生命形态的渗透，因此狼这一意象在文本中获得了一种整体性意义，且可真正独立地引导叙事的展开。《高老庄》开头以高老庄中发生的稷甲岭崖崩、千年老龟现世等异象起笔，主人公子路与西夏即在这样的情境中进入高老庄。小说借助外来者西夏的视角，展现了高老庄中普遍存在的神话意象，如言说高老庄神话与历史的石头碑刻、镇压村庄邪气的白塔、永远难以进入的白云湫，乃至子路儿子笔下那充满诡异气息的画作，等等。这些神话意象并不是分散的，而是皆被纳入一个整体的、有着独特言说方式的神话叙事系统之中，高老庄作为一种神话地域的存在意义得以凸显。

在近期创作《老生》与《山本》中，贾平凹对自然神话意象的发掘更为自觉，这成为创作"晚期风格"形成的重要因素，而就叙事效果来说，也越来越多地引发了读者的共鸣。如《老生》中的"倒流河"，它本身即是一个象征意味鲜明的神话意象，不仅贾平凹对秦岭地域的刻画需要围绕它展开，而且叙事中的转捩点也往往是在倒流河的见证下发生的，因此，"倒流河"不仅具有了神话意象的功能，而且在一定程度上成为作家意识的代言人，成为作家创作意识的外现。《山本》中与"倒流河"类

---

① 　贾平凹. 怀念狼[M]. 北京：作家出版社，2000：52.

似的神话意象更为多样，比如陆菊人的"三分胭脂地"、涡镇的涡潭、老皂角树等，这些神话意象都被赋予了独特的功能。比如"三分胭脂地"，《山本》的第一句话就是围绕它展开的——"陆菊人怎么能想得到啊，十三年前，就是她带来的那三分胭脂地，竟然使涡镇的世事全变了"①。胭脂地的归属决定了不同人物的命运走向。另外，涡潭以黑河与白河的融汇，成为见证人物善良与罪恶的意义分解器，老皂角树的皂荚则发挥了检验涡镇人行为与伦理规范的功能。也就是说，这些神话意象不仅成为叙事结构的参与者与塑造者，而且以具象形式隐喻了人物的现实命运与广义上的历史真实。总的来说，自然神话意象在贾平凹创作中有着多样的存在方式，其意义指向也越发明晰，且在文本叙事中占据了越发重要的位置，成为研究者解读贾平凹创作特点的重要借助。

人的神话式处理，在贾平凹的小说世界中主要分为两种类型：一是人的神化，一是人的鬼化。从中就可看出作家对其所塑造人物的不同态度。贾平凹说："神是远而敬，鬼是近而惧"，又说"神是人创造的，它是美好的理想，是寄托的希望，是呼吁的清正之气；鬼则是人自己的影子。……人其实最怕的是人，怕自己及自己的影子。换一句话说，对于鬼的厌恶，也是对人的另一面的厌恶"②。在小说中，这两种类型的人往往是重点刻画的对象，且二者之间的关系往往是在对立中走向融合，并最终呈现出"神鬼同舍"的叙事效果。

贾平凹笔下的神化人物往往比较奇特，他们不仅具有常人难以具备的技能，而且能够通过占卜等行为预测事件的走向。从叙事学的角度来说，这些人物承担了"预叙"的功能，因此从这种叙事方式的效果来看，他们因为代表着一种超越客观现实的心灵与精神能量，因此能够引发别人的敬畏之心。代表的人物与事件，如《废都》中孕璜寺的智祥大师以七条彩虹等异象预测人世、庄之蝶的好友孟云房通过占卜探测"天机"；《白夜》中的再生人保留着前世记忆来到现世、占卜师刘逸山通过人之

---

① 贾平凹. 山本[M]. 北京：人民文学出版社，2018：1.
② 贾平凹. 远山静水[M]. 长春：时代文艺出版社，2017：63.

"数"与道教仪式中的"招魂"来为人疗治；《高老庄》中只会反复唱"黑山呦白云湫，河水呦往西流"的迷胡叔，糊涂中却有看透人生的大智慧；《极花》里的老老爷，不仅是村人敬重的对象，也以其神秘的言语与行为成为主人公胡蝶精神依托的对象；《老生》中的唱师，不仅以仪式实施与说唱神话的方式助亡灵离开人世，而且获得了与自然万物实现交流的通感能力；《山本》中的宽展师父与陈先生，则构成类似《红楼梦》中一僧一道的人物模式，在文本中起到教化民众的伦理功能与引导故事走向的叙事作用。神化人物的设置，使贾平凹将中国的传统神鬼文化具象化，突出了神化人物的神圣特性，与此同时，与神化人物系列相平衡的鬼化人物的融入，则从另一层面切入中国人的独特心理结构之中，继而探索了另一神秘幽微的鬼蜮世界。

与神化人物给予人的内心感受不同，贾平凹小说中鬼化人物神奇能力的呈现，给人的感觉是荒诞的，读者从阅读中获得的情感体验也更多是畏惧。鬼化人物是现实中的人与另一个世界实现联通的中介，读者能够通过这些人物的刻画感知未知世界的离奇，从而产生与面对神化人物之时迥异的感受。在形象设计与给予人的心灵刺激方面，鬼化人物在总体上呈现出令人不适的形象与精神境界的下移趋向。《太白山记》中已有鬼化人物的系列展示，如《寡妇》中已死去但仍夜夜归来的爹，《香客》中没有了头四处找头的香客，《阿离》中鬼市的魑魅魍魉等，这一阶段贾平凹创作的志怪意味较为浓厚，鬼化人物塑造还较为粗糙散乱，也未形成核心性的主题，在更大层面可能是作家的创作兴趣使然。在之后的长篇小说中，鬼化人物的表现层次越发丰富、全面，并形成了较为完整的人物群像。《废都》中庄之蝶的岳母在病重之后又活了过来，"从此尽说活活死死的人话鬼语，做疯疯癫癫的怪异行为"[1]；《白夜》中的目连戏本来就是表演人鬼纠葛的戏剧，加之小说中剪花婆婆对虚白、夜郎等人物的动物化隐喻，更显得鬼气弥漫；《高老庄》中骥林娘的布堆画，子路儿子石头画作神魔不分、各种形象奇异组合的特点；《极花》中麻

---

① 贾平凹. 废都[M]. 合肥：安徽文艺出版社，2010：30.

子婶的"剪花花"使人在一种神秘氛围的营造中感受到心灵的刺激，以及对宿命难以逃脱的恐惧；《老生》中唱师的工作即与鬼蜮世界打交道；《山本》中的老魏头则更是屡次见鬼，涡镇人甚至还有专门的驱鬼方法。贾平凹对鬼化人物与鬼蜮世界的细致描绘，显然不是为了满足读者的猎奇心，而是借助"鬼"的表现构成一种与现实对应的象征，并与"神"相区别。不管是"神"还是"鬼"，小说表现都是要为作家的创作目的而服务的。

二、神话意象的结构性意义

梅列金斯基认为："对神话来说，结构生于事态。"①也就是说，作家对于神话结构的发现与创造性运用，应从文本叙事的细节与样态之中提炼并概括出来。对于贾平凹来说，神话意象的系统性运用是他能够发现一套独特神话叙事结构的重要前提，随着对神话意象认识的不断深入，意象本身承载的结构性意义也越发突出，并成为贾平凹创作的重要特征。从《商州》中对秦岭中具有神秘意味的意象的初步记录，到《太白山记》中借鉴笔记小说的形式表现神话意象的变形，在《废都》《白夜》《高老庄》等作品中以"异象"为重点讲述故事，乃至在近作《老生》与《山本》中，"倒流河"与"三分胭脂地"更是作为象征意味强烈的神话意象，主导了全篇叙事。由此可见，神话意象在贾平凹的结构运用中由表及里，表现出一个不断深入的过程。这是结合贾平凹的创作历程，对其塑造的神话意象与神话叙事结构之间的关系所作的大致说明。从创作的细节来看，贾平凹笔下神话意象的结构性应用主要集中于两个方面：第一，通过神话意象的刻画与组合勾勒叙事的二元辩证结构，从而使叙事在整体上较为平衡；第二，以某一核心意象为主导，使二元结构最终实现和谐的统一，继而实现作家"神鬼同舍""天人合一"之创作理想。

---

① [俄]叶·莫·梅列金斯基. 神话的诗学[M]. 魏庆征，译. 北京：商务印书馆，2009：179.

　　从贾平凹小说中离析出一种二元结构，其实是对作家笔下动态的、且以多种形态存在的神话叙事的提炼。与现实主义叙事的发生不同，神话叙事一般都发生在特定的神话情境中，而且这种神话情境往往需要现实情境的依托，因此作者在叙事中必然要解决一个问题，即神话情境与现实情境的关系，以及这一关系的走向。在贾平凹的创作中，这种二元的神话结构是对称式的，作家在文本中设置一个神话的起点之后，往往会继续引出叙事的现实一端，从而使叙事结构能够更科学地帮助作家实现创作意图。

　　《太白山记·挖参人》一篇中的"镜子"可算是一个神话意象，它承担了特殊的预叙功能。挖参人的妻子在镜子中所看到的自己丈夫的经历，在读者看来都是极其荒诞的，如果这就是故事的全貌，那么贾平凹只不过是讲了一个山林传说，如此一来小说的叙事结构也是失衡的，因为它难以呈现一种比较的效果，镜子中的一切如果没有在现实中发生，那么挖参人的经历就难以落到实处，因此贾平凹又引入了挖参人在现实中的实际经历这一条线索。在神话与现实并置的二元结构中，镜子这一神话意象起到了重要的联结作用，也成为重要的叙事道具。同样的还有《丑人》中人的影子，它同样成了一种神话意象，按照列维-布留尔"互渗律"的观点，影子与人的本体之间产生关联往往是一种原始思维的体现，但在这篇小说中，这种关联却具有了结构的作用，且深度影响了叙事的走向。另外还有《人草稿》，小说讲述了一个阳谷的"很腴美，好吃喝，性淫逸，有采花的风俗"的村寨人，从欲望的极力张扬，到"目不能辨五色，耳不能听七音，口鼻不能识九味"，这种不受约束的叙事如果没有一定的限制，很容易成为表现人类为满足欲望而受到惩罚的现实小说。因此贾平凹在文本最后写村寨人化为了人形状的石头和木块，成了一种神话意象，作家还把它们形容为女娲所造的人之草稿，这种相对缓和的叙事方式在客观上促成了一种神话与现实相辩证的二元结构的形成，它同时能够引发读者对人类欲望与人种退化之间关联的思考。

　　二元辩证的神话叙事结构特征在《白夜》中表现得更为明显。小说的题名"白夜"本来就是一种辩证意味浓郁的意象，而这一意象如何发挥作用则是小说的主体部分。小说开头即讲述了一个再生人的故事，竹笆街七号戚老太太上一世的男人，通过一把竹笆街七号的钥匙与一张古琴，重新回到现世，并与戚老太太发生了关联，但因这一事件过于诡异，再生人并未得到戚老太太子女们的承认，他在无奈之下选择自焚而死。再生人事件到此戛然而止，但围绕他的叙事却以另一种形式延续在文本之中。再生人的钥匙与古琴，辗转至主人公夜郎与虚白手里，而为了加深夜郎、虚白与再生人、戚老太太之间的神秘关联，贾平凹还设置了有助于叙事展开的细节。比如夜郎的职业是在鬼戏——目连戏中扮演角色，而目连戏"阴间阳间不分，历史现实不分，演员观众不分，场内场外不分"①的表现形式，更使夜郎不断产生现实的虚幻之感，加之与擅长占卜的刘逸山等人的交往，这种感觉愈发强烈。当虚白把重要的神话意象——再生人的钥匙还给夜郎时，夜郎则直接得了迷怔之症。作为与戚老太太之对应的虚白，则在另一种神话意象——库老太太的剪纸的帮助下进行预言，从而推测未来的命运。尽管夜郎与虚白有着浓厚的情谊，但他们作为再生人与戚老太太的现实象征，再现了后者的分离命运，这种命运不以主人公的现实行动为转移，而是作者为了神话叙事结构的平衡而做出的有意选择，这为小说增添了浓浓的感伤氛围。在小说结尾，夜郎在一场目连戏中扮演精卫，在被目连训斥为徒劳填海的异种之后，他"从戏台一侧取过了一架古琴来，它拨动着的是鸟的声音，象征着是它傲然决然地在鸣叫着，在愤怒之中正飞往发鸠之山。……那古琴的声音沉而重，最后似乎只听见了一种节奏。宽哥惊异的是那形象多像自己看到的再生人自焚的场景，区别在于一个是坐在火里，一个是站于海里"②，在叙事的高潮部分，夜郎与再生人实现了形象上的重合。由此，小说的结尾实现了与开头的映衬，神话的二元结构也呈现出一种稳定、开放的形态特征。

---

① 贾平凹. 白夜·后记[M]. 武汉：长江文艺出版社，2017：441.
② 贾平凹. 白夜·后记[M]. 武汉：长江文艺出版社，2017：437.

贾平凹在小说中还塑造了另一种二元对位结构，即把作为神话意象的神与鬼同时置放于文本之中，从而构成一种叙事的张力。前文已经提到，神化与鬼化的人物构成贾平凹人物形象序列的主体部分，而在许多作品中，这两类人物往往共同出现，而且人物本身的诸多特质常常会实现交流，因此在形象与性格刻画等层面呈现出一体两面的特点。在叙事中，神与鬼的塑造会逐渐趋向某种统一性，从而实现"神鬼同舍"的效果。杨义认为，"以叙事结构呼应着'天人之道'，乃是中国古典小说惯用的叙事谋略，是它们具有玄奥的哲理意味的秘密所在"①。贾平凹的叙事结构创新，显然借鉴了中国古典小说的创作经验。另外，他在小说中对"神鬼之道"的探讨，往往指向了其叙事的终极目的，那就是能够实现天地秩序之合理运转与和谐运行的"天人合一"理想。

早在 21 世纪初，贾平凹即意识到一种理想信念的秉持对于作家创作的重要影响。在《病相报告》的后记中，他说道："如果在分析人性中弥漫中国传统中天人合一的浑然之气，意象缊缊，那正是我新的兴趣所在。"②因此，在作品中构造神鬼并置的叙事结构，实现"神鬼同舍"的叙事效果，不仅能够反映出贾平凹思维层面的"双构性"特征，而且也是作家秉持人文理想与哲性思维的结果。《白夜》中的再生人与戚老太太、夜郎与虚白，其实就是神鬼并置这种结构方式的象征化表现。就如前文所说，夜郎与虚白的故事是再生人与戚老太太前世情谊的再现，而串联起他们之间情感的正是钥匙与古琴，这是二者之间的关系趋向平衡，乃至走向同一的核心意象。《高老庄》中的迷胡叔与骟林娘、石头，也构成一组平衡关系，前者以表面上的胡言乱语展现着对这个世界的根本认知，后者则以神秘化手段描绘一个神奇的鬼化世界，二者和谐共处、互不干扰，共同构成了高老庄的神话情境，营造了一种气息浓烈的神话氛围。

《老生》里的神话叙事结构是通过唱师讲述的四个故事而完成的，

---

① 杨义. 中国叙事学[M]. 北京：人民出版社，2009：43.
② 贾平凹. 病相报告·后记[M]. 桂林：漓江出版社，2013：180.

这里的"故事"不仅串联起了小说的基本叙事线索，而且贾平凹着重突出了故事在起始与结束之时蕴含的生死意味。在每一段故事中，唱师都要为死去的人唱阴歌，以仪式的形式引导逝者走向另一个世界，以唱师的行为为中介，生者与死者之间实现了心灵的交流，因此这种结构本身便内蕴着作家的主观情感。在新作《山本》中，贾平凹更是以一种典型的神话意象突出了阴阳融合、天人合一的理想。在故事的发生地涡镇有一口涡潭，"涡潭平常看上去平平静静，水波不兴，一半的黑河水浊着，一半的白河水清着，但如果丢个东西下去，涡潭就动起来，先还是像太极图中的双鱼状，接着如磨盘在推动，旋转得越来越急，呼呼地响，能把什么都吸进去翻腾搅拌似的"①。黑水、白水、太极双鱼、旋转、涡潭不仅具有极为形象的图式特征，而且成为小说中神鬼争斗、和平与战乱循环的见证。而在涡潭把一切都吸进去之后，重新回归平静，秦岭也在一切都发生之后，仍然回到原来的样子。这又成为"天人合一"这一理想境界的形象书写，它蕴涵着作家从神话结构中提炼出来的人生与社会理想。所谓"一阴一阳谓之道"，贾平凹将神与鬼、阴与阳统一在一个整体的叙事架构之中，并把它导向一种更符合小说叙事规律与中国神话哲学的理想境界。

三、神话意象的现实底色

从表面上来看，神话意象是作家虚构的结果，其中充溢着人类的超现实体验，其言说方式是夸张的、虚构的，叙事效果是神奇、魔幻、神秘的。尽管如此，神话意象却并非虚无缥缈的创造，其根系深入现实大地的深层，以与现实主义叙事迥异的风格，表达对现实的思考。小说神话叙事的现实表达，往往采取神话与现实逻辑并置的思路，考察神话与现实之间发生的化学反应，以及双方在多大的程度上改变自己以适应对方。在贾平凹的小说神话叙事中，神话与现实之间的此消彼长经历了一

---

① 贾平凹. 山本[M]. 北京：人民文学出版社，2018：3.

个历史过程，神话意象的呈现方式也在这一过程中发生着变化。

纵观贾平凹的小说，他从早期创作中对神话意象神秘特征的充分渲染，以至于引起过度神秘化的叙事倾向（《古堡》《太白山记》），到创作中期神话意象的现实比重逐渐增加，从而印证着神话的现实影响（《废都》《白夜》），及至晚近的创作，神话意象不再只是作为神话的证明材料，而是被作家以历史讲述的形式表现出来，成为创作的重要借助。在这一阶段，神话意象或者以直接显形的方式介入历史偶然性的说明，或者参与双构性的神话模式建构，神话与现实实现了深度的配合（《老生》《山本》）。整体上来说，神话意象在贾平凹小说中的现实底色主要呈现在两个方面：一是对现实中人类生存境况的展现，二是对现实人性的深刻揭示。这两个方面都反映出作家对神话之现实性的深刻揭示，与对人类命运的深切关怀。

通过神话叙事展现对人类生存境况的关注，是中国小说的现实主义传统在贾平凹创作中的延续。中国的早期神话即已表达了叙事者对天地万物之生存的关注，比如洪水神话、补天神话、射日神话等，这些宏大的神话主题其实都立足于人类切实经历的生存灾难。虽然随着人类文明的进步，许多灾难不再严重地干扰人类的生存，但这种神话表达方式却延续到后来人类的艺术创作中，继而成为一种重要的创作传统。中国神话的诸多传统主题除了在重述神话作品中得到表现，许多均已内化在作家对日常生活的理解之中。相比于原始人类所要面临的来自自然的挑战，现代人更多的是要面对琐碎的日常生活，与其他作家着力于表现人们的日常生活细节不同，贾平凹试图从人们习以为常的日常生活中发现神话的经验，这便为神话的现实表达提供了一个重要的场域，这种发现同时也是一种挑战，它启发了人们在日常经验中寻找原始因素的思维方式，学会寻找自己乃至人类的原始记忆。

贾平凹对日常生活的表现兴趣，从其早期创作中就可以发现。《废都》的一条最主要线索便是庄之蝶惹上的一桩官司，而小说的叙事主体便是庄之蝶为官司在西京城的奔波；《高老庄》主要讲的是子路与西夏在高老庄的探亲，并透过他们的视角描摹高老庄的风土人情；《秦腔》

以生活化的语言，还原了清风街上的"泼烦日子"。另外，《古炉》中古炉村存在的既平静又癫狂的生活，《老生》以《山海经》为模板描绘的不同村庄中发生的奇特故事，《山本》刻画的民间斗争史中穿插的日常细节等，皆是人类最繁琐、最本质生活的文学化表现。但在贾平凹笔下，日常生活的发生却并非它表面上呈现出的样子，而是往往受到神话意象的制约，它或者以发生作用的方式影响整体叙事，或者以影响人物心理的方式改变叙事的方向，从而使客观叙事具备了更强的可塑造性。另外，这些故事发生的重要背景——秦岭，更使这些最平常的故事蒙上了神秘的外衣。贾平凹说秦岭里的"每棵树都是一个建筑，各种枝股的形态都是为了平衡，树与树的交错节奏，以及它们与周遭环境的呼应，使我知道了这个地方的生命气理，更使我懂得了时间的表情"①。秦岭中发生的每个故事，都处于一种动态的平衡之中，琐细的叙事方式其实内蕴着一种潜隐的势能转换，它以绵密的、冷静的叙事风格，建构起秦岭神话的整体框架。

除了在日常生活的描绘中展现神话意象存在之普遍性，贾平凹也往往在一些极端情境的塑造中考察神话意象的现实参与可能。这里的极端情境，包括两部分的内容：一是作为叙事对象的个人，在由神话意象构成的极端神话情境中发生的心理变化、做出的行为选择；二是人物群体与神话意象的相遇，也往往在很大程度上影响了叙事。

《废都》中的庄之蝶、《白夜》中的夜郎、《高老庄》中的子路等，都处于各式各样的神话意象的包围之中。庄之蝶不仅有一位"鬼化"的岳母，而且西京城里发生的种种异象，使他不得不选择逃离日常生活，却最终死在车站；夜郎本来就是再生人的化身，他与虚白之间的信物"钥匙"被归还，加之剪花婆婆的神秘暗示，使他最终选择在演出中走向与再生人一样的"自焚"命运；子路归来前稷甲岭的崖崩、白云湫的神秘诡异、儿子石头让人难以理解的画作，以及妻子西夏对于高老庄历史的迷恋，促使他选择离开自己的故乡。也就是说，神话意象在这里成为人

---

① 贾平凹. 山本·后记[M]. 北京：人民文学出版社，2018：544.

物认识现实与历史的中介，而且往往能够映射出他们的精神危机，也使他们更为清晰地认识了自己的命运。

另外，人物群体遭遇的极端情境，在贾平凹近几年的作品中呈现出越发频密的趋势，比如《老生》中的"非典"，《山本》中的战争、瘟疫等。这些灾难虽然是现实中客观存在的，但在作家制造的神秘氛围中，却具有了一种神奇且强大的意象外观与神话力量。人物群体在诸多灾难情境中往往面临着死亡的威胁，如果叙事对象失去了对于神话的信仰，失去了对于包括人的生命在内的万物的敬畏，那么他们的结局往往会比较悲惨。比如《山本》里的井宗秀，他从一个正面的、富有良善之心的人，逐渐转变成一个杀人如麻、心狠手辣的枭雄，恰恰是因为他不再坚守涡镇人的与万物联结的思维方式，而是试图以暴力与鲜血攫取权力，这在涡镇掀起了一阵又一阵的腥风血雨。涡镇从一个世外桃源般的小镇，到最后充斥着越来越多的鬼怪与神秘事件，这其实都是对井宗秀乃至涡镇未来命运的间接暗示。涡镇从一个与世无争的秦岭小镇，变成一片焦土，井宗秀也难以逃离被暗杀的命运。贾平凹以穿插的神话预示，间接表达了对人类生存命运的关切，以及对人类失去神话信仰与敬畏之心的深刻隐忧。

在叙事作品中表达叙事者对人性的关切，是人类神话创造的永恒主题。古希腊神话很早就在叙事中探讨人性的问题，宙斯的不检点、赫拉的嫉妒、战神阿瑞斯的傲慢与自负等，这些神的性格特征与所作所为更像是对人的模仿，因此也可以说揭示了人性的复杂。中国神话则更注重对于神之伟大事迹的强调，即使是共工与颛顼争帝、黄帝与蚩尤的战争等讲述神灵对抗的神话，也极少触及神灵性格的刻画。中国神话中的神虽然高高在上，但他们却能够以自己的创造活动彰显一种为人类谋福祉的伟大神性，如盘古化生万物，为人类提供了生存的环境；女娲补天、后羿射日、大禹治水等，则是祛除人类生存的不良因素。有的神灵则代表一种破坏的力量，如蚩尤、共工触不周山等。中国神话中的伦理意识较为明晰，与西方神话中神性的复杂多元形成了鲜明的对比，贾平凹通过神话叙事实现的人性刻画其实是对不同神话表现形式的综合。贾平凹发掘了人性多方面的可能，且在很多情况下是通过神话意象完成的。鬼怪、精灵、精怪等意象的塑造，与人的描写一道，被赋予了善与恶的象征意味，贾平凹也同时探讨了善恶在特定条件下互相转化的可能。

《废都》中的智祥大师、《白夜》中的刘逸山、《高老庄》中的迷胡叔、《古炉》中的善人、《老生》中的唱师、《极花》中的老老爷，以及《山本》中的陈先生与宽展师父等，他们不仅是被神化的人物，同时象征着人类本性中善的一面。他们既有佛道中人，也有乡土社会中民间智慧的代表人物，尽管身份殊异，但他们在很多方面具有明显的共同特征。首先，他们皆是智慧之人，往往能够在不经意间点明事情的真相或者人生的本质性规律，这对叙事对象能够产生较大的影响。其次，更为重要的一点，是他们对世间万物皆怀有一颗悲悯之心。他们不仅身处世俗生活之中，又能站在生活之外观照命运之无常，而且会用自己的人生经验与智慧对深陷困顿的人予以帮助，这是人物"善"之本性的集中表现。有论者认为，在贾平凹的小说中，存在一个天、地、人、鬼、神俱在的世界，这成为人们伦理意识构建的根基。贾平凹自己说道："天地是客观的东西，人是主观的东西，神是人和天地发生的一种化学反应。"①贾平凹塑造的智祥大师等形象，其实是世俗之人与天地、神鬼之间实现交流的重要中介，他们不仅以善念与善行感染着世俗大众，而且作家也着意于表现他们通过善之力量的发挥而实现对恶的抵抗与压制。这说明"善"作为人类伦理规范的至高标准，具有强大的能量，它不仅是神化人物被赋予的重要精神表征，而且也是神话叙事伦理呈现的重要方向。

在贾平凹塑造的诸多人物中，纯粹象征恶的形象其实并不存在，即使是那些带有恐怖意味的鬼怪，贾平凹也并未把它们作妖魔化处理。贾平凹笔下的精怪或鬼魂，其实是在日常生活表现的基础上按照人类心理变化的自然逻辑而塑造出来的，如果说在《太白山记》等作品中作家以

---

① 贾平凹，韩鲁华．天地之间：原本的茫然、自然与本然——关于《山本》的对话[J]．小说评论，2018(6)．

实写的方式表现鬼怪的普遍存在，那么以象征性笔法虚写鬼怪之存在则成为作家后期创作的主要形式。《废都》中，庄之蝶的岳母在得病之后开始述说自己见鬼的经历，与鬼的交流甚至成为其日常生活的一部分，但在旁人看来，老太太是糊涂的，所谓的鬼也只不过是她的臆想。也就是说，"鬼怪"在更大意义上成为人的一种内心感受，而不再是所有人普遍经历的生活内容。鬼怪的这种存在方式在庄之蝶的一次奇特的"见鬼"经历中表现得更为明显。文本中这样写道："这么在太阳下立定了吸纸烟，第一回发现突出的烟雾照在地上的影子不是黑灰而是暗红。猛一扭头，却更是见一个人忽地身子拉长数尺跳到墙根去，吓得一个哆嗦，浑身都起了鸡皮疙瘩。"①事后证明这不过是商店镜子的反光，但却形象地说明了庄之蝶心境发生的巨大变化，这也在一定程度上预示了他未来的命运。

　　"鬼"之恶并非贾平凹重点表现的对象，鬼的形象在很多时候反而是诙谐、滑稽的，作家关注更多的反而是现实中的人。人的心态与性格的演化，尤其是从善到恶的转化，往往能够说明人本身的复杂性。在贾平凹的早期作品中，这种有着明显变化的人物并不多见，在近期创作中，作家开始有意识地去呈现这种变化的过程，《山本》中的井宗秀可以说是一个代表。《山本》再现的是围绕一个叫涡镇的地方而展开的秦岭民间史与战争史，在这一历史进程中，井宗秀从一个面目白净、内心良善的画师，最终演变成一个面目黧黑、内心暴戾的乱世枭雄，井宗秀外在形象、内在心性的极大转变，是在涡镇日常生活的流动之中逐渐发生的。井宗秀转变的原因，不仅是因为其权力欲望的高涨所导致的毁灭，而且更是因为他脱离了涡镇人固守的自然思维与生活方式，并被以权力、暴力等形式呈现的神话形式所裹挟，因此其走向自毁的命运是必然的。当神话失去了它能够存在的基础，那么其现实价值就注定会被消解，而在这一前提下，人的善恶观念自然就失去约束，它会导向人类生存的无秩序，乃至人类现实生活的毁灭。

---

① 贾平凹. 废都[M]. 合肥：安徽文艺出版社，2010：89.

对神话意象的发掘与表现，不仅使贾平凹在小说中呈现了面貌多元、意义丰富的意象体系，而且这些意象真正介入了作家的小说叙事，成为作家刻画叙事对象、塑造叙事结构的重要前提。贾平凹不仅在当代文学的地域表现中开辟了秦岭这样一块神奇的土地，而且在文学叙事层面，他也极大地拓展了神话在当下的内涵。丰富了神话叙事的表现力。纵观贾平凹持续几十年的创作历史，他不仅开创与完善了陈思和所说的"法自然"的现实主义创作风格，而且在对民间日常生活史的表现中熔铸神话因素，从而使得日常生活不再仅具有现实记录的功能，而是成为探索大众神话观念与行为实践的重要中介。贾平凹对神话的持续关注与叙事呈现，使得作为人类原始记忆的神话在艺术表达的层面重新与大众产生了密切的关联，这同时使我们明白，其实神话从未真正远离我们的生活，它以潜意识的形式存在于人类的思维背景之中，成为我们认知自我乃至探索世界的重要依据。

第二节　神话视阈下的自然观照——张炜的神话叙事

在中国当代文坛驰骋至今的张炜，一直被认为是反思时代与张扬作家主体精神的代表。新时期以来，尤其是在 20 世纪 90 年代掀起的世俗化大潮中，张炜一直以一位精神独行者的形象奔走于胶东大地上，表达着对于时代发展中不可避免的冲突的忧思，以及对美好人性与和谐自然的希冀。在张炜的小说世界中，胶东是其展开叙事、表达思考的源头，也是彰显其历史与现实观念的重要凭借。对于张炜来说，胶东这块土地是历史的、现实的，它是中国近现代历史的缩影，但它更是自然的、神奇的。在胶东的山地、平原与海洋之上，奔跑着无数自然的精灵，也给了张炜最多的灵感。地貌的多元、故事的传奇、自然生命的丰富，帮助开启了张炜系统、多样的神话叙事。

历史地来看，胶东隶属于齐文化圈与东夷文化这一文化谱系之中。有学者认为，"齐文化是一种与大海紧密关联的巫文化。巫文化本身就多怪异之人、物，再加上大海的海天明灭，海市蜃楼，神山、神人、仙药，这就更增加了其怪异神秘的色彩。而中国的志怪小说，虽然说源于神话传说，但其真正形成则在战国时期，而其真正的发祥地则是齐地"①。从张炜的创作现实来看，胶东的文化传统深刻影响了他的文化观念，以及对于神话的理解。从张炜的小说神话叙事整体来看，他较为自觉地延续了齐文化中浓厚的神话讲述传统，并自始至终地贯穿在了他的小说创作之中。从《古船》《九月寓言》，到《丑行或浪漫》《刺猬歌》，乃至《你在高原》《艾约堡秘史》，张炜的小说神话叙事从最初的生涩逐渐成熟，对社会现实的思考也从偏激进而全面，并在这一过程中形成了具有代表性的神话认知观念与叙事表现系统。总的来说，张炜的神话发现与小说叙事表现，主要分为三个部分，即胶东自然神话的文学书写、对胶东女性的自然性呈现与神性塑造，以及神话视阈下的生态伦理呈现。对上述神话主题的持续关注，彰显出张炜作为一位当代知识分子所具有的对于人类生存之自然环境的关注、强烈的人文关怀意识，以及自觉的社会责任感。

一、胶东自然环境的神话塑造

山东胶东地区的地貌丰富多样，山地、平原与海洋并置的自然环境，不仅影响了胶东人民的生产生活方式，也影响了他们对世界与自然的基本认知。《说文》释"夷"为"东方之人也，从大，从弓"，从这里即能看出后羿作为神祇对于胶东地域文化的原型意义。在被现代文明洗礼的胶东，狩猎式的生产方式早已成为历史，但胶东地区发达的渔业，仍能使人感受到传统与现代在这块土地上的神奇糅合。也就是说，虽然胶东地区早已进入现代化的进程，但仍保留着自古至今的文化基因与生存经验、生活方式，这使得胶东地区形成了独特的、具有强烈原始气息的文化特质。而在诸多文化特质中，胶东地域对于自然的信仰，乃至围绕

① 叶桂桐. 论齐文化的特质[J]. 山东社会科学，2000(2).

这种信仰产生的多元仪式实践(比如胶东地区极有影响的"祭海神"仪式等),则成为其中较为典型的方面。张炜成长于胶东独特的文化场域之中,而且深受其影响,这成为其之后小说创作重要的文化资源。张炜在创作中不仅沿袭了东夷文化圈层中崇尚自然的文化观念,而且通过形象的凝结与氛围的积极营造,使这一观念得到了艺术化的呈现,具有多元色彩的自然神话即在这样的背景中产生,它彰显了一种具有野性特征的思维方式的魅力。

在早期的《古船》中,张炜已经开始了对自然的神话式关注,而且着重塑造了一些自然的象征物,从这些象征物的存续或毁灭上,能够看出年轻的张炜心灵所经历的巨大震动。书中写到在隋不召回到洼狸镇之后,有一个巨雷击中了古庙与古柏,"古柏像是有血脉有生命的东西,在火焰里尖声大叫。乌鸦随着浓烟飞到空中,悬巨钟的木架子轰隆一声倒塌了。除了燃烧的声音,人们还仿佛听到一种低沉的呜呜,忽高忽低,像是巨钟的余音,又像是从遥远的地方吹响的牛角号"①。这些自然之物在被毁灭时发出了痛苦的哀嚎,这是它们被赋予生命与情感的形象表现,也是原始自然信仰的当下艺术呈现。类似的创作倾向可在同时期的寻根小说中找到(如阿城的《树王》、李杭育"葛川江系列"等),由此能够发现在特殊的时间节点作家们在神话认知层面所达成的共识。这种表现事物毁灭的叙事能够给人以极大的震撼,且极具视觉冲击力,就像那艘被挖掘出来的早已腐烂殆尽的古船一样,这些描写不仅能在叙事整体层面凝结主题内涵,而且也是一种极有意味的象征表现。从叙事对象的创新表现来看,张炜显然注意到了将自然神话引入文本的可能,对于一位血气方刚的年轻作家来说,他显然有通过叙事打破传统叙事秩序的冲动。因此这里的古柏与古船扮演了文化承载物的角色,张炜以决绝的姿态赋予它们毁灭的结局,从而借此彰显自己的理念,这是 20 世纪 80 年代社会现实发展与作家创作观念变迁的产物。在脱离了特定时代语境之后,张炜得以从自己的行走经历与文学创作规律层面重新入手,

---

① 张炜.古船[M].北京:人民文学出版社,2018:4-5.

进入胶东的神话世界，发掘自我意识深层的神话因子，张炜的创作也因之发生了新变化。

张炜创作观念发生变化，大约是从《九月寓言》等作品开始逐渐发生的。如果说在《古船》中张炜对以洼狸镇的粉丝大厂为代表的现代工业仍心存期待，那么从《九月寓言》开始，张炜便站到了现代性批判与坚守传统的立场，这种转变的前提是现代性的侵入使自然环境发生恶化、人性发生异化这一客观事实。当现实中的人为欲望所裹挟，越发远离自然，远离野地，他们也就逐渐地背离了自己的精神源头，正是基于这样的人类精神现实，张炜才在《九月寓言》中"由历史文化层面进入了多维文化层面，从现实感受进入了神话情境"①。但张炜笔下的"自然"，又并非只是客观自然界的文学描摹，而是熔铸了作家主体情感的艺术化的"自然"。因此这种"自然"类似于原始人在神话中再现的生存环境，是未经现代因素浸染的、纯粹的自然。在《九月寓言》的小村里，张炜主要表现了赶鹦、肥、挺芳、憨人等青年人在原野上的自由奔走与嬉戏，露筋和闪婆自由自在的流浪生活，以及小村人与原野中生灵的亲密关系，皆呼应着小村人的独有称呼——鲅。小村人形成了与外村殊异的生命系统，他们延续着如鲅般的强悍生命，与其他种群中的虚弱生命形成鲜明对比，这恰恰是一种自然基因注入现代人类身体中的结果。小村人对待世间万物，以及思考与处理问题的方式，恰恰是列维-斯特劳斯所说的"未驯化状态的思维方式"，这种思维方式不是幼稚的，而是"他们采用了不同的符号体系和思考方式，且这种野性思维至今仍具有强大的生命力"②。独特的思维方式赋予了小村人一种原始的活力，与被现代性改造的、屈从于权力制约的现代人的观念不同，它是一种野性的思维方式，能够使小村人维持感觉的敏锐、身体的强壮、精神的富足，因此张炜对这一群体的集中表现，显然能够启发读者对于人之存在

---

① 张清华．野地神话与家园之梦——论张炜近作的农业文化策略［J］，小说评论，1994（3）．

② 胡亚敏．重构原始思维之图——读列维-斯特劳斯《野性的思维》，外国文学研究，1997（1）．

方式以及神话思维存在之必要性的思考。

在《丑行或浪漫》中，野性的思维方式以具象化的人物形象形式呈现出来。主人公刘蜜蜡的另一个名字叫"刘自然"，张炜不仅在一种虚构情境的塑造中把她当作鱼的化身，而且着重突出了她与野地中诸多生灵的亲密关系，刘蜜蜡生命能量的充沛，正源自自然世界的赋予。除了刘蜜蜡的形象，张炜还在文本中表现了大量的自然精怪，比如鹤鹁泊中的老兔子精、野地中漫游的鬼魂等。在张炜笔下，这些自然精怪非但不会因人们对其的畏惧感而隐蔽起来，而且因为它们自然纯粹的本性，反而能够引起人心理的亲近。张炜把它们视为一种天然的、有智慧的存在，"一般来说它们是不害人的，只不过太寂寞了出来寻个开心。所有的鬼都具备不凡的经历，在它们眼里活人都像小孩一样幼稚"①。自然中孕育的生命，因为不受世俗欲望的沾染，所以保持了睿智的心性，往往能够把握自己的命运。

《刺猬歌》的创作，使张炜对自然的神话塑造又进入一个新的阶段。在这部小说中，张炜不仅塑造了类型更为多元、内涵更为复杂的自然野物，而且突出表现了人与自然野物相知、相交甚至相爱的过程。野物们不仅普遍地出现在人类的生活之中，而且许多人类成为野物的后代，如主人公美蒂便是一只刺猬的化身，她的情感不仅比人类还要丰富，而且不受到人类社会的道德规则与秩序的约束，因此情感的天真烂漫、行为的无拘无束成为美蒂的典型特征。另外一位具有自然意味的则是一个人类——棘窝村的传奇人物霍公，他开辟了棘窝村结交野物的传统，在他身上，能够感受到人与自然之间亲密关系的极限。"他走在林子里，所到之处总有一些白羊、狐狸、花鹿之类相跟，它们之间无论相生相克，都能和谐亲密。"②霍公甚至具有了弗雷泽《金枝》中"森林之王"的味道，但与后者不同的是，霍公是一个自足、自在的生命，他毋需面临随时可能被篡夺权位的风险，而是早已内化进自然的生命系统之中，二者难以

---

① 张炜. 丑行或浪漫[M]. 成都：四川文艺出版社，2018：188.
② 张炜. 刺猬歌[M]. 北京：人民文学出版社，2017：25.

分离。在小说中，霍公与一群野物登上一艘楼船，长久地漂流在雾气弥漫的大海上，成为一个人所共知的神话。刘蜜蜡与霍公都具有了自然之神的意味，他们从自然中来，又复归自然，蕴含着作家的自然想象，以及尝试与自然重新建立联系的美好期待。

列维-斯特劳斯认为，神话的创造与人类的野性思维息息相关。在张炜对自然的想象与神话塑造中，他不仅以富有浓厚自然特质的神话意象构筑了一个庞大的自然世界，而且也在其中灌注了浓厚的人文情怀与现实忧思。作为一个当代知识分子，张炜显然明白把一种现代化理念输入小说是极为取巧的一种创作，但他仍然选择以一种野性的或原始的思维方式去重塑一种理想世界，这是一种难能可贵的创作勇气。张炜的创作实绩，说明一种独特思维方式的介入，能够使作家进入人类发展的某些本质层面，从而使得一些已被人类遗忘的自然或历史场景重新回到大众的视野之中，重新激发人类宝贵的审美体验。

自人类诞生之时，自然便成为人类生存与发展的最重要背景，人类族群的延续依靠的正是自然资源的获得与利用。对自然的利用伴随了人类的发展历史，在人类社会从前现代到现代的转变过程中，人类更是无限制地发掘自然界中可用以现代化发展的资源。随着生产力的发展，人类的生活似乎离自然越来越远，自然早已成为一个可以不断索取的对象，这导致了从自然中诞生的神话越发远离了人类世界。当人类在诞生时面对神秘莫测的自然时，他们往往会以想象与虚构的方式表达自己对自然的敬畏，这是自然能够成为一种神话言说对象的原点。但进入现代社会，不仅神话记忆受到了挑战，而且人类对自然无限度的开发更使得自然与人类之间被隔离开来，这使得人类的艺术创作失去了自然的支撑，这自然会影响人类想象力的发挥。张炜通过文学创作而实现的对自然的重新发现，其实是纠正一直以来大众对自然的偏见，从而恢复人类面对自然时的生命感觉，作家在发掘自然蕴含的丰富神话信息的同时，也使自然重新成为一种独立的艺术观照对象，发挥它对于人类感性直观与审美能力的重要提升作用。

在小说中，张炜塑造了许多可称为自然之化身的形象，他们或是与自然万物存在亲密的关系，是自然之子；或者直接是动植物的化身，是传统意义上的精怪书写。与贾平凹塑造的精怪不同，张炜笔下的精怪没有那么明显的神秘意味，而是被赋予了日常的外观，它们不仅具有人的情感，经常与人为伴，而且在生命形态层面与人实现了联结，张炜笔下那些极具自然特质的人物，往往是精怪的后代。另外，精怪不仅构成了张炜笔下的形象系列，而且还会进入小说的叙事中，使得精怪与人类之间关系的流变成为小说主要的叙事线索。尽管自然精怪对于人类的生命世界是一种重要的补充，但张炜也满含无奈地揭示了它们在人类社会中的命运。《古船》中的巨柏，在被巨雷击中并燃烧之后，只剩下了树桩；《丑行或浪漫》中的自然之子——刘蜜蜡，在小油燋等人的威逼下，不得已踏上奔逃之路；《刺猬歌》中的精怪们，则在唐老驼对自然生态的破坏下四散奔逃，自然神话意义的消解及精怪们的遁去，也成为廖麦的"丛林秘史"最终难以完成的重要原因。

张炜悲哀地发现，人类文明发展的不节制，以及对自然环境的大肆毁坏，不仅使人的生命丧失了自然意义，而且人类本应具有的野性思维能力也发生了退化。列维-斯特劳斯认为，"野性的思维借助于形象的世界深化了自己的知识。它建立了各种与世界相像的心智系统，从而推进了对世界的理解"①，当人类不再与自然世界中的各种生命类型发生心理上的紧密关联，它必然导向人与自然之间关系的隔膜，自然在人类眼中不再是一个值得交流与敬畏的对象。在这种背景下，张炜的创作便具有了重要的人文意义与时代价值，他通过重塑当代情境中的自然神话，恢复人类与自然的关系，使自然重新焕发出一种神话的气息。

二、自然女神：神话视阈下的女性塑造

在中国的传统神话讲述中，女神塑造是一个重要的方面。在漫长的

---

① ［法］列维-斯特劳斯. 野性的思维［M］. 李幼蒸，译. 北京：商务印书馆，1997：301.

女神刻画与言说系统中，女神早已成为在不断的生命循环中迸发生命意义的精神象征。早在《山海经·大荒西经》中，即有关于鱼妇的记录："有鱼偏枯，名曰鱼妇，颛顼死即复苏，风道北来，天乃大水泉，蛇乃化为鱼，是为鱼妇。颛顼死即复苏。"①在这一书写中，蛇化为鱼的描写，以及"颛顼死即复苏"的说明，皆说明死而复生现象在早期神话中存在的普遍性。鱼妇神话并非上述神话主题的个案，抟土造人的女娲，以"古之神圣女，化万物者也"（《说文·女部》）的记录，成为具有化生万物之能力的重要神祇。另外，化为精卫鸟以填海的女娃、奔月之后化为蟾蜍的嫦娥，以及从"豹尾虎齿而善啸，戴发蓬胜"而转为端庄形象的西王母等，这些神祇组成了中国神话中的女神序列。从中可以看出，中国神话中的女神塑造往往通过女神形象的变化，突出一种自然的生命形态以及这种生命形态无限循环与延续的可能，这深刻影响了后世文学的女神表现。

在中国现代文学的女神书写中，郭沫若的《女神》具有代表性。作品不仅延续了女神的死而复生特质，而且作家还通过生命形态的描绘将之延伸到人类的精神层次，即通过对女神精神的张扬诗化"五四"时代精神，使女神形象成为"五四"精神的象征。张炜的女神书写，自然也是在女神的塑造传统之中发生的，但他的创造却更多地融合了自己对于时代的个性化思考，因此表现出了诸多新的内涵。张炜笔下的神化女性，往往是以"自然"的形态呈现的。这里的"自然"，不仅指她们延续了中国传统神话中女神与自然之间的天然联系，而且指她们保持着精神上的纯粹与自由，因此是一种最为自然的精神状况。女神"自然"品性的实现是从两个方面完成的：第一，这些女性形象以自己的青春生命印证着传统神话中女神生命的循环与延续；第二，这些女性生命的意义与价值是通过与男性权力的抗争而实现的。从上述两个方面，张炜的女神形塑实现了传统与现代的结合，同时融入了作家对女性现实命运的思考。

张炜笔下的自然女神形象，呈现出由粗糙到精致、由单纯到复杂的

---

① 袁珂. 山海经校注[M]. 上海：上海古籍出版社，1980：416.

流变过程。如果说《古船》中的隋含章象征着张炜创作初期思想上的激烈与热情，那么《丑行或浪漫》中的刘蜜蜡、《刺猬歌》中的美蒂，乃至《艾约堡秘史》中的蛹儿与欧驼兰则显示出张炜在思想成熟之后人物塑造的相对内敛。他给予了笔下女性以更宽广的成长环境，但也同时表现出她们在特殊情境中的无奈与悲伤。张炜笔下的自然女神千姿百态，但仍具有一些共同的特征。张炜赋予了他们"美"的特征，这不仅表现于她们的形体与样貌，也表现于她们的心灵。这些勇敢、智慧、热情的女性，以纯粹的自然情感，对她们身边的万物始终充满热情，张炜把她们塑造为具有神性特质的女神。张炜对于这些女性的审美标准也一直在变化，《古船》中纤瘦、柔弱的隋含章，《九月寓言》中本真、野性的赶鹦与肥，尤其是《丑行或浪漫》中像刘蜜蜡这样的"大胖孩儿"，更受到了张炜的重点表现。这种标准的变化，也体现出张炜更注重山东地域特色的情感倾向。在山东文化的审美视阈中，那些体型匀称、聪明智慧、善良热情的女性，被称为"山东大嫚"，张炜对这一传统的文学化用，显现出他力图塑造富有山东地域特色女神形象的创作倾向，同时也在客观上说明了女神表现传统的当代性特征。

中国传统神话对于女神的表现，往往比较模糊，不仅女神的外在形象漫漶不清，而且女神生命的多样化表现更是稀缺。郭沫若对女神的时代化表现，固然增强了神祇的现实性特征，但仍然难以凸显女神的多样性存在，因此张炜的主要工作，便是着力呈现当代女神个体生命的多样性。隋含章、刘蜜蜡、美蒂等女神形象，不仅外观不再像之前那样孱弱，而且有着充沛的勇气与强悍的生命力，当她们陷入生命难以维持的困境时，都会通过反抗行为捍卫自己的自由生命。隋含章在四爷爷赵炳的压制下屈辱地活着，最后她奋起反抗，将赵炳刺伤，同时也摆脱了自己青春生命的不堪境地；刘蜜蜡不堪忍受伍爷与小油矬父子的折磨，奋力将伍爷杀死，并开始奔逃之路，奔向一种更为理想的境界；美蒂的感情更为纯粹，她本身就是刺猬的化身，忠贞于与廖麦之间的感情，但当廖麦怀疑她与唐童之间存在不正常关系时，她毅然选择出走，重归山林。这些女性做出的选择，其实都开启了她们新的生命阶段，因此是传统神话中女神死而复生的当代表现。张炜不仅刻绘了丰富多彩的当代女神形象，而且也开辟了一种小说神话叙事的象征化表现形式。

张炜小说世界中的女神们，她们不仅有着美的外形，更有美的心灵，而且被赋予了自然之力，而正是来自自然的力量才使她们义无反顾地走上爱与美的追寻之路。张炜在《奔跑女神的由来》这一篇文章中，提到塑造刘蜜蜡形象的初衷，即表达"关注人类不平等的忧思"，而他之所以钟情于刘蜜蜡们生活的世界，"不是因为那里的苦难，而是因为那里的爱和美，因为大地和仁慈"①。也就是说，在张炜的创作视阈中，以刘蜜蜡为代表的女神们被赋予了地母的特质，她们孕育生命、扶植生命，并执着于追寻生命所能达到的理想境界。在张炜笔下，这些女神从最初附属于男性的地位（如隋含章之于赵炳、刘蜜蜡之于铜娃），到最终创造属于自己的世界（如美蒂、欧驼兰等），这说明了一种清晰的生命意识与性格表现已经在当代女神身上集中呈现。因此，张炜理想的女神形象，是集美丽、自然、独立、善良等特质于一身，同时有着强悍的自然生命力，这种女神形象显然更富有时代特质，也符合人对美好人性的终极期待。

张炜对当代女神的描绘，不仅包括描画女神的外在线条与轮廓，突出她们与世俗大众迥异的神性特质，更重要的是借助某种参照系，突出女神存在的独特性意义。就如女娲补天是在"往古之时，四极废，九州裂；天不兼覆，地不周载；火爁炎而不灭，水浩洋而不息；猛兽食颛民，鸷鸟攫老弱"（《淮南子·览冥训》）这样的背景下发生，张炜笔下女神存在的意义也是在一种独特情境中实现的。这种情境，即一个由男性、权力、专制等要素组织起来的与女性呈对立面的世界。女神意义的呈示，即存在于对上述世界的抵抗之中，这种抵抗改变了世界的秩序，一种理想的世界也随之有了被创建的可能。张炜在作品中塑造了一系列作为女神对立面的"恶"的象征，而男性往往是这一象征的代表，他们不仅掌握着绝对权力，而且普遍存在控制、占有女性的强烈欲望。在刘

---

① 张炜.丑行或浪漫·附录[M].成都：四川文艺出版社，2018：368.

蜜蜡们对这些男性的艰难抗争中，女神自身的意义得到了实现。

女神与"恶"的男性的对比表现在多方面。首先是形象的巨大反差。张炜笔下的女神不仅有美的外表与性格，而且与自然环境之间的关系是和谐的，因此是美的集中表现，是美的象征。而作为对立面的男性，则往往以身躯的庞大与威权的压制成为绝对统治力的象征，这其中最为典型的当属《古船》中的四爷爷赵炳。赵炳的出场在小说中并不算早，但通过张炜的侧面描写，读者早早地就能感受到他在洼狸镇的巨大影响力。待到其出场，则给人以更大的震撼，"一个五六十岁的男人缓步从人们刚刚闪出的通道上走过来。他黑亮的、一滚一滚的眼睛四下里瞥几下，然后就垂下宽宽的眼皮，只看着脚下的路，他头皮刮得光光，脸上修得没有一根胡须。颈肉有些厚，面色出奇的滋润，泛着红光"①。结合赵炳在洼狸镇的所作所为，这种形象书写便具有了浓厚的讽刺意味。当作为当代女神的隋含章勇敢地刺伤这具庞大的身躯时，女神作为一种精神力量的意义便得到了真实的体现，隋含章的反抗，不仅象征着男性统治力量的崩溃，也象征着女神自主意识的觉醒。

除了形象上的强烈对比，行为层面的女神善行与男性恶行也成为区别二者的标准。刘蜜蜡、美蒂等当代女神形象，以心灵的纯净与行为上的良善确立了女性审美的新标准，她们与自然万物存在心灵上的契合，以一颗悲悯之心对待身边的一切，也正因为此，她们在所到之处总是能够得到别人的爱护，与之相对立的则是那些代表权力统治的男性却是"恶"的象征。张炜往往以夸张的笔法描绘这些男性，以此表现作家对这些人物的厌恶态度。在《丑行或浪漫》中，刘蜜蜡将伍爷杀死，作家描绘了这样一幅画面："整整一面大炕上都高耸着黏乎乎红赤赤的气泡，一些暗绿色的浓稠液体像浇了水的生石灰那样咕咕泛动，只有最上部的大河马头还清清楚楚歪在那儿。这一摊东西还在不断膨胀，已经达到了墙的平腰。"②这样一种对"恶"的形象化展示，使其所代表的污浊、

---

① 张炜.古船[M].北京：人民文学出版社，2018：71.
② 张炜.丑行或浪漫[M].成都：四川文艺出版社，2018：258.

肮脏与女神之"善"所代表的纯净、清洁形成了强烈的对比。因此也可以这样说，张炜对女神与男性的塑造，其实展现了传统神话中的神魔之争的主题，神对魔的战胜，象征着善对恶的胜利。张炜不仅塑造了诸多富有个性与善良品质的女神形象，从而以叙事形式呈现原始神话中女神表现的当下延续，更重要的是，他借助女神与男性权势以及紊乱社会秩序的抵抗行为，彰显出一种新的女性价值实现途径，这种神话叙事显然具有了更多的时代价值，成为张炜宣扬人文精神、表达人文关切的重要借助。

三、神话视阈下的生态伦理呈现

张炜的神话叙事离不开自然背景的依托，它不仅包括人类赖以生存的自然环境，也包括一种由人与自然的和谐关系而引申出的自然伦理。张炜不止一次地揭露当下文学言说的空间"稀薄"问题，当言说与写作脱离了自然生命的大背景，那么写作本身就会变为没有精神与信仰支撑的欲望呈现，因此张炜试图在叙事中重新呼唤自然神话的回归，重新将人与自然连接起来，乃至重新彰显一种自然的生态伦理。张炜对生态伦理的关注与呈现主要体现在两个方面：第一，通过对具有生态意义的神话意象的塑造，突出人与这些意象的和谐关系，并借此绘制一种理想的自然生态画面；第二，通过展现人对自然环境的破坏，突出因为人类自然信仰缺失而导致的二者间的紧张关系，继而展开对人类环境观念的批判，及对人类当下道德困境的思考。

自然是人类生存的最初环境，也是人类神话叙事的重要起点，神话即诞生于人对自然的不断发现之中。神话是人认识与理解自然的重要见证，人对自然理解的不断深化也呈现在不同阶段的神话讲述中。张炜对自然的神话表现，即处于人类神话讲述的脉络之中，它立足于人类发展越发远离自然的现实情境，因此试图将人类重新拉到自然之中。在《九月寓言》《丑行或浪漫》等作品中，张炜重塑了自然神话诞生的原始情境，并运用"一种感性、直观、抽象神秘的图示来言说或建构原始先民对人与自然之间生态伦理关系片段的、零散的思想观念与逻辑法则，以表现对人与自然的原初秩序即神话秩序的理解"①。这种叙事的结果，便是具有生态意义的神话意象在文本中的大量涌现。张炜不仅创造了大量神话意象，如动植物、人等，而且突出了不同意象之间的紧密关联，其中最有代表性的便是人与动物之间的类比或联姻联系。比如《外省书》中史珂与真鲷鱼之间形象与特质的类比，《丑行或浪漫》中小油姈与一种节肢类动物的类似，《刺猬歌》中结交野物甚至是棘窝村的传统，野物与人相依为命，互相结亲，"有人是狼的儿子，有人是野猪的亲家，还有人是半夜爬上岸的海猪生下来的头胎娃娃"②。人与野物之间的混融不分与血缘联结，以及二者相互依存、相互扶持，反而形成了一种自然秩序的美感，人类群体能够真正被纳入自然的生命系统，这种独特的亲属关系呈现使张炜的自然书写具有了伦理的意义。

张炜在创作中对自然意义的突出，不仅是因为自然对人类生命存续与生命感觉勃发具有重要意义，而且张炜也是在道德层面深入思考了这个问题。自然世界运转的和谐，以及对于人类世界无条件的扶持，本身就是一种自然道德的呈现，与自然相比，人类在行为与精神上显然是存在道德缺失的。因此张炜通过叙事试图要达到的目标，是实现人类对自然的敬畏态度，维持一种基本的道德。当代环境理论家阿尔伯特·施韦泽认为："一个人，只有当他把植物和动物的生命看得与人的生命同样神圣的时候，他才是有道德的！"③也就是说，一种神话视阈下的生态伦理倡导，其实就是要呼唤人与自然万物的平等，一种自然与人类社会平衡关系的回归，正是人类能够作为一种有道德的物种的基本前提。正是怀着这种希冀，张炜在表现了人与自然间和谐关系的同时，也着重表现了二者之间的紧张关系，自然由此成为人类道德评判的重要场域。

通过表现人与自然间关系的对立以揭示一种伦理关系，其实早在寻

---

①　康琼．论中国神话的生态伦理意象［J］．湖南大学学报（社会科学版），2011（6）．

②　张炜．刺猬歌［M］．北京：人民文学出版社，2017：13．

③　曾繁仁．生态美学导论［M］．北京：商务印书馆，2010：54．

根小说中即已产生，比如阿城的《树王》、李杭育的《最后一个渔佬儿》等。以《树王》为例，小说中肖疙瘩守护的树王，是一棵被赋予了浓厚神性特质的自然巨树，它与肖疙瘩之间有着紧密的联系，实现了神秘的"互渗"。但在特殊的时代，树王被革命青年以革命的名义砍倒，而肖疙瘩也随着树王一同倒下，因此人与自然之间的紧张关系即人与人之间关系的映射，这种象征书写代表着自然伦理与人际伦理的双重破坏。如果说阿城笔下的树王是革命伦理的牺牲品，那么张炜则从自然环境的破坏中探讨了现代文明伦理对自然伦理的巨大冲击。

早在《古船》中，张炜即发现了工业生产在文明进程中的特殊意义，当古老的洼狸镇中响起了粉丝大厂的隆隆声响，这本身就预示着传统与现代的冲突，这一冲突在张炜之后的创作中表现越发频繁，也越发激烈。《外省书》中史东宾的工厂不断侵蚀着海滩，这使史珂陷入了精神的焦虑与困顿；《刺猬歌》中唐老驼与唐童的天童集团更是以侵占为业，它不仅侵占自然的空间，也不断挤压着廖麦与美蒂的日常生活，最终迫使他们选择逃离；《艾约堡秘史》则主要围绕淳于宝册的狸金集团与矶滩角之间的纷争展开。这种矛盾的展示在《刺猬歌》中表现较为典型。当唐老驼确立了在棘窝村的统治地位，便开始了对棘窝村的"现代"改造，他追缴霍家的后人，一口气砍了九年的大树，从而深刻改变了棘窝村的生态环境，使人与自然的亲密关系变得极为紧张。唐童又延续了其父的破坏行为，他不仅毫无节制地开采金矿，而且通过工业的扩张侵占自然的土地，直到建造出使山地、平原陷入一种古怪气味包围的"紫烟大垒"。棘窝村村民把这一从所谓现代文明中滋生的庞然大物视为远古神话中的怪物——"旱魃"，并在其严重危及生存时，用集体的力量将它驱离。张炜巧妙地将现代文明制造的怪物象征化为传统神话中的魔怪，从而实现了神话与当下情境的结合，这是作家将现实思考与传统资源运用结合起来的结果，以此也能看出张炜独特的批判立场。

张炜基于神话立场的生态伦理呈现，本质上是对人类合理本性与道德理性的呼唤。神话不仅哺育了人类的想象力，而且开启了人类的自我约束之路，就像康德所说的自然星空与人类心中高尚的道德律，这些理应成为人类秉持的对象。人类早期创造的某些词汇即暗含着对道德理想的向往与追寻。如"宇宙"(Kosmos)一词即含有"秩序"的意思，而这一秩序则来自人类的道德观念的约束。而希腊语中的"道德"(ethos)一词，其"早期的两种含义都暗示人类与人类之外动物之间的一种统一观"①。因此，在这一前提下，神话从一开始便蕴含了一种道德内涵。在人类文明的发展进程中，人类与自然的关系由和谐转至对立，而自然灾难的一次次发生，也在提醒着人类自然神话破灭所引发的严重后果。英国学者凯伦·阿姆斯特朗曾在《神话简史》中描绘了现代理性精神给人类带来的危机："20世纪为我们展现了纷至沓来的虚无主义图景，现代性和启蒙运动对理性的过度奢望大多成为泡影。……如果失去了对神圣的敬畏，还有什么事不可能发生呢？我们受到当头一棒：理性并不能把人类从未开化的自然状态中救赎出来。"②因此，人类如果要试图摆脱现代性引发的危机，就必须要学会从自然中汲取经验与智慧，同时缓和自己与自然的紧张关系，重新学会从自然中获取心灵的慰藉。以上便是张炜试图通过神话叙事来实现的目标，他热爱自然，热爱自然中孕育的诸多精灵，他也清醒地看到了人类现代化发展让自然付出的巨大代价，所以他才会在创作中不遗余力地呼唤自然的神话，呼唤人类良知的回归，呼唤一种良性自然生态伦理的重现。

在张炜笔下的胶东世界中，自然是具有神性特质的。在这个自然世界中，张炜赋予了他所钟爱的人物以野性思维，展现了他们生活的自然逻辑，还在这些人物中遴选出与自然和谐共生，同时在与恶的斗争中彰显善良本性的女神形象，从而扩大了中国神话中女神表现的范围，且说明了自然女神在现实社会中存在的重要意义。作为一位始终心怀现实忧思的作家，张炜也在小说中表达了对现实中人类的神话精神逐渐消散的担忧。当现代人失去了与自然的亲密联系，失去了对于自然神灵的敬

① [美]里卡多·罗兹.生物文化伦理——恢复居住者及其生活习性与生境之间的关键联系[J].国际社会科学杂志，2018(4).

② [英]凯伦·阿姆斯特朗.神话简史[M].胡亚幽，译.重庆：重庆出版社，2005：144.

畏，那么人类社会注定会被无休无止的欲望扰乱，而且人类未来的发展也会滑向一个不可知的未来。如何在人类生存的当下寻找解决问题的方法，是张炜在新作《艾约堡秘史》中重点表现的内容。在小说中，张炜表达了一种使神话与现代性实现和解的意图。小说中的狸金集团，与之前作品中的天童集团一样，也是通过对自然的侵蚀而扩充财力，但集团的董事长淳于宝册，却不再像唐氏父子一样是没有敬畏与道德底线的商人，而是一个有着自然气质的人。他喜欢漫游荒野，热衷于发现与追逐女神，对于自然有着天然的亲近感，面对矶滩角时，他没有再像以前一样选择吞并与侵占，而是自动退缩。在张炜的视阈中，这种象征性的书写显然意味着一种和解的可能，他在作品中突出了一种感觉，或者说对一种关系书写的尝试，其最终目标，是"找到一个最完美的甚至是个人觉得最确凿的解释生命与力量的关系，使所有的东西似乎都可以得到解决"①。

第三节 民间神话资源的化用——莫言的神话叙事

讨论莫言的神话叙事，"民间"是一个绕不过去的核心。这不仅是因为莫言的神话叙事多是从民间的神话资源中寻找题材与资料，而且莫言还在其叙事中突出了一种民间精神，这一精神品质往往与神话关联在一起。莫言笔下的民间精神，是一种在民间特有的，具有高度狂欢性质的、象征个人精神世界之博大与丰富的精神构成，它成为作家蓬勃创造力与充沛想象力的重要来源。民间不仅代表着一种精神层面的昂扬，而且还包括了广阔而丰富的生活内容。从人类文明原点诞生的神话，即广泛地存在于民间之中。在人类的发展历史中，神话经过了统治阶层的历史化改造，早已失去了规约人类社会生活的作用，而民间的神话更是由此获得了更为自由的存在方式，且极少被纳入意识形态的规范。尽管民

---

① 张炜，朱又可. 行者的迷宫[M]. 北京：商务印书馆，2018：307.

间的神话不再具有巨大的影响力，但对于那些在民间文化情境中成长起来的作家而言，这些神话恰恰是他们极为重要的精神滋养。神话不仅影响了他们理解世界的特殊方式，而且成为其重要的创作背景与表现对象。

评论家季红真认为，莫言的小说创作是经验的世界与神话的世界的结合。这里所谓神话的世界，"是指人的非经验的认知方式，纯粹主体的情感意愿以特殊的心理逻辑推动的艺术思维，对客观现象世界加以重构的虚幻世界也就是作品中那些非写实的表现形式"①。莫言对民间神话资源具有自觉的表现倾向，他对民间英雄与信仰的叙事表现，便是经验世界与神话世界融合的证明。总的来说，莫言对民间神话资源的叙事化用，主要表现在三个层面，即对作为特殊神话地域的高密的塑造、民间神话英雄的当代呈现，以及通过神话叙述而实现的东方美学风格。

一、作为民间神话地域的高密

莫言笔下的"高密"，是一块神奇的土地，莫言对民间神话的观察、思考与表现，主要来源于这片土地上的丰富神话资源。这片土地就像加西亚·马尔克斯笔下的马孔多镇一样，承载着作家的童年经验与记忆，也成为作家想象力的重要来源。西方作家的现代神话书写，以及马尔克斯等拉美作家的魔幻叙事，促使中国作家立足于当下并重新发现他们曾经生活过的地域，并尤其注重发现故乡文化中的神话质素，而神话作为一种文化遗产，往往承载着某文化地域最具特色的、最具生命力的精神内容，因此对于作家发现一个地域文化的秘密是大有助力的。对于莫言来说，高密东北乡不仅流传着内涵丰富的神话，而且在这片土地上升腾着神话独有的原始、神秘、自由、狂欢的气息，这些神话内容经过作家有意识的加工，成为高密这一神话地域的重要构成部分。在莫言的小说

---

① 季红真. 现代人的民族民间神话——莫言散论之二[J]. 当代作家评论，1988(1).

中，高密东北乡上奔走着无数的神话生命，充溢着丰富多彩的神话意
象，这些意象构成了神话意涵的多元性，并使高密东北乡成为神秘而独
特的文化地域。

　　莫言小说中，高密大地上主要存在着两种神话意象，即自然意象与
人文意象。两类意象在小说中没有特别明晰的界限，而且经常融合在一
起，就像前文提到的莫言创作中经验的世界与神话的世界相融合一样，
自然与人文意象的融合，凸显出神话意象存在的多样性与复杂性。两种
意象虽然有着不同的形态表现，有着不同的意义呈现，但都能够体现出
作家对人类生存世界的认知，以及试图糅合不同类型的意象以实现一种
人文理想的创作目的。

　　民间的自然神话意象，往往是那种具有强大生命力与神秘能量的事
物，它们给予作家的往往是生命强度与情感的冲击，不管人类社会发生
了怎样的变化，这些自然意象仍然能够以它们的存在给予人类以深刻的
启示，因此在人类的视界中，它们成了具有强烈隐喻性质的神话构成。
莫言小说中具有代表性的自然神话意象，包括《红高粱家族》中的红高
粱、《食草家族》中的草、《蛙》中的蛙等。莫言之所以将自然意象附以
神话的外壳，是因为它们深深地影响了生活在高密大地上人们的精神境
界，他发现人之所以能够获得一种野性的、自由的生命，其原因正在于
自然神话意象对人的滋养。当人们在现代化的冲击下，将这些自然意象
驱离自己的生活，那么人的精神资源就面临枯竭，而且失去了敬畏之
心，这是莫言对于人类种性退化与民族未来发展之隐忧的表达。

　　《红高粱家族》中，"我"的爷爷余占鳌与奶奶戴凤莲浑身都散发出
野性生命的气息，他们在红色的高粱地里创造生命，在浓烈的高粱酒中
挥洒生命，在茂密的高粱地里阻击侵略者的进攻，并最终变成高密大地
上那一株株肆意生长的红高粱，红高粱成为他们高贵精神的象征物。作
为植物的红高粱构成一个自足的生命世界，并深刻影响着余占鳌们生命
形态的表现，与先人们相比，以"我"为代表的后辈们明显是孱弱的，
小说结尾中红高粱地里杂种高粱的出现，正是后辈们身体孱弱与精神世
界芜杂的表现。因此，当"我"站在杂种高粱遍布的高粱地里，便会不

由得怀想由纯粹的红高粱构成的瑰丽情景，那是一个神奇、壮美、丰满的神话世界，是美的极致，也是人性所能达到的美好境界。家族里已经逝去的祖先的声音在向我召唤，"在白马山之阳，墨水河之阴，还有一株纯种的红高粱，你要不惜一切努力找到它。你高举着它去闯荡，你的荆棘丛生、虎狼横行的世界，它是你的护身符，也是我们家族的光荣的图腾和我们高密东北乡传统精神的象征！"①

《食草家族》中的茅草根也有与红高粱相似的作用。作家试图通过对一个食草家族命运的刻画，表达出一种通过吃草而净化心灵的目的。草的地位虽然卑微，却哺育了食草家族的生命，它使人们的肠道蠕动正常，且能够排出形状完美的大便，食草家族歌颂小草，并把它作为家族繁衍能量的来源。从这个角度来看，草对于食草家族来说具有了图腾的意义，而且他们也没有把图腾作为禁忌，反而通过食用而获取图腾的神秘能量，因此他们便具有了像草一样的强悍生命力。当红蝗来到东北乡吞食食草家族视为生命的茅草根时，以四老爷为首的整个家族以建造蝗神庙、刘将军庙的方式与之抗争。也就是说，在食草家族内部产生的神话言说与仪式行为实践，都围绕茅草根这一神话意象而产生，它作为一种自然物，却具有了给予人类族群生命力、见证文明兴衰的神奇功能。当食草家族中出现生着蹼膜的后代，且具有了疯癫的特质，这种情形就像红高粱地中出现了杂种高粱一样，预示了整个家族不可避免的覆灭命运。在《蛙》这部作品中，作为动物的蛙也具有了神话叙事的功能。生物学意义上的蛙具有强大的繁衍能力，而在人类的艺术表达中，蛙也成为生育、繁殖的象征，莫言正是借助蛙的这种象征意义，还原了东北乡民的生命世界以及作为主人公的姑姑的一生。蛙的生育繁衍，与东北乡中普遍存在的生与死实现着深度的契合，而姑姑作为医生与计划生育工作人员的双重身份则见证着这种生死的循环。姑姑在对生命的迎接与拒斥中完成自我生命的轮转，从而还原了一个关于人类生育与繁衍的现代神话。

---

① 莫言 . 红高粱家族［M］. 北京：作家出版社，2012：351.

　　莫言小说中的人文神话意象，指的是能够得到人的深度情感认同，并与人的灵魂层面产生深刻联结的意象，它在人们的认知世界中往往具有极为神圣的意义。人文神话意象以《丰乳肥臀》中的乳房、《四十一炮》中的肉等为代表。《丰乳肥臀》中的上官鲁氏与传统神话中的地母形象如出一辙，她以强大的生育能力创造了诸多生命，而上官金童却以对母亲乳房的留恋与崇敬，塑造了一种贯穿文本始终的乳房神话。"乳房"在小说中发挥了多重作用，它不仅构成金童观照其他女性命运的重要中介，而且在很大程度上成为一种独特的隐喻。在母亲那里，乳房是温暖的、乳汁是甘甜的，它象征着一种女性之美，以及人类生命力量的根本来源。而当金童遭遇了诸多磨难，尤其是在龙清萍那里，乳房又变成了一种怪异、恐怖的象征，这与金童在蛟龙河农场中的遭遇紧密相关，"乳房"在这里具有了另外一种身份，成为人类苦难的表征。在现代化的大栏市中，金童更是见到了越来越多的、奇形怪状的乳房，在浓厚的商业化气息中，这些乳房早已成了人类欲望表达的符号，失去了原初的神性意味，金童也最终失去了对乳房的敬畏。在母亲去世之后，金童在母亲的墓前再次见到了想象中的乳房，"那些飞乳渐渐聚合在一起，膨胀成一只巨大的乳房，膨胀膨胀不休止地膨胀，矗立在天地间成为世界第一高峰，乳头上挂着皑皑白雪，太阳和月亮围绕着它团团旋转，宛若两只明亮的甲虫"①。在金童精神世界的终点，乳房幻化成一种美好的想象，它矗立在天地之间，象征着金童对美好世界的向往。但与金童所经历的一切相比，这种想象只能是一种回光返照，那美丽的乳房也只能成为一种可望而不可即的梦幻之物。

　　《四十一炮》中的肉，则是另外一种具有神话意味的人文意象。在罗小通眼里，肉不仅是有感情的，而且它构成了人类生命价值实现的重要中介："尽管它们的声音细微，但它们的语言清晰，字字珠玑，我听得格外清楚。我听到它们呼唤着我的名字，对我诉说，诉说它们的美

---

①　莫言. 丰乳肥臀[M]. 北京：作家出版社，2012：654.

好，诉说它们的纯洁，诉说它们的青春丽质。"①"肉"显然成了有生命、有思想、有情感的存在，它是罗小通肉体与精神世界的重要支撑力量，二者能够实现情感的交流，但在现实世界中，莫言也从侧面表现出肉介入神话言说的另一种可能。屠宰村村长老兰将村庄改造为肉类加工厂，肉便不再具有神圣的意义，而是成为世俗化的商品，而且在罗小通眼里也不再具有美感。而肉食节的开办与肉神庙的建立，则使得肉成为另外一种被神化的形式，成为人类欲望的承载物。因此在小说中，肉的神化其实具有两种不同的方式，它作为人类极端欲望的变体形式压倒了罗小通对于肉的审美理解，因此肉也呈现出夸张的变形。这里的"肉"就如同"乳房"一样，有着前后相异的神话表达，因此需要作出区分。不管是自然神话意象，还是人文神话意象，在莫言的小说中都呈现出了明显的变化倾向，这其实都是莫言笔下的高密历史的形象化呈现，借助神话意象的变迁，高密的历史讲述变得更加形象，也更令读者印象深刻。

二、民间神话英雄的当代呈现

在广袤的高密大地上，涌动着无数充满神秘气质与原始激情的生命，它们以生命能量的勃发、生命形态的多元充实着民间的生命世界。在诸多的生命形式中，民间神话英雄作为具有凝练意义的神话象征，成为作家表现民间文化生态、张扬民间精神的重要依托。这些民间神话英雄往往从自然与人文神话意象中汲取能量，并在一定条件下实现生命形式的转化，从而成为民间这样一个自足的、系统的神话世界的一部分。另外，民间神话英雄在莫言的小说中有着性别的区分，不同视角呈现出的神话样貌也是不同的。

莫言对民间神话英雄的塑造，往往内蕴着对民族文化之根的发现与思考。在 20 世纪 80 年代的寻根思潮中，韩少功、莫言、阿城等作家均

---

① 莫言．四十一炮［M］．北京：作家出版社，2012：202.

立足于自己熟知的文化地域，继而展开对中国文化源头的叙事性表达，莫言对高密的神话发现，即在这一过程中完成的。在他看来，东北乡始终氤氲着一股时而狂放不羁，时而沉静内敛的气息，这股气息支撑着高密跨越时间、存续至今。对于气息的表现难免抽象，因此莫言才尝试以夸张的叙事手法与灵性的语言，将这种气息凝结在一个个人物身上，这便是民间神话英雄的塑造过程，而这些英雄也成为高密的精神象征。

《红高粱家族》中的余占鳌是民间神话英雄系列的代表人物。这样一个浑身充溢着狂野气息的、在鲜血与抵抗中寻找生命激情的、在情与爱中升华生命意义的人物，在"我"父亲的眼中早已成为一个有着巨大能量的神话人物。余占鳌诞生在东北乡的神话情境之中，而作为东北乡精神之象征的红高粱又与余占鳌之间产生了神秘的关联，这使得余占鳌的生命具有了浓厚的神圣意味。余占鳌能够像一个土匪那样的杀人，也能带领红高粱家族驱逐日本侵略者，而他与戴凤莲、恋儿之间更是产生了一直在东北乡流传的情爱故事，余占鳌身上的勇气与匪气兼具，有着迷人的复杂性。就像莫言自己所说的，"高密东北乡无疑是地球上最美丽最丑陋、最超脱最世俗、最神圣最龌龊、最英雄好汉最王八蛋、最能喝酒最能爱的地方"①，在余占鳌身上，往往呈现出极端特质的神奇融合。莫言试图借助余占鳌彰显的文化根性，是一种糅合了多种文化特质与民族性格的综合，是感性与理性的融合，是像余占鳌那样，既有着肆意妄为的野心，又有深厚家国之爱的人物情感融汇。神话英雄的形象，即诞生于这种综合性表达之中。

与余占鳌相似的人物，还有《四十一炮》中的罗小通、《生死疲劳》中的西门闹等。《四十一炮》表现的是人类感官的盛宴，是人类食色之欲的集中呈现。罗小通爱吃肉，而且能够与肉实现情感上的交流，因此成为肉神的化身，这一肉神形象与五通神庙中五通神人头马身的设计相得益彰，两种形象的融合关系贯穿了文本始终。人类食色之欲的极度膨胀，消解了神话英雄存在的意义。莫言即通过罗小通的视角描绘了社会

---

① 莫言.红高粱家族[M].北京：作家出版社，2012：3.

中各类欲望泛滥成灾的现象，这使得神话英雄的生存出现了巨大的危机。在小说结尾，四十一只肉牛与四十一个裸女组成的队伍，象征着食色之欲的两端，组成了一个巨大的身体符号，这在一定程度上成为人类命运的隐喻，并预示了人类神话的未来走向。

《生死疲劳》中的西门闹，虽然是以不断转化的动物形象存在，但仍具有人类的思维方式，因此西门驴的勇猛、西门牛的犟劲、西门猪的牺牲、西门狗的忠诚，都成为动物人性化的标示，而将动物行为与人的思维相融合的表达方式，本身即神话中精怪叙事的方式之一。在传统神话中，不同生命体之间躯体与思维的互相转化是一种常见的叙事现象，莫言在将西门闹以驴、牛等动物形态表现出来的同时，还突出了这些动物（也就是西门闹）在不同时间阶段的抗争行为，因此西门闹以变形的方式，具有了神话英雄的特质。余占鳌、罗小通、西门闹等人物形象，皆象征着一种原始的生命野力，他们即使是在现代文明的熏染之中，也能够保持精神境界的纯粹，因此仍具有不可小觑的生命能量，继而成为民间神话的重要象征。即使遭遇了死亡，他们也能够以身体的变形方式延续着精神的脉络，成为高密东北乡历史中的重要存在。

与余占鳌相似，戴凤莲也是《红高粱家族》中的一个神话英雄形象，但与男性形象不同，女性神话英雄生命能量的勃发及其功绩实现往往以隐性形式存在，即她们不是以外放形式彰显自我独特性，而是以相对内敛的方式，展现滋养万物的神话功能与宽容的神性特质。戴凤莲在临死之前聆听到了红高粱发出的宇宙的声音："它们呻吟着，扭曲着，呼号着，缠绕着，时而像魔鬼，时而像亲人，它们在奶奶眼里盘结成蛇样的一团……高粱缝隙里，镶着一块块的蓝天，天是那么高又是那么低。奶奶觉得天与地、与人、与高粱交织在一起，一切都在一个硕大无朋的罩子里罩着。"[①]在戴凤莲的聆听与想象中，她与红高粱的特质之间实现了精神层面的融汇，她那隐忍、顽强的博大生命，在红高粱的呼唤中生发出来，以与余占鳌不同的神话表现形式，形成东北乡自由勃发的生命

---

① 莫言. 红高粱家族[M]. 北京：作家出版社，2012：65.

象征。

与戴凤莲相似，《食草家族》中的四老妈也成为食草家族历史中的一个神话。与戴凤莲一样，四老妈也被蒙上了一层神秘、传奇的色彩，她因为追求爱情而表现出的大胆举动以及与四老爷之间的决裂，成为食草家族众多女性心中的神明。母亲她们"一谈起这件事时脸上的表情都如赤子般虔诚和严肃，她们叙述这件事的过程达到了相当程度的庄严过程，是一个庄严的叙述过程"①，也就是说，母亲她们讲述四老妈事件时的庄严态度，加强了四老妈神话的现实影响。与四奶奶引起族人的崇敬不同，"二姑随后就到"一节中的二姑奶奶神话对于食草家族的人来说却是一个梦魇。二姑奶奶的两个儿子天与地屠戮了族人，但她自己却像《等待戈多》里永远等不到的戈多一样，成为家族中的一个巨大的谜团，成为一个永远难以知晓真相的神话。

如果说四奶奶、二姑奶奶等女性神话英雄更具男性特质，那么《丰乳肥臀》中的上官鲁氏、《蛙》中的姑姑等则神话英雄则开拓了女性自身的属性，莫言通过上述形象的塑造表现出女性神话的另一种形式。上官鲁氏的生育行为犹如神话叙事的一个原点，它开启了神话讲述的开放空间。上官鲁氏的生命创造，与不同男性的遭遇相关，这种行为的非常规性本身即与人类神话时代的生育方式相合，它预示了人类后代的命运多舛。尽管多灾多难，但上官鲁氏的生育女神地位反而被一再强化，成为其子女们的重要心理支撑。女儿们的每次出走与归来，其实都展现了女性命运的多种走向，她们往往从母亲这里获取成长的能量，继而走向不可知的未来。对于上官金童来说，母亲的神圣意义更非比寻常，母亲的乳汁不仅哺育了他的生命，而且乳房的神奇力量更使他产生了乳房崇拜，这反过来强化了女性对于男性乃至人类的意义。《蛙》中的姑姑虽然从未生育，但却以其他身份介入了女性的生育过程。虽然她从一个生命的迎接者转变为终结者，但这并未改变其母神性质，反而强化了姑姑的心理（对生命发自内心的热爱）与行为（作为计划生育政策的施行者）

---

①　莫言.食草家族[M].北京：作家出版社，2012：61.

之间的矛盾，从而深化了这一形象的立体性。正是因为矛盾心理的存在，姑姑才会对蛙有着奇特的情感，而且一直做着与蛙有关的梦，蛙在这里不仅是一种生育的象征，而且成为姑姑复杂心理的具象化外现。姑姑也正是在对蛙的抗拒与接受中，实现了与自己的和解。与上官鲁氏不同，姑姑因为职业原因，其生命历程与社会的发展历程一直紧密关联，因此其身份获得了更广泛的社会认同，当民间的生育信仰重新回到大众的视野之中，姑姑被当作送子娘娘的化身，成为被敬仰的对象。在莫言构造的民间神话中，女性有着不同的形象与气质，这在很大程度上开拓了女性神话形象的表现范围。男性与女性共同构成莫言笔下神话英雄的形象序列，并通过独特性情特质的呈现，成为当代文学创作中的典型人物形象。

三、民间神话叙事的东方美学品格

在对莫言创作的评析中，许多评论家将莫言与马尔克斯作比较研究，认为莫言受后者的影响，在小说中开创了一种属于中国的魔幻现实主义叙事风格。这固然是评论者试图将中国作家纳入世界文学创作体系的努力，但从实际情形来看，把"魔幻"标签贴在莫言身上有失偏颇。对于莫言与马尔克斯来说，他们的创作都取材于本民族的神话资源，而不同地域神话呈现出的迥异风格影响了作家的叙事表现。在马尔克斯的《百年孤独》中，马孔多镇旷日持久的战争与纷乱，使布恩迪亚家族的命运变迁在历史的维度展开，因此其"魔幻"书写更大程度上是历史的神话式表现与历史现实之间形成的巨大张力，它在很大程度上形成了对拉丁美洲历史的隐喻式追问，并投射到了现实呈现之中。莫言面对的却是与拉丁美洲风格迥异的神话系统。在莫言创作所依托的文化背景中，不仅有由《山海经》《淮南子》等典籍开创的神话叙事传统，而且也有蒲松龄等作家延续的神怪叙事传统，以及高密东北乡这块本身即具有神话属性的土地。莫言的神话叙事不仅呈现出具有中国文化特性的神话言说风格，而且立足于高密，他充分发掘出这块土地上最为独特的、最具心灵冲击力的现代神话，这就使得其创作在整体上形成了一种具有东方特质的美学风格，从而在美学层面突出了神话叙事所能达到的限度。莫言的小说使读者从视知觉、精神感受等诸多层面发生了美感的更新，从而使高密东北乡成为一个具有独立意义的美学客体。

中国传统意义上的文学创作，早已形成了一种节制的、整饬的、有秩序的美学风格，这不仅是中国文化环境中对礼仪等秩序情调的延续，而且影响了中国读者对于美的独特感知。新时期以来，中国社会发展的现实开始呼唤一种新的美学观念，而这也成为中国文学创作的具体目标，因此以莫言、韩少功为代表的寻根作家开始尝试从历史与现实的神话资源中寻找新型美学观念表达的可能。在这一背景下，作为莫言童年经验的高密东北乡中那片蓬勃生长的高粱地，便成为莫言神话美学新创造的重要助推力。面对那片野性的红高粱，莫言尝试从中发现人类思维与生命张扬的秘密，发现它们介入中国历史的独特方式。

莫言首先发现的是高粱那醒目的红色。这一抹红色，不仅是红高粱作为核心神话意象的重要特质，而且成为东北乡历史中人们的鲜血、愤怒的呼号以及强力意志的浓缩，它成为东北乡的精神原色。因此，莫言在小说中提炼出的红色，成为唤醒读者神话与历史记忆的重要道具，并对读者产生了强烈的心理冲击。在张艺谋改编的《红高粱》中，红色更是成为影片中最强烈的视觉语言，这种独特的、激烈的美学展示成为20 世纪80 年代话语张扬的代表。

除了浓烈色彩的集中展示，莫言也在作品中通过奇观景象的呈现，塑造出另一层次的美学场景。《食草家族》中那缠绕成巨龙形状的红蝗、《丰乳肥臀》中三姐表现出鸟类的习性并具有了预言能力、《四十一炮》中能够发出声音并与罗小通交流情感的肉、《生死疲劳》中人生命循环中的形体变换等，其实都是与人的日常经验相异的奇观书写。这种书写以扭曲、变形、夸张的形式，呈现出一种只有在民间才存在的强大能量，它给予读者的是一种不规范的甚至偏执力量的感受，而这恰恰是东北乡能够穿越历史进入当下的根本原因。奇观世界的展示，代表着民间世界的丰富与多元，是民间神话介入现实世界的证明。借助上述书写，莫言凸显出了民间神话讲述的美学特质，它不是一种整饬的、规范的美，而是以夸张的色彩描绘与民间奇观呈现，突入人类精神世界与心理感受的深层，呼唤一种超越现实的、与人类精神源头相衔接的原始伟力。因此，莫言的美学创造更像是一种对前现代社会的美学展示，是对人类原始神话中表现出的奇诡想象力的现代承接。在新时期以来的时代情境中，这种独特的美学创造能够使读者在既有的美学规范之外感受到美学鉴赏的丰富性，并使他们在视知觉的冲击中回到人类诞生的原点，在一种生命激情的延宕中寻找人类生存的意义，并以更积极的姿态投入现实生活。

与小说在视知觉层面给予读者的刺激相比，读者在精神层面受到的感染显然更为隐蔽，这与作家创作的独特思维模式相关。纵观莫言的小说，可以发现作家主要以一种类比思维来组织写作，这一思维方式的特征，是不以严密的理性逻辑为基础，而是强调不同事物之间基于想象层面的内在联结，而且这种联结会上升到道德或伦理的层次，从而使人通过解读表象探知事物的实质内容。就像玛丽·道格拉斯所说："在一种类比风格里，思维的门类越是全面地得到安排，类比系列越是丰富地发展，它们就越能全面地包容道德和物质原则。当我们审视类比思维体系的含义时，如果还是以为它排除了我们称为'伦理'的事物，那就大错特错了。"①在具体的叙事中，莫言往往把主要的叙事对象与某一核心神话意象相类比，如余占鳌之于红高粱、食草家族之于草、罗小通之于肉、上官金童之于乳房、姑姑之于蛙等。这种创作形式的结果，是使得东北乡被塑造成一个神话与现实的融合体，一个具有自觉生命意志的感知主体。这一主体不仅以丰富的神话意象彰显出充沛的生命力，而且从伦理层面阐释着中国的神话美学所能达到的限度。

在莫言笔下，高密东北乡的历史成为中国近现代历史的缩影，在这片土地上生活的人们的精神境界里，早已生发出一种支撑他们得以延续

---

① [英]玛丽·道格拉斯.作为文学的《利未记》.唐启翠，等，译.北京：社会科学文献出版社，2018：40.

至今的强大精神力量。余占鳌们对外来侵略势力的反抗，食草家族通过吃草获得一种灵魂净化的能力，上官金童通过对乳房的占有获得来自母性神祇的庇护，以及姑姑从蛙的恐惧与接纳中收获的对于生命的敬畏态度等，其实都是这一精神力量的具体体现。读者在对东北乡历史的检视与神奇人物经历的感受中，自然会生发出一种复杂的情感，他们会在一个个神话中体味到作家对族群种性退化的焦虑，也会在人物对某一意象的近乎偏执的迷恋中感受到人之强力意志缺失的危机。因此，莫言的创作在很大程度上继承与发扬了传统神话的精神意蕴。中国传统神话中的盘古开天辟地、女娲补天、后羿射日、精卫填海等，都内蕴着一种开辟天地的人类勇气，尽管英雄们面临着诸多困难，但他们仍以强大的精神信念继续着自己的事业。莫言的神话叙事虽然改变了神话讲述的方式，但却在精神层面延续了传统神话对人类命运的深切关注，这种极具悲壮特质的精神指向，能够使阅读者从中体味到人类面对生存发出的喟叹与抗争的勇气，乃至产生一种触及灵魂深处的美感体验，这也是评论者从莫言创作的狂欢、神奇表象中析离出悲感内核的原因。

莫言的小说叙事虽然集中于高密东北乡的神话塑造，但从更宏观的角度来看，他将东北乡的人与事都纳入一种更为广阔的视野，并把他们的生与死当作人类生存与发展的隐喻。莫言的写作对象虽然是自己的家乡，但他的思考却又不止步于东北乡的高粱地与墨水河，而是在对故乡的神话塑造中，使之升腾出超越地域限制的人类性与世界性意义。虽然神话在不同的时代有着不同的讲述方式，但其内核却一直没有改变，那就是在现实的变形这一表象中凸显人类生存的本质特征。也就是说，不管想象如何瑰奇，不管讲述的方式有多么荒诞不经，神话的关注点始终是人类。因此，尽管莫言将东北乡的民间神话资源进行了叙事层面的夸张重构，但其精神基底仍是现实的，造型奇特的诸多自然神话意象、强健与孱弱兼具的神话英雄，都是莫言基于现实思考的象征性提炼。正是因为立足于现实，莫言的神话想象才有可以依托的根基，他的写作延续了神话叙事的创作传统，而且在新的时代情境中更新了真实与虚构的辩证关系，从而能够使读者在一种想象的空间中不断地反观现实，继而产生对于现实的深度认知。

莫言的小说神话叙事以高密东北乡为基点，扩展到了对人类整体命运的关注。在这种视阈之下，生活在东北乡的人们也自然成为人类命运共同体的一部分，他们的生与死、欢乐与痛苦，都被纳入一种现代神话的展演，这使得神话叙事的范围不再限于特定的地域或某些民族群体之中。莫言的创作在上述基础上有了与世界文学对话的可能，对民族神话言说特质的叙事性发挥与神话中民族精神的创造性塑造，使世界范围内的读者由之感悟到中华民族文化的丰富性与民族精神的伟大。这给了当代作家以深刻的创作启示，当代作家应立足于自身文化系统中神话资源的特殊性，实现神话书写与地域文化表现的深度融合，同时开拓出可被其他文化圈层所理解的更具世界性的文化内涵，这是现代神话叙事的重要走向，也是一种更具影响力的文学创作的必然发展方向。

第四节　文化之根的神话探求——韩少功的神话叙事

面对当代作家韩少功，我们很难用一个恰当的形容词描绘其创作的整体特征。韩少功有着极其强烈的创作自觉性，不管是文体试验，还是思想剖析，韩少功都把这些因素贯穿在其创作之中。在韩少功的文学世界中，尤其应引起人关注与解读的，是作家营造的一个内蕴丰厚、浪漫与现实实现了深度融合的南方神话世界。苏童、王安忆等作家也往往有在作品中对南方神秘境界的塑造，但不管是神话资源的具体叙事转化，还是对于神话的深层次理解，上述作家与韩少功均表现出一定的差距，因此将韩少功作为南方神话世界塑造的典型作家，是不会引起异议的。总的来说，韩少功在南方的神话世界中，发现了民族文化之根的秘密，而其创作的主要部分，便是对这一文化之根的探寻与总结，这主要呈现在三个方面：第一，在巫风弥漫的南方世界中发掘其神秘文化的构成，并通过叙事手段完成对这一文化特性的表现，继而展开对于民族之根的系统发现；第二，从语言层面，考察人们习以为常的语言运用被神话化的过程，以及这一过程对现代社会构建所产生的隐性作用，作家由此在作品中塑造了一种语言神话观；第三，通过对叙事主体上山下乡等经历的回顾，尝试用一种神话语言描述对于中国社会历史的整体观感，并在此基础上探寻个体神话与国家神话之间的耦合。

一、楚地巫风：作为神话起源的南方

在韩少功的知识背景中，南方楚地的巫觋风俗与仪式实践是较为重要的部分。与迟子建、方棋等作家不同，韩少功并未在作品中重点表现萨满、巫师等神话行为实践的主体，或者表现巫术在人们日常生活中的普遍存在，而是重点烘托一种环绕人类生活的巫的氛围，或者说一种早已内化于人类精神世界之中的巫的理念。这是韩少功作品在客观层面呈现出的特点，而且也在侧面衬托出作家创作的独特心理特征。在韩少功对楚地巫风的描摹中，一个神话的南方逐渐构建成型，它与贾平凹的秦岭、张炜的胶东、莫言的高密东北乡一道，成为当代作家小说神话叙事所塑造的神话地域的重要组成部分。

在《文学的"根"》中，韩少功提道："乡土中所凝结的传统文化，又更多地属于不规范之列。俚俗，野史，传说，笑料，神怪故事，习惯风俗，性爱方式等等，其中大部分鲜见于经典，不入正宗……像楚辞的风采，现在闪烁于湘西的穷乡僻壤，像旧时极典雅的'咸服'和极通行的'净办'（安静意）等古语词，现在多见于湘北方言。这一切，像巨大无比、暧昧不明、炽热翻腾的大地深层，潜伏在地壳之下，承托着地壳——我们的规范文化。"①这篇发表于1985年的文章，往往被视为寻根文学的理论先声。文章透露出的对文化根源自觉探寻的观念，不仅在20世纪80年代的中国文坛掀起了一股"寻根"的潮流，而且对于韩少功自己来说，这段陈述既总结了他的前期创作，同时也开启了其新的创作

---

① 韩少功. 文学的"根"[A]. 程光炜，谢尚发，编. 寻根文学研究资料[M]. 南昌：百花洲文艺出版社，2018：79.

思路。在《爸爸爸》之前，韩少功也创作过像《孩子与牛》这样的作品。在这部作品中，韩少功通过讲述一个关于牛的神话，以及这一神话的当代变体，坦露出一种纯真性情。这种象征意味浓厚的作品，与韩少功同时期的《夜宿青江浦》《战俘》等现实主义创作形成了鲜明对比，这说明了韩少功试图开辟出一种新型叙事形式的尝试。在《文学的"根"》发表之后，韩少功把注意力更多地放置于他曾生活过的汨罗江畔，试图从中发掘一种新的表达方式以及文化观念，这在其 20 世纪 80 年代中期的作品《爸爸爸》《女女女》等小说中表现得尤为明显。

　　《爸爸爸》是最能体现韩少功文化理念嬗变与创作手法更新的代表作品之一。作家在文本中构筑了一个巫风浓厚的文化情境，这包括"一脚踏进云里"的外在自然环境，以及铁甲子鸟、好色的蛇以及岔路鬼普遍存在的生存环境，还有以唱古、祭谷神等组成的巫术实践，这些都被赋予了强烈的神话意味。而正是在这一环境中，诞生了丙崽这样一个奇异的生命体，它可被理解为一种不规范文化观念的凝结物。丙崽长得像一个小老头，身体孱弱，只会说"爸爸"" ×妈妈"这样两句话，他不仅不知道自己的父亲是谁，而且难以掌握自己的命运。他可以随时被巫师拿来用作祭谷神的牺牲，也可以被任何比他还小的娃崽们欺侮。但正是这样一个没有自主意识的生命体，却有着极为强悍的生命力。他所说的含糊不清的话被鸡头寨人当作神灵的谶语，能够在村庄的械斗与自戕中幸存下来，这已经具有了一定的神性特征。孱弱但又强韧的生命，奇特而又平凡的人生，丙崽完全可被视作向人类源头的一种生命退化，同时又成为鸡头寨村民祖先的当代呈现。在鸡头寨的神话历史中，刑天用一把利斧分开了天与地，但用力过猛，把头也砍掉了，"于是以后以乳头为眼，以肚脐为嘴。他笑得地动山摇，还是舞着大斧，向上敲了三年，天才升上去；向下敲了三年，地才降下来"[1]。在小说的结尾，丙崽听着远方传来的祖先的歌谣——"奶奶离东方兮队伍长，公公离东方兮队伍长……"嘴里咕哝着"爸爸"，祖露着他那个足有铜钱一般大的肚脐，

────────

[1]　韩少功 . 爸爸爸[M]. 北京：人民文学出版社，2006：8.

从而与刑天形象实现了跨越时空的对接。丙崽象征着原始生命力的强悍，也代表着生命的循环，是非规范文化形态的凝结物。他以羸弱、卑琐，乃至向生命源头退化的形态，成为人类原始思维观念中混沌与多元特质的具象呈现，这在给予读者以强烈心理冲击的同时，也使人们开始思考生命存在的多元形式与意义。

丙崽形象诞生后不久，韩少功又在小说《女女女》中创造了幺姑这一人物形象，她与丙崽存在极大的相似性。幺姑本来是一位健康的女性，但因为不能生育，只能选择从家乡逃离，她始终生活在周围人的指摘之中，并从此陷入了无后的焦虑。与丙崽不同，幺姑并不是以起初即定型的生命形式完成形象与性格上的演变，而是有一个流变的过程。吊诡的是，从未生育的现实反而使她获得了旺盛的精血和生命。小说中写道："她后来简直神了，不怕饿，不怕冷，冬天可以不着棉袄，光着身体在笼子里爬来爬去，但巴掌比后生们的还更温暖。在她生命最后的一段时光，一些奇事更是连郎中们都无法解释——她越长越小，越长越多毛，皮肤开始变硬和变粗，龟裂成一块块，带有细密的沟纹。鼻孔向外扩张开来，人中拉得长长的。有一天人们突然觉得，她有点像猴。"①这样一种神奇的生命与丙崽是何其相像！幺姑去世之后，在招魂师"大岭本兮盘古骨，小岭本兮盘古身。两眼变兮日和月，牙齿变兮金和银"的歌声中，"我"进入了一种梦呓的状态。这类似于巫术活动中的"出神"，"我"与招魂师一道，陷入精神的迷狂之中，并借助这种精神状态参透人的生死奥秘。这显然是一种神话的境界，它并不是虚无缥缈、与人类世界无涉的，而恰恰是从人类的现实生活世界中升华出来的。正如"我"在小说中深有感触的一句话——"吃了饭，就去洗碗"一样，生命的意义最终都归于纯朴，都要从人们生活的自然状态中寻找答案。

在《马桥词典》中，作家对神话的表现进一步深化，而巫风弥漫的神话气质表现得更为突出。在这部20世纪90年代的小说中，韩少功呈现了多年思考的结果。他不仅大胆地进行了文体试验，而且其神话认知

---

① 韩少功. 女女女[A]. 爸爸爸[M]. 上海：上海文艺出版社，2017：201.

与这种形式上的变革相得益彰，他以词典编纂的方式，试图在一个更大的文化场域中发现神话表现的多样形式。神话不再只集中于丙崽、幺姑等独特的人物身上，而是变成了一种普遍存在的网络结构，它蔓延在马桥村的各个角落，构成马桥人的日常生活经验。不管是用"肯"等词汇来表示一种类似万物有灵的思维方式，还是将"枫鬼"等神秘事物组成信仰网络的一部分，马桥人皆秉持着上述的独特观念，而且并未把精神上的信服与现实生活区分开来。比如枫树被砍掉之后，附近几个村庄的村民开始患上一种瘙痒症，这是神话进入现实的形象证明。又如"梦婆"，她本是精神正常的水水，但在经历一系列变故之后，变成精神出现状况的异人。在马桥人的观念中，水水正是因为存在异常的精神状态，才可能成为被崇敬的对象。作家写道："'梦婆'一词意味着：凡是远离知识和理智的人（小孩、女人、精神病人等），在很多人心目中虽是可怜的弱者，但在一些命运关头，他们突然又成了最接近真理的人，最可信赖和依靠的人。"①丙崽、幺姑、梦婆等人物有很大的相似性，他们行为举止的怪异，以及精神呈现出的异常，反而在他人眼中成为未来事件的预言。

韩少功从侧面描述了鸡头寨、马桥等地域中人们所理解的"真理"的根本内涵，这一"真理"，是"远离知识和理智的"、直观的、在理性层面最不符逻辑但又自成逻辑的存在，这其实是一种神话的思维方式，是人观照世界与自身的独特形式。这在韩少功的理解中，这种"真理"正是文化之根的重要内涵。韩少功没有把那种从山林走入庙堂的文化观念作为民族精神之根，而是尤其着意于发现那些不合常规的、异质的存在，它们拥有原始、古朴的生命力，是一种具有强大能量的精神存在，能够真正介入人们的现实生活。因此，韩少功从一开始就将神话作为文化之根探寻的出发点，为此他注重搜寻那些散落在民间的神话材料，并突出其对于人类观念与实践的重要制约作用。

---

① 韩少功. 马桥词典[M]. 合肥：安徽文艺出版社，2013：108.

二、语言的魔力：语言神话的起源与异变

韩少功一直试图在创作中找寻一种"有力量的形式"，而这一形式"是有理由的，有根据的，从某种角度上来说，都是有隐形内容的，即由特定的内容沉淀、分泌、酿化、转换而来，以实现'写什么'与'怎么写'的有机统一"①。韩少功虽然一直致力于文体试验，但他却在文本中实现了形式与表现内容的融合。综合考察韩少功的形式创新，最能代表他的创作个性与思辨特质的，是与语言有关的创作实验。语言在韩少功的写作中不再只是一种创作工具，而是成为自我更生、繁殖乃至变异的自觉之物，它能够从一个原点出发，逐渐成长为一个具有自主意义的"生命体"。语言不仅具有普遍意义上的实用性，而且成为一种能从普遍性中抽绎出的抽象存在。在这一层面上，语言与神话实现了深刻的联结。

德国哲学家卡西尔在《语言与神话》一书中不仅尝试寻找语言与神话之概念过程的共同根源，而且试图发现二者在结构发生层面的共同性特征。语言是一种符号，而每一种符号形式几乎都是从"一个共同的神话母体"中解脱出来，神话的呈现也需要借助语言，因此二者构成一种辩证的统一关系。卡西尔认为："所有的言语结构同时也作为赋有神话力量的神话实体而出现；语词（逻各斯）实际上成为一种首要的力，全部'存在'（Being）与'作为'（doing）皆源出于此。"②在卡西尔看来，这是语言与神话之间发生关联的原初形式，这一形式随着历史的演进而不断发生变革，并继续构成人类对世界的阐释。如果说卡西尔从理论层面阐释了语言与神话之间的深度关联，那么韩少功则以创作实践的形式再现了语言成为神话主体的过程，及其特殊的变异形式。

---

① 韩少功.西江月·前言[M].成都：四川文艺出版社，2016：1.

② ［德］恩斯特·卡西尔.语言与神话[M].于晓，等译.北京：生活·读书·新知三联书店，2017：75.

　　《爸爸爸》中丙崽的"爸爸""×妈妈"的口头语让人印象深刻，韩少功如此不遗余力地为丙崽这样一个奇异的生命赋予独特的语言，显然不是要彰显语言的粗俗表象，它在本质上代表的其实是人类的原始记忆，并试图借助丙崽唤醒鸡头寨人对于祖先足迹的追寻。但在对丙崽的嘲弄与欺侮中，他们失去了对一种神话存在的敬重，真正对丙崽怀有善意的老人们选择自戕而死，而那些选择迁徙的人们虽然唱着远古的歌，但却早已失去了对祖先的敬畏之心，因此注定要走向一个没有方向的未来。《爸爸爸》的写作重点虽不是对语言神秘性的表现，但语言的存在所引发的多种可能性结局，却使得韩少功开始深入思考语言的本真内涵。

　　1986 年，韩少功创作了一个奇特的文本——《暂行条例》，这篇小说是作家对语言的内涵与作用进行深入思考的结果，并触及了语言神话更为深层的部分。在这篇小说构建的文化环境中，语言被赋以权力的外衣，围绕语言管理而成立的语言检查总署、语言《通则》的广泛发行、语言警察的建制、语警装备(电子定向声波遥测仪、"禁语膏"、HP-401喷剂)的多样，这都使得普通民众进入一种严格的语言运用环境，这还包括因误用语言而导致的惩罚。从这一层面来说，语言变成了一种神话，但它不是宗教或信仰意义上的，而是成为权力的载体，成为某一利益集团攫取权力的工具，这使得语言的使用逐渐失控。在因为语言使用引发冲突之后，语管工作要求大众使用美好的语言，避免刺激性的表达，这种改革使语言内在的冲突与矛盾被一种"祥和"气氛所遮蔽。"比方在大学里，想指斥某学生读书不踏实，人们只能深意莫测地笑一笑，然后说：'他嘛，聪明还是很聪明的。要是某教授的口碑是'书读得不错'，那无异于承认他的才情广受怀疑，在大家眼里不过是冬烘学究呆头呆脑毫无创见。"①这种表达无异于阿 Q 的"我们先前——比你阔得多啦"，是语言的暧昧性表达，是情感自我欺骗式的畸形流露，这是语言运用的异化形式，早已失去了其纯粹意义。如果说韩少功在《爸爸爸》

---

　　①　韩少功.暂行条例[A].西望茅草地[M].上海：上海文艺出版社，2017：428.

中发现了语言神话的蛛丝马迹，那么他在《暂行条例》中则发掘出语言神话的极端形式，语言陷入人类理性的自我缠绕与权力的增殖之中，成为难以把握的对象。到20世纪90年代中后期，韩少功开始从更为整体的层面思考语言从产生到繁殖，乃至成为一种存在网络的可能性，这种对语言的反思，体现在《马桥词典》这部小说之中。

在《马桥词典》中，韩少功不仅还原了乡村社会中普遍存在的神话情境，而且试图在其中发现人类语言行为实践的一种基本模式，它类似于一个人类学田野调查的样本，是地方志的另类呈现。韩少功试图用词典编纂的形式在小说中讨论一个语言的演化问题，即词语如何构成乡土社会的基本生活，它在什么程度上成了神话，以及语言神话在乡土社会中有着怎样的运转机制。在评论家南帆看来，神话在20世纪虽然经历了被符号化的拆解，但这种符号的框架却不会因之销声匿迹，而是在经过排列组合之后，再现为新型神话，语言神话即其中一种。在这一神话表现中，语言变成了一个巨大的结构，并取代人成为话语的主体。《马桥词典》中的"嘴煞""晕街"等词语，使语言的魔力成为支配马桥日常生活的重要力量。① 韩少功在小说中不仅充分还原了语言对于人们的信仰构成所产生的重要影响，而且探讨了语言神话在人类社会的机构运行与权力机制中可能发生的作用。小说中不仅有像"神仙府"这样的形象词汇，以间接表现马鸣等人的超脱世外，也有像"公地、母田""散发""走鬼亲""磨咒""飘魂"这样的与原始思维方式相关的词语。尤其是"神"一词，更具有代表性，它形象地描述了马桥人的思维特征，在他们眼中，"'神'用来形容一切违反常规和常理的行为……任何违犯成规的行为，从本质上说都不是人的行为，只可能来自冥冥中的莫测之物，来自人力之外的天机和天命。不是神经质(神的第一义)，就是神明(神的第二义)"②。精神层面的迷狂或神经质，往往是信仰表现的一种具体形式，二者并无本质的区别，它都表现为主体的精神进入一种超越现实与

① 南帆.《马桥词典》：开放与囚禁[J]. 当代作家评论，1996(5).
② 韩少功. 马桥词典[M]. 合肥：安徽文艺出版社，2013：271.

日常的心灵状态，往往是人类无意识的行为外现，因此是人类原始思维的当下呈现。

在马桥这个村庄里，语言神话的存在有着多元的形式，它不仅包括一种具有原始意味的语言表现，也包括在人类现代社会中实存的语言权力制约。在马桥村日常使用的诸多词汇中，"话份"与"格"最有典型意义，二者互为表里，互相阐释。有"话份"的人代表了其话语在乡村社会中的分量，对他人（尤其是没有"话份"的人）具有强大的制约作用，"话份"或"格"的有无不仅是马桥人评判自己与他人的重要标准，而且其中蕴含着权力增殖的密码。"话份"，凸显语言与权力之间的天然联系，它能够从一个人出发，进而成为一个集团话语体系构建的基础。"一个成熟的政权，一个强大的集团，总是拥有自己强大的语言体系，总是伴随着一系列文牍、会议、礼仪、演说家、典籍、纪念碑、新概念、宣传口号、艺术作品，甚至新的地名或新的年号，等等，以此获得和确立自己在全社会的话份。"①语言神话的生成与繁殖，不仅在乡土社会中出现，它也能进入人类的现代生活，成为社会中一种具有普遍性的权力现象。从《爸爸爸》到《暂行条例》，再到《马桥词典》，韩少功以叙事的内容、形式革新的方式完成了对构成人类社会与政治生活典型景观的语言神话的溯源。在《马桥词典》的后记中，韩少功展开了对一种"良交流"的设想与期待，这是对语言交流中妥协与抵消的反抗，也是在一种信念坚守下的顽强表达。

可能是出于上述目的，韩少功在 2009 年的小说《怒目金刚》中，展现了语言交流的另外一种理想方式。在这篇小说中，吴玉和因为邱天宝没有向自己道歉而记了一辈子，即使是在去世之后，这种执念仍未消失，反而使他成为一具"怒目金刚"，成为一种令人恐惧的存在。在邱天宝匆匆赶来向吴玉和郑重道歉之后，吴玉和才欣然闭眼，与一过程相伴的是自然界中的狂风闪电与瓢泼大雨。韩少功虽然在这里用极端的方式展示了一种奇特的语言交流，但却规避了语言蕴含的权力属性，他试

---

① 韩少功. 马桥词典［M］. 合肥：安徽文艺出版社，2013：216.

图还原语言本身所内蕴的人类的纯粹情感，这种情感是从人与人之间的信任中产生的，且可以被重新编织入人类的生活网络。

三、记忆的迷失：集体神话的消解与重塑

在韩少功塑造的南方世界中，乡土世界不仅散发出神话特有的神秘气息，而且这种神话的情境塑造也会进入主体的情感世界，构成其记忆的一部分。对于韩少功来说，他对南方神话的描绘与感受源于其真实的人生经历。在上山下乡的知青时代，他与无数的来自全国各地的知识青年共同进入与其日常经验相异的神秘地域之中。在那个特殊的时代，说这些青年创造了一种集体性的神话并不夸张，虽然他们遭遇了肉体与精神上的考验，但却以一种集体力量影响了一个国家的发展进程。在主观层面，知青一代面对他们曾经的人生际遇，虽然内心五味杂陈，但这些宝贵的经历却成为他们思考的重要依据，同时也在很大程度上塑造了他们各异的精神世界。在梁晓声、史铁生等作家的知青写作中，他们对知青经历的怀恋成为感受主体情感世界构建的重要材料。

与梁晓声等作家不同，韩少功虽然也在小说中复原了知青生活痛苦与欢欣、沉静与激情俱存的真实经历，但又不会从此陷入对过往历史的无限怀旧，他更多是以一种反思、怀疑甚至批判的视角回顾知青岁月，也正因为这样，他才能够发现知青生活的粗粝本质。对于韩少功来说，知青经历的影响并不限于他的回忆性书写，它也会进入主体的现实生活脉络，成为作家现实表现与精神反思的重要背景。韩少功正是从这点出发，才逐步解构了知青的集体性神话，并在此基础上重新建立一种更具朴实特质的神话表述。

在 20 世纪 80 年代中期，几乎与《爸爸爸》等作品同时，韩少功创造了《归去来》《诱惑》《空城》等作品。在这些作品中，韩少功着重塑造了一种"回归"的叙事脉络，即着重描述主体回到曾经生活的场景之中时面临的窘境。以知青们为例，他们曾经构建的集体性神话给予了他们以极大的信心，自认为可以得到来自民间大众的信任与尊重，但韩少功

证明了这只不过是种自我安慰。《归去来》中，"我"的身份出现了紊乱，明明是马眼镜，却变成了黄治先。村里的人都证实了"我"的存在，但在"我"看来，这些都是不真实的。当围绕"我"出现越来越多的线索，"我"的身份认证出现了极大的危机时，"我"产生了逃离的冲动。"整个村寨莫名其妙地使我窒息，使我惊乱，使我似梦似醒，我必须逃走，一刻也不能耽误。走到山头上，我回头看了看，又见村口那棵死于雷电的老树，伸展的枯枝，像痉挛的手指，要在空中抓住什么。"①不管是马眼镜，还是黄治先，"我"首先要做的便是证实自己的真实性，但当这一根本问题受到挑战，那么对曾经的集体性神话的追忆便注定成为一种空谈。

《空城》更是如此。小说中的"我"以知青身份回到曾经生活的小城，但令人诧异的是，小城里看不到人影，曾经熙熙攘攘的人群早已不知所踪，曾对"我"关爱有加的四姐也早已成为一个传说。如果说小城的空寂状态是对"我"之存在质疑的第一重证据，那么小城中人们对"我"之到来的迷惑则构成第二重证据。当"我"问起城中的年轻人对于知青的印象时，他们只知道是一些犯了错误的或者神经有毛病的城里人，"至于还干了些什么，以后又到哪里去了，就不大清楚了。从他们尽力回忆的眼神中，以及互相启发互相提醒的神态中，我感到他们似乎在说一个远古暧昧不明的神话"②。当地人对知青记忆的迷失，加深了知青们对他们曾经存在的忧虑与困惑，知青们曾经引以为傲的集体性神话也就在这种迷失的记忆中变成历史的尘烟而消磨殆尽。知青们的精神危机，不仅表现在这种被别人遗忘后的精神困境，也表现在他们回城之后的现实境遇中。韩少功不仅帮助知青们回望已经渺远的过去，而且也注重表现他们在回城之后的生活，他试图表达出一种因为神话缺失而引发的生活与精神困境，而这正是其他作家较少表现的对象。

神话缺失引发的精神危机，既表现在人物的现实境遇层面，也表现

---

① 韩少功.归去来[A].爸爸爸[M].上海：上海文艺出版社，2017：17.
② 韩少功.空城[A].爸爸爸[M].上海：上海文艺出版社，2017：42.

在认知主体对历史与现实关系的考量中。在小说《梦案》中，人物精神的焦虑甚至演化成梦魇，以"一片黑影"的形式进入"我"的梦境，这造成了"我"的不安全感。在紊乱的生活秩序，以及与其他人物的紧张关系中，"我"表现出一种难以逃离现实的精神困惑，而这正是来源于"我"的知青经历与感受的延伸。又如《八〇一室故事》，韩少功以一种记录式的叙事方法，交代了一间八〇一室中各种"物"的故事。韩少功想从对物品历史的观照中寻找人曾经存在的证据，以此为自己的心灵提供依托，但事实证明这只不过是徒劳。他说道："这些年，我们到过很多房间，到过很多大楼，到过很多地方和很多地方，眼睛里也许有价格、质地、款式、防伪商标，等等，但从来没有什么故事，就像一些不懂方程式和乐谱的匆匆过客。"①除了从现实生活的虚无中感受到的幻灭感，韩少功也在小说中历史与现实的交汇之处发现一种难以把握的命运感知。《鞋癖》中母亲对鞋的癖好与《澧州史录》中"乡癫"所遭受的断足之刑发生了隐秘的联系，加之父亲是否去世的谜团贯穿了小说始终，围绕父母而产生的神话言说，就像父亲那张在阳台上的藤椅经常无故发声一样，这成为历史隐喻的生活化表现。韩少功在神话中产生的感觉延宕在了他对历史的认知之中，历史的难以琢磨，就像难以把握自己的命运一样。《北门口预言》中的王文彬曾经遭受过无尽的苦难，他呈现自己历史的方式是化身为石俑，这种创作方式亦见于《余烬》《山上的声音》等篇目中。

相较于20世纪80年代的创作，韩少功在90年代的小说中显然从更深的层面进入了神话。集体性神话因其话语呈现的特殊性，因此在很长的时间内是被误解的，甚至是被遮蔽的，但这并不代表这一神话失去了现代重塑的可能。知青时代虽然极大消耗了青年人的肉体与精神，但知青时代的苦难却使他们具备了独立思考自身命运与时代的能力，继而产生一种宝贵的精神独立，在韩少功看来，这恰恰是知青集体性神话内

①　韩少功.八〇一室故事［A］.赶马的老三［M］.上海：上海文艺出版社，2017：80.

涵可以进一步升华的核心要义所在。

在 21 世纪的小说《日夜书》中，韩少功即表达了知青神话重塑的可能。韩少功并不避讳知青命运的残酷性，郭又军回城之后的自杀、小安子面对弟弟之死的创伤记忆、马涛出走他国之后的尴尬处境等，这都是知青们在历史与现实的激烈对照中所产生的精神创伤，但作家并未去刻意渲染这种创伤的深刻性，而是试图在一种温和笔调中阐述与历史和解的可能。过往的记忆不再是模糊不清的，而是面目清晰的，可见韩少功试图还原的不再是那个被口号与欲望等充斥的集体神话，而是塑造一种能够将人的良善本性、创造新生活的激情，乃至忏悔心态糅合在一起的青春神话。小说中郭又军的弟弟贺亦民的生命自在化刻画，恰恰具有青春神话的典型意义。这一创作倾向在韩少功的新作《修改过程》中亦有所体现，评论家刘复生认为，该小说同样是"对 80 年代以来主流知青文学自我英雄化和青春怀旧体叙事神话的无情解构"①。作者借鉴元小说的叙事形态，展现了知青们在 80 年代以来生活状态的纷繁复杂，因此相较于《日夜书》，《修改过程》更贴近了生活的本色，也使知青们的青春神话越发具有了平实的外观。神话的解构与建构、覆灭与再生，这是贯穿韩少功创作始终的重要命题，其中承载的不仅是作家的历史认知，而且也蕴含着作家对人类未来精神世界走向的期许。

韩少功创作的复杂性，不仅体现在小说形式的持续创新，而且体现在其思想与精神世界的宏大与多元。如果说韩少功的童年经验使他产生了对于神话的最初感受，那么其知青经历则使他深入神话的内部，去发掘神话的多元呈现方式及其变异机制，以及神话的言说对认知主体能够发生的深刻影响。韩少功神话叙事的重点并非故事的单一呈现，而是在神话情境的塑造中还原神话的生成机制，突显神话在人类生存境遇中的关键作用，以此探讨人类与神话之间交流的实现。这种神话叙事风格的形成，在根本上来源于韩少功清醒的自我认知，就像钟文音的评价：

---

① 刘复生. 重返"短八十年代"——《修改过程》的精神现象学[J]. 南方文坛，2019(4).

"他的社会经验与地方写实书写，其实也是内省的再现，荒谬只是其叙述主调，保有对纯粹小说的极度语言自觉。"①正是出于对人类生存境况与个人命运遭际的理性认知，以及对神话深层次内涵的清醒认识，才使得韩少功的小说神话叙事在思想层面实现了深度的开掘。

　　韩少功的小说世界并非铁板一块，这个世界里存在着诸多裂隙，需要读者在诸多的细节展示中理解作家的巧思，以及作家思考的多维层次。神话恰恰提供了一种可能，它使得韩少功的小说被置于一种理性与感性相糅合的探照视角之下，这使得神话的虚幻与现实世界的某些本质特征实现了耦合。因此，把神话作为解读韩少功小说意义的分解器，一个宏大的神奇世界将向读者徐徐敞开。

---

　　①　钟文音. 好看的忧伤故事 冷静的完美叙事［A］. 韩少功. 西江月［M］. 成都：四川文艺出版社，2016：6.

第三章　走向多元：小说神话叙事内容的新型表现

新时期以来中国当代小说的神话叙事，容纳了更为多元的内容，更多的对象也进入当代作家的视阈。总结来说，这些内容方面的变化主要体现在三个方面。首先，一些作家开始重点探索中华民族精神的根柢，而且这种探索主要集中于那些几乎被遗忘的边远地域，这不仅是因为这些地方蕴藏着丰富的神话资源，而且同时能够作为作家神话叙事的情境依据。寻根作家群体围绕边地展开的神话叙事，成为借由神话发现民族精神根柢的先锋，进而影响了20世纪80年代中国文坛的创作方向。红柯等当代作家则在新的时间阶段进一步延续了寻根作家的探索之旅，红柯对边疆神话的描绘与塑造，不仅扩充了中国的神话地域，激活了"边缘的活力"，而且为民族精神的张扬寻找了另一种方向。其次，中国广大地域中少数民族文化的神话色彩，也成为作家神话叙事的表现对象。在迟子建笔下，鄂温克族的狩猎生活与独特的萨满信仰，圆融地结合在他们的日常生活之中，而在因为时代变迁鄂温克族选择走出山林之后，迟子建又展现了民族神话在与现实发生关联的过程中发生的新变化。而在范稳笔下，藏东则成为不同民族文化的融汇之地。作家不仅以历史的笔调还原了历史中藏地各民族文化的冲突与交流，而且也以神话叙事的手法突出了藏地文化的神秘性特征。在一种神话视阈下，具有民族特性的地域文化得到了叙事性呈现。最后，科幻创作作为人类未来想象的虚构呈现，与人类原始记忆中的神话具有天然的联系。以刘慈欣、王晋康等为代表的中国科幻作家，通过科幻小说创作开辟了新的神话叙事对象，他们以一种想象性世界的构建为叙事的出发点，在科幻场景的塑造、科幻情节的虚构中，实现科幻想象与神话叙事的融通。科幻作家们按照原始神话叙事者的思维方式，在一个完全现代化的世界中创造出一个与现实相异但又蕴含人类期待的世界，它是现代人对未来想象的结果。

第一节　民族精神根柢的神话发现

一个民族的精神根柢，是支撑该民族发展壮大的核心，新时期以来，当代作家一直没有停止对民族精神之根的发现，尤其是在中国广大的边远地域，当代作家发掘到民族精神发展的秘密。围绕这些地域展开的神话叙事，主要表现为作家以偏远地域为中心，重点表现边地文化特性与神话构成的神话叙事，它蕴含着作者试图从边地神话的书写中发掘人类思维的原初质素与提炼民族精神的核心内容等目的。边地往往与"中心"概念相对应，在以往的视野中，边地象征着偏远与荒芜，并经常被中心遗忘。然而，从文化构成与类型分布来看，边地文化特质与中心虽然存在差异，但却是文化体系整体建构的重要部分，而且它往往将人类思维特质中较为原初的部分作为自身的特质表现，因此在中心话语之外关注边地文化的独特呈现也是非常必要的。从神话角度来说，边地神话资源的丰富性要远远超过中心。这一方面是因为能够进入中心的神话往往经历了历史化改造，因此与神话的最初面貌相比出现了较大的变化。另一方面，生活在边地的人们所形成的独特思维方式与心理特征，使许多原生态的神话资源得以保存，因为这些神话早已成为边地人们日常生活的重要构成。当代作家对边地神话的发掘与表现，使其小说神话叙事话语与中心话语实现了对话与交流，二者互相补充、完善，推动了一体化背景下神话叙事话语的独特呈现。

一、寻回被遗忘的精神世界：寻根小说神话叙事

寻根文学的发生，是在"伤痕""反思"等创作退潮之后，当代作家再次面临了一个中国文学往何处去的问题。通过文学呈现的批判话语毕竟难以持续，作家只有深入自己的文化传统，才可能实现表现主题创新与深度思考的融合。20世纪80年代以来，以韩少功、王安忆等为代表的当代作家将视线不约而同地转向了中国那些几乎被遗忘的世界，他们尝试以叙事的方式呈现这一世界中蕴藏的丰富神话资源，同时也在其中寄寓中国文化的批判性思考，探寻中国文化的出路。寻根作家对边地的发现，使边地真正能够作为一种具有自觉意义的文化空间进入作家的审美视阈，在这种背景下，边地"并不是某种游离于现代性进程之外的存在，而是作为整体的有机组成部分内在于其中"。寻根作家并未将"地方性文化事象（无论是风景地貌，还是民俗与信仰）"予以"差异性强化"，① 而是在一种流动性叙事视角中，将特定地域与其他文化圈层联系起来，以此展示作家们的文化共同体构建设想。

寻根作家小说神话叙事的特殊性主要体现在三个方面。首先，从边地的丰富神话资源中提炼适于表现的成分，突出不同地域文化的多元性；其次，通过神话情境的塑造与叙事对象行为的特殊性表现，展示边地神话的日常实践性特征；最后，通过神话叙事话语促成边地与中心话语的交流，进而探索一种合理精神世界构建的可能性。寻根作家的神话叙事，深化了神话叙事资源转化的小说形式，成为当代文学史中具有典型意义的创作现象。

寻根作家从两个层面理解读了边地的内涵。首先，边地是地缘意义的，它处于中国地理版图的边缘，是中国博大地域的重要组成部分。其次，边地是文化意义的，它往往承载着被遮蔽的丰富历史或文化信息，在文化表现层面则呈现出丰富性、生动性特点，因此人们的精神世界也

---

① 刘大先."边地"作为方法与问题[J]. 文学评论，2018（2）.

是自足、完满的。寻根作家即是在上述考量中将边地的文化面目徐徐展开在小说神话叙事过程之中。韩少功笔下的鸡头寨与鸡尾寨，是楚地巫文化的代表地域，这里的人们有着原始的信仰与仪式实践；莫言的高密东北乡，则在红高粱的野性与高粱酒的浓烈中，诞生了余占鳌这样的民间英雄；王安忆笔下的小鲍庄，延续着远古的洪水记忆，成为人类的神话记忆与现实生存境况互相映射、缠绕的独特地域；郑义通过还原老井村村民打井、吃水的艰难历程，从而以寓言的方式重塑了人类的生存历程；李杭育刻画了葛川江上最后一个坚持传统生存方式的渔佬儿福奎，在与现代文明的冲突中，作家为这"最后一个"唱了一曲忧伤的歌。寻根作家不仅展开了对边地文化中多元神话质素的发掘，而且以集中化的艺术表达、凝练的形象提炼等方式揭示出边地神话与现实世界之间的关联。

以《小鲍庄》为例，王安忆在对小鲍庄的历史溯源中发掘了在民间广泛流传的洪水神话，另外，她又同时突出了主人公捞渣在精神气质、伦理道德等层面与小鲍庄祖先的相合，涝渣的英勇赴死更突出了他的英雄身份，因此，洪水神话、祖先神话与英雄神话在小说中实现了联结，而涝渣的死又使得这种联结具有了浓重的悲剧意味。郑义的《老井》采取了相近的叙事模式，主人公孙旺泉因为身上有一道神秘的疤痕，从而与孙家的祖先孙小龙发生了关联，这使他被赋予了为老井村打井的使命，这便成为典型的英雄神话模式。在典型英雄的塑造之外，郑义也在文本中描绘了具有浓厚地域性的祈雨仪式，以及仪式实践对于人物命运的不同影响。在这样一个偏远的村落里，村民生活在由神话与仪式共同构成的独特文化氛围之中，这使得他们的生命在呈现出坚韧本色的同时也具有了文化意味。《最后一个渔佬儿》中的福奎，《树王》中的肖疙瘩，则被塑造成自然世界的守护神形象。葛川江之于福奎，巨树之于肖疙瘩，是彼此生命的重要维系，也是他们存在的理由。当现代文明不断挤压着葛川江代表的传统世界，当越来越多的人选择离开渔猎生活，只有福奎选择继续漂流在葛川江上，以近乎原始的生存方式维持着自己与自然的联系。肖疙瘩面对的则是象征现代文明的知青们，他们喊着口号，将毁灭巨树作为参与革命的证明，这间接导致了肖疙瘩的死亡。肖疙瘩与福奎等生命存在与逝去的特殊形式，证明了他们作为自然守护神的身份，而他们在现代文明进程中的命运，也引发了人们对边地神话在当下存在境遇的反思。

对寻根作家创作的阐释，可看出他们普遍借鉴了传统神话中的英雄叙事模式，即在文本中表现英雄的诞生、成长过程中所创造的业绩，以及最终的死亡。在传统神话叙事中，英雄们不仅拥有天赋的神力，而且具备了丰满的神性与人性兼具的性格特征，因此往往作为神与人之间的中介而存在。古希腊神话中的赫拉克勒斯、阿喀琉斯，中国神话中的夸父、后羿、刑天，等等，皆是传统神话英雄原型的代表。寻根小说中的英雄塑造，也在一定程度上保留了传统英雄刻画的基本特征，但在80年代的时代情境中，寻根作家们又着重突出了这些英雄在现实境况中的经历，因而传统的英雄们又被赋予了现实性、世俗化特征。

寻根作家笔下的神话英雄们具有超出常人的能力，并创造了益于边地人民福祉的事业（《小鲍庄》中的捞渣至纯至善，为了拯救村民舍生赴死；《红高粱》中的余占鳌拥有超凡勇气，带领人们反抗日本人的侵略；《老井》中的孙旺泉成为祖先孙小龙的化身，带领村民成功打出了水井）。另外，作家们也在一种类似于成长仪式的情境塑造中表现英雄们的成长历程，尤其是他们在仪式过程中经受的肉体与灵魂考验对他们的精神世界产生的重大影响，即使英雄们的结局是悲剧的，但他们精神力量的强悍以及对现实世界的改造，却往往能够给予读者以极大的震撼。捞渣虽然葬身于洪水，但他的道德品质与拯救鲍五爷的行为，却极大地感染了村民们的心灵世界，这使得一种以仁义为核心的伦理道德体系在小鲍庄确立起来；肖疙瘩对树王的守护行为受到知青们的挑战，尽管他最终跟着树王一起走向毁灭，但他却以另一种方式使生命得到了延续。被火葬之后，在肖疙瘩骨殖埋放之处，"渐渐就生出一片草，生百花"，且"极是医得刀伤"[①]，肖疙瘩就这样继续生活在自然的世界之中；以

---

① 阿城．棋王 树王 孩子王［M］．北京：北京燕山出版社，2017：106.

孙旺泉为代表的孙氏宗族，承担了为老井村打水的使命，他们以祈雨等仪式践行着自己的英雄信条，孙旺泉的父辈甚至以献祭的形式走向了死亡，而孙旺泉自己虽然最终打井成功，但也失去了与赵巧英的爱情、失去了去更大的世界发展的机会，这也是英雄悲剧性的体现。

寻根作家笔下的神话英雄人物虽然都是从现实的大地上生长出来的，但却带有神性的光辉，他们以英勇的献身行为与充沛的精神能量，鼓动大众奔向一种自由而理想的境界，并在社会现实中实现自己的价值。捞渣、孙旺泉、余占鳌、柴福奎……这些人物组成了边地神话的英雄形象序列，他们不仅体现着广大边地神话资源的丰富性，而且也被纳入中国神话叙事传统的当代延续，是中国神话传统性与现代性的集中体现。

寻根作家面向边地展开的神话叙事，在一定程度上可称之为作家叙事形式的田野调查，他们不仅记录下了边地的风土人情，而且重现了边地丰富多元的神话世界。除了发掘丰富的神话资源，寻根作家也着重于边地独特神话情境的塑造。如果说边地神话资源的文学表现是作家自觉选择的结果，那么神话情境则是边地文化特质在作家面前的主动呈现，它以一种氛围或者风格的形式，构成作家对边地神话的整体认知。神话情境是对边地文化的整体概括，它早已浸润到人们的日常生活之中，成为人们心理表现与行为选择的重要依托。神话情境具有浓厚的社会性，正如人类学家埃德蒙·利奇所说："一俟脱离其社会语境，神话便会失去全部的意义。神话对于那些使用它们的人来说是'真实的'，但是，我们不能简单地从文本的解读中去推断真实的性质，我们不得不去鉴别文本所指涉的语境。"①寻根小说的神话情境正是在利奇所说的"真实的"层面上成立的，它指的是神话的言说者与传播者对神话本身的信仰与认同，而在文本中，作家们从小说发生的社会环境与人文环境两方面去描述神话情境的存在。社会环境方面，作家们主要在小说中创建了一

---

① ［匈］格雷戈里·纳吉. 荷马诸问题［M］. 巴莫曲布嫫，译. 桂林：广西师范大学出版社，2008：159.

种原始社会般的情境。这里的"原始社会"其实是一种象征性的说法，寻根作家笔下的小鲍庄、鸡头寨、葛川江、老井村等，都是具有传统意味的、远离人类现代科技文明的地域，它们普遍存在物质资料匮乏、生产生产方式简单的特征。作家们显然是通过对神话诞生环境的还原，论说了神话在上述场域中的重要作用。神话不仅构成了人们精神生活的主要内容，也成为他们现实生活的重要依据。除了对边地社会环境的描绘，寻根作家还试图通过对一种"唱古"行为的书写，来塑造在边地普遍存在的人文环境。这里的"唱古"，不仅包括作家创作的历史笔调与历史意味的突出，而且也包括叙事对象的历史讲述行为。

　　寻根作家通过叙事完成的"唱古"，表现在对神话情境"源头"性质的强调，从而突出边地历史的神圣性。寻根作家往往将边地历史与神话开端联系在一起，比如扎西达娃在《西藏，系在皮绳扣上的魂》中把叙事的起点设置为香巴拉战争之后的洪水灾难，借此探讨西藏对于边地神话的发生意义；王安忆将小鲍庄历史与大禹治水联系起来，并在文本中还原了原始神话中的洪水描写，"不晓得过了多久，像是一眨眼那么短，又像是一世纪那么长，一根树浮出来，划开了天和地。树横漂在水上，盘着一条长虫"①，洪水在这里便象征着旧秩序的毁灭与新秩序的开端。韩少功对鸡头寨地理环境的描写，突出了其神话式的诗性意味："寨子落在大山里和白云上，人们常常出门就一脚踏进云里。你一走，前面的云就退，后面的云就跟，白茫茫云海总是不远不近地团团围着你，留给你脚下一块永远也走不完的孤岛，托你浮游。"②此外，莫言笔下那能孕育出具有蓬勃生命力的像余占鳌这样人物的高密东北乡，郑义笔下将坚韧、务实、以打井出水为毕生使命的孙氏家族容纳在内的老井村，都成为边地历史重塑与边地精神张扬的象征。寻根作家们普遍采取的"唱古"风格，使读者能够置身于神话诞生的时空，在一片充满野性

① 王安忆. 小鲍庄[M]. 上海：上海文艺出版社，2002：285.
② 韩少功. 爸爸爸[M]. 北京：作家出版社，2009：69.

的世界中感受人类社会的发展过程，而且也能回到人类精神世界的源头，感受人类理解世界的独特方式。

除了作家自己的"唱古"，寻根小说中还普遍存在叙事对象的"唱古"，二者共同推动了神话情境作用的发生。讲述者以现场演说与表演的方式呈现神话或历史的样貌，旁听者则积极参与这种演说过程，以语言或行为等方式对演说者的内容进行补充，这便形成了一个小范围的神话言说情境，这是叙事对象的"唱古"在小说中的基本呈现方式。讲述者的现场表演与观众的反应，形成了一种灵活的、可塑性极强的历史讲述方式，被史官认证的历史往往被篡改，而被赋予了神话的外观。在《小鲍庄》中，鲍秉义在牛棚里的"唱古"在一定程度上参与了小说的整体叙事，而且其语言往往诙谐幽默，代表着民间的智慧。就如这一句："写一个八字两边排，八仙随后过海来。兰彩和撕掉阴阵板，四海龙王又糟糕。"①话语中表现出的对于历史的重述与调侃意味，成为小鲍庄人精神生活的重要调剂。洪水过后，小鲍庄沉浸在痛苦之中，人们"远远地躲到牛棚里，默默地坐了一墙根，吸着烟袋"，而"唱古的颤巍巍地拉起了坠子"。② 在故事结束的时候，鲍秉义的唱古也到了结局，从一唱到十，再从十唱到一，完成了一个循环。《爸爸爸》中德龙的"唱古"，串联起了神话与现实，构成对所谓"正史"的另类表达；《老井》中孙万水的"唱古"，则交代了家族史的来源及孙家人担负的历史使命。寻根小说的"唱古"书写，不仅是对历史的重述，它同时也以一种教化听众的形式，形成大众对神话记忆的崇敬，这使得神话叙事具有了道德教育意味。总之，作家对边地神话情境氛围的渲染，以及作家与叙事对象共同存在的"唱古"倾向，加深了边地作为一种文化共同体的外在特性，它能够引导读者进入边地世界，与作家一道寻找文化根源的秘密。

寻根作家选择将边地作为其小说神话叙事的对象，还有另一种缘

---

① 王安忆. 小鲍庄[M]. 上海：上海文艺出版社，2013：160.
② 王安忆. 小鲍庄[M]. 上海：上海文艺出版社，2013：189.

由，那就是通过边地叙事实现与中心话语的对话。十七年文学中的高、大、全人物形象，也是神话英雄塑造的一种方式，从作品的实际效用层面来看，这些形象也确实在特定的时期深刻影响了大众的精神世界与社会实践。但从文学创作的客观规律与可持续性角度来看，这种高度抽象性的人物塑造方式其实是社会或政治层面神话的文学表达，在一定程度上偏离了人物的实际，因此也远离了文学创作的现实性特征。因此，在新时期以来宽松的社会语境中，寻根作家便能够自觉地选取益于小说主题表达的材料，因此他们的神话叙事与传统神话的关系更为切近，也更符合文学创作的规律。这种神话的还原式书写使作家的创作返回了文学本身，这也在极大程度上拓展了中国当代文学的表现范围，提升了读者的审美层次，也获得了更广泛的社会关注度。

在寻根小说发生之初，作家们纷纷以宣言的方式表达自己的文化寻根主张。《文学的"根"》（韩少功）、《理一理我们的"根"》（李杭育）、《文化制约着人类》（阿城）等文章的相关论点，在中国文学界与文化界产生了集束弹的效果，作家们在宣言中表达了他们对所谓"不规范"文化形态的关注，俚俗、鬼神、巫术、仪式等散落于民间的文化要素，成为他们重点关注与表现的对象。然而，寻根作家对上述要素的重点突出，并不意味着他们对中心话语的拒斥，而这里的"中心话语"也并非十七年文学盛行的主流意识形态话语，而是中国传统文化中的道德话语与理性表达。因此寻根作家试图以对话的姿态，通过叙事将"不规范"的神话与"规范"的传统文化理念结合在一起，从而在一定程度上改变主流话语对神话等民间资源的态度，这就在更大程度上切近了文学关注人的本质特征。正如郑万隆在《我的根》中所说："我企图利用神话、传说、梦幻以及风俗为小说的架构，建立一种自己的理想观念、价值观念、伦理道德观念和文化观念；并在描述人类行为和人类历史时，在我的小说中体现出一种普遍的关于人的本质的观念。"[1]也就是说，寻根作

---

① 郑万隆.我的根[A].程光炜，谢尚发，编.寻根文学研究资料[M].南昌：百花洲文艺出版社，2018：94.

家试图实现的，是神话叙事形式与传统文化理念的有机融合，而广大边地作为丰富文化资源的承载场域，正为当代作家提供了宝贵的试验场地。

王安忆笔下的小鲍庄，是人类洪水灾难后的遗存物，而在一场发生于现代社会的洪水中，对村民生命的拯救却是由捞渣完成的。捞渣不仅是一个具有神性特质的英雄，而且也代表着传统儒家的仁义理想。阿城笔下的王一生则被赋予了浓重的道家特质，他将棋与食物作为信仰的一种体现，表现出迷恋的态度，他在象棋大战中的"出神"姿态，与道家宣扬的清净无为、超脱世外皆有相通之处，而他的行为也感染了包括叙事者在内的其他人物。孙旺泉与余占鳌作为民间英雄，则以独特的人格魅力、清醒的现实认知、严密且有计划的行为、强大的号召力，引领民众摆脱现实的困境，他们或是以暴力形式守卫家园，或是发挥生理与心理的忍受力以延续族群生存，他们就像《孟子》中所言的"天将降大任"的人一样，以顽强的生命力与强悍的创造力完成英雄的使命。因此，寻根作家的神话叙事话语表达，不仅再现了流布于边地的民间思维观念与话语形式，而且将它们与中国文化传统中的儒道观念等实现融合，从而具体呈现了中心的传统观念在边地社会中存在与自洽的可能。这两种观念形式虽然存在差异，但都是"普遍的关于人的本质的观念"，且具有极强的包容能力，因此在寻根作家笔下，它们成为共存的，且在一定程度上相通的观念构成，并深层次地引导边地人们的行为与心理。

与某些中国现代作家对中国文化传统持批判态度不同，寻根作家没有武断地采纳现代作家的观点。在一种现代启蒙运动的社会背景中，展开对传统的批判在启蒙者看来是一种必要的工作，但这种批判却在很大程度上割裂了中国文化传统与国民乃至中国社会发展之间的联系，这也导致了文化传统延续的失效与社会公德的普遍缺失。寻根作家深刻认识到了文化传统缺失的弊端，从而试图通过神话叙事与中国文化传统的结合，重新发现与张扬儒道传统中的优质成分，发挥民间思维与叙事传统的优越性，从而在中国文化传统被误解的"精神废墟上试图重建东方民族的道德(对抗于历史逻辑)神话和乌托邦"①。正是在寻根作家的努力下，中国文化传统有了进一步被检视与彰显的空间，神话叙事在其中起到了重要的承接作用。寻根作家的神话叙事不仅在社会层面引起了广泛的反响，而且也以一种风格创建的形式成为当代文学史的重要构成，并深刻影响了其他作家的创作。文化寻根，不仅蕴含着中国作家对于中华文明之根探索与发现的心理情结，而且也是民族精神发展问题引发作家思考的必然结果。

寻根作家以"边地"为中心而展开的小说神话叙事，在神话资源的发掘、神话情境的展开，以及中国文化传统的发现等三个层面，实现了当代小说表现对象与表达方式的革新。与伤痕、反思等主题创作相比，寻根文学通过对"神话"的发现与表现，显然触及了中国文化结构的深层，并在一定程度上影响了中国文化要素的表现方式。寻根作家唤醒了大众的神话记忆，不管是神话场景的还原，还是神话英雄的塑造，作家们都试图在文本中还原一种原始的生命力，而这正是帮助人类走向自由与理想世界的重要力量。寻根作家赋予边地以地母的属性，它不仅给予作家叙事的资源与充沛的灵感，而且赋予各色人物以丰富的生命力，从而使寻根小说创作在整体层面成为具有独特个性以及自主审美品行的存在。在寻根创作之后，中国当代文坛出现了一股文学形式与内容实验的高潮，这不能不说是在寻根小说的影响下实现的，它在一定程度上促进了中国当代文学创作向更广、更深层面的全面展开。

二、神圣的精神领地：红柯边疆书写的神话韵味

陕西作家红柯笔下的中国西部边疆，是一块神奇的、被作家注入充沛激情的土地。红柯不仅把他在边疆行走的经历与其小说中的审美化表现结合起来，而且在这种结合中释放了自己全部的生命激情。从黄土高

① 张清华. 历史神话的悖论和话语革命的开端——重评寻根文学思潮[J]. 山东师范大学学报(社会科学版)，1996(6).

原辗转至飞沙走石的荒漠，一直奔走到"金色的阿尔泰"，红柯俨然成了一位丝绸之路上的骑士。他以沧桑的笔调，记录着丝绸之路上那些西去骑手们的神话与传奇；他又是一位情感丰富的歌手，他歌颂额尔齐斯河，歌颂天山，并把这些自然的物象作为情感抒发的重要背景，在字里行间低吟曾经经历的感动与痛苦。在红柯情感色彩浓烈的笔调中，边疆被赋予了浓厚的神圣属性，作家的叙事也自然呈现出神圣性特质。这种特质不仅表现在叙事者突出叙事对象的超现实品质，同时也表现在叙事对象与周围环境之间所形成的一种神圣效应，阿尔泰、乌尔禾，乃至骑手、复活的玛纳斯等均是上述效应的具体呈现。另外，对于神圣性的强调也使得叙事对象普遍表现出一种对于自然世界的敬畏心理，而且在读者接受层面，红柯的写作也深化了读者对于神话与现实之间关系的认知与思考。中国的边疆，在红柯笔下变成了一片神圣的边地，也成为文学视阈下中国当代神话发生的重要地域。

（一）超现实边疆的神圣属性

超现实书写作为文学创作的一种特殊形式，冲击了读者的现实体验与既有经验，它除了能够使读者生发新奇之感，也会在一定程度上引起人对神秘现象的敬畏心理。但在红柯的边疆书写中，虽然普遍存在超现实风格的书写，但这并未引起读者心理层面的恐惧或不适，反而使他们能够在字里行间感受到一个超脱于现实情境之上的宏阔世界，并且从中提炼出一种广博、高洁的神圣情怀。红柯的超现实书写与传统意义上的鬼怪无涉，也不重在神秘氛围的烘托，而是边疆地域的博大、风物的神奇、神话的丰富等在作家笔尖的自然流露，因此这种书写不仅能够使读者感受到边疆的广袤，而且能够生发一种自然情怀，其中包括对原始神话的感受。红柯在小说中不厌其烦地描绘边疆的风土，在一种苍凉与荒芜的情境塑造中呼唤生命的本真形态，这是对原始人类在生命诞生之初的自然想象的复原，自然中的风起云涌与万物的神奇激发了人类的想象，这完整地反映在了人类的早期神话之中。在现代情境中，红柯通过叙事还原了神话创生时人类的情感状态，对神话世界的感知与原始情感的认同，成为读者心灵的一部分，并进而影响了他们的心理架构与情感表现方式。在这种心理背景下，读者非但不会对红柯的超现实世界感到诧异，反而会主动迎合、接受，乃至进入这一个神奇世界。由此，超现实边疆成为红柯与读者心灵的连接通道，在这种视角中，边疆不再只是一个地域的名词，而是成为一个拥有神话特质的，并推动人类伟大心灵构建的神圣地域。

在广袤边疆行走十年的经历，不仅扩大了红柯的视野，改变了他对世间万物的基本认知，而且影响了其小说创作的整体面目。红柯笔下的故事大多发生在"大地"上，而非"土地"上。在他看来，"土地良田都是熟土，土地上的人都是熟土社会，大地却有许多陌生的生命，城市更是如此。楼兰的意思就是城市，丝绸之路上的繁华城市，人来人往。楼兰消失了。大漠里的胡杨树梭梭树红柳永远不会消失"①。当红柯站在关中土地上回望边疆大地，他看到的是金色的阿尔泰，是青纯色的大海——青海湖，是滚烫的沙漠，是奔流不息的大河，这些大地上的神圣之物与关中的"土地"文化生态迥然有别，也影响了红柯对于表现对象的选择。红柯在作品中不遗余力地描绘边疆大地的多元与神奇，从而为故事的展开提供了一个具有自然与神话韵味的外在环境。

《西去的骑手》的叙事重点虽然是历史人物马仲英，但红柯并未从历史视角述说人物的成长史，而是着重塑造马仲英这样一个"尕司令"的气质性情与边疆瑰奇、神秘气质的契合。从北疆到南疆，从迪化（乌鲁木齐）到库车，马仲英的生命之光在边疆大地上尽情迸发，而围绕他呈现的死而复生神话则成为小说神话叙事的主要内容。像马仲英这样的生命诞生于边疆大地上的青纯色的大海，与此类似的还有《大河》中额尔齐斯河流淌的广阔地域，《乌尔禾》中海力布生活的广阔草原，以及《生命树》与《太阳深处的火焰》中生长着胡杨树、红柳的边疆大地等，正是这些广袤的大地为这些充满活力的生命的生长提供了根本前提。

①　红柯. 太阳深处的火焰·后记[M]. 北京：北京十月文艺出版社，2017：474.

边疆大地不仅具有宏阔、广博等外在特征，它还成为边疆生命的根本源头，并为这些生命提供了重要场域。在这片大地上，不仅有像胡杨树、红柳这样的生命树，而且诞生了像玛纳斯、海力布这样的传奇英雄，不管是人与物，皆被赋予了浓厚的神圣属性。正是在这片土地上，红柯将这些传奇英雄与神话自然物象统括进叙事的逻辑之中，构造了诸多当代神话故事。《西去的骑手》中的青海湖既埋葬了英雄们的尸骨，又催生了马仲英的死而复生神话；《大河》中代表智慧老人原型的白熊，促成了传奇英雄托海与女兵之间的结合；《乌尔禾》中的刘大壮成为蒙古族口中神话英雄海力布的化身，他与草原石人像之间发生了传奇故事；《生命树》则重述了女天神创造世界，并指派乌龟、公牛支撑世界的神话。另外，《复活的玛纳斯》中以团长的治乱与开垦映射的当代玛纳斯神话，《太阳深处的火焰》中以皮影映照太阳神话的书写等，均是边疆神话当代性的证明。发生在辽阔边疆里的，且被红柯予以艺术化呈现的边疆神话，是边疆文化多元性的证明，这些神话构筑出边疆自然生态与人类社会深度融合的文化属性，同时也哺育了人们的精神世界构成。

红柯以"绝域之大美"形容边疆，在这片大地上，"湖泊与戈壁、玫瑰与戈壁、葡萄园与戈壁、家园与戈壁、青草绿树与戈壁近在咫尺，地狱与天堂相连，没有任何过渡，上帝就这样把它们硬接在一起。在这样的环境里产生着人间罕见的浪漫情怀"①。在边疆的自然景观与人文风景中，不仅有玫瑰与葡萄园，也有戈壁与沙漠，二者虽然在外在形象上有着鲜明的对比，但它们的柔和或酷烈却正是边疆的底色。戈壁的尽头是家园，家园里有美丽的风景，这种构成颇类似于人类发展初期阶段的景象。尽管被恶劣环境包围，但人类仍选择辛勤耕耘，努力创建自己的家园，在他们眼里，自然不是可怖的敌人，反而是孕育与扶植生命的神圣场所，因此是被大家敬畏的对象。红柯如此不遗余力地描绘人们在边疆大地上居住的地窝子，热情地讴歌人与自然之间的契合关系，其实都

---

① 红柯．西去的骑手[M]．上海：上海文艺出版社，2013：2.

是神话存在对于作家影响的结果。红柯的神话叙事为读者提供了一种回望视角，引导人们去回味在边疆诞生的多元神话，这能够使人们在现实生活之外，感受到一个超现实的、充溢着奇异生命力的边疆。重拾人类曾经创造与讲述的神话，重新塑造人们对于神话的敬畏之心，重新获得自然生命的热力，这应是红柯边疆神话叙事的初衷。

(二) 边疆生命的原型创造与神圣特质

在广大边地存在的生命形式不仅与中心地域存在一定的差别，而且对这些生命形式的塑造往往承载着作家的美学理想。如果说现代文学时期沈从文的《边城》塑造了具有灵性气质的边地生命，那么红柯的边地书写则为生命铺染上了一层粗犷豪放的色调。由大漠、草原、戈壁、群山等构成的边疆图景，孕育了无数的生命，而在这些生命类型中，不管是史诗中英雄的现代化身，还是承载着丰富生命信息的自然神话原型，同样具有强烈的神圣属性。红柯对这些生命原型的叙事表达，主要是突出它们的生命源头意义，因此在具体叙事中便产生了神话中的创世意味。这些原型不仅再现了生命形态的诞生及其演进轨迹，而且将它们强大的生命能量输入其他生命形态，从而使边疆在生命能量的勃发与生命形态的转化中，获得一种永恒的生命承载意义。

红柯对生命原型的神话叙事表现，大体上分为两种情况：第一，神话或传说中英雄原型的现代转化，他们不仅在生理层面具有超出凡人的膂力，而且具有强大的精神力量，他们的行为与精神状态形成对他人的深刻影响；第二，以自然物象形态呈现的自然生命原型，它们被生活在边疆的人们视作情感寄托的对象，而人们的精神世界也往往由对它们的观照中获得升华，从而具有了更为神圣的意义。

"尕司令"马仲英是红柯早期创作中的重要形象，作家在小说中赋予了马仲英极其强劲的生命能量。他年仅十七岁就成为一支武装力量的头领，在与冯玉祥、吉鸿昌、盛世才乃至苏联军队的对抗中，展现出超凡的智慧，而他在战争中的屡次死而复生，更被人们视为一种生命的奇迹。小说中的马仲英虽然不知所终，但他的语言成为沙漠中大海的声音，并为骑手们赋予了不屈的灵魂，使他们即使面对坦克的碾压，仍然选择冲杀，去捍卫他们的光荣。马仲英这样一个神化的英雄，成为骑手们继续抗争的精神依托。《乌尔禾》中的陕西人刘大壮则与海力布有着天然的联系。他虽然外形粗犷，但却有着至真至纯的心灵。作为一名军人，一位随军护士的美好形象始终萦绕在他的脑海之中，这使他虽然一直单身，但心灵却是充实的，护士的形象也被他转移到草原上的石人像中，成为其生命的动力。作为一个牧人，刘大壮又与天地万物形成了灵魂上的交流，他懂得兽语，发自内心地热爱边疆大地上的生命。当草原暴风来临之时，刘大壮就像神话中的海力布一样，耗尽全力为牧民们传达灾难的讯息，但最终因为疲累永远地倒在了边疆大地上。作为一位现代英雄，刘大壮在对海力布牺牲命运的复原中升华了生命的意义。《复活的玛纳斯》中的团长也是现代英雄的一员。他膂力强劲，凭借强大的力量与精神震慑力使中国边界重回安定，因此被称为玛纳斯的化身。但与远古时代玛纳斯的四处征战不同，现代的玛纳斯不再选择战斗，而是从建设的视野出发，以对土地的开垦拓展了英雄存在的新形式。红柯将团长对土地的开垦视作男女的交合："那柄铮亮的坎土镘不像是农具，倒像是男人身上猛然勃起的一个巨大无比的器官，一下子就扎进了惊慌不安的处女地，扎得那么深，还在延伸，毫不犹豫地伸下去……"[1]这种象征意味明显的叙事方式，是对神话时代人们将自然生命创造与人类行为结合这一观念的模仿，因此丰富了神话英雄的表现形式。

马仲英、海力布、团长等，构成红柯笔下的英雄形象序列，他们做出的伟大功绩，以及为人们做出的牺牲，使得他们在人们心中具有了浓厚的神圣性，大众也自愿地跟随在他们身边，因此形成了一种独特的聚拢效应。骑手们对马仲英的追随，牧民们对海力布的尊重与崇拜，以及玛纳斯奇对团长功绩的传唱，都说明英雄形象具有的巨大影响力，他们与生命树等自然原型一道，成为边疆神话的重要象征。

在边疆大地上流淌的河流、生长的树木、漫游的生物，在红柯看来

---

[1]　红柯. 复活的玛纳斯[M]. 桂林：漓江出版社，2016：37.

都是边疆强大生命孕育能力的象征。《大河》中的额尔齐斯河是哺育生命的来源，它从金色的阿尔泰山上奔流而下，象征着边疆大地上的强悍生命力。在这片大河流淌的土地上，流传着熊之子艾里·库尔班的神话，河、熊、人等形象成为红柯展开神话叙事的重要借助，诸形象之间也发生了神秘的关联。白熊沿着大河从北冰洋漂流而下，它与母棕熊的结合开启了这片大地上的新生命历程，而作为智慧老人的化身，它又促成了猎人托海与女兵之间的神奇结合。白熊作为重要的神话原型，不仅以其自然本性成为力与美的象征，而且介入人类的现实生活，以自己的智慧引导人类进入一种理想境界。

生命树是红柯塑造的另一种生命原型。在红柯的神话视阈中，生命树成为边疆大地上具有普遍意义的生命形式。准噶尔大地上的厄鲁特蒙古人、哈萨克人、维吾尔人，乃至西北黄土高原上剪纸艺术中的生命树原型，皆证明了"先秦那个大时代，也就是《穆天子传》与《山海经》的世界，西域与中原是一体化的，共同的想象力直达宇宙的本源"①。在人们的神话认知普遍匮乏的当下，红柯将生命树这一神话原型进行叙事再现显然颇有深意，他显然是想通过这种集中的叙事表达，使人们重拾宝贵的神话记忆，并从中体味浓厚的生命意味。在《生命树》中，主人公胡杨成为生命树的化身，这来源于女天神的创世神话，在这则神话中，女天神在创造世界之后，指派公牛与乌龟支撑这个世界，而生命树正是在这一过程中诞生的。生命树不仅存在于神话中，也真正重现在了人类世界里，它在王星火的讲述与期待中重新矗立在边疆大地上，并与主人公马燕红、李爱琴的命运结合起来。在《太阳深处的火焰》中，生命树则以红柳的形式呈现，它成为女主人公吴丽梅的精神象征。吴丽梅本可以留在更为繁华的城市，但她仍选择回到大漠，选择与天地万物融为一体，其实这正是一种民胞物与情怀的展示，也更符合边疆大地的特质。她从边疆的出走与回归，其实是边疆生命系统的一种循环，在徐济云的心中，吴丽梅不再是一个女性，而是与红柳融合，成为边疆大地上的生

---

① 红柯. 生命树[M]. 北京：北京十月文艺出版社，2010：382.

命女神，并迸射出神圣的光芒。

(三) 边疆大地上的神性张扬

神话叙事的深化离不开对现实的深入揭示，而这往往与人性的表现息息相关，红柯面向边疆的神话叙事，也呈现了人性的丰富性及其向神性的转化过程。就如红柯所说："抒写人性的目的是探索人性的顶点，即神性，没有人性内在的光芒，地球就是一堆垃圾。"[①]在早期创作中，红柯即在思考人如何能够实现自我灵魂的升华，这种思考不仅体现在他对"土地"与"大地"的辨析之中，也存在于他对边疆神话的持续发现过程之中。在红柯看来，人要学会选择自己的生活，而且要选择那种符合人性，且能促进人性自由发展的生活，而中国的边疆正提供了这种生活的可能。在作家的观念中，"不管新疆这个名称的原初意义是什么，对我而言，新疆就是生命的彼岸世界，就是新大陆，代表着一种极其人性化的诗意的生活方式。"[②]那种符合自然人性的诗意化的生活方式，是边疆神话对现代人的馈赠，而通过神话讲述及其对人物命运影响的表现，红柯也具体揭示了人性的转化过程。

红柯在小说中刻画了性格鲜明、有着独特气质的不同性别的人物。就男性来说，作家着力塑造了一批具有英雄气质的人物，如马仲英、老金、刘大壮、团长等。这些人物凭借神奇的膂力与智慧参与了社会的改造，因此与一般人相比，他们显然达到了更高的阶段。但他们达到神性的高度，则是通过从精神层面对普通大众产生影响而完成的。红柯在小说中细致地展现了这种影响的过程。在"西去的骑手"马仲英死后，他的"黑虎吸冯军"仍在顽强作战，在他们心中，马仲英赋予了他们以神奇的力量，所以他们才会不畏惧苏联装甲师的先进武器，而是——"数千把马刀举起来，旷野白煞煞仿佛天神降下的阵阵闪电。听！你听呀！

---

① 红柯. 生命树[M]. 北京：北京十月文艺出版社，2010：383.
② 红柯. 西去的骑手[M]. 上海：上海文艺出版社，2013：2.

尕司令用他的声音重新唤起骑手们的强悍与光荣"①。老金、刘大壮、团长等则是通过土地的开垦与社会的建设而开启生命的意义，虽然形式不同，但在对大众的精神感染方面则是一致的。在老金孩子们的眼中，他成了一棵树，并具有了与森林之神——白熊一样的神圣意义。刘大壮则以自己的牺牲成了真正的海力布，他与团长一样，到达了生命存在的纯真之境，成为人之神性张扬的象征。

红柯笔下的女性形象，如马仲英的妻子、《大河》中的女兵、《乌尔禾》中的燕子、《生命树》中的马燕红、《太阳深处的火焰》中的吴丽梅等，则与读者印象中的女性形象存在较大的区别。这些生活在边疆大地上的女性，有着强悍的力量、坚韧而自由的意志，她们不遵从世俗的观念，自由地选择自己的人生之路，并毅然地为自己的选择做出牺牲。她们的形象与《生命树》中的女天神形象实现了重合。在女天神的庇护下，她们的精神境界达到了神性的高度，并与男性一同构成边疆大地上的神话人物系统，这些人物在丰富人们精神信仰的同时，也为人们划定了更具有价值与意义的生活目标。

人的基本人性与所能达到的神性境界，二者之间的关系是辩证的。红柯在小说中探讨的其实是人类在普遍生活意义上神性实现的可能，它与神话叙事的神圣表现相辅相成。在边疆大地上，超现实的存在与生活在边疆的人们的心理真实相对应，这些现象虽然不能说是真实的，但却真切地进入人们的内心世界中，影响着人们对世界的认识。这是人们能够抵达神性的重要前提，在一种神话情境的确立与扩展中，某种神圣事物之神圣性的凸显，便会推动大众心灵神性转化的发生。马仲英的生命是一个神奇的存在，他屡次的死而复生在人们的口耳相传中成为一个真实事件，这极大地影响了人们的心理认同与神圣性趋向。同样的例证可见诸海力布神话、生命树神话、太阳神话等。因此，在这种神话与现实的交相呼应中，"神话才为人们所相信，所坚信，所信仰，人们不会相信或信仰那些想象的和虚构的东西，离开了真实性和超验真实性——神

① 红柯.西去的骑手[M].上海：上海文艺出版社，2013：238.

141

圣性，神话也就不成其为神话了"①。也就是说，边疆大地上生活的人们对神话的认知，不再是只把它们当作虚无缥缈的故事，而是视作参与日常生活的普遍之物，这些事物能够使他们到达精神与心灵的澄明之境。在对英雄们事迹的传唱中，在对由群山、大河等构成的广阔神话天地的感受中，人们实现了对人类道德与伦理的深刻认识，从而达到神性的认知高度。

十年的边疆生活对红柯具有极大的影响，这使他即使身处黄土漫天的关中，也时常回望那片给予他神话想象与精神滋养的大地。西去的骑手、复活的玛纳斯，大河、乌尔禾、生命树、金色的阿尔泰，边疆大地上的人与物，都以神话的形式构成红柯的生命体验。神话叙事不仅使红柯重温了边疆的宏大世界，而且帮助他重述了边疆的历史。历史的身影早已远去，但边疆的人们仍然生活在现实的大地上，不管是刘大壮那样为了别人甘愿付出生命而成为神话中的英雄海力布，还是像吴丽梅那样将生命寄托在边疆而成为矗立在人们心中的生命树，这些生活在现实中的神话人物皆是边疆神话的馈赠，也成为人们心中美好、勇敢的精神向标。

第二节　少数民族神话的当代呈现

在当代作家小说神话叙事的表现对象中，少数民族地区的神话有着可供开掘的多元内容。少数民族地区的神话内容非常丰富，它既包括少数民族的特殊信仰形式（如图腾崇拜），也包括围绕这一信仰而展开的一系列仪式活动（如萨满巫术仪式），因此作家往往把神话与仪式的交织形态作为神话叙事的重要表现内容。中国作家对于历史讲述的兴趣，又使得他们的神话叙事往往发生在中国近现代历史流变中，作家借此考

---

① 吕微．神话何为——神圣叙事的传承与阐释［M］．北京：社会科学文献出版社，2001：427．

察少数民族的神话认知在历史进程中的嬗变。历史视角的切入，使作家笔下的神话叙事具有了更多现实性色彩，它既还原了少数民族的日常生活样态，而且展示了少数民族生活中的神话话语与现代性话语的遭遇，这是"密索斯"与"逻各斯"两种思维与表达方式在新的历史情境中的对话。当代作家不仅在叙事中还原了少数民族生活的文化场域中神话存在的普遍性，而且也真实反映了少数民族在现代化进程中的现实遭遇与情感嬗变。另外，作家们在叙事表现内容的选择层面也有差异。迟子建、方棋与刘庆等作家主要将某特定民族作为表现对象，而像范稳等作家，则将视野转向民族交界地带，在不同民族文化特性的共时呈现中，探讨神话存在的多样性及其交流、嬗变的过程。

一、原始信仰的现代遭遇：以《额尔古纳河右岸》等为例

在少数民族题材的小说神话叙事中，存在一种较为普遍的创作倾向，即以实录的笔法描绘少数民族的信仰形态与仪式行为。迟子建的《额尔古纳河右岸》、方棋的《最后的巫歌》、刘庆的《唇典》等当代创作，分别以鄂温克族、土家族与满族的信仰与仪式为表现对象，系统地描述少数民族不同的神话观念与行为实践。鄂温克族与满族的萨满信仰、土家族的梯玛信仰，都是巫术思维的具体呈现。在一定意义上，巫术是人类原始思维的一种呈现形式，而且往往与神话发生关联，因为神话赋予人类的正是神灵想象与感受超验的能力。在传统神话中，神灵最初多以自然神的形态出现(比如日月之神或以动植物形态呈现的图腾)，随着人类社群文化的发展，以及神话交流的影响，人类的祖先被赋予了更强大的神性，并进入神话讲述系统，成为信仰的对象，这在巫术中得到了一定的反应。少数民族地区保留了巫术更为原始性的特征，巫术活动不仅需要萨满或梯玛来主持，而且他们往往以唱神歌、舞蹈甚至自我戕害等方式实现与神灵的沟通，以此达成祈愿者的目的。也就是说，少数民族地区存在的巫术活动串联起了神话与现实，充实着人们的神灵信仰，引导着人们的现实行为与伦理规范，这均反映在了当代作家的神话

叙事中。总的来说，以《额尔古纳河右岸》等为代表的神话叙事作品，在原始信仰的叙事表现、巫术仪式的现实实践，以及神话与仪式在现代化进程中的嬗变等多个方面，展开了对少数民族独特文化特征的描绘。

（一）原始信仰的叙事表现

每一个民族的神话讲述，都涉及民族的起源问题，神话叙事者也多用严肃的语言去突出这种起源的神圣性质的。人类的起源神话是神话讲述的典型主题，它塑造了人类早期的神话观念，这在中国的少数民族地区较为普遍。迟子建等作家不仅表现了少数民族神话信仰的源起，而且也展现了这一信仰源起、发展、高潮乃至消歇的过程，这一过程的演化同时承担了小说叙事结构的作用，因此在当代作家神话叙事的整体叙事中具有独特性。

《额尔古纳河右岸》以清晨、正午、黄昏、半个月亮等为章目，象征鄂温克族对于神话的观念转变过程；《唇典》则分"铃鼓之路"与"失灵时代"上下两部分，信仰兴衰过程通过文本结构得以呈现；《最后的巫歌》亦遵循同样的思路，作家通过对梯玛家族与土家族民信仰发展轨迹的描绘，从侧面展现了家族的兴衰。可以看出，上述神话叙事结构将人事与自然的运行规律相类比，以此展现人类社会发展的自然特性。弗莱在《批评的解剖》一书中提到了这种"周而复始的循环的神话的或抽象的结构原理"，并认为其意义"在于把个体生命由生到死的持续过程进一步扩展为由其死亡再到复生"。① 也就是说，神灵信仰的暂时消歇并不意味它从此绝迹，而是以另一种形式继续延续下去。《额尔古纳河右岸》的结尾，叙述者"我"和部落中愚痴的孩子安草儿，以及一只叫木库莲的驯鹿，仍然生活在希楞柱周围，守护着鄂温克族的玛鲁神；《最后的巫歌》中久经磨难的黎氏家族最终迎来了新的生命，白虎家族的族群生命与信仰得到了延续，他们告别了过去，开启了新的生命历程；《唇

---

① ［加］诺思洛普·弗莱. 批评的解剖［M］. 陈慧，袁宪军，吴伟仁，译. 天津：百花文艺出版社，2006：127.

典》中萨满李良的死而复生，则证明了萨满信仰的顽强生命力，这深刻感染了信仰的坚守者。生命逝去与重生的循环总是让人产生新的希望，就如《额尔古纳河右岸》的结尾所写的，"它又回到了初始的和谐与安恬，应该是一首满怀憧憬的小夜曲，或者是弥散着钟声的安魂曲"①。作家以一种温暖的、饱含深情的语调，描绘少数民族在过往的历史中曾经秉持的早期信仰，虽然它在现代化进程中受到了诸多挑战，信仰的形式也出现了诸多变化，但这并不妨碍它对少数民族日常生活实践产生的深刻影响。人的精神信仰是一种复杂的构成，当代作家描绘了信仰的变迁过程，也突出了信仰中的核心内质对人类产生的影响。

少数民族的生产生活往往是在自然境况中发生的，鄂温克族等少数民族一直延续着最为传统的生存方式，在一种类似于前现代的生存环境中，他们坚守着自祖先遗留下来的信仰与仪式实践。这一信仰体系是完整的、丰富的，承载着人类生活的诸多细节，是人类信仰初期形态的生动呈现。

《额尔古纳河右岸》中鄂温克人居住的地方叫作希楞柱，又称"仙人柱"；他们崇拜熊，因此在猎熊的时候要发出"呀呀呀"的类似乌鸦叫的声音，使熊的灵魂误认为是乌鸦在吃它的肉；他们崇拜山神"白那查"，那是一个慈眉善目的长着白胡子的老人；驯鹿在生存与信仰两方面成为鄂温克人的重要借助，一些白色驯鹿会变成"玛鲁王"，驮载着他们的玛鲁神，走向迁移之路；他们也崇拜火，"火中有神，所以我们不能往里面吐痰、洒水，不能朝里面扔那些不干净的东西"②。一种自然形态的神话信仰早已成为鄂温克人日常生活实践的一部分，二者紧密相关，不能分离。《最后的巫歌》中的土家族民信仰白虎神，白虎是蒙易神婆之子廪君死后所化，并被皇帝册封为白帝天王，从而成为被民间与主流话语承认的神话意象。由这一神话意象衍生出的白帝天王面具，则成为

---

① 迟子建. 额尔古纳河右岸·跋 [M]. 北京：北京十月文艺出版社，2017：260.

② 迟子建. 额尔古纳河右岸 [M]. 北京：北京十月文艺出版社，2017：29.

夏梯玛的巫术仪式最重要的仪式道具，它保证了土家族民生存与繁衍的顺利。《唇典》则以满族神话《天宫大战》开篇，主人公李良萨满讲述了万神之主阿布卡赫特创造世界的故事，除了创世之神，"世界上还有雾神、霜神、雪神、山神、树神和动物神，动物神里面有老虎神、熊神、鹰神和白鹿额娘，多得数不清个数。除了这些自然的神祇，神的谱系中还有我们的祖先神"①。在少数民族的文化视阈中，神祇的形象序列是庞杂、丰富的，他们在一定程素上甚至构成了人们生存与生活的主体。

上述作品皆生动阐释了一些少数民族思维表现与世界认知方式的特殊性，他们往往秉持一种自然形式的信仰观念，把自然万物当作有灵魂的存在，自然界的诸神与民族的祖先共同组成信仰系统，并指导着他们的日常生活与现实生存。这种信仰形态的诞生，源自人类处身于自然环境中的生存危机，出于生命维护的目的，人类需要在自然界中寻找心理慰藉的对象，在这一前提下，自然界中的许多动植物便成为人类信仰的"图腾"。列维-斯特劳斯认为："动物界和植物界并不是因为它们确实存在而得到利用的，而是因为它们可以提供一种思维模式。"②也就是说，动植物的广泛存在启发了人类感受自然、塑造神祇的思维方式，也影响了人类的历史讲述方式，祖先被赋予了神格，具有了更为明晰的起源意义，也更为深入地指导了人们植根于神话的仪式行为。

(二) 巫术仪式的现实实践

与少数民族的图腾信仰与神话观念相关，仪式行为也成为他们表达特殊思维观念的重要方式。在萨满、梯玛等仪式主体的引导下，仪式成为人们深入神话认知、生发敬畏心理，乃至联系族民感情的重要借助，而不同民族的仪式实践，也在普遍性的基础上呈现出各自的特殊性。从人类学角度来说，小说中呈现的诸多仪式，不仅具有人类学特有的记录

①　刘庆. 唇典[M]. 北京：作家出版社，2017：159.
②　[法]列维-斯特劳斯. 图腾制度[M]. 渠东，译. 上海：上海人民出版社，2005：17-18.

作用，而且成为小说叙事重要的借助对象。学者马硕将文本中呈现的仪式称作"仪式素"，在她看来，"在谈到小说的仪式叙事时，首先关注到的是仪式素的叙事，这首先是因为有关婚礼、葬礼、巫术、民俗的仪式描写在小说中显而易见；其次是因为仪式素在文本中承担了多种叙事功能，并且对小说叙事的逻辑推演有重要的作用；最后，仪式素遍布在文本之中，对反映小说的文化背景、历史环境等有着不可忽视的意义"①。因此借助仪式实践的叙事表现，能够再现神话与仪式之间的深刻关联，同时展现仪式实践在神话传承过程中所发挥的重要作用。

首先，作为仪式的发起者与仪式进程的控制者，萨满或梯玛都是具有浓厚神性的人物，他们不仅具有通灵的能力，而且也是族民日常生活中智慧的象征，因此由其举行的仪式往往能够得到族民发自心底的认同；其次，从仪式的具体呈现层面来看，小说不仅仔细描绘了巫术仪式的准备程序（包括出于什么目的举行仪式、仪式主体的仔细准备、仪式参与者的召集活动，包括萨满或梯玛的独特装饰等），而且刻画了萨满或梯玛举行萨满仪式时的"出神"状态，他们在对舞蹈、神歌、神咒等的多种仪式实践中呈现出一种精神的迷狂状态，并借此实现与神灵的交流，传达民众的现实诉求；最后，仪式实践总是发生在族民生存的艰难时刻。《额尔古纳河右岸》中的妮浩萨满为了救助族民的生命，将灾祸转移到自己的子女身上；《唇典》中的李良萨满通过仪式召唤满斗的灵魂，从而为族民带来生的希望；《最后的巫歌》中的夏梯玛不仅通过仪式为族民祈雨，而且以占卜的形式预测族民的迁徙之路，从而保证族群生命的延续。总之，仪式实践不仅是少数民族日常生活的一部分，而且与整个族群的命运息息相关。萨满或梯玛的神性特质及其在仪式实践中与神灵沟通的特殊能力，使得他们不仅成为族群生命力的象征，而且从伦理道德层面也对族民起着重要的教化作用。

学者李泽厚在总结"巫"之特质时，将作为一种信仰的"巫"与礼仪结合在一起，总结出巫术礼仪的主要特征，即强烈的现实目的性、过程

---

① 马硕．新时期小说仪式叙事研究［D］．兰州：兰州大学．2018.

的复杂性与专业性、人的主动性及情感因素的必要性，并在此基础上将巫术礼仪与宗教区别开来。他认为，"'巫'的特征是动态、激情、人本和人神不分的'一个世界'。相比较来说，宗教则属于更为静态、理性、主客分明、神人分离的'两个世界'"①。事实上，在少数民族的群体生活中，萨满或梯玛并非宗教偶像，他们也要为自己的生存奔波，也要娶妻生子、孕育生命，也会面临生活中的痛苦与忧伤，因此也是普普通通的人。但萨满或梯玛的特殊身份，又使得他们在族群发生危机之时挺身而出，在巫术仪式中履行自己的使命，因此他们更像是少数民族日常生活中的重要精神符号。在代际演进的神话言说与仪式传承中，这一精神符号的意义会越发显著。

作家们对于巫术仪式的书写与人类学家的田野调查不同，他们没有以实录的笔法展现繁琐的仪式过程，而是从艺术的视角出发提炼仪式中适于叙事表达与主题表现的内容。也就是说，作家视阈中的巫术仪式，不再只是少数民族文化特质的承载物，而是被赋予了浓厚的主体意识，作家把巫术仪式当作小说神话叙事的重要中介，通过它串联起神话与现实，并有侧重地表达了人物的情感世界，仪式在这一层面突破了人类社会行为的限制，而是成为一种小说叙事方法。

三部小说中的巫术仪式表现贯穿始终，但在整体上又呈现出逐渐式微的态势。《额尔古纳河右岸》重点表现的是萨满跳神仪式，这一仪式从尼都萨满延续到了妮浩萨满，随着族民的生存受到越来越多的威胁，仪式的举行越发频密。萨满不仅要通过仪式使日本人的马起死回生，还要帮助侵入原始山林的其他民族的人恢复生命，萨满不仅要把别人的灾难转移到自己的亲人身上，而且在不断的跳神与神歌唱诵中，他们的生命能量也被消耗殆尽。在小说结尾，当鄂温克人遭遇旱灾，妮浩萨满最后一次祈雨跳神，她唱了一只充满忧伤的神歌："额尔古纳河啊，你流到银河去吧，干旱的人间……"这次仪式直接导致了妮浩萨满的死亡，

---

① 李泽厚. 由巫到礼 释礼归仁[M]. 北京：生活·读书·新知三联书店，2015：13.

也预示着一个民族对曾经神话时代的告别。《最后的巫歌》中土家族的巫术仪式由梯玛来施行，而且梯玛神职父子沿袭的传承制度，也能够保证巫术仪式的世代流传。在族民的迁徙过程中，梯玛的巫术仪式成为他们精神力量的最重要支撑。夏七发不仅把仪式的基本规则与流程教给儿子，还要还启发他作为一位梯玛应具有的道德意识与责任感，正因为如此，当夏良现利用法术报复别人时，这触及了夏七发的底线，夏良现的梯玛身份被果断废除。随着社会运动越发频密，"最后一个梯玛"夏良现也不得不唱起了《大海航行靠舵手》，巫术仪式的神秘意味被消解殆尽。如果说上述文本中的巫术仪式还有延续的可能，那么《唇典》中的李良萨满则被安排了没有子嗣的命运。主人公满斗虽然与李良感情笃厚，而且因为能看到鬼魂而具备了成为萨满的潜质，但却在一次次的社会变动中失去了与李良的心理联结，因此最终没能成为萨满。就像小说章节"失灵时代"所说，在一个神灵信仰缺失的时代，仪式也难以再获得存在的普遍性，更不用说像萨满这样的仪式主导者。作为少数民族神话信仰实践的巫术仪式，作家们重点突出了它们与神话之间的关联，并细致描绘了仪式在现代性侵入过程中其形式与内涵层面的嬗变。神话信仰与巫术仪式变迁的命运，也从一个侧面反映出少数族群的现代化遭遇，以及其思维与信仰在异质成分介入之后的深刻变革。

(三)神话与仪式在现代化进程中的嬗变

在漫长的历史演进中，神话信仰与仪式实践成为少数民族生活的重要构成，并内化在他们的文化心理结构之中，他们在神话与仪式中重温祖先的历史，并为当下的现实生活寻找精神力量。然而，当现代性成分不断地进入少数民族的生活领地，这引起了他们生存方式与精神生活的重大变化，这种变化导致了少数民族神话与仪式的逐渐衰微。在这一过程中，神话与仪式的神圣意味不断被消解，这影响了族民既有的心理世界与信仰形态，并使他们做出了不同的人生选择。

迟子建等作家笔下的"自然"，具有浓厚的象征意味，它不仅为神话的诞生提供了最丰厚的滋养，而且与神话紧密相关的仪式也是在自然环境中发生的。自然哺育了人类的想象能力，自然界中广泛存在的多元生命形态与生命循环现象，影响了人类最初的信仰形式，就如阿姆斯特朗所说："树木、石头和天体本身并不值得敬拜，但却因为它们所显现出来的某种隐形力量而受到敬拜。"①正因为存在上述客观情况，才有了《额尔古纳河右岸》中鄂温克人对熊、山神白那查、火的信仰，以及由此衍生出的风葬仪式与萨满的跳神仪式；《最后的巫歌》中的白虎神信仰，以及夏七发梯玛通过"神秘的力量"以及老巴子(老虎)的现身而对新的迁徙地点的确认；《唇典》中由万神之主、光明女神、地母、星神、雾神、山神、树神等构成的神话谱系，也是从自然世界中衍生而来，巫术仪式在这里承担了重要的解释功能，而且将神秘的自然力量予以具象化。

当代作家立足于少数民族生活的神话叙事创作，不仅突出了少数民族的生存与自然界之间的密切关系，而且也凸显了在现代化进程中少数民族视阈下的自然世界崩塌与神秘力量消散的过程，与之相伴随的便是神话与仪式的衰微。在经历了日本侵略、社会运动冲击之后，越来越多的鄂温克人选择离开山林，这最终变成了人们的一种主动行为，神话在这一过程中逐渐失去了被讲述的场域，与之相关的仪式失去了实践主体；土家族人黎氏家族的后裔黎妈武、黎妈貂选择从山林中出走，并加入风起云涌的革命浪潮之中，但这却导向了他们的悲惨命运，黎妈貂早早战死，黎妈武虽有战功，却在不断发生的运动中消耗着生命力，梯玛夏七发的儿子夏良现同样经历了一个神性被不断消解乃至丧失的过程，他从一个萨满身份逐渐向"阳无常"这一脱离萨满实质内涵的形象转化，即是典型例证；满族萨满李良虽然呈现出死而复生的生命过程，但他的复生却见证了日本人的入侵、瘟疫的爆发与"反动灵魂探测器"的诞生等超越社会运行常轨的诸多事件，这直接导致了萨满的绝迹，以及神灵与人类世界之间交流的断绝，就如书中所说："神灵世界拒绝再和人类

---

①　[英]凯伦·阿姆斯特朗. 神话简史[M]. 胡亚豳，译. 重庆：重庆出版社，2005：19-20.

沟通，心灵的驿路长满荒草，使者无从到达。铃鼓之路喑哑闭合，再也无法指破迷津，无助的灵魂流离失所。"①当人类不再以一颗敬畏之心面对自然，不再选择从自然中获取精神的滋养，那么神话与仪式必然面临绝迹的命运。当神歌不再在山林中响起，当神舞不再在空地上跳起，人们面对的只能是难以预测的未来。

在人类发展的现代化进程中，少数民族的既有生活模式不仅发生了改变，他们遵循的道德与伦理规范也发生了重大变化。少数民族坚守的道德与伦理，来自发展历史中神话与仪式的共同作用，它们经过历代萨满或梯玛的演说与行为阐释，早已内化为人们的心理范式与信条。李泽厚认为，"巫的上天、通神的个体能耐已变为历史使命感和社会责任感的个体情理结构，巫师的神秘已变为'礼-仁'的神圣。这神圣不在所崇拜的对象，而就在自己现实生活的行为活动、情理结构中，这才是要点所在"②。也就是说，神话言说与仪式展演的目的，并非在人群中散布一种偶像崇拜的观念，而是使人们在对神话与仪式神圣性的感受中，树立一种符合伦理规范的行为准则。当鄂温克人纷纷走下山去开始新的生活，"我"却因为听惯了流水一样的鹿铃声，走惯了坑坑洼洼的山路，选择留在希楞柱，因为"我的身体是神灵给予的，我要在山里，把它还给神灵"；当山林之外的世界越发喧嚷，试图引诱满斗走出山林，他仍选择坚守故土，与"李良树""阿玛树""额娘树"相伴；虽然山林被虎族的后人们抛弃，但它也见证了陶九香的坚守、汪正明等革命家的回归，以及黎氏家族后人对山林的重新审视。这片山林是某些少数民族曾经生活过的山林，它在一片云雾缭绕之中串联了过去、现在与未来，作家们虽然表现了山林被疏远的客观情境，却选择了重回山林。作家在对山林历史的回溯中重拾少数民族特有的神话与仪式，并在此基础上审视先民坚守的道德伦理规范。

---

① 刘庆. 唇典[M]. 北京：作家出版社，2017：434.
② 李泽厚. 由巫到礼 释礼归仁[M]. 北京：生活·读书·新知三联书店，2015：103.

迟子建等作家的创作，不仅在一定程度上还原了少数民族的原生态生存方式，而且呈现了其独特的原始思维方式与信仰形态，以及它们在人类文明进程中的嬗变过程。在一种神秘的、充满原始活力的自然环境氛围中，作家们为读者展现了一幅幅浸润生活气息的、带有朴拙味道的画面，重新呈现了一种具有历史意味的生活方式。虽然任何人都难以从现代化大潮中脱身，但这反而促使作家们以艺术审美的视角去发现少数民族生存历史中那些值得人记忆的部分。就像迟子建所说："面对越来越繁华和陌生的世界，曾是这片土地主人的他们，成了现代世界的'边缘人'，成了要接受救济和灵魂拯救的一群。我深深理解他们内心深处的哀愁和孤独。"①在两种理解世界方式的冲突中，迟子建等作家显然更着力于"边缘人"的表现，从中能看出作家们的创作目的，那就是通过对少数民族原生态生存与信仰方式的刻画，反思现代性过程中出现的诸多问题，并试图为现代人的精神世界与现代生活注入原始动力。在"逻各斯"发挥主要作用的现代，"密索斯"仍存在于少为人知的山林角落，存在于少数民族的神话讲述与仪式实践之中，它是对人类感性世界与直观能力的唤醒，帮助人们回味原初世界的丰富与神秘，回归思维世界的本来状态，从而为现实生活提供了另一种方案。

二、范稳"藏地三部曲"中多元民族的神话原型融合

范稳的"藏地三部曲"，由《水乳大地》《悲悯大地》与《大地雅歌》构成，在这一系列作品中，范稳集中展现了多元民族的神话原型融合。在范稳笔下的滇藏交界地带，在卡瓦格博雪山周围，在澜沧江大峡谷中，在藏族、汉族、纳西族乃至外来民族的文化交汇中，在不同思维方式的冲突与交流中，神话的身影始终存在。不管是表现不同民族之间的冲突，还是展现人获得信仰的艰难过程，抑或是讲述一段伟大的爱情故事，都是神话介入人类生存现实的生动呈现。一些研究者将范稳的书写

---

① 迟子建. 额尔古纳河右岸[M]. 北京：北京十月文艺出版社，2017：255.

称作魔幻现实主义的中国变体，但这里的"魔幻"从本质上来看其实是神话的一种具体表现。作为一种叙事的"魔幻"，是作家在创作中重点凸显独特的、带有神秘性质的氛围的结果，而从叙事的层面来说，"魔幻"书写遵循的仍是神话叙事的特征。范稳的神话叙事不仅生动呈现了民族特色明显的神话内容，如藏传佛教的神话、纳西族的万物有灵神话，以及传教士的基督教神话等，而且描绘了这些神话如何渗透进人物的行为之中，比如阿拉西与达波多杰各自寻找"藏三宝"的过程，以及一位藏族老兵与挚爱相隔海峡的爱情等。范稳的神话叙事显然突破了传统神话的范畴，而使神话具有了强烈的地方特性与时代色彩。

（一）神话源起与民族文化的多元构成

在"藏地三部曲"中，范稳选择了滇藏交界地带作为探索神话源起与民族文化之间关联的重要依托。在这块地域中，澜沧江穿行其中，卡瓦格博雪山在这里矗立，风景的壮丽与生存环境的严峻在这里形成了奇妙的融合，并深刻影响了该地域的民族文化特性。虽然滇藏交界地域的民族种类多元，有着不同的文化特性，但这种多样性却是由一种共同的思维方式演变而来。在《水乳大地》中，作家这样说道："险恶的自然环境和严酷的生存条件，使人们与自然的关系顺理成章地成了人与神的关系。面对恶劣的自然条件，人不能控制的东西越多，人就被看不见的神灵控制得越多，更何况还有人和人的因素。"①藏东这块土地是被一位神灵创造出来的，这位神灵创造了天上的世界与大地上的一切。雪山、草场、湖泊、岩石、江河，神灵创造了这个世界的基本架构，在这个世界中生活的各族人们不仅形成了独特的生活方式，而且也对他们的共同记忆——神话进行了改造，并形成了不同的神话讲述系统。

滇藏交界地带的藏族是范稳重点表现的对象。藏族的民族特性与信仰，及其与其他民族文化交流与冲突的过程，得到了作家最细致的表现。藏族在日常的生活实践中，形成了以活佛、喇嘛、寺庙、信众等为

---

① 范稳．水乳大地[M]．北京：北京十月文艺出版社，2011：198．

中心的完整的信仰体系，它包括了神话阐释、信仰者的仪式等多方面内容。藏族内部形成了具有系统性的信仰，这是他们与原始神话之间的关联实现转化的表现，原始神话的诸多细节仍留存于藏民的特殊思维方式与日常生活行为之中，并在一定程度上指导他们的生活。比如卡瓦格博雪山就被藏民视为神性与人性兼具的神山，藏民不仅敬畏神山，也围绕神山展开仪式实践活动；在藏族人的传统观念中，"每个人的灵魂、家族的灵魂，甚至一个民族的灵魂，都和动物界或者植物界的某种生物有关"①，这不仅是格萨尔王利用魂器征服霍尔国的神话在藏民中广泛流传的结果，也是人与自然万物相联结的传统观念在当下的延续。另外，藏族人的火塘边，也是神话与传说发生的地方，当长辈在向孩子讲述神话时，儿童们便获得了原始神话对他们想象的刺激与心灵的滋养，神话也随之获得了传承的空间。因此，藏民从神话中获得的不仅是他们保持至今的思维方式，还有祖先的故事，乃至生存的智慧，这些都是藏族文化特殊性的主要来源。

与藏族不同，澜沧江岸的纳西族在信仰层面保留了更多的原始成分。纳西人敬畏自然，他们不仅认为自然中的一切都有灵魂，而且从中抽绎出一个崇拜的对象——署神。署神支撑起纳西人的心灵世界，引导他们感受自然的神奇力量，而且具有了辨别与区分洁净与污浊、善与恶的重要功能。当人类的贪婪欲望使天空变得污浊，纳西族人就会担心署神发怒，惩罚世人的罪恶。另外，纳西族人也在自然神话的背景中创造了祖先神话。纳西族的东巴经书《人类迁徙记》"不仅是纳西民族的创世纪史书，还讲述了开天辟地之初由于人类兄妹成婚而得罪了天神，导致洪水泛滥"②。这正是对民族祖先来源的神话叙事证明。在神话的讲述之外，纳西族也存在完善的祭祀体系，在祭祀仪式中，祭司以"魂路图"为导引，带领族人回到祖先起源的地方，并从其中获得强大的精神能量。与其他民族相比，纳西族的神话信仰更为朴素，这塑造了他们普

---

① 范稳. 水乳大地[M]. 北京：北京十月文艺出版社，2011：44.
② 范稳. 水乳大地[M]. 北京：北京十月文艺出版社，2011：337.

遍的敬畏心理以及相对温和的民族性格，也成为缓和藏滇边界紧张局势的一支重要力量。当藏东地区发生不同民族的纷争时，纳西族人和阿贵之子神奇地成为六世让迥活佛，这也从侧面印证了纳西族对缓和藏滇边界局势所能发挥的重要作用。

藏滇边界所发生的纷争，其实也是中国在近现代融入世界历史进程的具体呈现。在对藏族、纳西族等民族进行表现的同时，范稳也着重描绘了外来民族及其信仰进入中国的过程，在与中国少数民族文化的交流与冲突中，不同民族的文化特性均得到了呈现。客观来看，不同民族的信仰争锋其实是不同神话的讲述形式在特定地域、时间中的并置，它使读者通过这种并置去探索历史的本真面目，以及神话与历史发生的神奇耦合。《水乳大地》中的杜朗迪、沙利士神父，《大地雅歌》中的杜伯尔神父等，皆是以传教士的身份进入藏东地区，并在民众之中传播基督教神话，他们把基督教的教名赋予少数族民，兴建教堂并形成教堂村。传教士的神话传播与实践行为在一定程度上影响了藏滇边界少数民族的信仰状况，但他们蕴含宗教与政治目的的传教行为，也使得这一地域陷入复杂的权力争夺与利益纠纷之中。当"红汉人"到来，滇藏交界地带融入了另一种更具影响力与统治力的神话话语，这种话语既注重观念的宣传，也发挥了理念的现实改造力量，这极大地改变了该地域的现实景观。藏滇交界的多民族地带，正是在多元神话力量的缠绕之中，成为难以被忽视的历史构成。

（二）神话冲突与部族纷争

藏滇交界地带复杂的民族构成，使该地域一直处于不同文化观念的纷争之中，这也在一定程度上导致了其不稳定状态。不仅不同的信仰群体之间存在观念的冲突，即使在同一群体内部，观念的差异也往往会导致冲突，不同个体之间信仰与行为的差异也成为整体冲突的组成部分。事实上，不同民族的文化冲突只是一种表象，不同族群对神话的差异性理解是冲突的根源，这里的"神话"不仅需要从族群的整体性层面去理解，也要借助个体性视阈进行观照。不同族群对各自文化视阈中神话的坚守，使围绕它产生的战争阴云始终笼罩着藏滇交界地带。

在西方传教士到来之前，藏滇交界处于相对和平的状态。藏民普遍信仰藏传佛教，他们生活在寺庙周围的城镇之中，在对活佛与喇嘛的供养中充实自己的心灵，寺庙、僧舍、民居形成一个稳定的信仰场所。纳西族通过开采盐田保持着相对原始的生存方式，他们简单的生活状态，以及对自然神灵的敬畏，使他们形成了与世无争的性格，并能与藏民和谐相处。西方传教士的到来，则彻底改变了藏滇交界地带既有的和平秩序与信仰形态。他们不仅以西式药品帮助藏民摆脱疾病，并把这些神化为基督的馈赠，而且通过毫无节制地释放枪支与子弹的力量，使藏传佛教的重要信仰群体——土司家族产生极为强烈的权力与财富欲望。在欲望的驱使下，土司家族与纳西族发生了争夺盐田的战争，族民的不断死亡，以及这一地域陷入混乱的现实状况，使活佛发出了"邪恶的盐，让峡谷没有小孩"这样的无奈言语。传教士的传教行为使一些藏民转而信仰基督教，这引发了人们更为强烈的内心震动，也使藏民与传教士之间产生了深刻的矛盾。喇嘛对教堂的围攻，传教士蛊惑军队对寺庙的攻打，成为不同文化族群捍卫各自神话观念的形象呈现。正如《大地雅歌》中顿珠活佛与杜伯尔神父的讨论，杜伯尔神父认为人的地位高于自然，因此应该改造自然、征服自然，藏族人对自然的信仰阻碍了他们的社会进步。顿珠活佛却持相反的观点，他认为"自然的各种力量全都是神圣的，全都是神灵的巧妙安排。敬畏他而不是去征服他，顺从他而不是去改变他，这可以让我们的心达到和大地的统一"①。正是因为这两种迥然有别的神话观念，才影响了信仰实践者的不同行为。西方传教士对于自然的倨傲态度，以及掺杂政治色彩的传教行为，使得他们的神话传播行为成为引发族群战争的导火索。"红汉人"的到来，却以一种更为强大的现代神话话语，形成了对藏滇地域既有神话的统摄。他们不仅通过驱离传教士以保证中国本土信仰的纯粹性，而且通过与少数民族合作的方式使社会秩序重回正轨，但这并不妨碍少数民族坚持他们的信

---

① 范稳. 大地雅歌[M]. 北京：北京十月文艺出版社，2017：190.

仰，因此"红汉人"的社会政治层面的神话得到了藏族、纳西族等多民族的认同。随着一种社会层面神话的展开，藏滇交界地带开始走入一体化进程之中，这也是中国近现代历史进程中的必然结果。

在同一族群内部，个体信仰的差异也往往会引发不同的行为选择，从而影响小说神话叙事的整体走向。以西方传教士为例，他们虽然有着共同的信仰，但在对教义的理解以及传播方面却产生了不同的选择。与其他传教士相比，《水乳大地》中的沙利士是一个独特的存在，他并不想通过暴力形式逼迫他人接受自己的信念，而是以主动学习的姿态，尝试与其他信仰形式进行交流，从而以温和方式传播教义。在这一过程中，藏传佛教中活佛的智慧、纳西族中的东巴象形文经书，使他产生了极大的心灵震撼，这使他最终放下执念，以一颗悲悯之心接受多元信仰的现实，因此沙利士神父成为文本中一个给人以深刻启示的形象。在《悲悯大地》中，信仰冲突有了更为集中的呈现。这种冲突是神灵与魔鬼的交锋，是善恶两种力量在人类心灵中的交战。澜沧江两岸的宁玛派与格鲁派，虽有着共同的信仰，但却在争夺神灵的代言权与争取教众方面斗法弄权，从而使纯粹的信仰掺杂了诸多世俗目的。在一场剧烈的纷争发生之后，西岸都吉家族的洛桑丹增与东岸朗萨家族的达波多杰，均选择了出走寻找"藏三宝"的道路，这种出走不仅摆脱家族危机的无奈选择，而且对于他们来说，这也是追寻纯粹信仰的必然选择。洛桑丹增选择磕长头到西藏，试图到那里寻找解决问题的答案，在他寻找信仰的路途中，他经历了朗萨家族的追杀，经历了弟弟、母亲、妻子等亲人的死亡，身体与心灵经受的双重痛苦，使他最终获得了真正的心灵解脱，寻找到了真正的信仰，而他自己也最终成为一位为藏人祈福的、甘愿奉献与牺牲的神话英雄。达波多杰则从世俗的角度理解"藏三宝"，他将快枪快刀快马收入囊中，以为大功告成，但这却助长了他日益放肆的权力欲望，他带领一些藏民阻挠红汉人对黑头藏民的解放，即象征着俗世欲望对他的侵蚀，而这种选择是注定要被时代抛弃的。洛桑丹增寻找的"佛、法、僧"三宝，与红汉人带来的"翻身、自由、土地"三宝，代表着藏人心灵与肉体的双重解放，也象征着同一信仰群体内部的争端有了一个令人满意的结局。

(三) 神话交流与信仰融通

　　藏滇交界地带不同族群的观念纷争与战争的发生，很大程度上来自于信仰主体对其教义的偏执坚守，这表现为他们认定只有自己守护了最为纯粹的教义，其他人的信仰都是对教义的误解。这种偏见不仅阻碍了不同信仰观念的交流融合，影响了神话的传播，也引发了一场场战争。就像《大地雅歌》中的杜伯尔神父嘲笑顿珠活佛因为没有见过大海而孤陋寡闻一样，顿珠活佛认为，在藏族人的创世神话中，"大地从海洋中诞生，层层叠叠的山峦不过是海洋凝固了的波浪，它孕育万物与生灵，承受人间所有的苦难，是大地上永恒的慈悲"。他也从中提炼出属于藏族人的神话哲学，重要的不是有没有见过大海，而是要"见证海洋与大地的更替，罪孽与慈悲的消长，信仰与信仰的砥砺，以及，神的天堂如何演变成人的世界"①。神话赋予了信仰者以智慧，信仰者对教义的理解也需要从神话的解读中得到深化，神话同时改变了人们认识世界的视角，使他们不以偏执的态度对待世界以及他人。然而，当有信仰的人远离了神话，陷入利益与权力的争夺之中，那么他们便会越来越远地背离信仰的初衷，使所谓教义成为满足欲望的工具。因此，要实现神话的交流与信仰的融通，信仰者需要跨越与其他信仰者的心灵隔阂，并尝试理解他人。要实现这一目的，信仰者既需要通过具体的实践实现对精神世界的升华理解，也需要主动与他人化解信仰层面的隔阂，从而实现心灵的和解。

　　《悲悯大地》中的洛桑丹增，从一个因为战争而破败的家族中出走，远赴西藏找寻真正的信仰。他在充满艰辛的朝拜之路中，逐渐放下了自己的执着之心，从而重新发现了自己的精神世界，这使他顺利寻找到了真正的"藏三宝"，并理解了"英雄"的内涵。"英雄不是某种虚名，而是

---

①　范稳. 大地雅歌[M]. 北京：北京十月文艺出版社，2017：301.

奉献和牺牲。……拯救人的心灵，救度苦难的众生，才是真正的英雄。"①正是基于这种发现，洛桑丹增选择原谅了家族的敌人——达波多杰，并化解了一场达波多杰与红汉人之间可能发生的战争，达波多杰也正是在这一时刻认识到了自己的失败。一个真正的英雄，是可以随时为了拯救他人而献出自己生命的，洛桑丹增不仅深入理解了"英雄"的含义，而且也身体力行地践行英雄的事迹，因此他远远超越了达波多杰对所谓"英雄"的狭隘理解，同时也建构起个体特性鲜明的英雄神话。

与洛桑丹增不同，《水乳大地》中的泽仁达娃与《大地雅歌》中的格桑多吉，则是从曾经的草莽英雄走向了皈依之路。他们或陷身于与其他家族的战争，或是以强盗的身份打家劫舍，但最终均选择放下手中的枪刀，透彻地省察内心，重新寻找已经遗失的信仰。泽仁达娃最终变成了瘦子喇嘛，在苦行中忏悔自己犯下的罪过；格桑多吉被赋予"奥古斯丁"的教名，从此成了一个"全新的人"，这意味着"我要和过去的罪孽一刀两断，我要过一种全新的生活。不是去打劫，而是去爱；不是骑在战马上驰骋，而是跪在教堂里祈祷"②。他们的手上都曾沾满鲜血，因此他们的祷告掺杂着最沉重的忏悔，苦行较于常人也更为严苛，因此他们的自我救赎之路更为艰难，也给人以更深刻的启示。通过深刻忏悔自己的罪过，以及对于纯粹信仰的坚定追寻，他们最终与自己实现了和解，也更为透彻地理解了这个世界，并变成具有至纯至善品性的人。一个由曾经的强盗完成的人性改造神话，证明了神话信仰改造力量的巨大，它能够通过改善人的行为与性情，促使社会走向和谐运行的轨道。

个体精神世界的改善与升华，为实现不同神话信仰之间的融通提供了重要前提，但这毕竟属于个别现象，洛桑丹增、格桑多吉的人生选择与改造之路，其实是以人生境况的极端形式呈现的，因此不具有普遍性意义，也难以被他人复制。更具普遍意义的神话交流，需要不同信仰群体之间的主动接近，而且需要在信仰群体首领的引导下完成，比如天主

---

① 范稳. 悲悯大地[M]. 北京：北京十月文艺出版社，2017：508.
② 范稳. 大地雅歌[M]. 北京：北京十月文艺出版社，2017：150.

教的神父，藏传佛教的活佛等。

与其他传教士一样，沙利士神父起初也存在一种信仰的偏见，他试图通过现代技术甚至暴力形式改变中国少数民族的信仰，但这却引发了更激烈的冲突。这促使沙利士在教义传播与信仰沟通的方法层面做出改变，他主动学习藏语，并用藏语翻译出《圣经》，他也尝试去学习纳西族人的东巴文经文，结果却引发了他浓厚的兴趣，甚至最终成为一位东巴文研究专家。对于其他民族文化的主动接受与理解，推动了不同民族之间的文化交流与人际交往，也在一定程度上推动了基督教神话的传播。如果说沙利士的努力仍是单向的，那么《大地雅歌》中顿珠活佛与杜伯尔神父之间的教义辩论则是一种双向交流，这提供了认识与理解不同观念的机会。通过这种交流方式，顿珠活佛开始思考信仰共存的可能性，这便是尝试站在对方的立场上去考虑问题，发现"基督徒中的佛性，佛教徒中的基督性"。"实际上佛性和基督性，都是有信仰的人心中的一汪幽泉，只是我们更多地去论辩它们的相异，而没有去发现其本质的相同之处。"①正是基于这一共同性立场，神话交流与信仰融通才有实现的可能。

在藏滇交界这样一块有着复杂的社会形态、政治构成乃至多元文化形式的地域，神话发挥着重要的沟通与黏合作用。神话不仅联结着不同民族的信仰，参与了民族文化心理的构建，而且与民族的仪式实践一道，丰富着多元民族的日常生活与精神世界。神话具有极强的包容性，它不仅涵盖了不同类型的神话讲述与不同的神话理念，而且容纳了不同民族的民族性格与文化特质。神话同时是一位旁观者，它见证了秉持不同信仰的民族在观念层面的差异，以及由之引发的民族间的纷争，这是变异后的神话观念所引发的冲突。尽管民族间的文化冲突构成了藏滇交界地域在近现代历史中的重要景观，且极大地影响了该地域的社会秩序，但也是在神话的干预下，族群之间终究能够实现和解。当藏传佛教的活佛与基督教的神父开始坐下来交流，当纳西族人的后裔成为活佛转

① 范稳. 大地雅歌[M]. 北京：北京十月文艺出版社，2017：493.

世，当纳西族人的东巴经文被完整地保存在教堂里，不同的信仰主体终于能够试着去理解信仰的共性，以及实现和谐共处的可能。神话发挥了它独特的心理弥合作用，使不同民族实现了对彼此信仰的理解与认同，进而使藏滇交界地带重新回归安宁与祥和。

第三节　再造神话：科幻叙事的神话品格

科幻与神话之间的交集，或者说科幻在什么程度上可以称为神话，是探讨科幻叙事之神话品格的重要前提。二者在叙事的诸多层面是有差别的，比如叙事发生的时代情境不同（神话在一般意义上是先民想象的产物，科幻则是作家立足于现代情境的创造），叙事根植于不同的心理机制而发生（神话依托的往往是人类的原始思维，科幻则是在人类现代理性的基础上产生），叙事效果亦有差别（神话通过叙事实现了对世界的解释，科幻则充实了现代人对未来的想象）等。尽管神话与科幻存在差别，但从本质上来说，神话仍可视为科幻叙事的源头，神话不仅介入人类科幻创作的历史之中，而且在人类生存的当下又呈现出多种新形式，孕育出新内涵。

在典籍《列子·汤问篇》中，工人偃师造出机械人向周穆王献技，扁鹊施行易心术，这都成为中国科幻叙事的先声。另外，《玄中记》的奇肱国民能做飞车，《酉阳杂俎》中的鲁班做木鸢，停留于天上而数日不落，都创造了一种神奇的叙事效果，从而拓展了神话叙事的表现内容。如果说盘古开天辟地等传统神话表达了人对自我身体延伸的想象，那么科幻则是对人运用工具以进行创造的想象的延伸。因此，科幻创作应该称作"未来神话"或者"科学神话"，它以人类现阶段达到的科技水平为立足点，并在此基础上做以适度的想象与夸张，并借此考察人类的精神动态与行为选择。当下的科技发展对于原始人来说自然是难以企及的神话，那么科幻世界中的未来情境也成为现代人眼中的新神话。这是神话发展至当下而发生的新变化，也成为作家进行神话叙事的重要表现对象。中国当代作家的神话叙事，除了通过以一种神话思维或认知为创作基点，以表现神话在现代社会中存在的特殊方式，另外一种表达方式便是科幻创作，这是一种神话再造，也是未来神话的主要表现形式。恰如袁珂所言："神话是非科学但却联系着科学的幻想的虚构，本身具有多学科的性质，它通过幻想的三棱镜，反映现实并对现实采取革命的态度。"①人类的科学发展在很大程度上是想象力的深化，神话也见证了人类思维由直观表达趋于理性认知的整个过程，科幻创作作为基于人类科技理性的叙事结果，为人类的科技想象赋予了更多的浪漫情怀，由此，人类的感性与理性之间有了一个沟通的桥梁。从儒勒·凡尔纳、赫伯特·威尔斯，到弗兰克·赫伯特、道格拉斯·亚当斯，乃至中国的刘慈欣、王晋康，科幻作家的创作不仅拓展了神话表达的当代形式，而且进一步深化了人类想象自我乃至世界的方式。

在《批评的解剖》中，弗莱提道："科幻小说总是竭力设想，远高于我们层次的生活会是什么样，正如我们的层次已远高于野蛮时代；科幻小说的背景经常是一些在我们看来属于技术上的奇迹般的东西。这样一种模式就具有向神话回归的强烈的内在倾向。"②从弗莱的论述中，可以看出科幻创作总是与科学、想象、技术、现实等因素相关，而远古神话其实也是在人类原始生存基础上的艺术提炼，因此神话与科幻的基本质素是一致的。如果说远古神话通过话语的形象表达完成了对人们不理解的事物与现象的解释，那么科幻叙事则通过对人类科技文明的想象性表现探讨了人在未来存在的多种可能性，它既表达了作家对人类科技理性过度泛滥的隐忧，也表现出作家在伦理、哲学等层面对人类未来命运的理性思考。

中国具有现代意义的科幻文学，从吴趼人的《新石头记》等作品开始起步。在这部作品中，贾宝玉以坐潜水艇、坐热气球环游世界等方式

---

① 袁珂．再论广义神话［A］．马昌仪，编．中国神话学百年文论选［M］．西安：陕西师范大学出版社，2018：624.

② ［加］诺思洛普·弗莱．批评的解剖［M］．陈慧，袁宪军，吴伟仁，译．天津：百花文艺出版社，2006：39.

进入人类现代文明，从侧面反映出中国人对现代科技的想象，从小说叙事层面则开拓了传统小说的表现空间。鲁迅则从一开始即对科幻有着浓厚的兴趣，他通过译介凡尔纳的《月界旅行》《地底旅行》等小说，为中国读者介绍一种新的创作形式。科幻小说开拓了中国读者的视野，并在中国文学场域中形成了一条相对完整的演变线索，发展至当下，中国的科幻文学已形成了以刘慈欣、王晋康、何夕、韩松、郝景芳、陈揪帆等为代表的作家群体，而其中又以刘慈欣、王晋康为代表。在刘慈欣等人笔下，一个个关于人类未来的新神话被创造出来，人类的生存空间被重置在一种极端环境之中，这是对原始神话中人类所面临危机四伏的自然环境的象征性再现，而且人类在未来世界中拯救自身的努力，也与原始时期人类凭借神话以改造世界的行为相符。科幻文学还原了人类最初面临神秘自然世界时的真实感觉，敬畏、忧虑、不安以及期望等诸多情感因素，这些人类从神话中获得的丰富感受都重新浮现在科幻作家营造的世界之中。就如刘慈欣所说，人类已经进入一个传统神话式微的时代，而科幻文学则提供了神话在现代复兴的可能性。尽管中国的科幻作家都以新神话创造的形式表现了类似的主题，但在具体的叙事中，他们又呈现出了不同的叙事策略。刘慈欣的《三体》系列，在一种宏阔空间的构建中表达对人类生存的最本质关切，考察人类如何从外星文明的侵略这一灾难中重新获得自身的主体性；王晋康则通过塑造"神灵"的方式，以及虚构一系列的人性改造实验，在最大程度上贴近人性的极限，以及表现人性在兽性与神性之间的纠葛。两位作家的创作，使他们成为中国科幻创作在形式突破与内涵扩展层面的代表，同时也将中国科幻文学推向了一个可以与世界文学对话的新层次。

一、回归神话：刘慈欣"三体"世界的逻辑起点

刘慈欣的创作，把科幻文学推到了当代文学创作的前锋位置，这在很大程度上重塑了中国当代文学的创作格局，影响了当代文学的创作生态。《三体》的问世，不仅成为当代文学史中的重大事件，而且极大地

改变了人们把科幻文学当作通俗读物的普遍观念。《三体》系列的经典化之路已经开启，它提供了科幻创作未来发展的诸多方向，而更重要的方面，在于它对传统神话资源的创造性叙事运用。从一般意义上来看，以《三体》为代表的"硬科幻"作品似乎与传统神话相关度并不大，但实际上二者之间有着密切的关联。刘慈欣将传统神话的情境塑造完整地再现到对现代乃至未来社会的描绘中，从中能够看出一种神话式思维对于作家的深刻影响，因此其创作才能充分地调动起读者的原始经验。正如评论家严锋所说："我们惊奇地发现，在一个崭新的世纪，无尽的宇宙仍然是无尽的神话的无尽的沃壤，而科学与技术已经悄然在这新神话中扮演了越来越重要的角色……《三体Ⅲ》对宇宙结构的想象，已经开始涉及时间的本质和创世的秘密，但看得出大刘有意与西方的神话保持距离，走的是一条新的中国神话的道路。"①刘慈欣将人类的科学与技术作为重要的中介，采取神话创造的思路，借此展开对世界本源、人类存在等命题的思考，从而创造了有中国特色的新神话。

（一）创世与灭世：传统神话主题的当代演绎

在不同文明的神话中，普遍存在着创世与灭世的主题。西方的上帝造人与洪水神话，中国的盘古开天辟地与女娲补天神话等，都是上述主题的神话呈现。人类之所以创造创世与灭世神话，首先是对包含人类在内的出生与死亡这一自然法则的艺术模仿，而且人类也借助这一神话表达对生命的思考。人类自诞生在这个世界上，就获得了来自自然的物质资料馈赠，但与此同时，人类也遭受着世界性灾难的冲击，在漫长的成长历史中，人类不断经受着生与死的循环，体验着欢欣与痛苦的交替，因此从自身的成长历程中提炼出生存与灭亡这一重大的主题，这也在世界普遍流传的神话中得到了体现。随着生产力的提高与科技的进步，人类发明出更多的方法去存续生命，也产生了更为强大的预防与控制灾难

---

① 严锋．心事浩渺连广宇．刘慈欣．三体Ⅲ·序[M]．重庆：重庆出版社，2014：4.

的能力，因此，人类把对自身文明的自信充分地体现在艺术创作中，且充溢着创世的激情，而非灭世的悲感。然而，人类对于科技进步的执着也引发了诸多社会问题，技术泛滥不仅带来了自然环境的危机，而且引发了人类社会的伦理危机，这导致了人类难以再对文明发展保持冷静的思考，难以再秉持善恶观念的区分，这成为对人类文明的极大挑战。刘慈欣即在这种背景下，虚构了三体文明等外来势力对人类文明的挑战，而且这种挑战轻易地打乱了人类社会的秩序，从而将人类推向灭世的边缘。

《三体》讲述的起点，是叶文洁在"文革"时期的特殊经历。在那样一个特殊的时代，神话在产生的同时也意味着它随时可能被消灭，因此这里的"神话"也不再是传统意义上的，而变成了权力或欲望的代名词。叶文洁的父母与妹妹的悲惨结局，促使她以悲观的视角思考人类的未来命运。当她发现"人类真正的道德自觉是不可能的，就像他们不可能拔着自己的头发离开大地"时，她产生了借助人类之外的力量惩戒人类的想法，红岸工程恰好为叶文洁的设想提供了一个平台。当叶文洁将地球文明的信息投射到茫茫宇宙之中，她俨然成为一个新的创始者形象，因为她给人类文明提供了另外一种发展的可能，但对于那些在地球上生活的人来说，她则成了一个灭世者。刘慈欣以冷静的视角观照叶文洁的所作所为，使读者能够从叶文洁的经历中溯源她大胆选择的发生，继而体味一个对人类文明失去信心的人能够偶然地改变文明进程的可能。这是一种神话式的大胆设想，这种叙事方法就如同在人类世界中摆放了一架天平，不同文明的博弈在天平上发生，刘慈欣即展现了博弈的过程。就像作家自己所说的，"科幻与其他幻想文学的区别就在于它与真实还牵着一根细线，这就使它成为现代神话而不是童话（古代神话在当时的读者心中是真实的）"①。在神话与科幻的外衣下面，其实隐藏着人类生存的真实本相，这成为刘慈欣神话叙事的重要特质。

---

① 刘慈欣. 三体·后记[M]. 重庆：重庆出版社，2014：302.

刘慈欣在神话叙事中并未将"创始者"刻意神化，而是通过人之复杂性的还原增强了神话叙事的真实性，就像希腊神话中的神祇们是神性与人性的合一一样，《三体》世界中的"神"也是不同个性的糅合体。刘慈欣不仅表现了人类的神性与人性，展现其在一定条件下的转换，而且将上述内容与创世、灭世这一主题结合起来，从而呈现出人性蕴含的巨大能量。叶文洁从一个纯粹、善良的女性，变成三体组织的领导者，试图借外来力量毁灭人类文明，她显然拥有了"神"的力量，但与此同时，她作为一位已经老去的女性，又表现出了人的脆弱之处。三部曲中的每一位"神"都表现出上述特点，比如罗辑与程心。罗辑在一片懵懂中成为"面壁人"，被赋予了极大的权力，但他却甘愿放弃"神"的身份，而是把这些权力变成实现自己内心美好愿望的中介。湖边的小屋、优美的环境，以及一位理想中的女子——庄颜的陪伴，使罗辑发自人性的所有美好心愿都得到了实现，这也是罗辑作为一个人来说能够达到的最完美结局。但三体文明入侵这一残酷事实却迫使罗辑从人的幻境中脱离出来，他不得不从"神"的角度出发去重新审视自己的责任，而他以"咒语"摧毁187J3X1行星的行为，使他真正成了一个"神"。程心则因为自己的良善本性而被三体人利用，成为取代罗辑的执剑人，但在"水滴"（三体文明的探测器）入侵的关键时刻，程心却选择放弃了威慑三体文明的机会，从而使人类陷入被奴役的命运。虽然人类因为程心的选择而付出了沉重代价，但她向一个真正的"人"的还原，以及对人类之"爱"及善良品行的坚守，却成为人类最后的遗产。当外星文明发射来的"纸片"使整个太阳系从三维向二维跌落，只有程心乘坐的光速飞船得以逃脱出来，并在另外一个小宇宙中开始了新的生命历程。这种象征意味极浓的书写方式，说明人类文明得以存续的秘密，其实并非弱肉强食的丛林法则，而是一种对他人乃至其他文明的善意。程心看似是一位灭世者，但事实上却是一位新文明的创世者，她的人性表现也升华为一种更高层级的神性，这种神性并非某种权力意志，而是以良善为本色的大爱，是能够使人类在灾难中存续的根本力量。

在一般民众看来，叶文洁、罗辑、程心等人虽是普通人，但却被赋予了毁天灭地的巨大能量，因此是能够创造"神迹"的"神"，而三体文明则在人类的眼中经历了神—人—兽—神的角色转变，这说明了人类神灵信仰发生的来源，也证明了神话在人类理解中的复杂性。刘慈欣尝试在一种以宇宙为背景的整体叙事情境中探究神话发生、运转的机制，并借助这种叙事进一步探索人类复杂的心理空间，这为细致地表现人类的未来命运提供了重要前提。

（二）"黑暗森林"：传统神话叙事模式的延伸

神话的内核往往是真实世界的映像，人类世界中的美与善、罪与罚支撑起神话世界的庞杂结构，也成为神话叙事重点表现的内涵。刘慈欣将"三体"系列称为"地球往事"，显然是从一种历史的角度回溯人类曾经辉煌的文明。当程心置身于一千多万年之后的时节节点，地球的历史以神话的样式呈现出来，它呈现出的是人类现代科技浇灌出的繁盛景象，是人类创造的新神话，在这一神话中，人类面对的是来自深邃宇宙的未知力量。新神话中人类与未知力量的对抗与冲突，其实沿袭的正是传统神话中的经典叙事模式。

《淮南子》中的共工与颛顼争帝，《山海经》中的黄帝与蚩尤之战，是中国神话中的战争叙事。西方神话中的神之战争表现得更加细致，神与人、神与神间的冲突更加激烈，尤其是北欧神话中的"诸神的黄昏"，则表现了神灵世界的毁灭，从而使神话具有了悲剧色彩。刘慈欣糅合了中西神话的特性，他不仅借鉴了中国神话中的传统叙事模式，而且也在其中融汇了诸多悲剧色彩，这种悲剧性来自作家对人类科技文明所能达到的限度以及人类自身道德层次所能达到高度的深刻思考。在以宇宙为背景的新神话世界中，存在着力量对比悬殊的多种文明，人类虽然对地球之外的文明充满好奇，但难以准确把握外星文明对地球人的态度。虽然人类一直试图接触宇宙中的其他文明，但刘慈欣却揭示了宇宙中文明交流的残酷本质，这就是所谓的"黑暗森林"法则。

"黑暗森林"法则的提出，是叶文洁对宇宙社会学公理的精炼总结，即"第一，生存是文明的第一需要；第二，文明不断增长和扩张，但宇宙中的物质总量保持不变"①。这一公理的存在为神话赋予了现实的肌理，不管神话的讲述如何天马行空，其映射的正是宇宙中真实的生命存在状态。刘慈欣并未把道德作为不同文明交流的前提，因为在他看来，宇宙文明完全可能是零道德的，而人类文明恰恰是以道德作为存在的理由，因此人类文明面对的不仅是科技水平远超人类的文明体，而且它很有可能是无道德的。以人类与三体人之间的关系来说，叶文洁之所以选择向太空发出呼唤，是因为她对其他文明的道德有美好的想象，而三体人对其呼唤的回应是派出舰队前往地球，这其中还隐藏着在人类看来不道德的目的，这便是黑暗森林法则的具体呈现。人类通过引力波天线向宇宙中发射三体文明坐标以对三体人进行威慑，也是基于对宇宙社会学冷酷法则的理解，人类在与三体文明的较量中逐渐抛弃了原本的道德标准，而是以宇宙中普遍存在的零道德标准为前提。这种零道德标准在人类社会又何尝没有呢？叶文洁的父亲叶哲泰被妻子出卖、被学生围攻的遭遇，使她看清了人为了活下去能够做出的疯狂选择，而她自己被白沐霖出卖的命运，以及从《寂静的春天》中发现的人类之恶，使她更加坚定了一种黑暗定律的存在。在三体危机出现之后，人类表现出的种种行为一再印证着叶文洁认知的正确。逃亡主义被认定为非法（因为从人类的立场出发去考虑，谁走谁留是一个难以解决的问题）、一次广播误报导致的人类大规模自我残杀，以及在智子夺取地球领导权之后地球治安军（由人类组成）对同胞的残暴统治等，人类在地球危机时表现出的自保意识及由之引发的暴力与混乱，是黑暗森林法则在人类社会中存在的集中体现。在刘慈欣看来，黑暗森林法则的成立基于一种"猜疑链"，而"猜疑链最重要的特性：与文明本身的社会形态和道德取向没有关系，把每个文明看成链条两端的点即可，不管文明在其内部是善意的还是恶意的，在进入猜疑链构成的网络中后都会变成同一种东西"②。"猜疑链"在人类社会各个阶层中存在，而在更广大的宇宙层面，则成

---

① 刘慈欣．三体Ⅱ·黑暗森林[M]．重庆：重庆出版社，2014：5.
② 刘慈欣．三体Ⅱ·黑暗森林[M]．重庆：重庆出版社，2014：445.

为不同类型文明处理与其他文明关系的基本前提，这使得各文明为了保全自己而毫不顾忌地损害其他文明的利益。这一法则虽然残酷，但却揭示出文明发展的根本特性，就像三体文明一样，它虽然非常强大，但最终仍难以摆脱与地球共同陷入被毁灭的命运。

通过对宇宙生存规则的建构，刘慈欣完成了传统神话叙事模式的延伸。传统神话中的对垒双方虽形成了对立态势，但在细节呈现层面则语焉不详，刘慈欣以丰富的细节描写，解释了双方对立的源起及具体态势，这本身即是对传统神话的有力补充。另外，作家又立足于人类文明的科技发展现状，试图在此基础上开拓神话讲述的新形式，刘慈欣即借助三体文明的虚构式塑造开辟了神话的新空间。这种写作方式，如同《山海经》中对诸多奇异生命的塑造一样，极大地冲击乃至重构着读者的想象世界，从而在更大范围内更新了中国神话的内容。严锋曾说，刘慈欣以一己之力将中国科幻文学提升到世界级的高度，这不单是就其小说内容的精彩、文笔气势的恢宏而言，而是说刘慈欣以新神话的创造，推动了中国神话的现代化表现进程，从而与世界文学实现了更为深入的交流。

(三) 宇宙神话：新型神话时空的叙事表现

在《三体》中，刘慈欣表现出对新型神话时空的浓厚兴趣，并且以叙事的形式对这一宏大时空进行了细致表现。刘慈欣的这种创作特点，其实也在很大程度上来自传统神话。人类在诞生之后，首先面对的是他们不了解的神秘自然，因此人类便在神话中以想象的方式解释了身边的世界。在世界范围内广泛流传的天父地母神话，古希腊与古埃及的太阳神话，中国的月亮神话等，都把客观存在的自然物象进行人格化，并把它们内化于人类的日常生活理解之中。在神话中，人类往往将自身不能理解的事物以符合心理逻辑的方式呈现出来，比如太阳的运行被解释为一位神灵驾着神车在天空中巡游，东西南北等方位则被理解为有不同神灵驻守，在中国的神话视阈中，不同的方位对应着不同的颜色，这甚至与人的身体产生了密切的联系。因此神话不仅是解释性的故事，而是成为把人类个体与外在环境统一起来的重要中介，这代表了人类的最初智慧。

人类对宇宙奥秘的真正发现，是伴随科技的发展而逐渐发生的，在这一前提下，曾经的宇宙神话变成了一个个美好的故事。如果从事件的真实性角度对神话进行辨析显然是无效的，因为神话毕竟是人类的一种想象，但神话创作时人类的心理动态却是真实的，这种心理层面的真实性正是神话得以延续的秘密所在，这也是刘慈欣把握传统神话现代转化的核心内容。虽然人类对宇宙已经有了较为深入的认识，但在外星文明的存在、光速飞船的可行等方面仍存在空白点，这便为神话叙事提供了广阔的空间。面对广袤的宇宙，刘慈欣在人类当下发展的基础上发挥了充沛的想象力，塑造出以宇宙为基底的庞大神话时空。

在刘慈欣笔下的宇宙世界中，三体文明对于人类来说是难以超越的巨大存在，具有强大的威慑力。在"黑暗森林"这一冷酷的法则面前，人类把三体人的强大力量当作"神迹"来看待，三体人也自然成为神灵，这是一部分人类把三体文明视为信仰对象的原因。正如原始神话往往与宗教产生紧密的关联一样，在刘慈欣的宇宙神话中，当人类的生存陷入危机，人们也会对他们不理解的事物产生宗教般的情感，人类因为信仰三体文明而创造"三体教"，而且在信仰的过程中人们的心态屡次发生变化，即说明了这种信仰的复杂性。人类终究是脆弱的生物，对于自己所创造的神话，他们有着期待与恐惧并存的复杂情感，刘慈欣即在作品中生动呈现了人类的这种丰富情感。如果说传统神话唤起的是人类对自然的敬畏，那么刘慈欣对神话空间的开拓则唤起了人类对宇宙的敬畏，在新的时代情境中，宇宙神话使人类开始重新审视自己在宇宙中的位置。

《三体》系列的前两部表现了人类与三体文明之间的冲突，在第三部《死神永生》中，刘慈欣探讨了一个更为深刻的问题，即宇宙的存在，或者说人类传统的时空观如何在宇宙新神话中呈现的问题。对人类未来文明图景的视觉化呈现，以及从宇宙维度对人类文明发展限度所进行的设想，都使得刘慈欣的创作重启了一种宏大叙事风格，它以一种整体性视野呈现出人类危机时代的新变化。这种叙事又是具有超越性的，它透过科幻的表象，直抵人类现实生存的本质内核，从而在更深的层面考察人类文明的多种可能。在遭遇三体文明之后，人类创造了多种存续下去的方法，比如威慑博弈学、文化反射等，但这些仍难以抵挡外星文明的强大力量，这使人不得不去反思人类的未来命运。

阿西莫夫曾在《永恒的终结：关于时间旅行的终结奥秘和恢弘构想》中提到了"最小的必要变革和最大可能的反应"这一说法，刘慈欣从这一说法的反面开展了叙事，即突出了"最大的必要变革与最小可能的反应"，这是刘慈欣独创的世界毁灭神话，而且借助的是至今人类难以阐释清楚的空间维度视角。人类的飞船"万有引力"号在不经意间进入四维空间，当人类置身四维空间并反观三维空间时，获得了一种"高维空间感"。"对于亲历过四维空间的人来说，高维空间感是最难用语言描述的，他们往往试图这样说明：我们在三维空间中称之为广阔、浩渺的这类东西会在第四个维度上被无限重复，在那个三维世界中不存在的方向上被无限复制……感受高维空间感是一场灵魂的洗礼，在那一刻，像自由、开放、深远、无限这类概念突然都有了全新的含义。"①刘慈欣以文学语言对四维空间的细致描绘，显然极大地开拓了神话叙事的空间表现，他将人在面对神话时产生的独特精神感受置放于一个真实存在的背景之中，从而使一种虚无缥缈的感觉借助"真实的"存在而得到具体的呈现。在太阳系向二维平面跌落的过程中，地球呈现出了无限丰富的细节，这是对人类历史的追忆，也承载着人类曾经的希望与绝望。这一幅呈现灭世的图画，不像"诸神的黄昏"那样充满着绝望气息，也不像女娲补天神话中那样被人类的呼号与血泪充斥，太阳系的跌落静谧、迅速，人类甚至不知道发生了什么，就被永远镌刻在宇宙创作的图画之中。这种冷静的叙事果断、酷烈，充满了悲壮的味道，它以一种现代神话的形式，成为对人类生存的真实呈现。

刘慈欣对"三体"世界的构建，离不开传统神话的滋养与启示。传

---

① 刘慈欣.三体Ⅲ·死神永生[M].重庆：重庆出版社，2014：194-195.

统神话使人类以想象的方式介入观察世界、解释世界、认识世界，乃至改造世界的过程中，塑造了人类的神话思维方式。这种思维方式以不断变化的形式介入人类现代文明的发展，在人类的科技时代，它甚至与技术实现了深度的契合。这并不是说神话与科技是同一种东西，而是说人类在原始时代的神话想象在科技时代寻找到了新的存在方式。对于作为工程师的刘慈欣来说，他既有对科技的深入理解，而且又能够以神话的眼光设想科技的未来，这便是理性与感性思维方式在当代社会的生动契合。刘慈欣的《三体》创作，为中国的科幻文学开创了一个新的方向，即在科技理性的基础上合理想象文明的诸多可能，同时把一种神话思维的考量融入其中，小说神话叙事由此获得了更为丰富的表现内容与更为广阔的表现空间。

二、神灵再造：王晋康小说中的人神辩证

王晋康在评价中国当代科幻作家的创作时，认为青年一代作家是从未来看未来，以刘慈欣等为代表的中年一代是从现实看未来，而以他为代表的老一代作家则是从历史看未来。[①] 这种观点精准地概括了当代科幻作家不同的创作态度与旨趣。恰如王晋康自己所说，从《亚当回归》等创作开始，王晋康即以一种历史回溯的视角思考人类存在等本质性问题，而且其历史视角超越了地域与民族的局限，而是上升到了人类整体层面。对于历史的观照，使王晋康更注重从人类的种族起源乃至伦理道德层面去思考人类文明发展的界限问题，他甚至会以虚构笔法为人类设置另一种诞生的源头，重新设计人类的进化之路，这极大地冲击了读者的既有经验，从而以一种较为夸张的形式延伸了关于历史与人性的思考。

（一）上帝再造：人类信仰的实体化

人类的发展史，也是信仰不断深化的历史，从早期的自然崇拜，到

---

① 王晋康. 逃出母宇宙[M]. 成都：四川科学技术出版社，2014：4.

不同类型的宗教信仰的发生，信仰伴随着人类走过漫长岁月，成为人类心理结构的重要部分，即使在科技高度发展的当下，信仰的影响力仍是巨大的。从另一层面来说，所谓的宗教信仰或宗教偶像在很大程度上是人们想象的产物，很多情况下不具有实体性质，因此只能在象征的层面存在。基于这种现实，王晋康在小说中进行了大胆的叙事试验，即通过"再造上帝"的方式把人类信仰具象化，从而使神话叙事在一种实在层面渐次展开。

在《与吾同在》这部作品中，王晋康以一个神话开端，以"真正的"上帝视角展现人类的迁徙之路，以此延伸到对人类文明发展全过程的观照之中。在神话楔子中，作家塑造了"上帝"存在的证据，比如太阳神车，能够毁灭人类的"地狱火"神器，以及一种能够把握人类发展所有细节的整体视角等。王晋康的叙事创造，使历史与神话真正实现了融汇。作家同时表现了"上帝"的存在对人类所发生的真实影响，当"上帝"乘坐的隐形飞船在人类社会中出现后，引发了国家间的军备竞赛，在人类科技水平达到一定程度后，"上帝"才显出真身，他其实是一个来自恩戈星的、已有十万岁的外星生物。他在地球长达十万余年的生命历程，使其早已与人类产生了亲密的心理联结，因此当恩戈星人准备侵略地球时，"上帝"毫不犹疑地站在了地球人一边，并利用"神迹"刺激人类科技的迅速发展，以能够应付恩戈人的进攻。"上帝"也帮助人类改变了既有的社会模式，创造了以姜元善等为代表的执政团，以适应未来发生的星际战争。在漫长的历史中，"先祖"（人类对外星"上帝"的称呼）见证了人类出于生存目的而发生的无休无止的争斗，而且他也意识到即使自己介入人类的争端，也并不能改变人类暴力的释放，因为生存对于人类来说是最大的道德。先祖正是在清醒地认识人类的生存现实以及宇宙间普遍规律的基础上，默默守护着人类，间接地影响着人类的选择。在王晋康笔下，外星"上帝"虽不是人类在宗教典籍中想象的那一位，但却因其在人类发展进程中所起的重大作用，以及对于人类深厚的悲悯情怀，成为人类在危机时刻的新偶像，也成为超越诸多宗教偶像的最高神的肉身存在。由此，人类的信仰与宇宙中的神奇生命实现了神奇的组合，而先祖那对"一个激情飞扬、充满着大爱和大善之光的时代"的回望与向往，则为人类指引了一个更为光明的未来。

如果说《与吾同在》中的"上帝"引导着人类认识自己，并在这一基础上改变未来，那么《逃出母宇宙》中的人类则成为真正的主角。灾难往往能够给人类以极大的刺激，促使人类做出最大的努力拯救自己，拯救地球，《逃出母宇宙》即通过对一次空间暴缩的刻画，呈现了人类在短短几十年内获得的惊人科技成就。姑且不论小说内容存在的逻辑问题（比如一次事关人类生存的重大危机竟然由马士奇、楚天乐等民间人士发现；人类在几十年内开发出超光速的亿马赫飞船等），作家夸张叙事的目的其实与《与吾同在》是一样的，即表现人类在面对危机时的巨大潜能与面临的道德困境。在危机面前，人类在三态真空理论、冷聚变技术、遮阳篷技术等方面实现了重大突破，而其中的人蛋技术刻画是颇有深意的，而且极具神话意味，它使得人类生命能够延续下去，因此与传统神话中的造人主题实现了衔接。在人蛋岛上，当孵化出的生命第一次降临这个世界，王晋康记录下了这颇有意味的一幕——"他的眼睛睁开了，迷茫地向外界投去第一瞥。小脑袋转动着，茫然地转到摄像头这个方向，于是新旧人类有了第一次对视。这是超越时空的对视，是被创造者和创造者（新人类的上帝？）的对视……"①在这样一个场景中，旧人类俨然成了创造生命的"上帝"，而在这样一个"伊甸园"中，通过人蛋孵化出的新人类则成为新世界的开创者。当新人类中的"亚当"与"夏娃"进入太空，他们成为在太空中生存的新种族。虽然新人类是被旧人类创造出来的，但新种族却在发展历史中逐渐割断了与旧人类的联系，在《天父地母》中，新种族再次返回地球，但他们的目的并非拥抱祖先，而是毁灭人类文明。这就像一个寓言，旧人类的毁灭就像人类生命的一次循环，创世者神话的破灭即意味着另一创世神话的开启。

人类对"上帝"的态度是复杂的，"上帝"不仅意味着创造，还意味着一种控制的权力。王晋康对于人类历史的熟稔，使他不断地在小说中

---

① 王晋康.逃出母宇宙[M].成都：四川科学技术出版社，2014：186-187.

表现上帝权力被颠覆乃至被人类取代的过程，这是很有深意的书写方式。《与吾同在》中的"上帝"是一个外星人，上帝的"神迹"其实是外星人的科技呈现，他虽然在客观上刺激了人类文明的发展，但却忽视了对人类爱与善的能力的保护，因此当他帮助人类阻击了恩戈人的进犯后，以姜元善为代表的人类反而试图绑架"上帝"。虽然这次绑架因为姜元善妻子的干预而失败，但却能够使人更深刻地认识人类。同样的场景也发生在《逃出母宇宙》与《天父地母》中，漂流在宇宙中的新人类并未因为人类创造了他们而心生感激，而是将为了"生存"背弃道德这一"信条"发挥到了极致。在王晋康看来，"上帝"与人类理解中的宗教偶像显然是有较大区别的，与其说"上帝"是王晋康塑造的一位维持世界秩序的神祇，不如说他是检视人类心理与道德观念的重要中介物。

（二）人类改造：人性的善恶之辨

人类能够在多大程度上改造自身？这里的"改造"并非思想层面的，而是科学意义上的人类身体改造。自诞生以来，人类对自己身体的探索就从未停止，人类对自我身体的认识过程，促进了人们心智的不断成熟，而且对身体的探索也推动了人类科技文明的进步。作为肉体的身体对于人类来说虽然是敞开的，但对身体的改造却受到了严格的伦理限制，克隆人的禁止即说明了身体开发的限度。但从另一方面来说，科学的禁区却往往为科幻作家提供了广阔的思考空间，因此越来越多的作家在创作中涉足科学禁区。他们试图通过对极端科学情境的塑造，考察人类的伦理能够到达的极限，以及在这一过程中突出人类的善恶辩证。在科幻作家群体中，王晋康的视角是独特的，他不像别的科幻作家那样着重表现通过机械植入改造人体或者连接大脑与机械的赛博格（Cyborg）系统，而是更注重人体改造对人类本性能够产生的影响，这种试验性极强的叙事开创了另一种人类改造神话。基因改造与心灵控制等科技手段，使这一改造神话呈现出与传统神话迥异的特质，读者也能够借此观照人性发展的多种可能。

在着重表现人类改造的科幻叙事中，王晋康的创作风格更倾向"软科幻"，作家通过展现科技对人类身体乃至人性的改变过程，探讨人类所秉持的善恶观念在特定情境中所遭遇的悖论。这种人类改造书写主要包括两个部分：第一，表现基因改造对人类的影响，它创造了一种"后人类"或"新人类"，并冲击了既有的人类社会伦理秩序；第二，通过一种科技手段影响人类的心智系统，从而达到控制使用对象的目的。这两种人类改造方式开辟了新的人类神话，影响了人类一直以来的存在方式，而且构成了对人类生存的挑战。

在"新人类"三部曲（《类人》《癌人》《豹人》）中，王晋康提出了一个问题，即当人类被植入异质基因而完成身体改造，那么这一身体在多大程度上仍属于人类。不管是人造人，还是被植入癌基因的癌人，乃至被植入猎豹基因的豹人，这些被改造后的人类都在很大程度上被新的基因吞噬，成为科学实验的失败品。例如《豹人》一篇，即讲了华裔短跑运动员谢豹飞因植入猎豹基因而打破人类百米短跑记录，但在性格上却发生由人性向兽性的转化，并引发了一场杀人案。在案件的审理中，人们围绕谢豹飞的身份问题引发了一场针锋相对的争论。王晋康这种把人与动物结合起来的叙事方式，其实也源自中国神话。《山海经》中"豹尾虎齿而善啸，蓬发戴胜"的西王母，"其状马身而鸟翼，人面蛇尾，嗜好举人"的异兽孰湖，神话的讲述者以想象的方式把人与动物的形体组合起来，以此表现人类能力在形体方面的延伸，而在贾平凹、张炜等作家的神话叙事中，人与兽则更多在气质性情或行为举止层面结合，因此成为神话叙事的象征形式。王晋康的叙事则实现了上述两种结合方式的融合，人不仅在基因层面与兽结合，而且在本性层面也出现了兽的特征。谢豹飞的父亲谢可征将儿子作为基因实验的样品，谢豹飞因此一战成名，但这种超越人类极限的胜利却引起了人们的怀疑，当谢豹飞杀人事件发生，人兽结合成了真实的存在，且引发了严重的后果。谢豹飞这样一个怪异的生命，或者说被人类创造出来的"后人类"，扰乱了人类社会的秩序，挑战了人类的生存伦理，成为威胁人类存在的巨大隐患。正如谢豹飞的母亲所说，"实际上，他们从未把人的完整灵魂赋予他的身体，驱走兽的本能——他们做不到，因为灵魂或本能是同物质结构密不可分的"①。王晋康用神话叙事的科幻形式，揭开了人类科技进步可能存在的巨大危机，以及这种危机对人类社会产生的不良影响，因此对于当下的科技发展起到了警示作用。

在《蚁生》等作品中，王晋康探讨了人类改造的另一种可能，即利用某种科技手段改变人类的心智系统，影响人类的思维方式。《蚁生》的故事发生在知青上山下乡时期，作家如此安排显然是有深意的，因为在那个特殊的时代，不同群体的观念在某些手段干预下发生的重大逆转，能够呈现出叙事的极大张力。在小说开始，农场场长赖安胜对主人公颜哲是全面压制的，但在颜哲对赖安胜使用父亲研制出的"蚁素"（从蚂蚁身上提炼出的"利他素"）后，赖安胜的观念发生了巨大的变化，形成了"毫不利己，专门利人"的人格特征。当曾经的作恶者变成完全利他的良善者，当曾经的受害者变成了"蚁王"，一种压制与被压制的关系发生了倒转。颜哲通过科技手段介入而创造的一个乌托邦社会，在知青那个特殊的时代是异质性存在，但这种社会体系其实是难以持续的。当一种社会制度不是依靠社会成员的自觉遵守而延续，那么这一制度本身便是不正常的，不管是赖安胜对农场的控制，还是颜哲对赖安胜的控制，其实都违背了基本的人性，它必然会引起人性的崩溃与失控。虽然颜哲是出于反抗专制的立场喷洒蚁素，但在成为"蚁王"后，他又重演了赖安胜的角色，对其他人进行了更为严厉的专制。这种权力意识的产生，其实是王晋康对人类之"恶"的独特发现，而且在那些善良的人身上，这种恶念也会同样发生。因此颜哲的角色就如同《与吾同在》中的姜元善、《豹人》中的谢可征，他们对于权力的渴望使其获得了一种"伪神性"，这其实是人类权力欲望的另一种表现形式。因此，王晋康笔下的人类改造试验，其实是人类科技神话的变异形式，它触及了人类的善恶所能达到的底线，也使读者开始反思科技进步的反面给人类带来的不良影响。

① 王晋康. 豹人[M]. 成都：四川科学技术出版社，2006：478.

（三）向内转：面向人类道德困境的科幻神话

对人性的全面呈现与检视，是所有有责任感的作家的必然选择。科幻小说虽然虚构了人类生存的未来情境，使人类的想象达到了一个新高度，但其底色仍是现实的，对于王晋康来说，他使科幻创作最终指向了人类的道德困境，并在这一过程中揭示人性。王晋康既成功地塑造了一个宏观世界，也深入人类复杂心灵世界的肌理之中，他试图探究人类所秉持的道德标准在危机冲击下发生的嬗变，以及这种变化对人类生存产生的深刻影响。

人类在发展历史中形成的各种社会或道德规范，使人类文明能够在一种秩序规约中保持总体的增长与繁荣，但这种规范却往往在世界发生重大危机或变动时受到挑战，人类也往往由此转向新的发展路径。人类往往在神话中为现存的秩序提供解释，不论是自然环境的秩序还是人类的社会秩序，神话都以解释功能的发挥承担了马林诺夫斯基所说的"宪章"作用。科幻小说中的神话叙事，也在一定程度上承担了上述解释功能，它通过对人类所面临的危机的虚构，试图说明人类在危机时代对合理生活方式的选择，这使得科幻叙事具有了强烈的现实意义。不论是《与吾同在》中的外星人入侵，《逃出母宇宙》中的宇宙暴缩，抑或《豹人》中的豹人杀人事件，《蚁生》中人性异变事件，都对人类生存产生了重大威胁，也剧烈地冲击了人类一直坚守的道德准则。如果说《三体》中的"黑暗森林"法则是宇宙中的不同文明维持生存的象征性表现，那么王晋康则进一步延伸了刘慈欣的思考，他通过赋予人类以影响其他生命的能力（即创造与改造生命），表现人类介入生命自然进程的过程，探讨人类能够在多大程度上维持住道德的底线。在王晋康的小说中，人类的表现并不尽如人意，尽管人类具有了"创世"的能力，但这却引发了更大范围的道德滑坡与更严重的道德困境，对于读者来说，这是需要深刻反思的。

《与吾同在》中的外星上帝对于人类的"恶"有着清醒的认识，这种"恶"甚至变成了一种绝对的统治性力量。虽然外星上帝最初惩罚了人类的恶念，但他却发现世界上存在一种比上帝的神力还要强大的力量，这种力量就如同中国的老子所讲的"道"，是客观规律本身，是一种辩证的对立统一。正是这种对世间规律的认知，使得外星上帝放弃了干预人类成长的想法，而是试图在人类的心灵中灌输爱与善的力量，从而与人类的"恶"实现一种平衡。人类之"恶"的发生与扩大，是与人类的生存与发展相伴随的，在生存稳定之后无节制的发展，正是人类之"恶"不断发展壮大的原因，而当这种发展失去了控制之后，人类的恶念就会逐渐放大。王晋康在小说中提到了一种"共生圈"理论，在"共生圈"之内，人类的族群表现出爱护自身的良善，但在共生圈之外，却与其他族群形成了对抗关系，而且往往会演化为赤裸裸的暴力与侵略，这便是共生圈悖论，也是人类之"恶"在族群生存范围内的集中呈现。这种族群间的冲突在《与吾同在》中普遍出现，而在《逃出母宇宙》中，虽然没有外来势力的威胁，但人类对生命的维持欲望又使得他们努力开发自己的智力，空间暴缩现象进一步刺激了人类智力的大幅提升，但这却并未使人类的道德观念发生大的改观，这种智力与道德之间存在的巨大反差使得人类即使创造出新的宇宙人类，却仍未赋予他们以爱的能力，结果最终只能吞下被新人类毁灭的恶果。

《豹人》《蚁生》等作品，表现的是技术对人类伦理秩序可能构成的挑战。当谢豹飞通过猎豹基因的输入而打破人类短跑纪录，当赖安胜被喷洒蚁素之后表现出"毫不利己，专门利人"的行为，我们很难说这些被改造过的人仍属于人类，因为他们通过科技手段辅助而表现出的能力延伸并不符合人性，也不能帮助人类社会实现合理、有效的发展，反而会把人类拖入技术滥用与伦理缺位的深渊。王晋康虽然在小说中表现了技术能够实现的神话前景，但也在其中注入了深刻的隐忧。当神话的演绎不再基于人类的合理人性，而是通过无限制地改造人类以刺激人性那幽暗的一面，那么这只会导致更多像谢豹飞、赖安胜这样的异类出现，这对现有的人类秩序是极大的挑战。即使改造过的人类能使人感受到科技的神奇，但这只是技术给人类施展的障眼法，人会因为这种科技的改造而被异化，就像浮士德把灵魂交给魔鬼靡菲斯特一样，当人类把自己的灵魂交给科技之神保管，那么人类就会逐渐忘记自己本来的模样，并一步步进入技术制造的陷阱之中。王晋康的科幻创作开启了一种向内转的叙事视角，作家把注意力集中于人类的本性层面，以神话叙事的方式考察技术进步对人类异变的影响，这种科幻叙事的创新不仅丰富了科幻创作的内容，深化了思想内涵，而且也为中国科幻文学创作开辟了一个新的方向。科幻创作不是虚无缥缈的想象，而是内蕴着科幻作家对人类生存现实的最真切关怀，作家们虽然设计了无数的极端情境，但其目的仍是探索人性存在的诸多可能，因此科幻叙事具有神话与现实的双重品格，它打破了传统现实主义创作的桎梏，在人类生存的当下被赋予了更丰富的表现力。

另外，在刘慈欣等作家创作的科幻文学之外，也应注意到一种在网络文学中普遍存在的玄幻小说创作现象。"玄幻"与"科幻"不同，如果说科幻与人类的科学技术发展相关，那么玄幻则与人类的原始记忆与神话想象更为贴近。在唐家三少的《斗罗大陆》、天蚕土豆的《斗破苍穹》、萧鼎的《诛仙》等较为经典的玄幻小说中，作家们往往将传统的诸多元素糅合于一处，同时又为神话赋以新的叙事外观，因此玄幻小说既在一定程度上拓宽了传统神话的叙事空间，而且也使神话具有了更广泛的接受度。按照科幻小说与神话叙事相关的逻辑，玄幻小说显然具有更为丰富的神话叙事特征，这也是小说神话叙事探讨的重要空间。

第四章 作为"方法"的神话：小说神话叙事形式新变

对于中国当代作家来说，"神话"不仅是他们进行叙事主题表达与内容表现的重要依托，而且神话本身也能够作为一种方法进入叙事之中。这意味着神话不再只是作为表现的对象，而是具备了作为一种话语方式介入文本的独立性意义。文学作品在创作方法层面的革新，能够深刻影响作家表达思想内涵的形式，小说神话叙事也是如此。作家借助神话进行叙事方法上的突破，其实是对包括神话在内的传统文化资源的创造性叙事转化，从而拓展了神话介入当代文学创作乃至社会现实的可能。作为"方法"的神话对当代小说创作产生的影响，主要体现在几个方面：首先，一些作家从神话中提炼出象征与隐喻的叙事方法，并借此表现人类生存的寓言化特质，这不仅表现在作家把作品中的人物与传统神话人物在精神上续接起来，而且也能够真实地表现现代人的生存境况；其次，神话的言说从一开始就不是完成式的，它在不同的时代呼唤不同的解读，因此神话的"重述"成为神话自我更新的一种传统，以苏童、叶兆言、阿来、李锐等为代表的当代作家，在"重述神话"系列图书出版项目中延续了这一传统，他们在以现代视角重新演绎了传统神话的同时，也暴露出重述面临的一些问题；最后，朱大可、王小波等学者型作家，突出了神话的文化信息承载与精神批判功能，他们把神话视为一种"知识"，或是借此完善具有空白点的历史，或是借此进行自我乃至社会的批判，同时在其中融入自己的文化思考。整体来说，神话在当代作家笔下具有了多元的方法论意义，它不仅丰富了当代文学创作的形式，而且也更新了人们认识神话的方法。

第一节　象征与隐喻：神话叙事的话语形式

象征与隐喻不仅是可用于创作实践的叙事方法，而且蕴含着作家对现实的思考。小说神话叙事者所理解的象征与隐喻，在原始神话的讲述者那里却是一种真实性呈现，他们的叙事其实即是世界在他们眼前展开的过程，随着人类越发清晰地认识这个世界，原始人眼中的"真实"便成为现代人眼中的象征，神话的现实特质即凸显于此。当代作家的神话叙事话语表达，往往基于对人类现实生存境况的深切忧虑。人类对前现代社会的追寻与发掘、从现代社会的生存中获取的精神现实，以及人类对自己命运的模糊认识，都促使作家以神话原型塑造对应某些现实状况，象征与隐喻手法既提供了一种重要助力，还提升了作家表现主题的人类性意义，这自然蕴含着作家从神话中生发的哲理思考。赵本夫的《天漏邑》与葛亮的《朱雀》，均为笔下的地域赋予神话的外观，并在一种历史演绎中呈现神话的变形形式。作家在一种历史与神话杂糅的神秘氛围中，发掘出地域历史与人物命运之间的深刻关联，从而使神话叙事具有了浓重的寓言性质。徐坤的《女娲》与鲁敏的《奔月》，则将神话的隐喻手法转移到现代女性的塑造中，作家将现代女性的命运与传统女性神祇连接起来，但二者在实际上的反差又促使读者从传统神话原型的变迁中，反观女性的遭际与抗争在现实社会中的重要意义。当代作家对神话叙事话语形式的创新运用，为神话叙事传统的当下延续提供了文本实践的中介，同时也开辟了神话叙事更为广阔的空间。

一、人类生存的寓言化书写：《天漏邑》与《朱雀》

神话是具有象征性的叙事，这源于先民独特的思维方式与发达的直观感觉能力。先民在日常生活中产生的感受，许多完整地映现在神话之中，当人类的生产与生活方式逐渐脱离原始阶段，这些感受成分便被现代人理解为一种象征式表达。比如在早期记录神话的典籍《山海经》中，即记录了先民对于世界的丰富观察，而且其中许多都是在现代人看来难以理解的，比如一些畸形的动物，或者经典神话形象的初期形式(如西王母等)，都是先民想象的结果，这些作为神话的原始资料，凝结为在后世被广泛传播的且具有象征性的神话原型，这都是神话具有象征性的历史证明。就如梅列金斯基所言，"神话因其固有的象征性，成为一种适宜的语言，可用以表述个人行为和社会行为的永恒模式以及社会宇宙和自然宇宙的某些本质性规律"①。中国当代作家也正是在这一层面把神话视为小说象征式叙事的重要借助，赵本夫与葛亮立足于地域历史表现的神话叙事，通过对人类历史寓言化的表现方式，成为上述创作中的代表。

(一) 神话地域的寓言

赵本夫笔下的天漏邑，葛亮笔下的南京城，不仅是历史意味浓厚的特殊地域，是人物命运展演的舞台，而且当生活在这一地域中的人们的生命逐渐落幕，这些地域又成了内涵丰富的寓言符号。天漏邑与南京城孕育了无数的生命，而地域本身的寓言性质又使得这些生命体被缠绕进人生的寓言之中，不管是城还是人，皆具有了一种历史的质感，他们成为神话历史在当下延续的生动证明。

赵本夫以《列子·汤问》中的"物有不足，故昔者女娲氏炼五色石以补其阙；断鳌足以立四极"起笔，把天漏村视为天空漏出的一个破绽。天漏村的历史具有了强烈的神话性质，在上千年与世隔绝的历史中，神话的基因仍然顽强地留存在这个村落中。天漏村与其他地域相比是独特的：当别的地方艳阳高照，天漏村却电闪雷鸣、暴雨如注，每年都会有几个人死于恶劣天气；天漏村有独特的历史记述传统，具有重大意义的事件都会被记录在"乒册"中；天漏村是世代天罚之人的流放之

---

① ［俄］叶·莫·梅列金斯基. 神话的诗学［M］. 魏庆征，译. 北京：商务印书馆，1990：4.

地，由此它承担了替天行道、惩戒世人的神奇功能。正是因为有诸多神奇之处，且承担人类道德评鉴的作用，天漏邑在在世人的口耳相传中变成了一个神话，"是世人按照自己的想象臆造的一个地方，就像桃花源的传说一样。只不过，桃花源是美的传说，天漏邑是恶的传说"①。

葛亮笔下的南京城也是如此，如果说天漏邑神话的虚构色彩浓烈，那么南京城神话则具有了更多的现实意味。在南京城历史与现实的双向流动中，作家发现了隐藏在南京城中的神话记忆，这种记忆影响了南京人对于历史的观感，并为他们的历史认知赋予了神秘的色调，这使南京城被塑造为一个神话地域。作为一位"70后"作家，葛亮显然难以对南京的近现代历史有深入的体察，因此他的南京书写，可以理解为一个现代人基于神话立场对南京城历史基质的发现，因此作家没有着意于对南京历史的精雕细琢，而是着重突出南京的一种神话气韵。正是基于这一立场，葛亮才会用一个传统的神话意象——朱雀——作为南京城的象征，并用它串联起几代人的命运，因此"朱雀"在这里不再只具有神话意象的纯粹意义，而是成为某种从历史中抽绎出来的规律，这使神话具有了某种根本性作用。葛亮选择通过苏格兰华裔青年许廷迈的视角逐渐"发现"南京城，从他在秦淮河畔与程囡相遇开始，他便与那只金色的朱雀产生了神秘的联系。朱雀引领着他发现了南京的历史与现实，发现了程囡背负的沉重命运。葛亮的书写就像许廷迈对南京城的发现过程一样，是探索的、触碰的、小心的，他在不断的迷路中重新发掘出这个城市的血脉。南京城的神话特质，不仅是许廷迈的发现，也是葛亮的发现。

作家笔下的地域，作为"一方水土"，孕育了独特的生命，地域神话的寓言色彩使从其中生长的生命也具有了浓厚的神话特性，二者之间呈现出神秘的且密切的联结。《天漏邑》的主人公宋源与天漏邑之间的关系即是形象的证明。宋源之母被天雷击打致死后，宋源从母亲的尸体

---

① 赵本夫.天漏邑[M].北京：人民文学出版社，2017：42.

中生出，半脸乌青，骨架开阔，虎背狼腰，嘴里还有四颗奶牙。这种异相被村人解读为有熊罴之相，注定能干出超出常人的大事。村里的老女人说："这小子心冷命硬，日后刀光剑影，可操生杀大权。只是，做事没个规矩，如果一辈子在天漏村，就不会有事。出了天漏村，就会有大麻烦。可惜，天漏村容不下他。他终要出去。"①也就是说，宋源的命运从一开始便与天漏邑紧紧联系在一起，这种神话叙事的预叙手法凸显出宋源命运的独特性。小说细致地展现了宋源的人生轨迹，从小时候与其他儿童气质性情的迥异，到抗日战争时期担任游击队长，建国之后成为公安局长，乃至最后永远离开天漏村，宋源的人生轨迹完整地复现了村民的预言，这显然是一种寓言色彩鲜明的书写方式。宋源的人生寓言也影响了其他人的命运，包括一直与其惺惺相惜的千张子、终其一生欲与宋源结合而不能的七女等。虽然在天漏邑这块土地上上演了无数人的人生寓言，但在这些寓言背后的，仍是天漏邑这一巨大的、恒久的神话存在。它存在了上千年，伴随着人们的日出而作、日落而息，见证了无数人的生与死，见证了人们欲望的生与灭，见证了无数人生寓言的流转。在天漏邑中发生的神话演绎与寓言呈现，以具象形式提供了神话历史的另一种讲述方式。

王德威认为，葛亮的《朱雀》沿袭了他在《谜鸦》等小说中开创的风格，即"他想写一则关于宿命的故事……这样的故事，剔除了传奇的色彩，其实经常在你我的周围上演。它的表皮，是司空见惯的元素与景致，温暖人心，然而，却有个隐忍的内核，这是谜底的所在"②。如果说有关宿命的故事在《谜鸦》等作品中集中于个人，那么《朱雀》则表现了一座城市的宿命，讲述了一个一座城市的寓言故事。许廷迈没有去关注南京城现代化的一面，而是徘徊在夫子庙、秦淮河、魁光阁周围，而他与程囡之间故事的发生也是在一片古玩店中。葛亮终究是要表现一座城市的历史寓言，而不是都市寓言，在南京城的古旧色调中，在浓郁的

---

①　赵本夫．天漏邑[M]．北京：人民文学出版社，2017：12.

②　王德威．归去未见朱雀航——葛亮的《朱雀》[J]．文艺争鸣，2009(8).

俗与雅相混融的氛围中，南京城的味道才得到了作家的体认。在这座古城中，许廷迈发现了蕴含着"透彻骨髓的怨与怒"的骂人话，发现了在平和外表之下具有"坚执与强梁"性格的南京女孩子，发现了这座城市中独有的无拘无束的生命气质。在南京古城孕育的生命中，不管是传统女性叶毓芝、程云和、程忆楚，还是新新人类程囡、冯雅可，都在性情层面实现了俗与雅、温顺与刚烈的融合，这些生命在人生寓言中的流转，与南京城的历史寓言糅合在一起。作为传统神话原型的朱雀，也在这种糅合中被赋予了浓厚的现代气质，成为神话融入人类现代生活的重要表征。

(二)"天雷"与"朱雀"：寓言的物象象征

神话叙事视阈中寓言的呈现，需要某些神话物象作为发生的中介，它们往往构成寓言的重要载体。对于寓言有发生作用的物象虽然植根于人类的现实生活，但又在一定程度上超越了人类日常生活的意义，它们潜隐在作家表现的现实生活的诸多细节之中，且在作品的叙事层面发挥关键作用。寓言的物象象征往往是具有统摄性的，它们在很大程度上主导着叙事的进程，牵连起主要人物的命运轨迹。《天漏邑》中的"天雷"，与《朱雀》中的"朱雀"，是最具典型意义的寓言物象象征，它们在不同的神话情境中发挥着不同的功能，从而使神话叙事呈现出不同的外观。它们是传统神话意象的现代拓展，不仅以核心意象的形式突出了文本的整体神话氛围，而且也进入现代寓言的呈现过程中，以预言的方式影响人物的命运走向，从而使小说不仅内蕴着神话与现实的双向对照，而且也突出了一种人类生存的伦理意义，神话由此获得了一种现代功能。

天雷在自然界中广泛存在，但在《天漏邑》中，天雷却成为进行人类道德评判、施行罪责惩罚的主体，且在天漏村成为一种具有压倒性的统治力量。在天漏村的神话记录中，讲到以前的时代人之死不分善恶，皆因天有缺漏，女娲补天固然应当，"但世上还是有很多有罪的人，要留个缝隙，以泄风雨雷电，警示惩罚他们。于是女娲补天时就留了个缝

隙。这缝隙就在天漏村上空，所以天漏村老是突现风雨雷电"①。这即
是以神话叙事的方式解释了天漏村多雷电的原因，并同时赋予了天雷惩
戒有罪之人的神圣功能。这种神话的解释，使天漏村发挥了它收容被流
放之人的现实作用，而且对于那些自认为有罪的人来说，天雷也具有了
一种神话的象征作用，因此他们也将天漏村当作救赎之地。天雷的神圣
作用，使天漏村变为一个施行惩戒仪式的重要场所，天雷作为仪式的实
施者，使参与者的心灵得到净化，塑造了人们的敬畏心理，并帮助人们
形成一种自觉的道德约束。天雷的独特存在，使得天漏村在上千年的历
史中延续下来，它并非恶人的庇护所，而是将恶转化为善的神圣场所。
就像主人公宋源，他虽然面相凶恶，但在出生时即得到天雷的净化作
用，因此他才会行为举止异于常人，并在后来成为一位人们口耳相传的
英雄人物，这都与其出生时的天雷印记息息相关。也就是说，在天漏邑
具有存在合法性与神圣性的天雷，不仅守护着天漏村的自然秩序，而且
深刻影响着像宋源这样从天漏村走出的个人，他们的生命寓言与天漏村
形成了一种循环，从而在旁观者看来具有了独特的生命存在意义。

　　如果说天雷是《天漏邑》中村庄与人物寓言的显性象征，那么朱雀
则以一种隐性形式影响了人物的命运轨迹。正如许廷迈在程囡的店里第
一次见到那只金色的朱雀，"这橱里有一只通体金黄的小鸟，张着翅
膀，却长了一颗兽的头。小是真小，可以放在巴掌里，然而形态是气势
汹汹，分明是头具体而微的大型动物"②。正是这样一个外形微小但形
态凶猛的神兽，推动许廷迈走进了南京历史与现实的叠合空间，同时见
证了程囡所背负的家族女性的命运。叶毓芝、程云和、程忆楚、程囡，
她们皆与朱雀有着千丝万缕的联系，而朱雀作为南京城的象征，也使得
几位女性的命运轨迹与南京城的历史在一定程度上实现了叠合。朱雀不
仅见证女性自身的命运，而且会把这种命运转移到其他人身上，不同人
物的命运由此得以串联起来，并进一步得到深化表现。日军侵华、南京

---

① 赵本夫. 天漏邑［M］. 北京：人民文学出版社，2017：42-43.
② 葛亮. 朱雀［M］. 北京：作家出版社，2010：9.

大屠杀、"反右"、"文革"，朱雀在各种社会变动中出现，就像一个谁也脱离不了的命运符号，它使南京城与这座城市里的人紧紧联结，并被裹挟入一种历史与人性的循环轨道之中。在小说行将结束的时候，朱雀显现出了它的真实面目："铜屑剥落，一对血红色的眼睛见了天日，放射着璀璨的光。"①朱雀那在锉刀后面逐渐显现出的血红色的目光，似乎穿透了历史的迷雾，揭示出南京人的生存寓言本相，也唤醒了他们尘封已久的神话记忆。

天雷与朱雀，都可称作自然物象意义上的原型，它们因独特的存在方式而被人类披上了神话的外衣。上述神话原型对人类生存的显性或隐性影响，都超出了人类自身能够把握的范围，因此它们的存在便突出了人类存在的寓言意味。天雷与朱雀不仅能够介入神话原型的叙事发生，而且在伦理层面也为人类的精神指向提供了一种合理方向。天雷以击打罪人的方式行使其惩戒功能，朱雀则以归属权的转移探索两性命运的叠合，因此神话原型的上述叙事表现能够使读者从中提炼出一种敬畏心理，并按照神话原型揭示出的伦理标准指导现实的生存实践。因此神话原型不仅承担了神话叙事的象征性特质，而且也为读者展现了一种道德理想的发生与实现的可能。

(三)神话历史：历史寓言的象征性再现

作为神话地域的天漏邑与南京城，在许多方面表现出了共同特征。首先它们具有共同的神秘特性，这使得孕育其中的生命也在气质层面与地域相符，而且天雷、朱雀等神话意象的串联，更使得天漏邑与南京城形成了自足的神话生命系统。这种系统的存在自然影响了地域历史的展现方式，历史不仅被神话叙事的方式重新编排，而且历史本身也具有了一种寓言特质。

赵本夫为天漏村赋予了一个以女娲补天为起始的神话源头，而且天漏村村民拥有自己的历史记录——乍册，这使得神话与历史在天漏村成

---

① 葛亮. 朱雀[M]. 北京：作家出版社，2010：442.

为并置的存在。乍册中不仅有天漏村源起的神话记录，而且细致呈现了村庄的千年历史，而乍册由哑巴编撰的独特方式，更增加了天漏村历史的神秘性与权威性。天漏村历史演变的独特性，吸引了许多历史研究者，包括民国时期中央历史研究所的柳先生，以及大学教授祢五常。虽然历史学家的探索部分还原了天漏村的历史，但即使如此，天漏村仍然有着无数的谜团，就像乍册的主人是村里的哑巴一样，历史的真相其实永远难以被完整揭示。可能正是因为天漏村历史的复杂性，柳先生选择留在了这里，他不仅完成了乍册的修复与整理，而且成了天漏村历史的一部分，祢五常虽未与其谋面，但却以历史学家的本能从柳先生那里获得了有关天漏村的神秘信息。在一次意外中，祢五常发现了舒鸠国的古都城，但发现古迹的喜悦很快便被其学生汪鱼儿的"羽化登仙"而冲淡，加之其学生的离奇死亡，祢五常对于天漏村历史发现的自信受到前所未有的挑战。天漏村的历史谜团不仅表现在历史学家发掘天漏村历史的困难，而且也表现在读者难以确定从天漏村出走人物的真实经历。宋源在游击队时期的延安之行一直是一个谜团，且时时困扰着小说中的其他人物；檀黛云县长被叛徒出卖，结果宋源证明是抗日英雄千张子所为，而其出卖的原因却是因为受刑罚时的"疼"，这就为历史遮盖上了一层更深的迷雾。这种刻意增加历史含混性的书写似乎在证明所谓正史的不可靠，并在这一基础上进一步说明历史的寓言性质。作家显然也并不在意历史的真实与否，而是重点突出了作为寓言的历史对于读者既有历史认知的影响，这为读者从另外的角度解读历史提供了新的可能。

南京城神话历史的起点并非女娲补天，而是具有了更为浓烈的现代人文色彩，可以说正是那些沿袭着祖先记忆的南京城里的人，开启了南京城的现代神话历史。南京城里的夫子庙、秦淮河，南京城外如谶语般"预言了宿命与结束"的巨石阵，以及广场华表顶端的神兽"辟邪"，都构成了专属于南京城的神话情境，这些象征物的烘托使南京城的神话历史有了依托，也成为南京人日常生活的重要背景。但从文本中来看，程囡、冯雅可等新新人类对于南京神话历史的象征物——朱雀的态度，与他们的长辈相比已经有了较大的区别。对于叶毓芝、程云和等人来说，朱雀不仅意味着她们与所爱之人的心理联结，而且神兽本身也成了她们生命的一部分，但神兽蕴含的深厚情感却成为程囡等人厌弃的对象（冯雅可把神兽"辟邪"解释为"很贪吃，是个大胃王，而且只吃不拉"）。这种亵渎神圣的态度使他们沉浸于狂欢的、纵欲的生活之中，从而与许廷迈对于南京神秘历史的敬畏、朱雀神话象征的崇拜形成了极大反差。许廷迈发现，"在这个城市的盛大气象里，存有一种没落而绵延的东西。这东西的灰黯与悠长渐渐伸出了触角，沿着城池的最边缘的角落，静静地生长，繁衍。……一旦与光狭路相逢，这触须便会热烈地生长，变得峥嵘与凶猛"①，南京的神话历史虽然已开始没落，但其生命力却深深地隐藏在时间的绵延之中，当新新人类们对此不再敏感时，外来者许廷迈反而发现了其中的秘密。华裔青年许廷迈身上的多元文化特质，使南京神话历史的寓言化表现注定要发生于一种混融的文化语境中，这是葛亮开拓的神话话语的现代形式，南京的神话历史也由此获得了一种现代品格。

在《天漏邑》结尾，祢五常亲眼看到柳先生居住的半截茅庐在惊雷与暴雨中轰然倒塌，当一切都消失在一片白茫茫中，"祢五常扶着石桌踉跄起身，突然迎着雷暴雨和一串通天闪电，张开双臂，厉声高叫：'天——下——雷——行！物——与——无——妄！'"②天下雷行，百兽震恐，万物惊肃，不敢生虚妄之心。祢五常最终发现的并不是天漏村记录在乎册中的"历史"，而是由天雷等自然神话物象所引导的现在时的历史，这种历史存在于村民的日常生活中，构成他们对历史、对生活、对命运的理解。许廷迈发现的也不是南京城见于史书中的历史，而是由朱雀串联起的历史寓言。当他在洛将军那里见到朱雀的真实面目，并重新返回南京，他见到了与最初印象不同的景象。他眼中的古钟楼虽已陈旧，但庄严肃穆，"灰红的墙体业已斑驳，布满了经年的爬山虎，也随了季节衰落。在爬山虎的交缠下，钟楼孑然立着，如同入世的隐

---

① 葛亮．朱雀[M]．北京：作家出版社，2010：161.
② 赵本夫．天漏邑[M]．北京：人民文学出版社，2017：396.

士，身处市井，外面还听得见车马喧嚣的声音。他和这楼面对面，却觉得心底安静，身体也缓慢地冷却下去了"①。在许廷迈眼中，南京城的历史是与古钟楼、爬山虎联系在一起的，他在这一历史中重新认识了自己，因此与程囡、冯雅可等人对自身身份的混乱认知呈现出差异。《朱雀》这一个耐人寻味的结尾，验证了许廷迈对南京城历史的神话认知方式，而且同时开启了南京城历史寓言演绎的更多可能。

二、女性命运的神话隐喻：《女娲》与《奔月》

当代女性作家借助神话视阈对女性命运的关注，是在共时层面完成的，她们不像男性作家那样对历史叙事有浓厚的兴趣，也不注重对宏阔的历史潮流进行表现，而是更多地把注意力放置在对女性在历史的某一时刻所产生的丰富感受上面，从而进一步呈现笔下女性敏感、多变的精神特质。这里的神话视阈，主要指的是女性作家通过女性神祇原型的化用，使笔下的女性成为女性神祇的隐喻式再造，同时立足于女性的身份特征与思维特质，真实地呈现出女性的精神成长过程。虽然作家们塑造的女性是神祇的化身，但她们在人类生存现实中的遭遇，才是作家表现的中心，她们与男性的交往，对生活的抗争，使得她们具有了强烈的独立性质。徐坤的《女娲》与鲁敏的《奔月》可视为上述创作的代表，通过将现实女性比附为传统神话中的神灵，作家借此反观当代女性神性的获得与失去。这种以隐喻形式呈现的神话叙事，不仅增强了神话的现实意味，而且也能够使读者通过神话视角关注女性的现实遭遇，理解她们的境遇与困惑。

（一）女性神祇的原型再现与现代改造

在中国神话史中，产生了女娲、嫦娥、西王母等具有代表性的女性神祇形象，这些神祇不仅成为人们信仰的对象，而且她们本身承担的生

---

① 葛亮．朱雀[M]．北京：作家出版社，2010：445.

育、创造、仙化等诸多特质，也是人类现实生活的重要主题。神话讲述的形式从来不是固定的，它往往会以某个基本主题为中心，在不同的时代表现出新的叙事内容与形式，这也是神话叙事能够延续至今的内在原因。在现代作家鲁迅笔下，对传统神祇的讲述即被赋予了现代特质。在《故事新编》的《补天》《奔月》诸篇中，女性神祇成为具有独立思想与行为的生命主体，女娲是在一种"无聊"的心境与环境中选择创造生命，而她的补天业绩乃至她自己的存在非但失去了传统的神圣意义，反而成为被"禁军"亵渎的对象。嫦娥亦如此，在每天乌鸦炸酱面的日常生活中，她越发觉得后羿的无能与生活的无趣，因此选择吞下仙药、离开后羿，去追寻她理想中的生活。在新的时代情境中，中国当代女性作家延续了鲁迅的创作思路，她们基于人类的现代立场重新理解神话，并通过对普通女性人生遭际的表现，使之获得与神话相衔接的神性意义，这是一种神话感知在新的时代环境中的表达。但像徐坤、鲁敏这样的女性作家，她们的创作与鲁迅又是有区别的，女性身份使她们能够更细腻、全面地描摹叙事对象的内心世界，另外，她们也不像鲁迅那样以重述的形式再现女性神话，而是试图开拓了传统神话原型的隐喻形式，把它作为一种思想或精神层面的象征，并借此在整体意义上观照女性的命运。

徐坤与鲁敏都把现实中的普通女性作为主人公，并把她们与传统的女神——女娲与嫦娥——对应起来。在主题表达层面，她们则突出了女性在现代社会遇到的核心问题，如生育与逃离。另外，对乡村与城市等不同现实情境的选择，使作家能够全面、深刻地深入现代女性的命运轨迹之中，这也成为女性作家借助神话原型进行叙事表达的一般形式。

徐坤的《女娲》，还原了一个叫李玉儿的女人在小村落于家坳的生育史与生命史。在她的一生中，李玉儿为于家生养了十余个生命，她从媳妇变成婆婆，也经受了无数的人生苦难。当李玉儿以童养媳身份来到于家时，她不仅要遭受来自婆婆于黄氏的压迫，还要承担繁重的劳作，忍受稀薄的亲情，这使她的肉体与精神遭受了严重的创伤。尽管有着无数的苦难，但李玉儿仍有着旺盛的生育力。她虽然对身体的成长周期一无所知，但她的身体却始终处在一种自然的节奏之中，因此身体的羸弱并不能阻止她生命能量的释放，"这干瘪的生命竟饱含着分外巨大的能量，只要承受一星雨滴，便会以不可遏止的力量蓬蓬勃勃地开花、结果"①。李玉儿也正是在生命力的充盈与生命的创造层面，实现了与女娲形象的续接，她用了十余年的时间，把一个人丁稀少的家庭扩充为一个有着十余人口的大家族，这使得于家的生命根脉能够继续延续下去。李玉儿神性意义的发生，不仅体现在她所具有的强悍生育能力，而且也表现在她也承担了像女娲那样通过"补天"以扶助生命的作用。在《淮南子·览冥训》中，女娲炼石补天以救苍生，从此"苍天补，四极正；淫水涸，冀州平；狡虫死，颛民生"。《女娲》虽未实写李玉儿的"补天"，但也以隐喻的方式表现了她在困难情境中能够发挥的重要作用。在历史的风云变幻中，于家从曾经的地主变成穷苦农民，李玉儿面临着公爹早逝、婆婆与丈夫瘫痪在床等更艰难的生存环境。尽管如此，李玉儿却仍然具有强大的生存适应能力，她既发挥孩子们的作用以维持生计，也要通过缝补浆洗、摊煎饼拉磨等工作补贴家用，这使得于家逐渐重回正轨。正是通过李玉儿的"补天"之功，于家才度过了艰苦岁月，并最终迎来了新生命的诞生。

与李玉儿不同，《奔月》中的小六是一位现代都市女性，她并不用像李玉儿那样以童养媳的身份进入别的家庭，也不用担心生计之苦，她面临的是一种从现代都市生活中滋生的人们的精神焦虑问题。尽管小六在繁华的南京城有家庭、有工作、有情人，但这并不能帮助她认清自己的价值，于是她利用一次神秘的翻车事故，实现了她从既有生活的逃离，试图借此开启另外一种人生。鲁敏之所以如此设计小六的人生，并将小说命名为《嫦娥》，显然是对鲁迅的嫦娥叙事的延续，他们都试图以现代性的眼光塑造一个现代的"嫦娥"，并借此观照中国女性的精神世界。如果说鲁迅讲述了嫦娥为何奔月的故事，那么鲁敏则探讨了嫦娥奔月之后如何的问题。在小六的南京生活中，其丈夫贺西南就像鲁迅笔下的后羿，夫妻之间那种温吞如水的生活成为小六心理危机的根本来

---

① 徐坤. 女娲[M]. 石家庄：河北教育出版社，2000：36.

源，这可称为鲁迅笔下嫦娥与后羿故事的当代翻版。但鲁敏的独特创造是设计了一次翻车事故，使小六借此逃离原有的生活，从而为现代嫦娥创造了一种新的人生可能。小六来到一个叫做乌鹊的小城镇，但吊诡的是，小六非但没有彻底脱离以前的生活，反而在林子的帮助下，重新在乌鹊建立了一套与之前类似的生活系统。在这个"月球"上，她不仅有仰慕者"吴刚"——林子，而且有对她百般依赖的"玉兔"——聚香，在乌鹊这个小小世界里，生活似乎和她开了一个不大不小的玩笑。尽管小六知道"乌鹊是不重要的，重要的是在别处"，但在她尽力奔跑逃离之后，生活似乎又回到了原点。现代的通信工具、现代的谋生方式、现代的情感联系、现代的戏谑与幽默的烦恼，"她扔掉什么，就又重新装备起了什么，且像是可以无限延续下去"①。也就是说，即使现代嫦娥在奔月之后，生活也没有发生根本改变，小六尽管做出了远离生活的巨大举动，但仍收效甚微，这似乎成为鲁迅与鲁敏笔下嫦娥难以逃脱的现代命运。由此，现代嫦娥与现代女娲的塑造，共同构成了当代女性难以摆脱的生存景观。

(二)妥协与抵抗：男性视阈下的女性神话叙事

在传统的神话讲述中，女性神祇往往是没有语言的，她们从被塑造的那一时刻起，便被赋予了色彩强烈的性别标签，这是人类社会由母系氏族转向父系氏族在神话中的形象映射。即使是在启蒙话语占据主要位置的现代文学时期，对女性神祇的表现也没有得到彻底的改变，而且在男性作家的叙事中，女性神祇也多成为被束缚的对象。《补天》中的女娲虽然创造了生命，但却不断受到这些"小东西"的侵扰，而且在离世之后，其尸身的膏腴之处还要被"禁军"侵占，并冠以"女娲氏之肠"的名号；《奔月》中的嫦娥虽然有强烈的女性独立意识，但在窃药奔月这一行为层面，仍然难以逃脱固有的违背伦理道德的标签。在当代女性作家对女性神祇的隐喻式表达中，她们不仅有着自由、充分的生命意识呈

---

① 鲁敏. 奔月[M]. 北京：人民文学出版社，2017：101.

现，而且面对男性权力的挤压，她们也在行为与语言层面表现出抵抗的态度。女性作家的叙事不仅还原了女性心理与命运轨迹呈现的真实性，而且也在客观上促成了女性话语在当代文学场域中的多元表达。

对于李玉儿来说，来自公爹于祖贤的关爱，成为她苦难生活中的唯一亮色。于祖贤不仅抚慰着李玉儿的心灵，而且过早地使她发现了男女之间的秘密，这虽然使李玉儿获得了作为女性的感觉，但却埋下了她余生苦难的种子。这种乱伦书写自然冲击了现代人对于伦理规范的理解，但从神话角度来说，这种书写却正是对传统神话叙事的沿袭。在民间广泛流传的洪水后兄妹再殖人类神话中，兄妹打破常规的结合成为人类生命重启的源头，这反映了原始社会中人类近亲婚姻的普遍状况，也间接体现出民间对生命起源方式的独特理解。《女娲》中的乱伦书写便是在上述神话的基础上呈现出来的，另外，这种书写又突破了读者一般理解上的社会身份禁忌，而是突出了李玉儿作为一个自然生命体从男女交合中诞生的生命意识。小说中这样写道："不败的男人和女人呵，肩着乱伦的罪孽，在暴雨和山洪的掩盖下无休无止地谵妄地暴发着，交接着一个地老天荒亘古不变的深刻悠久的仪式。"[①]在徐坤笔下，暴雨和山洪的灾难，抵挡不住李玉儿以仪式的形式确立独立的女性意识与生命感觉，作家显然是在这样一种类似原始情境的刻画中，重现了人类生命源起的早期形态，突出了李玉儿作为生命创造者的经典形象。

李玉儿的生命历程虽然有一个神话的开头，但这一神话却终究到落到现实的庸常与芜杂之中，李玉儿也终究要被现实的人伦秩序制约。她与于祖贤所生的畸形儿于孝仁，就像《百年孤独》中布恩地亚家族诞生的长着猪尾巴的孩子一样，开启了李玉儿的苦难史，也成为她与所生子女之间紧张关系的隐喻。李玉儿的生命感觉虽然是由男性开启的，但这在一定程度上也是被迫的，是违背她的生命意志的，李玉儿终其一生和男性的对抗给她带来了无尽的屈辱与悲伤，正如她年幼丈夫于继业那蝌蚪似的生殖器给她带来的阴影一样，它虽然力量弱小，"但以后漫长的

---

① 徐坤 . 女娲[M]. 石家庄：河北教育出版社，2000：33.

岁月给了她无数次的欺侮和暴虐，让她陷入循环往复生死轮回的无限深渊”①。作为一位农村女性，李玉儿没有足够的智慧去和男性带来的屈辱对抗，只能继续深陷在中国女性几千年来遵循的人伦秩序之中，因此李玉儿所代表的现代女娲形象具有了浓重的悲剧性质，成为被男性役使与承担生养功能的工具。

如果说李玉儿对男性是被动的接受与妥协，那么小六则具有了自主的选择权力，这使得她在与男性的交往中具备了一定的独立性。正是因为没有对男性形成依附关系，所以当小六面对丈夫贺西南那“笔直而粗糙的逻辑，信奉所见即所得”的生活理性，她毅然选择了逃离。另外，小六与她的情人张灯之间的关系也是平等的，她并不刻意营造与张灯之间的亲密关系，而是只注重身体感官的享受，这种独立意味强烈的观念，使她具备了创建新生活的根本前提。事实也的确如此，林子心甘情愿地为小六服务，不仅为她重建了所有的社会关系，而且对小六是绝对服从的态度。尽管取得了对男性的胜利，但小六却并未获得真正的快乐与解脱。也就是说，当现代都市女性获得一种理想的独立性时，她们反而陷入困惑，如果是这样，那么她们逃离的意义又是什么呢？正是基于这种考虑，小六选择逃离乌鹊，重新回到南京城，试图重新找回生活的意义，但当她看到自己的位置早已被好友取代，她又重新走上了奔逃之路。也就是在小六转身的那一刻，她才明白了“逃离”的真正意义，从原有的生活中选择离开只是逃离的表象，只有通过逃离实现对本真心灵的探寻，明晰自身存在的意义，人才能够真正进入自在之境。

在小说结尾，面对那一轮边缘粗糙的，在高楼间缓缓升起的月亮，小六选择了“快跑”，与其说这种行为是“逃离”，不如说是“奔向”，这正是对嫦娥奔月的象征表现。小六终于脱离了各种关系的羁绊，“从固有的躯壳与名分中真正逸走了。她一无所知，她万有可能，就像聚香刚生出来的那个婴儿。她感官初张，望闻问切，极目远眺，呒苦汁如蜜

---

①　徐坤．女娲[M]．石家庄：河北教育出版社，2000：9．

爱"①。小六仿佛回到了生命的原初状态，并在一种自由之境中实现了心灵的释放，实现了与自己的和解，也终于能够真正把握自己的命运。从这一层面上来说，小六实现了真正的"奔月"，她奔向的不是另一个无聊与芜杂的世界，而是奔向了一个能使女性自由成长的理想世界。

（三）生命形态的变异：女性神祇的现代命运

在对女性神祇的现代命运呈现中，女性作家总是着重塑造一种变异了的生命形态，这发生在叙事对象的肉体与精神两个层面。在鲁迅笔下，女娲创造的生命发生了变异，他们由长着肥白的脸的"可爱的宝贝"变成了"怪模怪样的已经都用什么包了身子"的小东西们，女娲的态度也由最初的欢喜变成了厌恶，在女娲死去之后，那些宣称为"女娲氏之肠"的禁军，则更成为生命形态变异的畸形。《奔月》中嫦娥的生命形态变异则主要表现在精神层面，她在日常生活的琐碎与无聊中变成了一个整日絮絮叨叨、无所事事的形象，她抱怨着后羿的无用，不切实际地想象另一种生活，这种精神的异化使她选择窃药升天。与鲁迅一样，徐坤与鲁敏也在作品中表现出了生命形态的新型变异形式。

李玉儿虽然通过生育使于氏家族重新繁盛，但第一个生命的畸形形态，却预示着李玉儿乃至于家未来命运的波折。李玉儿的第一个孩子——于孝仁——是她与公爹于祖贤乱伦的结果，孩子的样貌是变异的、不正常的。于孝仁的长相很蹊跷，"头奇大，胳膊腿儿奇细，只会四角着地爬，站都站不起来……等到于孝仁能站起来走步时，已经完全是一副饱经折磨历尽苦难的小老头相，拧拧着大眉，淌着口水，一脑瓜子的褶皱堆积着，对活动着的人形打量了这个又瞅那个，厌恶地皱皱眉，乍巴乍巴地扭到猪圈鸡窝里跟畜生玩去了"②。于孝仁的形象成为韩少功在《爸爸爸》中塑造的丙崽的翻版，但于孝仁的变异不仅在样貌上，更体现在日常的行为层面。在于孝仁身上似乎存在恶的本性，他的

---

① 鲁敏 . 奔月［M］. 北京：人民文学出版社，2017：365.
② 徐坤 . 女娲［M］. 石家庄：河北教育出版社，2000：62-63.

嘴里满是粗言恶语，当自己失宠时他甚至能毫不犹豫地想杀死弟弟于孝义，更令人瞠目的是，他在具有男性意识之后甚至侵犯了母亲，像于孝仁这种无善恶观念、无孝悌意识的变异生命是于家的灾难，而他最终也以非正常死亡的方式结束了一生。现代女娲李玉儿创造的这样一个变异生命，不仅将于家引向巨大的灾难，而且也深刻改变了李玉儿的命运。在长期的生育与生计维持中，李玉儿练就了强悍的生存能力，但也形成了像《金锁记》中曹七巧那样的性格，她将自己的不幸命运不断地转移到子女身上，这成为她自己精神层面出现变异的证明。虽然遭遇了肉体的痛苦与精神的折磨，但徐坤对李玉儿仍是仁慈的，作家没有为李玉儿设计一种悲惨的结局，而是通过展现于家新生命——于一新的诞生过程，预示了于家新的生命循环的开始，这也在一定程度上升华了李玉儿的生命存在。现代女娲李玉儿不仅沿袭了传统神话中女娲强大的创造伟力，而且也以一位普通女性的人生遭际，展现了神话进入现实并被改造的过程。借助神话的视角，徐坤呈现了一位农村女性身上神性与世俗性兼具的特质，现代女性的丰富内心世界也得到了细致呈现。

小六的生命形态发生变异，同样是在肉体与精神两个层面呈现的。与葛亮对南京城的历史寓言表现不同，鲁敏突出了人们在南京城里困顿、无聊的生活状况，这是一种进行时的书写。小说中有一个形象的比喻，黄梅天时南京的空气"既憋闷又水汽十足，像一张养分复杂的巨大水膜，黏答答地罩在所有人身上"①，这可以说是对小六逃离之前内心世界的形象描绘。小六不仅要忍受糟糕的天气，还要忍受丈夫贺西南那没有生气的理性逻辑，以及与张灯之间那毫无生命感觉的性交流，因此她向乌鹊的逃离，正为她受压抑的肉体与心灵寻找到了一个释放的窗口。但令人无奈的是，虽然小六取得了暂时的胜利，但当她在乌鹊获取了另一套社会关系时，她在南京城的感觉再次重现了。她似乎戴上了在乌鹊广场上随处可见的卡通人偶面具，不得不去用在南京生活的态度面对周围的人，也只能在与别人的嬉笑怒骂中反省自己的孤独。小六的肉

---

① 鲁敏. 奔月[M]. 北京：人民文学出版社，2017：58.

身不仅被重新禁锢，而且她的精神状态也开始变得异常。她把自己与林子的交往置于虚幻的镜像中，以此获得臆想中的免责与虚构的逃离感，但这是一种更为深刻的肉身与精神无处安放的孤独。在迷茫中，小六找到了旧相识——月亮，只有面对月亮，她才会反省自己的经历，才会获得心灵的真正宁静，才会疑问"爱，肉身，孤独，宿命，亲人，生活，伴侣，这忧郁而渺茫的追寻，是否能有一个确切的托付与解答?"①由此，作为嫦娥现代化身的小六重新与月亮产生了密切的心理联结，无言的、洁净的月亮抚慰了小六的心灵，使她明白了自己奔向的正确方向。在小说的开头与结尾，鲁敏安排小六完成了两次"奔月"，但二者有着质的不同，如果说前者是小六在一种无奈情况下的被动选择，那么后者则是小六在充分认清自己之后的主动选择，它是小六精神境界实现升华的必然结果，也将小六引向了一种更为理想的自由境界，在这一境界中，小六获得了一种价值得到确认、心灵得到充实的生活。

徐坤、鲁敏等女性作家选择把李玉儿、小六等普通女性作为传统神话中女娲、嫦娥等神祇的化身，是为她们的创作目的服务的。对传统神话形象的隐喻式再现，不仅是传统神话叙事在当下的合理延伸，而且普通女性也以自身的命运遭际，为女神形象在新时代情境中的表现提供了重要场域。徐坤等作家虽然延续了由鲁迅等现代作家开创的现代神话叙事传统，但她们也为之增添了诸多新内容。如果说鲁迅是从启蒙立场出发表现女性神祇，并借此表达一种理念(在《补天》《奔月》诸篇中可提炼出强烈的讽刺表达)，那么徐坤等人的创作则更多地将叙事主体的理念、叙事对象的本真特性以及时代历史的特殊性结合起来。通过表现女性的生育与逃离行为以映衬女性神祇的神话行为，以及她们与男性的交流与对抗，乃至女性生命形态在特殊情境中的变异与复归，女性作家表现出女性神祇现代化改造的多元形式，以及女性生命本质的丰富内容。女性神话的隐喻式书写，在新时期以来的文学创作场域中获得了新的表现形式与内容，成为作家女性意识表达与女性命运关注的重要凭借。

---

① 鲁敏．奔月[M]．北京：人民文学出版社，2017：185.

第二节　重述神话：传统神话叙事的当下再现

神话自诞生之日起，便被一再重述，这成为中西作家的共同叙事传统。神话为何能够被重述？这是因为神话中不仅留存着人类的早期记忆，而且其内蕴的文化基因"不仅为人类提供了诗性智慧，也为人类指明并提供了返归自然的航向与能力"①。古希腊与古罗马神话在言说过程中形成的整饬、严谨的神话谱系，以及把神进行人性化塑造的叙事传统，极大地影响了西方作家的神话重述，而这一影响也延伸到了中国现代作家的创作中，如郑振铎、何永佶等对普罗米修斯神话的重述，即表达了现代作家通过神话重述以实现社会关切与呼唤革命的目的。就当代作家对中国神话的重述来说，中国作家注重为中国传统神话赋予现代理解，并以现代的文学语言补充中国神话的细节，试图填补中国神话在言说与传播过程中的空白点，从而还原中国神话的完整面貌。另外，中国小说创作的现实主义传统，又促使作家注重发挥神话的现实作用，阐释神话对于现实人生的意义。本节即以2005年的"重述神话"系列小说出版项目为典型案例，并借此揭开传统神话当下重述的多元景观。

一、"重述神话"国际项目与中国作家的叙事选择

由重庆出版集团与英国坎农格特出版社在2005年开启的"重述神话"系列图书出版项目，甫一出现就引起了广泛的社会关注。出版方在全球范围内遴选那些具有世界影响力的作家，邀请他们对各自文化传统中的经典神话进行重述，通过集中出版的形式，形成一系列跨文化、跨国界的神话重述作品。与英国学者凯伦·阿姆斯特朗、英国作家A. S. 拜雅特、珍妮特·温特森、日本作家桐野夏生等一道，中国的苏童

---

① 叶舒宪. 神话如何重述[J]. 长江大学学报(社会科学版), 2006(1).

（《碧奴》）、李锐（《人间》）、叶兆言（《后羿》）、阿来（《格萨尔王》）等四位作家加入了重述神话的创作集体。这是中国当代文学"走出去"的早期实践，它不仅为中外读者提供了观照中国神话的新型方式，而且也丰富了中国传统神话在现代社会的表现力。

　　客观来看，中国作家的神话叙事取得了一定成绩，作家们的作品不仅产生了经济效益，而且也在一定程度上使作为优秀文化资源的神话被更多人广泛认知。从另一方面来看，重述神话系列作品虽然通过出版社的宣传获得了一定的影响力与社会效益，但在前期宣传过后，读者大众对作品不再报以热情态度。另外，作为国际出版计划的组成部分，中国作家的作品被翻译成不同的语言，并顺利进入外国图书市场，但并未取得预期的理想效果，也没有一些有分量的评论出现。由此可见，当代作家的重述神话创作是一个比较复杂的现象，它虽然借助出版机构的力量有了与世界文学交流的机会，但创作本身的问题又使得这种交流难以持续。

　　当代作家选择的神话重述对象，有的属于传统意义上的神话，比如阿来选取的西藏等地区广泛流传的格萨尔王神话，叶兆言选取的出自《山海经》等典籍的后羿、嫦娥神话，有的则并非传统意义上的神话，而是在中国家喻户晓的民间传说或故事，比如孟姜女、白蛇传的传说等。虽然有着不同的叙事来源，但作家们都注重发掘所选取对象的神话特质。比如苏童选择的孟姜女故事，从战国时期即已出现，并在长期的民间流变中形成了完整的叙事轮廓。又如李锐选择的白蛇传传说，其流变则更具代表性。"从唐代无名氏的《白蛇传》，到宋代的《西湖三塔记》。再到明代冯梦龙的话本小说《白娘子永镇雷峰塔》，再到乾隆年间白蛇传故事最终定型的《雷峰塔传奇》。"①在叙事的不断演化中，白娘子从一个民间存在逐渐具备了神的品性，这使得围绕白娘子展开的叙事具备了神话叙事的基本特性。虽然当代作家的选择对象是不同的，但这

---

① 叶永胜．中国现代神话诗学研究［M］．合肥：合肥工业大学出版社，2014：177.

些对象又有着共同特征。作为叙事材料，这些对象不仅有完整的情节架构可供进一步创新，而且许多叙事的空白点也需要作家去填充、扩展，因此仍有巨大的叙事空间。中国作家基于自身的叙事旨趣与风格，立足于中国社会大众的审美倾向，从小说的主题表达、叙事形式创新等多方面改造了传统的神话叙事资料。

原始神话的诞生与传播，在根本上都源自先民的心理诉求，它不仅包括先民解释世界的冲动，而且也是人们获得心灵慰藉、化解心理危机、表达美好情感的重要凭借。在时代变迁中，神话都会根据现实境况与人们的诉求变化，改变着讲述与传播的方式，而这种改变也自然影响着神话主题的传达，它使神话面貌不断更新，不断充实。新时期以来中国社会发生的巨大变化，以及民众心理发生的巨大变迁，都影响了作家的叙事策略，因此与传统神话的主题表现相比，当代作家神话重述在主题层面也出现了许多创新成分。

苏童对孟姜女故事的重述，在很大程度上借鉴了民间传统，但苏童并非在叙事的层面理解"民间"，而是实现了对一种民间情感的沿袭。苏童认为，他的创作"很大程度上是在重温一种来自民间的情感生活，这种情感生活的结晶，在我看来恰好形成一种民间哲学"①。基于上述考虑，苏童把碧奴的"哭"作为叙事表现的核心，并借此展现他对民间情感生活乃至民间哲学的理解，这帮助他深化了对民间传统生活的认知。李锐试图通过白蛇传故事传达的也是一种对民间的思考，但他的关注点并非"情感"，而是民间对"人"之本性的看法，在对白素贞、青儿等"妖"的刻画中，他细致地描摹了存在于民间的人类对异类的偏见，人们基于物种而非善恶标准对"人"与"妖"的刻意划分，体现出作家对异质化人性的深刻反思。苏童与李锐的叙事资源虽来自民间，但他们的神话视阈却超越了民间，因此他们的神话叙事在内涵层面上升到了哲理思考与人性认知的高度。叶兆言对后羿与嫦娥神话的重述与鲁迅、鲁敏等作家的重述经验不同，他不再出于一种启蒙立场或者女性关注的视

① 苏童. 碧奴[M]. 重庆：重庆出版社，2014：1.

角，而是着重表现后羿、嫦娥等作为神灵在性格层面呈现出的复杂性，以及他们由神转化为人的细致过程，加之作家对大众审美趣味的趋近，叶兆言笔下的后羿与嫦娥表现出与传统形象完全不同的特质。

与上述作家的神话视野不同，阿来选择了具有丰厚口头讲述历史以及广泛传播范围的藏族格萨尔王史诗，因此阿来的叙事更具有宏大特质，其展现的神话世界也更为广阔。当然阿来也没有事无巨细地重述史诗，而是基于藏文化的特质，注重表现格萨尔王的成长史，而在神话视角之外，作家又切入了现实的成分，通过引入晋美这一说唱者形象，间接展现了传统史诗在现代社会中的命运。从叙事效果来看，阿来在作品中成功地刻画了格萨尔王那种悲悯万物、拯救万民的高贵神性特质，并完整地呈现出这种特性与人类现实生活的融合。综上而言，尽管当代作家的神话重述立足于不同的叙事资源，开辟了不同的主题表达，但他们的创作在根本上都具有强烈的现实倾向，作家们或是把现实生活情境作为切入点，或是把人类的现实心理作为出发点，其最终效果都是突出了神话叙事的现实品性，张扬了传统神话在现代社会的蓬勃生命力。

在人类发展的不同时代，神话叙事的叙事形式也是会发生改变的。以古希腊神话为例，《荷马史诗》与赫西俄德的《神谱》在叙事风格上已表现出很大的不同。荷马以顺叙形式表现特洛伊战争及奥德修斯海上漂流的过程，在乔伊斯的《尤利西斯》中得以重现，但乔伊斯却不是重复荷马的工作，而是以布卢姆在都柏林的游荡来映射奥德修斯的经历，从而成为"人类生活和斗争的象征"①。西方现代作家以"现代"眼光重新理解并阐释了传统的神话主题，这种神话理解的形式也得到了中国当代作家的认同，并体现在他们的重述神话作品之中。当代作家所开拓的神话叙事新形式，主要存在两种情况，表现为叶兆言与苏童的原始神话情境还原，及阿来与李锐将神话与现实情境并置的书写方式。

在《后羿》与《碧奴》中，叶兆言与苏童皆把叙事情境设置于人类生

---

① ［俄］梅列金斯基. 神话的诗学［M］. 魏庆征，译. 北京：商务印书馆，2009：332.

存的原始时期，他们试图通过神话场景的还原，把那些在传统神话中被赋予神性的神灵进行"人"的还原，并细致展现他们神性消退与人性获得的过程。《后羿》中，神话情境被描绘成人类的母系社会时期，嫦娥的遭遇见证了母系社会崩溃的过程，后羿正是在这一背景下来到了这个世界。也就是说，作家为嫦娥与后羿的成长提供了一种"真实"的社会环境，在社会统治力量由女性转移到男性的过程中，后羿的"神力"成为男性统治意识由萌生而不断壮大的象征，即使他遭遇了被阉割的厄运，但这并不妨碍他成为社会统治的主体，嫦娥也正是在后羿男权意识的不断扩张中选择了奔逃。因此可以这样认为，后羿与嫦娥形象的变化，在一定程度上代表着男性与女性在人类发展历史中权力的易位，叶兆言的神话叙事，既生动地呈现了神话人物的现实命运，也成为解读男性与女性历史角色的深刻寓言。

与叶兆言不同，苏童将碧奴寻夫的故事置放在一个时空界限消弭的情境中，在这个世界中，不仅有关于哭的禁忌，而且存在着像鹿人、马人这样的奇异生命体。碧奴在这个世界中面临着男性的侮辱与损害，而她在寻夫之路上也不得不面对来自各个方面的恶意，但与丈夫岂梁之间的深厚夫妻情谊，以及碧奴自身坚韧的生命力，使她最终走到了长城脚下，并用一场痛哭释放了所有的悲伤与痛苦。因此，碧奴的神性不仅体现在她那神奇的"哭"，而且也体现在她在与一个男权社会抗衡的过程中所迸发的强大能量，哭倒长城只是一种结果，她在一个男权世界中的突围才是作家重点表现的内容。可以看出，叶兆言与苏童对原始神话情境的还原，其实是借此表现叙事对象在成长过程中呈现的神性与人性的消长，神话人物也在这一过程中彰显出了一种独立性。

在《格萨尔王》与《人间》中，神话与现实情境的并置则成为阿来与李锐的主要表现方式。阿来在作品中将英雄格萨尔王的人生历程与晋美由牧羊人成为史诗说唱人的身份转变历史结合起来，并使二者呈现出对位互照的关系。阿来充分利用关于格萨尔王的丰富神话材料，在远古神话情境的塑造、格萨尔王神圣印记的展示、波澜壮阔的神话景象的描画中，发挥了神话叙事的宏大特质，使读者在视觉层面、心灵层面重新感受到了神话史诗的魅力。但表现英雄的伟业只是阿来的目的之一，他试图通过引入说唱人晋美这一条线索，发掘传统神话的现代意义。晋美对自己作为史诗讲述人身份的认知是逐渐发生的，而叙事者对晋美的态度也有一个逐渐转变的过程，这使得神话与现实这两条线索最终实现了交汇，而读者也能从中体味到作家对神话在现代社会存在的深刻思考。

在《人间》中，李锐铺陈了三条叙事线索，以此展现神话与现实并置的复杂性。在把白娘子、许宣、法海间发生的故事作为核心叙事线索之外，李锐把许宣之子粉孩儿与香柳娘间发生的故事、现代白娘子秋白的人生遭际等作为辅助叙事线索，借此填充传统神话的空白点，以及探讨传统神话与人物现代生活的交集。与阿来在神话叙事中突出史诗性不同，李锐在几条叙事线索中贯穿了人与妖、神与魔的冲突，从而增强了传统神话叙事的戏剧性。这种戏剧性不仅体现在白娘子的传统叙事中，李锐还通过展现个体遭际的形式，揭示了白娘子与秋白之间的隐秘联系。二人经历的相似的幸福与痛苦，使白娘子神话得以在现代意义上发生，而作家对人性与妖性之辩证转化的讨论，也促使读者去思考人性与妖性在一定条件下实现转化的可能。总之，中国作家在主题内容的表达与叙事形式的创新等方面，实现了对传统神话叙事的突破，这种神话叙事的更新不仅具有方法论变革的意义，而且充实了神话讲述的现代内涵，从而充实了小说神话叙事的当代面貌。

二、方法革新：神话叙事原型的置换变形

通过对神话叙事原型进行置换变形的方式介入小说神话叙事的方法变革，是中国作家进行神话重述的重点特点。"原型"是神话学范畴的一个重要概念，列维-布留尔、容格、弗莱等西方学者均已对神话原型的概念作过阐释。列维-布留尔将原型称作"集体表象"，容格认为，"原始意象或原型是一种形象，或为妖魔，或为人，或为某种活动，它们在历史进程中不断重现，凡是创造性幻想得以自由表现的地方，就有

它们的踪影，因而它们基本上是一种神话的形象"①。弗莱则将原型称作"一种典型的、反复出现的意象"，是一些"联想群"，并且在一定条件下会发生复杂的变化。② 结合上述定义，"原型"可被描述为是与人类的集体无意识相关的一种心理图式，它往往通过意象呈现的形式表现出来。原型作为人类独特思维的凝结物，在人类文明初期即已浮现，并在人类发展历史中实现了内涵不断深化、形象渐趋复杂的过程，而且往往与神话叙事密切相关，成为神话讲述的重要承载物。人类神话的不断演进，使原型的形式也不是一成不变的，而是通过意象的不断更替与变化，始终存在于人类的思维呈现与艺术创作过程之中，因此可以说原型通过置换变形的形式，见证了人类思维发展的历史。神话为作家的创作提供了形式多元、内涵丰富的神话原型，这些原型被重现于作家们的神话重述之中。当代作家遵循了传统神话叙事"'古已有之'的模式"，从而适应读者习惯性的审美接受。在另一方面，"原型的具体的内含又在不断地更新、激活、发展，它与现实生活、时代精神、人的新的追求等相关"③，这也影响了作家们原型表现的形式。因此当代作家是在表层的叙事模式与深层的内涵扩展等方面开拓了神话原型的置换变形，这进一步推动了神话叙事的多元呈现。

苏童的《碧奴》借鉴了"孟姜女哭长城"这一经典的故事原型，作家在基本还原孟姜女千里送寒衣以及哭倒长城这一叙事的基础上，对这一故事原型又作了新的开拓。孟姜女故事是大众民间记忆的重要来源，因此苏童并没有改变整体的叙事线索及方向，而是在前人叙述的基础上，在叙事细节方面进行了大量补充，从而使孟姜女故事具有了以现代视角进行重新观照的可能。比如在碧奴的家乡柴村与桃村，女巫的话语具有神奇的力量，它甚至会指导人们的日常生活，而村子中的男女更是通过

① ［瑞士］容格．论分析心理学与诗的关系［A］．叶舒宪，编．神话-原型批评［M］．西安：陕西师范大学出版社，2012：96．

② ［加］弗莱．作为原型的象征［A］．叶舒宪，编．神话-原型批评［M］．西安：陕西师范大学出版社，2012：157．

③ 程金城．中国文学原型论［M］．兰州：甘肃人民美术出版社，2008：24．

所取的名字预测其以后的命运，这便成为碧奴"哭"这一行为发生的重要背景，也成为其神性的重要来源。另外，苏童以桑树与葫芦暗示碧奴、岂梁之间的命运，又在文本中设置盲妇化作的青蛙、为衡明君服务的鹿人与马人形象等，这些其实都是人类在漫长的神话言说中形成的神话原型，它们被巧妙地糅合进苏童的神话叙事中，从而构成了一个具有丰富内涵的神话空间。

在神话叙事内涵的开掘层面，苏童以碧奴之"哭"为突破点，试图展现"哭"这一行为由萌生、发展、壮大乃至高潮的过程，其目的是突出"哭"这一行为的神圣性质。"哭"这一人类日常行为，对于碧奴来说，不仅是她表现情感的方式，而且作家也借此表现了中国底层女性的普遍命运。女巫把哭泣行为当作一种禁忌，这迫使桃村的女性只能用别的器官哭泣，这其实是对历史中女性声音与诉求被压制的形象隐喻。伴随着碧奴千里寻夫的过程，碧奴的"哭"获得了越来越强大的力量，它不仅帮助碧奴从一次次困境中逃脱，而且也使她最终获得了一种主体性地位。相较于民间故事中的孟姜女原型，苏童截取了这一原型的某一具体特征，并把它放大化，从而在原有的人物原型内部开拓出一种新的叙事可能。对碧奴之"哭"的神话表现，不仅使作家在心理层面充实了叙事对象的心灵世界，而且也为神话叙事方法提供了更多可能性。

白蛇传作为中国神话的经典故事原型，也经历了一个内涵不断嬗变的过程，其中的白娘子形象，则是其中最为重要的人物原型。从初期谋害人命的蛇妖形象，到后来的叙事中不断被赋予人性化特征，白娘子形象实现了由妖到半妖半人乃至人化的转变。李锐神话叙事的创新之处，在于他打乱了白蛇传的完整叙事，在历史与现实、真实与虚构的不断闪回中，使读者发现人物性格的复杂性。作家删减了"水漫金山寺"一节，把法海从之前的善恶不分、凶神恶煞的形象，变为一个具有复杂性格且具有善良本性的人物，而其他的像许宣、粉孩儿等形象，则更是作家的独特创造，这构成了白蛇传现代叙事的完整人物谱系。李锐虽然没有在整体层面改变既有叙事的主要情节架构，但以人物形象重塑以及多条叙事线索并置的方式，展现了神话叙事的另一种讲法。这种叙事的创新，使读者在既有阅读经验的基础上，从现代的立场更为全面地理解了人物的选择与结局间的密切联系，同时也使被定型的叙事模式得到了多元化改造。在神话叙事的表层，李锐实现了有限度的叙事模式改造与创新，而这些创新使得作家进一步提升了传统神话中内蕴的精神特质。

李锐试图通过《人间》表达人之"存在"的思考，这是通过对白娘子等"异类"的表现而实现的。白蛇选择用三千年的时间实现变成人的愿望，但人类对白娘子的恐惧、排斥与打压，以及对异类的顽固偏见，使读者反思人类存在的狭隘视界，以及在道德伦理层面存在的重大危机。李锐认为，他试图在小说中表达"身份认同的困境对精神的煎熬和这煎熬对于困境的加深；人对于所有'异类'近乎本能的迫害和排斥，并又在排斥和迫害中放大了扭曲的本能——这，成为我们当下重述的理念支架"①。虽然在小说中人与妖经历了同样的灾难，但人对妖的欺骗与屠戮，妖对人毫无保留的拯救，二者形成了鲜明对比，这不由令人思考人之所以为人的原因，以及"异类"出于对人类的尊重做出的道德选择对于人类自身的启示。因此，李锐把传统神话中的爱情原型，变形为一个展现人性反思的叙事原型，从而表达了对人类生存与道德困境的深刻思考。

叶兆言的《后羿》虽然延续了传统神话的基本叙事模式，但在神话原型的重塑层面凸显出世俗意味，这使得传统意义上的神灵走下神坛，且具有了更浓厚的人性色彩。后羿与嫦娥作为重要的神话人物原型，在起初是被分别塑造的，后羿有着诛杀凿齿、九婴与射日的功绩，是远古英雄的形象，嫦娥原型见于《归藏》中的"嫦娥以西王母不死之药服之，遂奔月"，具有浓浓的浪漫气息。在《淮南子·览冥训》中，他们的形象实现了融合，"羿请不死之药于西王母，嫦娥窃以奔月，怅然有丧，无以续之"。这一神话叙事其实已经在一定程度上融入了世俗情感，因此可以说它"从古至今大体经历了从自然的神话到人格化的神话再到世俗

---

① 李锐．人间[M]．重庆：重庆出版社，2007：2.

化的神话的演进过程"①，叶兆言神话叙事的置换变形过程也自然受到了影响。

叶兆言在叙事中还原了后羿与嫦娥成长过程中诸多细节，比如嫦娥作为普通人的命运，从葫芦中诞生的后羿，他们在互相陪伴的过程中产生了亲情、爱情混融的情感，但在后羿获得权力并变得骄奢淫逸之后，二人之间的情感联系变得越发脆弱，嫦娥无奈之下服仙药升天。叶兆言用文学表达的方式填补了传统神话叙事中的语焉不详之处，还原了嫦娥与后羿的情感历程。而在这一书写中，叶兆言又以现代性眼光突出了"欲望"作为叙事核心的作用。后羿原本是天神一样的人物，但在一次次的欲望张扬中迷失了心智，最终还原成一个世俗之人，嫦娥反而逐渐获得了神性，从而与后羿的结局形成了鲜明对比，这印证了欲望本身蕴含的强大毁灭性力量。叶兆言显然不再满足于复述一个传统故事，而是在对既有神话的现代演绎中，彰显现代人对情感、欲望等要素的复杂心态与理性思索。

阿来对格萨尔王史诗的重述，在结构层面并没有太大的变动，小说以"神子降生""赛马称王""雄狮归天"三个部分，讲述格萨尔王降临人世之后重整人间秩序，乃至最后归天的故事。因为有成熟的民间史诗作为支撑，阿来对格萨尔王这一神话原型的表现要相对从容，而且他在重点表现格萨尔王所创造的伟业的同时，也突出了格萨尔王作为个体而非作为英雄呈现出的复杂性格，这种书写与说唱人晋美的形象刻画相配合，从而使整体叙事呈现出平衡的态势。这是阿来在神话原型重塑层面的独特创造，他将8000余万字的英雄史诗凝练为几十万字的小说，并用集中表达的方式刻画英雄神迹与人物性格，从而使原始神话中宏大、悠长的时空变形为小说中原始与现实交融、神灵与凡人交织的时空，这种叙事创新使格萨尔王故事在现代社会获得了更加充沛的生命力。

在《格萨尔王》中，人、神、魔是并置存在的，而阿来通过神话重述达到的目的，其实是探讨人能够从神那里获得的精神滋养，以及在与

---

①　李德尧《奔月》——神话的世俗化[J]. 鲁迅研究月刊，2005(7).

魔的斗争中能够实现的人生意义。阿来在小说开头即点明了这一叙事目的，他写道："魔变成了人自己。魔与人变成一体。当初，在人神合力的追击下，魔差一点就无处可逃，就在这关键的时候，魔找到了一个好去处，那就是人的内心，藏在那暖烘烘的地方，人就没有办法了，魔却随时随地可以拱出头来作弄人一下。"①不管是作为神灵的格萨尔王，还是格萨尔王在现实中的代言人——牧羊人晋美，他们都一直处于与自己心魔的斗争之中，他们的精神胜利其实也是自身独立性意义得以发生的过程。阿来在小说中对"魔"的形象刻画，以及对人、神、魔之间复杂冲突过程的细致呈现，都具有极为强烈的现实意义，这种神话叙事不再只是对神话英雄的礼赞，而是进入了叙事对象的宏大内心世界，从对象的复杂心理变化中提炼出神话形象的多元性，并表现它对人类生活的实在影响。

三、重述的中西视野与叙事缺失

中国当代作家神话重述的独特性，是在与其他作家作品的比较之中体现出来的。这一比较的产生，首先是由于重述神话创作是通过联合出版的形式呈现的，在中国作家作品"走出去"的同时，外国作家的重述神话创作也在同时被引入进来，另外，人类不同文化群体之间交流的越发频密，使得人类的文学创作呈现出越发明晰的世界性特征，这使得不同文化地域诞生的文学作品都被纳入世界文学范畴之中。在这一背景下，将中外作家的重述神话创作进行比较，不仅能够发现共同创作的混融之处，也能借此揭示中国作家创作存在的缺失。

外国作家的重述神话创作，以英国作家 A. S. 拜雅特的《诸神的黄昏》、英国作家珍妮特·温特森的《重量》、日本作家桐野夏生的《女神记》等为代表，这些作家取材于自身所属文化地域的神话资源，比如拜雅特选择了北欧神话、温特森选择了希腊神话，桐野夏生选择了日本神

---

① 阿来 . 格萨尔王[M]. 重庆：重庆出版社，2015：2.

话，这些作家以现代眼光对神话材料进行了叙事层面的重新安排，从而为传统神话赋予了新面貌。虽然中国作家的重述作品有自己的创作特色，但在神话叙事的完成度与创新性，以及对神话思想性内涵的发掘层面，与外国作家的创作仍有一定差距，这些差距影响了读者对中国作家重述神话作品的接受，以及中国作品在思想性、哲学性层面与世界文学接轨的可能。总的来说，当代作家重述神话创作的叙事缺失，主要表现在作家个体叙事的介入程度、神话哲理意蕴的发现，以及神话叙事纯粹性的保持等多个层面。

在漫长的言说与传播历史中，神话形成了一套独特的解释系统，它形象地阐发了自然与社会形态的来源，并在人们的口耳相传中成为人们理解世界的方式，而且这种解释会通过文字、仪式、景观等多种叙事方式而被呈现出来。进行神话重述的中外作家的共同之处，在于他们不再以传统视角去看待神话，而是结合独特的个人理解与主观情感去面对神话，这成为作家个体叙事的前提。这里的个体叙事不仅表现为作家以个体理解的形式组织神话叙事，而且也体现在文本中神话形象浓厚的个性特征，因此重述神话在一定程度上是作家创作个性的产物。

《女神记》展现了主人公波间的个体遭际，她从海蛇岛进入伊邪那美神的黄泉之国，从而体味到伊邪那美神作为一位女性的悲剧命运；《诸神的黄昏》中的小不点，则在幻想中进入北欧诸神的领地阿瑟加德，就像《潘神的迷宫》中奥菲利亚在无意间进入潘神的迷宫中一样，她在现实与神话的交汇时空中见证了诸神世界的创生与毁灭；《重量》描绘了古希腊神话中的巨人阿特拉斯从大地与海洋的交汇中走出的过程，同时表现了他在背负地球的过程中所产生的对于存在、孤独与真实等理念的理解，作家显然是通过阿特拉斯的塑造进入神话叙事的内部，并以此反观神话的整体。与外国作家类似，中国作家也在一定程度上突出了个体叙事的独特性，比如《碧奴》即围绕碧奴的千里送寒衣之路展开，同时细致呈现碧奴的心理世界；《人间》中作为个体的秋白冥冥中复现了神话中白娘子的命运，二者发生了神秘关联；《后羿》则刻画了嫦娥与后羿的成长史，他们作为独立的个体呈现出人物本身的复杂性；《格萨尔王》中格萨尔王与说唱人晋美的个体命运则串联起了神话与现实。神话的个体叙事在文本中设置了叙述个体与叙述对象的对应关系，这形成了一种叙事的镜像效果。《女神记》中的波间与伊邪那美神，《诸神的黄昏》中小不点处身的二战情境与北欧神话中诸神遭遇的毁灭情境，《重量》中的阿特拉斯与赫拉克勒斯，都是叙事之镜像效果的具体呈现，在中国作家笔下，这种镜像的呈现除了在《人间》与《格萨尔王》等作品中有所表达，其余作品的个体叙事皆过于注重神话情节的描绘，因此难以形成神话与现实的深刻对应，这极大地影响了读者的阅读接受。

神话叙事不只是呈现了神话讲述的过程，而且它还提供了一种哲理思辨的可能。比如人类由对天地的感知而衍生出的自然信仰与对人间秩序的构建，便是一种将神话日常实践化的过程，而从哲理层面来说，这种实践蕴涵着人类对自身存在与世界之间联系的认识。在这对这一哲理的认识层面，中外作家是存在差别的。外国作家在神话叙事中普遍地灌注了一种命运意识，不管是神还是人，都要面临一种无论如何也难以摆脱的结局，而中国作家在对神话叙事哲理内涵的开拓层面则缺乏一种统一的认识，因此在一定程度上理念的传达不够集中。

《女神记》重点表现了八岐那彦与伊邪那美的命运，前者的命运设定是不断追求女人，并在女人生育之后害死她们，而后者则背负了杀害这些女人的命运，即使他们都是神灵，也难以逃脱命运的圈套。作为人类的波间，与伊邪那美一样有着被男人背叛的经历，当她最终决定永远服侍女神，二者的命运被联结起来，成为一个复仇色彩浓厚的女性王国的主导者。《诸神的黄昏》中人类在战争中的毁灭命运，同样见诸于仙宫阿瑟加德中的奥丁、托尔、洛基诸神。正如书中所说："即使是神灵，也做不到万全的防备，只等一个漏洞、一回游移、一处脱针，或是一瞬的疲倦疏忽。"[①]人类与诸神一同经历了由战争、混乱引起的充满恐怖与痛苦的惨痛现实。《重量》中的阿特拉斯不再是与宙斯对抗的巨人，

---

① [英]A.S.拜雅特.诸神的黄昏[M].姚小菡，译.重庆：重庆出版社，2012：67.

而是一位不断思考的智者，他在背负地球的过程中体味着孤独，思考着自己在这个世界的位置。而那位沉浸在自己的力量与欲望之中的赫拉克勒斯，却死于"除了死去的敌人，无人能杀赫拉克勒斯"这条预言，这促使阿特拉斯从整体上思考神与人命运的趋同，以及神与人因为"愚妄"而引发的灾难后果。外国作家在神话叙事中蕴含的哲理思索是多元、深邃的，与他们相比，中国作家更乐于在神话叙事中表现一种戏剧性，而不注重哲理内涵的开掘。《人间》中，李锐展现了白娘子因为异类身份而在人类社会中遭受的苦难，发生在白娘子及其家人身上的悲剧命运通过剧烈的戏剧冲突呈现出来，这激发了读者强烈的同情心，但难以使读者坐下来冷静反思。《格萨尔王》中，阿来虽然生动地呈现了格萨尔王的英雄伟业，同时也从命运的角度探讨了格萨尔王作为神灵的重大责任，以及他与牧羊人晋美之间的命定关系。但阿来对"故事"的执着又使史诗本身蕴含的思想特质没有被充分发掘出来，反而是文本中那些宏大的场景与激烈的善恶冲突吸引了读者，因此在史诗思想的当下延续层面，阿来的创作仍是存在缺失的。由此可见，外国作家在神话叙事中凸显的哲理兴趣与理想思考，显然能够给中国当代作家以深刻的启发，神话作为叙事的文本，显然有更为深广的思想内容等待作家去发现。

神话叙事的"纯粹性"，指的是作家的叙事必须围绕其所选取的神话展开，并在此基础上适当地拓展传统神话的叙事形式与内涵，另外，作家的叙事须有准确的立意，能够使神话主题得到有效的表达，且内蕴具有明确指向性的价值观。"纯粹性"是对作家神话叙事的基本要求，而中外作家在这方面也是有区别的。《女神记》的主要叙事内容，是表现作为创世之神的伊邪那美的复杂特性，以及她对以波间为代表的世间女性的启示。作家不仅借伊邪那美之口追溯了世界的产生，而且从中提炼出一种世间普遍存在的二元对位结构，天地、男女、生死、昼夜、阴阳，皆是这一结构的形象体现，这种结构也体现着一种价值，因为"一个价值，在另一个相对的价值衬托下互为对比，才能产生意义"①。因

---

① ［日］桐野夏生.女神记［M］.刘子倩，译.重庆：重庆出版社，2011：83.

此这种属于神话范畴的结构关系便成为对文本的整体归纳，也成为影响人物命运与相互间关系的隐性因素。《诸神的黄昏》则讲了一个众神覆灭的故事，拜雅特在叙述诸神创造山脉天空、日月星河等伟绩的同时，也突出了诸神复杂的性格，狡诈的洛基、智慧的奥丁、哀矜的芙莉嘉、狂暴的苏鲁特，他们在创建秩序的同时也毁灭了秩序，因此作家的立意也与北欧神话的讲述者类似，即通过神话叙事反观人类世界。如果说小不点是以孩童视角再现了神话世界的崩塌，那么《重量》中的阿特拉斯则开始了对这一崩塌过程的反思。小说紧紧围绕阿特拉斯的成长历程展开，从海神波塞冬与大地之母该亚的臂弯中诞生的阿特拉斯，在与主神宙斯的争斗中失利，从此承担了背负地球的命运。在与赫拉克勒斯、赫拉等神灵的交往中，阿特拉斯的思想呈现出不断进化的过程，因此可以说作家是通过神的视角讲述了关于人类的故事。总的来说，外国作家神话重述的神话立场是明晰、纯粹的，所有的叙事都不远离这一中心，但在中国作家笔下，神话的重述往往偏离了"神话"的核心。

苏童的《碧奴》其实讲述了一个关于"哭"的故事，这一主题选择本身是有新意的，但因为作家在叙事中过于注重对"哭"的描述，反而使小说逐渐脱离了基本的神话情境，这使得碧奴这一形象失去了作为神话原型的质感，传统的神话题材变为一个世俗故事的传奇化演绎。《后羿》也存在同样的问题，虽然叶兆言在小说中对原始神话情境的设置是有创新性的，但后羿与嫦娥的故事却被置换成一个男女情爱故事，而且因为在人物的欲望表达上用力过猛，反而对大众的审美趣味进行了错误的引导，在价值观层面出现了问题。叶兆言的神话叙事脱离了神话的内核，深陷进世俗叙事的泥淖，因此没有取得预期的叙事效果。

以苏童等为代表的中国当代作家，通过对神话的重述，为当代文坛贡献了新的书写经验，开辟了传统神话的叙事空间，也更新了读者的阅读体验。当代作家皆选择了那些民间大众耳熟能详的神话原型，面对这些原型，作家们做出了不同的叙事选择，他们或是以神话与现实逻辑并置的形式突出神话对于人类现实生活的影响，或是对既有的神话叙事进行结构、情节层面的改造，这些叙事选择造成了不同的叙事效果，体现出作家们迥异的创作风格，而且影响了读者对传统神话的认知方式。外国作家的神话重述立足于其他文化地域的神话资源，以对人类命运的深切关注，形成了叙事的浓重思辨风格，这区别于中国作家的创作，而且也提供了有益的叙事启示。在当下的时代情境中，中国作家应更加注重本土的神话资源发掘，通过与国外同类型的神话重述展开深入交流，在叙事形式创新与文本内涵开拓等多个层面改革神话叙事，从而进一步开拓中国神话重述的新境界，形成蕴含着中国文化特质的神话叙事体系。

第三节　神话作为一种思考方式：学者神话叙事倾向

在当代作家的小说神话叙事之外，一些文化学者也以自身对神话的理解，提供了神话讲述的新视界。学者进行神话叙事的重点，并不在于"叙事"本身，而是把神话作为一种思考方式，进而把自己所秉持的文化理念或人文理想熔铸进小说之中，从而使叙事文本呈现出浓厚的文化风味或精神品格，这些学者型作家以朱大可、王小波等为代表，他们的写作呈现出与其他作家不同的风格。朱大可一直致力于中国神话研究，他在自身知识与文化谱系构建的基础上，以"古事记"系列创作重现了中国神话，传统神话在他笔下具有了一定的系统性。另外，朱大可也将一些具有代表性的神话符号融入小说神话叙事之中，从而使叙事具备了一定的学理性与知识性。与朱大可不同，王小波不是从历史性层面理解神话，而是注重从社会性或个人性的层面解读神话，因此这里的神话不是由情节搭建起来的"故事"，而是他构建个人精神世界的终极目标。王小波对神话话语的独特理解以及在小说中的独特表现，不仅帮助他建构了时代的神话，竖立起个人的精神标记，也成为读者深入理解王小波的文化观念及其精神世界的重要坐标。朱大可与王小波以学者敏锐的观察力与文化观念的独特性，为传统的小说神话叙事赋予了新的光彩。

一、朱大可的"古事记"：神话视阈下的历史观照

朱大可的文化观念体系的构建，离不开神话资源的滋养。在《神话》一书中，他以批判的眼光审视中国的神话资源，并借此探讨文化传统的继承问题。在《华夏上古神系》中，朱大可另辟蹊径地提出了一种颇有争议的观点，即非洲神话原型对世界范围内的神话与宗教具有重要的起源意义。由此可见，通过神话视角观照历史、论证历史，成为朱大可的重要治学特征，而这也延续到了他的小说创作之中。在朱大可的"古事记"系列（《麒麟》《神镜》《字造》）与《长生弈》等小说中，历史以神话形态出现在大众视野之中，从而在一定程度上改写了历史。总的来说，朱大可借助神话对历史的发现，主要体现在历史体系的神话式建构、历史真实性的神话辨析，以及突出伦理道德思辨在历史流变中的意义等方面。

在《长生弈》中，朱大可这样说道："在我看来，历史就是神话，而神话就是历史，在它们貌似对立的状态背后，屹立着一个共同的本性，那就是人寻找自我镜像的永恒激情。"①这既是朱大可对其创作的主旨概括，同时也开启了小说神话叙事的新路径。朱大可打破了神话历史化的言说传统，在他看来，没有绝对真实的历史，神话反而在许多方面能够反映历史的本质特征，因此他的历史神话化书写虽然为漫漶不清的历史增添了神秘色调，但也凸显了另一层面的真实性。显然，这里的"神话"成为作家乃至读者观照历史的一种形式，历史的真实一面恰恰是通过这种观照得以浮现出来。

朱大可在小说中虽然会提供真实的历史背景，但这一历史中的诸多细节却具有了神话属性，神话与历史由此呈现出一种糅合形态。《麒麟》讲述了郑和下西洋并将长颈鹿带回中国的历史，在作家的叙述中，两只长颈鹿不再是自然界中的普通生物，而是被分别取名为"麒"和

---

① 朱大可．长生弈·自跋[M]．广州：花城出版社，2018：249．

"麟"，因而被赋予了神兽属性，它们不仅能看到逝去的亡灵身影，而且没有阶层的区分，大胆蔑视大明帝国的秩序法则，这就使得它们的形象具有了神话意义。《神镜》中作为核心叙事对象的铜镜，不是考古意义上的文物，而是一种能够联通过去、现在与未来的神圣之物。它不仅间接改变了铸镜师窦少卿、护镜师李阿等人物的命运，而且使传统的历史讲述在铜镜的干预下被颠覆。比如庄周通过"蝶变镜"产生对自身存在的怀疑，这推动他创建了道家哲学；陶潜也是一位镜主，他通过"桃花镜"进入桃花源，结果因泄露天机而晚景凄凉。这种对历史的神话改编是神话叙事的创新，它从神话时空构建的层面塑造了神镜意象，同时也使历史的解读获得了一种想象视野。

另外，朱大可也通过叙事构建了新的神话历史，这表现在他以神话的想象补充了历史的空白点，他或是以叙事形式扩充了传统神话的容量，或是以加入新叙事线索的方式拓展了传统神话的表现空间，这在《字造》《长生弈》等作品中表现得较为明显。朱大可在《字造》中不仅细致呈现了造字者仓颉的成长史，为"天雨粟，鬼夜哭"的发生构建了宏大的神话情境，而且突出了仓颉所造之"字"对于世界的重要创造意义。"字"创造万物的作用使它蕴含着强大的能量，而且围绕"字"的归属形成了代表善恶的不同力量，仓颉代表的光明一派创造了龙、凤、明字，而以沮诵为代表的暗黑一派则创造了"魔"字，从而形成了一种巨大的毁灭力量。善恶力量的消长，极大地影响了世界秩序的运行。仓颉造字的历史，就这样在一种神话视野中被重新呈现出来。在《长生弈》中，朱大可则进一步发掘了在神话记述中没有得到充分表现的春神句芒神话。在《山海经》等典籍中，句芒是东方之神，他象征着生命的萌生，代表着一种升腾不息的生命能量。作为对照，作家在小说中表现了以阎摩为代表的死神形象，句芒与阎摩的生死与善恶对抗，象征地表现于小说主人公——伯夏与翟幽的争斗之中，从更为宏观的角度来看，这种书写又是对人类历史中生存与死亡轨迹的形象再现。

通过系列创作，朱大可构建了与传统历史讲述具有差异的神话历史。所谓正史的讲述者总是试图客观地还原人类的成长历程，但实际上神话往往成为历史讲述的源头，即使历史逐渐成为人类言说的主体，它也在很大程度上沿袭了神话叙事的风格，就如史书中常见的春秋笔法，其实都是神话影响历史的直接证明。对于朱大可来说，人类历史本来就是漫漶不清的，尤其是在神话与现实混融相杂的时代，神话的讲述方法反而更具主导性。因此他以文化学者的眼光重新审视神话在人类历史中的重要作用，并且在小说的叙事中贯穿神话历史的观念，试图影响读者对于神话的基本认知。另外，朱大可也将外来神话资源作为中国神话历史建构的重要依托，中国本土神话是在与外来神话的交流中逐渐成长的，这也印证了他自己在《华夏上古神系》中提出的基本观点。因此在创作中，朱大可也注重利用其他文化圈层中的神话资源塑造中国的神话历史。比如《麒麟》中外来的长颈鹿被重塑为中国的神兽，《长生弈》中的翟幽与句芒形象则更具印度神话的色彩。朱大可在小说中完成了对历史体系的神话建构，他独特的学者眼光使这一建构充满了浓浓的文化意味。

中国的历史讲述向来将"真实性"作为根本，继而凸显讲述者对于历史本质的把握，但所谓历史的"真实性"其实是一个伪命题，历史在漫长言说中的面目变迁，以及人们难以回到历史现场验证历史之真伪这一客观现实，使历史的真实面目永远难以被呈现。朱大可自然知晓历史讲述的这一特点，而他对历史的本真特质也有着清醒认识，但他摒弃了探求历史细节真伪的历史还原方法，而是试图把神话作为重要的关节点，甚至刻意去虚构历史，从而发掘历史存在的某些本真特征。神话是人类的一种虚构叙事，历史是人类曾经的真实经历，二者似乎存在着不可逾越的鸿沟，但在一些学者看来，"人类创造这些'虚幻'的过程与结果完全真实。……即使按照现代学问'证真'的嗜好，我们同时应该给予'虚构'思维、活动和行为以事件和事实的真实性确认。而且，就在我们面对任何'虚构'的时候，它本身就可能呈现一种'历史记忆'的真实"①。

---

① 彭兆荣. 仪式谱系：戏剧文学与人类学［A］. 叶舒宪，编. 神话-原型批评［M］. 西安：陕西师范大学出版社，2012：43.

也就是说，历史的真实性，存在于人类叙述历史时所特有的一种"虚构"心理，或者说是人类在心理层面呈现出的一种"历史记忆"，在这种心理背景下，历史与神话之间便产生了联通的可能。

如何通过神话叙事的方式使读者实现对历史真实性的理解，这是朱大可需要解决的一个重要问题。他选择的方法，是从人或者社会与其"自我镜像"之间的关系这样一个角度切入，借此探讨历史发生的机制。《麒麟》的叙事立足于明朝的"麒麟外交"这一史实，但其目的并非展示郑和下西洋的功绩或者明朝的历史地位，而是借助长颈鹿的神圣属性与打破帝国秩序的大胆行为，从另外一种视角观察乃至重建一个与人们的一般理解不一样的明帝国。《神镜》更是如此，那些能够助人穿越不同时空的铜镜，不再只是一般的器物，而是人类思考自身存在的中介，以及联通人之过去、现在与未来的牵引物。神镜的存在加剧了现实的不确定性，它不仅改变了历史，而且助长了一些人利用神镜获得财富或权力的欲望。从这一角度来看，重要的并不是铜镜，而是人类那一颗颗对铜镜或渴望、或恐怖、或不安的心，这就在人类的心理层面实现了对历史真实性的认识。

《字造》与《长生弈》也是以神话叙事的方式探讨了人类生存的终极问题。如果说《字造》中仓颉所创造的字开启了整个世界，使人类的生存有了根基，那么《长生弈》中由不死丹药引发的人类战争，则代表着人类对生存本身存在的多种可能性的探索。生与死，二者同样互为镜像，是人类关注的永恒问题，人类因为生与死而产生的心理焦虑，在很多情况下也成为历史发展的助推力。《字造》中的仓颉不仅被神化为世界的创造者，而且成为"历时性团体"——仓颉集团的首领，类似的还有老子集团、庄周集团等，作家尤其突出了这些团体的理念对人们心理产生的重大影响，以及在此基础上对历史发展的重要制约作用。以仓颉集团来说，朱大可在小说中写道："'颉'字在《诗经·国风·邶风》里，是向上飞翔的意思。整个名字的语义，正是对仓颉生命形态的精准描述。我们被告知，他是率先飞翔的人，他的高度奠定了华夏文明的高度。"①

① 朱大可．字造·附录[M]．北京：人民文学出版社，2018：143．

因此，朱大可对仓颉字造历史的回溯，其目的并非为之赋予"真实性"的外观，而是集中阐释了一种创造精神及其生命表现在中国历史中的存在，它是一条重要的精神线索，也是中华民族伟大创造力的重要来源。

《长生弈》中的不死仙药，是人类虚构出来的象征获得永久生命的神奇物品，它的存在是一个巨大的谜团。朱大可在作品中塑造了以彭祖为代表的制造不死丹药的彭族，以及围绕丹药展开的不同部族之间的战争，这种将虚构之物进行真实呈现的叙事方式切入了小说神话叙事的深层。作者的创作目的也并不是证明不死丹药或者彭族的真实存在，而是展开对人类生存状态与生命欲求的理性思考。朱大可在小说中表现了一种悖论，即不死丹药的归属引发了人类的死亡，对长生的渴望反而使人的生命变得更加脆弱，那么长生的意义又是什么呢？它还是真实存在的吗？朱大可借助主人公伯夏的视角，展示了长生的真正意义所在。人类对永生的渴望并不意味着要打破自然的生命秩序，而是要在自然的生命循环中使"短暂的生命在彼此接替中轮转，由此构成宇宙生命永恒之环"，每一个生命由此获得尊重，这才是"生命之神的最高真理"。① 在小说结尾，象征"死"之存在的阎摩从天界复活，春神句芒重新赋予他人身鸟足的形象，生死秩序重新回归自然的轨道。朱大可对历史真实性的呈现，显然并非证实生死之神是否真实存在，而是从句芒与阎摩的对弈及其现实影响中突出一种生死的自然秩序，而且它能够引导人们秉持一种正常的生死观，并在有限的生命中追寻爱、和平与幸福。朱大可在对历史的神话再造中，展示着人类关于生死、爱欲、善恶等历史线索的本真内涵，它引导读者尝试通过神话视角观照历史，并产生更具个人性的、深刻的历史认知。

人类讲述历史的过程，其实也是人类反思自身的道德缺失并进一步张扬道德理想的过程，历史提供了人类伦理道德之理性思辨的重要场域。这里的道德理想，其实是人类从精神世界中提炼出的一种合理化的秩序规约，是真善美品质的集中体现，它是人类文明能够延续的重要前

---

① 朱大可．长生弈［M］．广州：花城出版社，2018：222．

提。人类的发展历史不仅内蕴着伦理道德意识的演进，而且历史的讲述者也往往在叙述中强化一种理想的、益于人类精神成长的伦理道德观念，这种历史叙事特征在神话中即已体现出来。比如在中国的盘古开天辟地、女娲炼石补天、后羿射日等经典神话中，叙事者在呈现荒蛮世界中人类生存之残酷境况的同时，更加突出了神灵对于人类伦理道德秩序的确立产生的引导作用。中国的神灵是人类道德的最完美体现者，也是人类的道德楷模，这与古希腊神话中的神灵是有区别的。施密特认为，"在道德方面，原始至上神，都是正直的……至上神所以具有这种特征的来源，是因为他是道德律的制定者，也因为他就是道德的来源"①。在神话叙事中，朱大可不仅塑造了代表人类道德理想的神灵形象，而且刻画了这些神灵的对立面，他们因为伦理道德的缺失而成为阻碍历史发展的毁灭力量，这两支力量的对抗象征着善与恶、理想与欲念、光明与黑暗在人类历史中的此消彼长。象征善之力量的神灵的最终胜利，给人类带来了希望，这推动了一种合理、和谐的伦理道德秩序的最终确立，也为人类精神文明的合理走向提供了可能。

朱大可创造了一系列可供展开伦理道德评判的神话意象，这些意象包括麒麟、神镜，以及《字造》中的仓颉、《长生弈》中的春神句芒、伯夏等。长颈鹿因长相奇特而被视为神兽麒麟，被赋予了神性光芒，它们不仅具有道德明辨的能力，而且因为具有抚慰亡灵的特性而成为良善的象征。在小说结尾麒与麟那一场惊天动地的交合中，一种象征着自由、狂欢与生命能量释放的新型道德秩序得以确立，这给明帝国的臣民带来了强烈的心理冲击。正如小说中所写："数万人在集体观看，男人们发出了赞叹，女人们则在满脸通红地惊叫，其中一些在叫声中晕厥在地，强大的帝国道德法则，面对着来自神兽的咄咄逼人的挑战，而皇帝面色苍白，对此不知所措。"②神话叙事显然具有了一种推动自由品性张扬的

---

① ［德］W. 施密特 . 原始宗教与神话［M］. 萧师毅，陈祥春，译 . 上海：上海文艺出版社，1987：338-339.

② 朱大可 . 麒麟［M］. 北京：人民文学出版社，2018：124.

功能，神话的夸张叙事使得固化的秩序被强烈冲击，一种符合人性的、更具宽容特质的新型道德秩序确立起来了。与麒麟不同，神镜的神圣属性不仅体现于它能够帮助人类跨越多重时空，而且也体现在它与镜主灵魂合一的属性，二者的存在与毁灭是同步的。另外，"镜子同时也是道德观察家，它们承担着监察夫妻关系的使命"①，也就是说，神镜在这里成为一种中介，它不仅监督着镜主的道德表现，而且也成为重要的构建人际间和谐关系的助推器。

《字造》与《长生弈》对道德问题的探讨，则是在善恶交锋的场域中发生的。象征恶的力量与仓颉、句芒所代表的善的力量相抗衡，善对恶的胜利，代表着"善"对于自然秩序运转与人类恒久发展的重要意义。《字造》中的沮诵与歧舌国的国王虎仲，通过创造私、盗、奸、屠、刑、魔等字，无数倍地放大了人类心理层面的"恶"，这催生了人类的负面欲望，并使人类限于各种灾难之中。《长生弈》中的阎摩与翟幽则放大了人因渴望长生而滋生出的恶念。延长生命本来是人类的一种美好愿望，但这却成为翟幽等人攫取权力、挑起战争的由头，本来具有神圣属性的不死丹药反而成为人类恶念与权力欲望的象征。面对人类道德秩序的混乱情况，仓颉与伯夏发挥了他们存在的神圣功能，助推道德秩序重新回到合理轨道。沮诵创造的"魔"字，最终被仓颉创造的"龙""凤""明"等击败，这不仅挽救了人类的生命，而且也使人类的内心世界重归平静。伯夏起初对不死丹药的炼制极为热衷，但在经历云门的叛变、蓬玉的死亡，以及翟幽因抢夺丹药而引发的混乱之后，他理解了长生的真正内涵，即"要是没有爱、和平与幸福，长生便是生命中最大的灾难"②。爱与幸福，是善的力量对人类世界的回馈，也是作家试图通过神话叙事而宣扬的核心主题。

在《神话》《华夏上古神系》等学术著作中，朱大可形成了其神话研究的主要路径与风格，他的一些观点虽然存在争议，但这并不妨碍朱大

---

① 朱大可. 神镜[M]. 北京：人民文学出版社，2018：45.
② 朱大可. 长生弈[M]. 广州：花城出版社，2018：222.

可通过神话叙事创建一个宏大的神话世界。在朱大可的神话视阈中，语焉不详的历史细节被重置成清晰的神话图景，坚固封闭的历史体系接纳了丰富生动的神话细节，历史成为一个拥有宏大叙事空间的存在。在神话叙事中，历史的真实性得以通过叙事的形式而呈现，而且这里的"真实性"不再只是对历史事实的理解，而是对历史进程中人类生存内蕴与精神实质的提炼，因此具有更恒久的存在价值与讨论意义。另外，朱大可也在叙事中突出了人类伦理道德在历史进程中的冲突及其内涵嬗变，面对人类道德秩序存在的危机，他在作品中试图建构一种以神话为核心的，符合人类本性的合理、和谐的伦理道德体系，这能够有效引发读者的道德自觉，以及对真善美等人类价值观的追寻。与其他作家不同，朱大可从人类心灵探寻与道德规约构建层面理解神话叙事，这使得小说神话叙事进入了一个内涵深广的境界。

二、精神的自足：王小波的个体性神话建构

王小波不仅是一位思想者，也是一位作家。他一直致力于学术研究，学者特有的观察与思辨能力使他能够透过事物的表象看到本质，他同时又是一位有着充沛创作激情的作家，他在通过叙事虚构一个宏大世界的同时，也帮助读者去反思乃至质疑这个世界，这使其创作具有了浓厚的思想性特征。在《我的师承》这篇文章中，王小波提到查良铮、王道乾等翻译家对其创作的影响，他们那些具有独特意味的翻译文字，使王小波明白了思想与语言在本质上的一体性。王小波在小说中创造的戏谑语言，恰恰是他具有精神自足特质思想的体现，而在他通过语言创建的世界中，话语畅行无阻，这种对精神自足的表达成为其个体性神话建构的前提。王小波试图在他生活的现实世界中再造一个只属于他自己的神话世界，这一世界由话语、意志及情感等成分构建起来，他在这个世界中能够得到精神的极大满足。不管是以"唐人故事"为代表的重述历史作品，还是以想象笔调构造未来世界的书写，王小波都把叙事重点放在凸显一种自我理解的世界的神话式意义发生上面。虽然语言是戏谑

的，但王小波的态度却是严肃的，他不是一个只注重语言狂欢与意义消解的破坏者，而是一个对于人的精神境界有着近乎偏执要求的写作者。在消解的过程中重塑意义，在戏谑中显露真实，这是王小波给当代文学创作带来的重要启示。

（一）身体叙事：个体性神话的起点

王小波对身体叙事的偏好在其创作初期即已显现，从《绿毛水怪》《这是真的》《歌仙》等诸篇中，作家即通过对身体变异的书写来体现一种隐喻意义。王小波在作品中屡次提及卡夫卡的作品，而从具体的小说叙事来看，可证明卡夫卡对王小波创作的深刻影响，而王小波的小说神话叙事也在一定程度上沿袭了卡夫卡的创作路径。在《变形记》中，卡夫卡利用格里高尔的变形，探讨了人之存在的极端形式，并借此建构一种世界的象征模式，这显然是对现代神话的发现，卡夫卡以一种现代风格叙事完成了对传统神话精髓的沿袭，并实现了对人类生存的关切。就如梅列金斯基所说，卡夫卡的幻想"较准确、较契合地展示'现代主义的'意识状态和卡夫卡其时所处周围'世界'的状貌，特别是异己现象、人性的同一化、个体在现代社会集体中的存在主义孤独感，等等"①。也就是说，利用神话的变形样式来观照人类的现实境况，成为《变形记》的核心主题。

王小波在早期创作中亦使用了这种"变形"手法。如《绿毛水怪》中陈辉的好友"妖妖"杨素瑶变身为水怪，打破了人与怪之间的界限，陈辉因为没有履行约定而被水怪杨素瑶主动脱离关系，则成为人妖殊途这一传统神话叙事主题的现代演绎。又如《这是真的》中的老赵醉酒之后变成一头驴子，这与格里高尔的变身甲虫如出一辙，但在中国的文化情境中，王小波安排小说中的人物得知了老赵的驴子身份，从而凸显出人们对作为人的老赵与作为驴子的老赵的迥异态度，这就使神话叙事具有

---

① ［俄］叶·莫·梅列金斯基. 神话的诗学［M］. 魏庆征，译. 北京：商务印书馆，2009：368.

了浓重的讽刺意味，因此可以算是王小波对《变形记》的创造性发挥。在贾平凹、张炜等当代作家笔下，人物的"变形"书写也有所体现，但人物向动植物的转化往往内蕴着作家的自然理想，体现出的是人与自然协和融通的审美理想。但王小波的身体"变形"书写，却更多地采取批判视角，人的变形其实是人之异化的表现形式，因此是一种非常规的转化形式，这是王小波与其他作家叙事的区别，也是王小波的叙事风格所在。

如果说王小波通过初期创作中的人的"变形"表达对人之异化的深重忧虑，那么在之后的创作中，他则以实验性的叙事笔法虚构了人类身体在更为极端情境中的存在，从而开始从更深的层面思考人类在未来的命运。在《大学四年级》《黑铁公寓》《黑铁时代》等诸篇中，各行各业的专门人才都在黑铁公寓中被"保护"起来。但在"我"看来，"这地方倒像个动物园，放着很多关动物的笼子。和兽笼不同的是，每一间里都有一个小小的卫生间，有床，有桌子，这就让你不得不相信，这些笼子是给人住的：狮子老虎既不会坐抽水马桶，也不会坐椅子"①。人类似乎都变成了动物，被禁锢在一个个狭窄的空间中，这显然是人类另一种形式的"变形"，这不是指形体变化那种显性的"变形"，而是指人类被禁锢、被观看且难以摆脱这种境遇的隐性"变形"。"看"与"被看"，构成人类未来生存的深层异化关系。就如黑铁公寓中402室的秃头，每当他需要去为客户解决问题，就需要到邮局把自己邮寄给客户，他不仅要办理一套繁琐的手续，而且"这些手续办好后，邮局用三十天不褪色的荧光染料在他额头、手背、前胸等部位盖了章，上面写着：邮递物品，交回有奖，藏匿有罪"②。在这种情境中，秃头成为一种物品，人不再具有生物属性，也不再拥有作为一个人的思想与性格，因此未来世界的异化不仅在人的肉体，更在于人的精神。王小波在《黑铁时代》中提到过卡夫

---

① 王小波. 大学四年级 [A]. 黑铁时代 [M]. 北京：文化发展出版社，2017：512.

② 王小波. 大学四年级 [A]. 黑铁时代 [M]. 北京：文化发展出版社，2017：541.

卡小说中由黑白两色构成的世界轮廓，人们居住在黑铁公寓里的时代，似乎就是卡夫卡所描绘的那个时代。

王小波个体性神话建构的起点，其实就建立在对上述人类生存情境的描摹基础之上，他从对人类境遇的刻画中，观察到了人类精神与肉体被割裂的事实，而人的痛苦正源自这种生存现实。王小波看似在小说中表达了一个身体变异的问题，但实际上是作家深切关注人类精神状况的结果，在这种参照下，那些表面上自由自在的身体其精神却可能是被禁锢的。《黄金时代》中的陈清扬虽然在章风山与"我"享受着肉体的欢愉，但精神上却是寂寞与孤独的，这真实再现了人在特殊时代情境中的精神状况。王小波个体的精神自足，建立于他对人类生存本相的透彻领悟之上，当他把这种认识形象地融合进小说创作之中，一种个体性神话世界即得以构建起来。

如果说卡夫卡以人的变形构成对现代社会人类生存境况的隐喻，形成对神话的现代理解，那么王小波则在卡夫卡创作的基础上再造了一个个体性神话世界。在这一神话世界中，王小波通过对身体变形的表现揭示人类在精神与肉体上遭遇的创痛，这种异化现实不仅对人类自身是一种考验，而且也从侧面反映出认知主体对人类命运的深切关注。在王小波的时代叙事中，他通过身体叙事的方式，实现了精神张扬的叙事目标。除了对变形身体的关注，人类表达亲密关系的性爱，及人类艺术所遭遇的矛盾情境，也成为王小波个体性神话建构的重要依托，它帮助作家深入了人类生存与发展的更深层次之中。

（二）情爱叙事：个体性神话的高潮

王小波小说中的情爱叙事，来源于他的性别研究旨趣。他在20世纪90年代出版的《他们的世界——中国男同性恋群落透视》一书，即是以同性恋群体为关注对象的学术著作。在中国这样一个谈"性"色变的国度，王小波对性意识的思考与体察显然是大胆的，而他的研究也真正突破了中国社会关于性的陈旧观念，并在一定程度上影响了中国文坛20世纪90年代的性书写风潮。作为一位知识分子作家，王小波对性意识的研究并非为了博眼球，而是将之纳入思考的一部分。在王小波的视阈中，性不只是男女表达情爱的方式，而是一种反抗传统的重要力量，而一种大胆的性爱则更成为个体性神话构筑的根本材料，在这一前提下，一种代表人类理想的生活方式与情感表达方式得以建立起来。

王小波在 20 世纪 90 年代创作的《黄金时代》《革命时期的爱情》《未来世界》《白银时代》等作品，较为系统地展现了王小波情爱叙事的风格。这些作品通过一个叫做"王二"的人物串联起来，他不仅是被塑造的人物，而且也成为王小波视角的承担者，透过王二的眼睛，中国人的情感世界得以显露出来。可以这样说，王二是一个"箭垛"式人物，作品的主题指向、作家的情感投射，以及读者的心理认同，都集中反映在王二这一个人物身上。《黄金时代》《三十而立》《似水流年》最初即以"王二风流史"这样一个具有戏谑意味的题目结集出版，但作家的目的却并非展现"风流"这样简单。陈清扬所理解的"黄金时代"，是与王二由肉体关系所串联起来的伟大友谊，他们"一起逃亡，一起出斗争差，过了二十年又见面，她当然要分开两腿让我趴进来。所以就算是罪孽，她也不知罪在何处。更主要的是，她对这罪孽一无所知"。① 也就是说，王二与陈清扬之间那在别人看来不检点的男女关系，并未被他们自己视为犯罪，反而是自由心性的激情呈现，在那个心灵被禁锢的时代，王二与陈清扬们以大胆的性爱撕开了那些道貌岸然之人的伪装，使得宝贵的情感关系重新回归自然与纯粹的本色。

《革命时期的爱情》被作家自己描述为一部"关于性爱的书"。他认为，"性爱受到了自身力量的推动，但自发地做一件事在有的时候是不许可的，这就使事情变得非常的复杂……人们的确可以牵强附会地解释一切，包括性爱在内，故而性爱也可以有最不可信的理由"②。王小波认为男女之间性爱的发生是一种自然的结果，但按照革命的逻辑，男女

① 王小波．黄金时代[A]．黄金时代[M]．北京：北京十月文艺出版社，2017：59.

② 王小波．革命时期的爱情[M]．北京：北京十月文艺出版社，2017：1.

的性爱有革命与不革命之分，革命的性爱是"革命青春战斗友谊"的表现，不革命的性爱则受到了资产阶级腐化思想的蛊惑，因此这是革命对人类日常情感的冲击，男女之情也不再纯粹。正因为革命时期的爱情存在着多种限制，王二才想去做一个"唯趣味主义者"，被道德或革命的枷锁捆缚的趣味，不会带来情感的真正愉悦，而只会引发感官的灾难。在革命时代，不管是衣食住行，还是男女间的隐秘性爱，似乎所有的人摆脱不了一种"渗着"的状态，这"就像一滴水落到土上，马上就失去了形状，变成了千千万万的土粒和颗粒的间隙；或者早晚附着在煤烟上的雾"①。革命影响了人们的情感表现与精神状态，王二作为一个远离革命的人，他的"唯趣味主义"自然不能在欲望满足的层面上理解，而需要进入人类日常生活与革命生活之关系的层面进行考察，它其实代表了人在革命时代的另一种生活形式，即使它与革命的要求仍有很大的距离。

陈清扬对王二说，每次他们之间发生亲密关系的时候，她就深受折磨。她既想表达一种对亲密情感的期望，但又不想去爱任何人，这种看似矛盾的情感反而是革命时代中人们情感的普遍状态。王小波正是在对这种特殊情感状况的考察与表现中，发现了建构个体性神话的可能。王小波发现，不管在哪个时代，不管人们如何隐秘而热烈地谈论着"性"，总有那些王二与陈清扬们坚守着自己纯粹的情感，他们不仅毫不顾忌地表达对异性的爱意，而且对所谓的"交代材料"嗤之以鼻，他们并不按照要求去交代自己的"罪行"。他们生活在精神世界的自足之中，追寻着理想的"黄金时代"，即使他们因为自己的大胆举动受到禁锢，也不会轻易改变自己的信念。借助一种丰富的情感表达与富足的精神满足，他们最终创建了属于自己的个体性神话世界，而这一世界对于王小波来说也是同样适用的。立足于男女情爱的叙事为王小波的理想境界塑造提供了一个基本支点，使他能够借助男女情感表达其受到的制约，揭示社会运行存在的一些问题。王小波的学者眼光使他能够穿透社会表面现象

---

① 王小波．革命时期的爱情[M]．北京：北京十月文艺出版社，2017：159.

的芜杂，深入现象的本质层面，因此男女的情爱对于他来说不仅是情感表现的形式，而且是个体性神话建构的重要原点。王小波不仅表现了男女情爱这种人类原始行为的自由表象，而且也细致刻画了这一行为在现代社会中可能的遭遇，这必然会影响个体性神话存在的稳定性，因此王小波的神话叙事中既有对人类合理情感秩序实现的期待，也饱含对它难以实现的深重忧虑。

(三) 艺术的命运：个体性神话的终结

在王小波看来，艺术创作是人类情感的凝结物，其中蕴含着人类的理想。如果说王小波对人类身体变异的表现是个体性神话建构的起点，对于男女情爱的关注成为个体性神话建构的高潮，那么人类艺术在现实社会中的遭遇，则预示了这一神话的最终走向。艺术是个人化的创造，创造者能够从创造过程中感受到想象力与精神世界的充实，但是艺术品与艺术家遭遇的困境，却预示了个体性神话的终结命运。

王小波往往在一种未来情境中展示艺术的命运，但这里的"未来情境"并非指科幻视阈中的世界创造，而是人类现实情境与感觉的未来延伸。在《2010》《2015》《未来世界》《白银时代》等作品中，王小波创造了一个充满神秘气息的未来世界，而艺术在这个世界中面临着存在的危机。艺术家不仅要受到一些人物或团体的制约(如《2010》中的数盲、《白银时代》中的写作公司)，而且他们创造的艺术品的艺术价值也受到了质疑。很显然，在这样一个未来时代中，艺术家的工作不再受到尊重，他们的作品也不再成为审美的对象，其实就艺术家本身来说，他们自己甚至对艺术也产生了失望，艺术家的形象不再是光鲜的，而是猥琐、肮脏，且不令人尊重的。《2015》中王二的小舅，即是一位典型未来艺术家的形象。王二印象中的小舅，总是穿着灯芯绒的外套，蹴在派出所的墙下。小舅那不堪的形象，使王二发出了这样的感叹："艺术家是一些口袋似的东西。他和口袋的区别是：口袋绊脚，你要用手把它挪开；艺术家绊脚时，你踢他一下，他就自己挪开了。在我记忆之中，一个灰而透亮的垂直平面(这是那堵墙的样子)之下放了一个黄色(这是灯芯绒的颜色)的球，这就是小舅了。"①就像黑铁时代中的专业人才需要住到黑铁公寓中被"保护"起来一样，像小舅这样只知道蹴在墙根底下的艺术家也难以逃脱被被抛弃的命运。

在王小波的设想中，即使是在未来世界，艺术、历史、哲学等仍需要以它们的语言解释这个世界，但这里的"解释"显然要符合未来世界的环境。在《未来世界》中，作家表现了一种关于历史的法律的诞生，历史被定义为"对已知史料的最简单无矛盾解释"，同时又把史料的范围界定为"一、文献；二、考古学的发现；三、历史学家的陈述"②。也就是说，未来时代中艺术家的创造或历史学家的讲述，需要开创一种不涉及矛盾的、简单而有效的表达方式，虽然他们有表达的自由，但却需要遵循上述前提。另外，未来时代的艺术表达与历史讲述又是需要申领"执照"的，这是制度对艺术家们权力的赋予，因此其话语权是在执照的保护下成立的。在话语表达与权力赋予的不断重复中，一种新的艺术表达与历史讲述方式确立起来，这是一种在未来世界运行规则下的话语方式，因此也能够深刻地影响在未来时代生活的人们的内心世界。

在《白银时代》中，热力学课老师经常重复一句话——"将来的世界是银子的"。王二经常从希腊神话的角度去理解那个世界的美好，白银时代的人没有病痛，不会衰老，像儿童一样无忧无虑。他们不会去考虑像"什么是真正的小说"这样的问题，因为白银时代的人们本来就生活在一种理想的艺术境界中，他们对艺术真谛的理解是现代社会中的小说家们、艺术家们的理想状态。但对于王二来说，他虽然在写作公司的小说室上班，但却需要经常面对这样的疑问：什么是真正的小说？这一疑问在《未来世界》中同样出现。小说中出现了这样一种场景，在一间白色的房子里，人们戴着茶色眼镜，在迷宫一样的房子里埋头工作，在迷宫的上空，几架摄像机在到处逡巡。王二所在的第八创作集体主要出产

---

① 王小波.2015[A].白银时代[M].北京：北京十月文艺出版社，2018：137.

② 王小波.未来世界[A].我的阴阳两界[M].北京：北京十月文艺出版社，2018：99.

中短篇小说，他们严格按照抒情段、煽情段、思辨段、激情段这样的写作顺序生产小说，这些小说成为未来世界中创作的主要内容，王二也由此变成了写手，而不再是小说家。这就产生了一个关键的问题，即按照一种创作模式生产出来的没有情感的创作，是否还能称为小说？王二也正是在这种疑虑中不断地反思小说写作的意义，当小说是被制造出来而非创造出来的，它如何能够准确地表现人类的情感？神话创造的意义在很大程度上是为了抚慰人类的心灵，而人类个体性神话构建的目的也是能够使人类在一种艺术氛围中获得心灵的慰安。但遗憾的是，因为没有以人类的真实情感为依托，未来时代中的文艺创作陷入机器式制造与虚假情感重复的漩涡，艺术家也难以领会艺术创作的真谛。王小波以一位学者的眼光，及对艺术表达的敏感，表达了对艺术创造未来发展的隐忧，他以一种预言式的写作，描绘了个体性神话构建与崩塌的过程，从而给当代艺术家带来了深刻的警示。

戴锦华曾这样评价王小波："王小波以他的反神话写作构造了一个新的神话：一个孤独而自由的个人的神话。这神话甚至在他身后构造着一次对'自由'的祭奠与'庆典'。"①王小波通过写作而反对的"神话"，是把人类的身体、男女的情爱与抽象的艺术当作异类的神话，并试图使用一套标准形式将它们纳入统一的体系，而王小波通过书写实现的，则是一种个体性神话世界的构建。王小波的神话叙事突出了神话中更注重精神自足的一面，并通过这种精神性的表达展现了人类存在的理想境界。虽然同样是神话的现代变体，但王小波的个体性神话构建突出了神话有益于人类整体发展的一面，它规避了将神话权力化的倾向，从而使神话的接受者得以进入一种理想情境。对于神话内涵的深入开拓，对神话内蕴精神特质的发扬，使王小波的神话叙事为中国当代小说创作开辟了新方向。

---

① 戴锦华.智者戏谑——阅读王小波［J］.当代作家评论，1998(2).

第五章　小说神话叙事的当代启示

纵观新时期以来中国小说的神话叙事，可总结出以下几种特征。第一，中国当代作家从不同的层面理解并运用神话叙事，从而使小说创作呈现出了不同的风格倾向。一些在当代文坛颇具影响力的作家，往往把某些神话叙事的核心主题作为表现对象，并围绕这一主题展开小说叙事，而另外一些作家或是把神话作为一种叙事的方法，或是把神话中的某些内容作为表现对象，这体现出小说神话叙事的灵活性所在。因此，小说神话叙事在当代小说创作领域具有了一定的普遍性与典型性，且产生了不断扩展的趋势。第二，神话承载了人类成长的原初记忆，其思维方式与叙事方法早已成为人类思维与艺术表达的重要依托对象，因此当代作家对神话叙事视角的自觉与不自觉采用，使以往人类生存的重大问题得到了重新观照，相较于一般的叙事，神话叙事的运用使作家能够从更为宏观的层面探讨人类的历史与现状，并由此切入与人类思维本质等相关的诸多问题。第三，神话在不同时代呈现出不同讲述方式的根源，是人类在不同发展阶段的主观需要，而这正源于人类的生存现实，中国当代作家也正是立足于对现实的深入考量，开拓了小说神话叙事的内涵。不管是中国人当下的现实生活实践还是复杂的精神世界，都成为作家神话叙事的重要依托，这既是中国现实主义创作传统的延续，也是小说神话叙事介入当下时代的必然结果。小说神话叙事的上述特征，是当代作家以神话作为重要创作中介点的总体呈现，它同时给予了当代小说创作以诸多启示。总的来说，小说神话叙事通过情感维系与精神救赎以实现启蒙功能，象征性书写所内蕴的现实旨归，以及对传统历史叙事的解构与读者感性经验的重建，构成上述启示的重要组成部分。

第一节　用神话"启蒙"：情感维系与精神救赎

一、小说神话叙事作为"启蒙"的方法

在中国近现代历史发展过程中，"启蒙"扮演了重要的角色。学者许纪霖认为，中国的"启蒙"始于梁启超的《新民说》，五四时期胡适、鲁迅、陈独秀、李大钊等则在现实实践中拓展了启蒙的内涵。中国的现代思想家们不仅阐释着"启蒙"的理论意义，而且也通过一系列社会活动践行其启蒙主张，努力为大众勾画出一幅美好的、理性的未来生活图景。但20世纪上半叶中国战乱频仍与政权更迭的社会形势，使中国的启蒙进程一再被阻隔，直到新中国成立后，曾经的启蒙主体反而成为被改造乃至被启蒙的对象，由此可见，中国社会的启蒙之路复杂而又艰辛。进入新时期以来，中国大陆相对宽松、自由的社会环境使得启蒙再次浮出水面，并推动了社会文化观念的变革。20世纪80年代前期，在中国思想界发生的文艺与政治关系的讨论、关于现实主义的论争、对文学中人性与人道主义表现的讨论，以及现代派观念的阐发等，构成了这一阶段中国小说创作的重要背景，也深刻影响了作家们的创作主旨。80年代发生的讨论，因为融合了诸多思想性成分，因此可以理解为知识分子通过话语的集中表达而开辟的新启蒙，启蒙话语的核心，是探讨健康人性及其艺术表现在新时期如何重塑，在这一关键问题上达成共识，能够促进启蒙话语深化中国社会变革的关键作用。关于启蒙的论争也确实起到了一定的作用，在论争发生之后，伤痕文学、反思文学、寻根文学等开始登上历史舞台，它们成为评论者阐发新时期文化与文学观念，探讨文学创作与社会论争之间关系的典型样本。这些创作在中国现实主义创作传统之外，以具有新型叙事特质的创作形式，及富有思想内涵的启蒙色彩，成为新时期以来中国小说创作的代表作品。

寻根小说的启蒙特质是通过神话叙事而体现出来的，其启蒙意义不仅在于给予读者以传统文化精神的滋养，而且还在于通过神话情境的塑造使读者的心灵产生震颤的反应，神话就这样进入当代文学的场域之中，并间接地影响了社会层面的思想状况。中国小说的上述创作特征自现代文学时期即已体现出来，鲁迅、茅盾等现代文学大家助推了这一创作传统的生成，但鲁迅们所发起的启蒙浪潮与西方又有着区别。西方的启蒙依托于一种对人类发展的理性思考，其任务是对中世纪以来由封建神学引发的愚昧观念的批判，并由此开启一种理性传统与科学精神。这种启蒙理念带来的是对包括神话在内的传统批判，取而代之的是所谓科学的或理性的对象阐释，这使得西方的神话叙事传统遇到了极大危机。与西方的启蒙语境不同，鲁迅等人的启蒙理念虽然借鉴自西方世界，但社会环境的不同（中国并不像西方那样形成了科学精神所依托的理性思潮）、社会变革目标的不同（西方启蒙运动的目的是要完成一种科学与理性精神的建构，中国则是要使大众摆脱封建愚昧的心理状态），使中西方的知识分子选择了不同的启蒙实践方式。西方社会突出了神话的非科学性，并利用理性解构了神话，中国的启蒙者则选择了重拾神话，发挥神话中蕴含的自由精神，利用神话叙事推动启蒙的展开。中国古代虽有神话叙事传统，但一直没有成为占据主流的话语形式，因此在启蒙思潮到来之时，处于边缘的神话反而成为一种据斥主流话语并打破既有话语规约的话语象征，它同时通过进入小说创作的形式，真正参与到社会的变革进程之中。

作为中国现代文学的发起者之一，鲁迅是启蒙话语开启的重要推动者，对中国社会现实的透彻认知，以及亲历中华民族被侮辱被损害的诸多事件，使他以大胆的叙事实验与思想表达，身体力行地推进中国启蒙思潮的展开。鲁迅同时也是较为自觉地以小说神话叙事的方式阐释启蒙观念的作家，这以他的《故事新编》为代表。在《补天》《奔月》《理水》诸篇中，鲁迅重构了传统的神话情节，以一种现代眼光发掘那些能够启迪民众的成分。中国神话中的女娲、大禹等主体均以超出凡人的伟力帮助人类摆脱灾难，使世界秩序重回正轨，鲁迅在小说中重塑了这些神灵的伟大功绩，但对于启蒙的诉求，又使鲁迅在文本中设置了可称为"庸众"的另一群体，他们与神灵相对应，是鲁迅结合中国的现实境况做出的独特创造。面对神灵们的伟大创造，庸众们不仅难以理解创造者的良苦用心，而且经常以冷漠或抵抗的姿态对待创造者，这种书写暗示出启蒙者遭遇的不被理解的窘境。尽管现实的状况并不令人满意，但鲁迅仍试图从神话的再叙事中提炼一种精神质素，因此女娲、后羿、大禹等形象其实都承载了这种精神成分，其中也蕴含着鲁迅的现实批判与思考。鲁迅的这种创作倾向，在《女神之再生》(郭沫若)、《精卫公主》(汪静之)、《取火者的逮捕》(郑振铎)、《夸父》(汪玉岑)等作品中也有所体现。因此，以中国现代作家群体为代表的启蒙者，纷纷从神话中找寻到了适于其启蒙理想实现的成分，而他们的小说神话叙事表现，既有对神话叙事模式的创造性再利用，也沿袭了传统神话的思想意蕴，传统神话在现代作家笔下被赋予了新的功能。

在经历一系列社会运动之后，新时期初期当代小说的创作主题发生了变化，人在运动中经历的生理与心理创伤，成为当代作家的普遍关注对象。作家们意识到，人类在理性时代表现出的非理性心理与行为，会使人质疑现代社会进步的意义，这就容易使人陷入"失根"的心理危机，表现出怀疑现实、质疑传统的心理状态，大众的这种精神特征促使关于现实主义、人道主义的论争得以产生。在韩少功等作家看来，人在现代社会中的非理性表现，很大程度上是由一种过熟的文化心理引发的，在某种力量的干预下，这一文化心理往往会演变为一种强力意志，并导致各种非理性后果。基于这种考虑，寻根作家们继承并开拓了鲁迅、茅盾等开辟的现代小说神话叙事传统，在新的时代情境中找寻神话与现实的关联，并从神话中发掘新的启蒙资源。寻根作家的叙事是具有开创性的，他们不仅将民间的英雄人物作为重点表现对象(这里的"英雄人物"与十七年文学的表现对象存在差别)，而且着重在叙事中塑造神话情境，使读者能够在对神话境界的感受中获得精神的充实与启示意义。寻根作家赋予了神话以新的启蒙可能，但他们面对的不再是"庸众"，而是那些在特殊时代中迷失了自我的大众。

在 20 世纪 90 年代以来的时代大潮中，人们曾经熟悉的神话开始以另一幅面目出现，商业神话、娱乐神话等的涌现，演绎着经济社会中神话内涵的自我更新。这里的"神话"显然不再具有了故事的含义，而是成为一种话语权力的表达。面对诸多神话的另类面影，许多当代作家不仅辩证地分析这些另类神话产生的原因，而且也坚持着纯粹的神话观念，他们不仅以神话的思维方式组织叙事，而且也试图通过神话叙事引领一种健康、合理的思想倾向。贾平凹、张炜、莫言、韩少功等在当代文坛具有影响力的作家，他们的神话叙事风格普遍形成于寻根创作时期，并在之后的创作中越发成熟。他们不仅创造了具有典型意义的神话形象系列，而且从多方面开掘神话的丰富内涵，另外，他们的启蒙心态显然不像鲁迅等作家那样迫切，而是试图以放慢的步调展示神话的多面性，这为他们更细致地观察与表现神话，并通过这种表现影响大众心理提供了有效的前提。对于其他作家来说，他们的神话叙事虽不是系统性的，但却是对神话某些独特侧面的叙事发现。当代作家的创作使读者在一种现代环境中深切地感受到原始神话的蓬勃生命力对现代社会僵硬秩序的冲击，而且神话认知对于读者审美经验的更新与重构也是有重要推动作用的。不管是从神话叙事中体验到人类的现代命运与生存寓意，还是从主体性出发获得神话认知，或者是从神话叙事的对象更新中领略遥远边地与民族地域的神话风貌，甚至是通过科幻创作探讨神话在人类未来时代的存在方式，神话叙事不仅帮助作家以另一种视角观照中国的民间社会与大众生活，而且也帮助读者深化了对于作为传统文化资源的神话的认知，这都是神话叙事作为一种启蒙方式并作用于中国现代社会生态的生动体现。

二、小说神话叙事的情感疗治功用

美国心理学家罗洛·梅在《祈望神话》一书中列举了神话缺失之后现代人在情感方面出现的诸多问题，社会的发展虽然满足了人类越来越多的需求，但这反而加深了人们的焦虑感，欲望对人类精力的分散与精神的控制，使人的独立性荡然无存，这必然引发人对"失根"的恐惧。对于这些问题，神话能够发挥其情感疗治作用，因此它在现代社会是极其必要的。他认为，"神话是我们对相互联系着的外在世界与内在自我进行的自我解释；神话是使社会团结一致的叙事方式。在一个艰难且经常无意义的世界中，神话对于保持我们心灵的活力、给我们的生活以新意义是非常重要的"①。当人类难以再从现实的生活中获取意义，那么人类群体就难以避免最终分崩离析的命运，在这种背景下，神话将人们分散的内心重新联结起来，使人们重新组成共同体，而且作为一种话语方式，神话也会被共同体成员主动接纳，在不断地言说中赋予神话更为神圣的意义，使所有的成员都能够通过传播神话而获得情感共鸣。因此，从心理学层面来说，神话的情感疗治作用体现在它不仅能够医治人们的情感创伤，缓解情感的焦虑，而且也能够为接受治疗者展现出更符合人类情感与审美理想的生活画面，从而使人类在情感交流与神话认同的过程中重新寻找到生存的价值。

当代作家之所以选择神话叙事的方式创作小说，也正是出于一种疗治国人情感的考虑。新时期文学诞生的背景，是国人在一次次运动冲击中遭受了灵与肉的创伤，因此伤痕文学与反思文学的诞生，其目的也正是试图以批判与反思的视角，揭开国人心灵上的伤疤。但实际上，新时期初期的一些创作并未实现对人们心理创伤的疗治，伤痕文学多以就事论事的姿态呈现，反思文学则很多成为作家个人记忆的复述，因此很难从更深的层面介入叙事对象的身份与存在考量，作家们的叙事目标并没有真正实现。在这一前提下，寻根文学以另一种面目出现，唤起了人们心中的神话记忆。相对于现实的苦涩生活，那个浪漫而自由的神话世界显然能够使人产生一种向往，寻根作家所做的工作便是引导读者踏上寻找这一世界的旅途，使他们在对一种美的探寻中获得心灵的抚慰，得到情感的疗治。

---

① ［美］罗洛·梅. 祈望神话［M］. 王辉，罗秋实，何博闻，译. 北京：中国人民大学出版社，2012：7.

寻根小说的叙事节奏是舒缓的，作家们在一种平静、宁和的笔调中述说故事，这种叙事的节奏与伤痕小说急切的笔调显然是有差异的。寻根作家对叙事节奏的掌控对读者产生了一种暗示作用，使他们能够以一种平和的心境去欣赏作家塑造的神话世界。另外，寻根作家塑造的主人公往往具有浓厚的神性特质，不管是带领人们抗击日本侵略者的余占鳌、带领村民打井的孙旺泉、在洪水中献出生命的捞渣，还是守卫树王的肖疙瘩、坚持在葛川江上漂流的最后一个渔佬儿福奎，他们似乎从未经历过那个有着诸多运动的复杂时代，而是一个个从神奇的、自然的神话世界中诞生的自然生命，他们那鲜活的生命状态、与自然世界相谐的生命律动，以及与现实世界秩序迥异的丰富精神世界，对读者的心灵世界产生了极大冲击，也深切地影响了人们的生存态度。因此，以寻根小说等为代表的新时期小说，首先在情感层面启蒙了社会大众，它使读者获得了自然情感的滋养，而且通过对文本中塑造的神话英雄的审美感知，读者产生了一种崇高、深厚、持久的情感力量。

20世纪80年代之所以被称为文学的黄金时代，一方面是因为文学创作在那个时代产生了巨大影响力，另一方面则是因为文学创作在经历严冬之后，重新发挥了它对读者情感的促发作用，从而使文学创作真正实现了它的本体性意义。如果说80年代的小说创作使大众的情感重新得到张扬，并使他们从曾经封闭的环境中解放出来，那么90年代以来乃至21世纪的小说神话叙事，则以相对克制的书写对大众的情感进行了收束。这是因为90年代以来中国社会经济的快速发展以及大众文化思潮的风起云涌，极大地改变了大众表达情感的方式，令人忧虑的是，这种情感的过度表达对中国的传统道德秩序产生了巨大冲击，道德失范问题开始在社会层面广泛出现。某些作家迎合了这种情感表现的潮流，在作品中张扬人类情感的不合理表达形式，带来了一些不良的社会影响。在这一情境下，小说神话叙事通过其对人类情感的合理表达，有力地纠偏了上述创作风气。贾平凹、莫言等经典作家在20世纪90年代以来的写作中延续着他们在20世纪80年代的文化思考，他们或者一直在作品中探寻情感的表达方式，或者在对人们日常经验的表现中还原神话存在的方式，这些写作都蕴含着作家试图改变大众情感现状的启蒙思考。

虽然许多作家是从方法论的层面介入神话叙事的现代表达，但这并不意味着他们忽视了神话表达的情感实质。以"重述神话"系列创作为例，这些创作是苏童等作家在 21 世纪的时代环境中对神话叙事进行开拓的代表作品。作家们的重述是基于这样一种考虑，即在一个人们的情感表达越发稀缺的时代，传统神话能够给予当代人怎样的情感启迪。苏童在《碧奴》中突出了碧奴和万岂梁之间的爱情；李锐在《人间》中着重刻画了白蛇的情义，她不仅与许宣情意笃厚，而且她的悲悯之心容纳了一切人类；阿来在《格萨尔王》中刻画了格萨尔王的英雄之心、博爱之心。通过作家们的情感表现倾向，可以看出他们都表现了神话人物更贴近人性的一面，而正是对人类之"情"的突出，才有可能纠正当代社会中人们情感表达的偏向。虽然从叙事层面来看作家们的创作存在缺失，但他们对"情"这一核心的注重，却能够使读者感受到神话世界中情感成分的充沛，反思现实中人类情感的匮乏，这显然能够使读者重拾对于人类情感的信心。

如果说重述神话系列通过向人类历史回溯的方式表现了情感表达的历史传承，那么那些将中国的广大边地作为对象的神话叙事则强调了情感在不同地域中表达的独特性。以红柯的创作为例，他在以中国边疆为对象的神话叙事中，发掘出了蕴藏在边疆的丰富情感内容。在红柯笔下，边疆不再只是一个地理名词，而是成为融汇着神圣、敬畏等多种情感特质的神圣地域。在红柯的塑造中，边疆是多面的，它不仅以一种超现实的存在对人的情感世界造成强烈刺激，而且在它内部还奔跑着具有神圣特质的神话生命，这使边疆成为一片神性的土地。对这种神性的认同不仅刺激着红柯以汪洋肆恣、气势磅礴的文字表现边疆，而且踊跃在字里行间的激情也深深地感染着读者的心灵，从而使他们能够从一种丰富的书写与博大的情怀中感受到边疆的魅力。英年早逝的红柯，通过书写边疆而化身为太阳深处的火焰，成为奔走在边疆大地上的赤子，红柯在文本内外创造的两个奇异世界，使读者产生了复杂的情感，这不仅能够加深读者对神话介入现实世界的确证，而且也能够由之升腾起一股内蕴深厚的精神力量。

新时期以来的小说神话叙事，延续了由鲁迅等现代作家开创的通过神话表达现代情感的叙事传统，通过引导读者的神话认知与情感输出，作家们使叙事蕴含了一种启蒙观念。虽然国人的情感表达与存在状况屡经变迁，但这并不妨碍神话叙事启蒙功能的发挥，在当下价值观建构的时代情境中，这种启蒙功能反而拥有了更大的发展空间。作家们在文本中完成的神话情境塑造，使读者能够从一种世俗情境中脱离出来，在对一种陌生情境的感受中重温神话存在的必要性，另外，小说通过神话叙事而使对象呈现出的神圣特性也深刻影响了读者的精神世界，读者自然能够从中生发出一种崇高的、敬畏的心理，这种心理能够实际地影响读者在现实生活中的选择，继而建立健康、完善的心理世界，表达合乎人性健康发展的情感内容。小说神话叙事的启蒙作用，即是通过上述环节得以实现，这不仅能够影响当代小说未来发展的路径，而且也能在人们的现实生活中产生实际意义。

三、精神救赎：小说神话叙事的精神指向

小说神话叙事作为一种"启蒙"的方法，不仅体现在它能够通过叙事疗治读者的情感，而且对于完善读者的精神世界，帮助读者实现精神救赎，也提供了重要助力。关于精神救赎的问题，需要读者去面对自己隐秘的内心世界，在阅读过程中真正实现精神的内省，并最终实现精神层面的升华。这一叙事指向对作家的创作提出了更高的要求，作家不仅需要在文本中细致地展现叙事对象的精神成长过程，而且要适时地引导读者趋向一种理想的精神境界。作家从神话叙事中凸显的纯粹信仰，对于人类精神指向近乎苛刻的要求，都成为读者获取强大精神动力的重要来源。

鲁迅等中国现代作家的小说神话叙事之启蒙作用的发生，很大程度上来源于其对读者精神世界发生的重要影响。鲁迅的《故事新编》通过

重述经典神话，使读者通过鉴赏传统神话的变形而反观现实中的诸多问题，从而实现精神层面的自省。另外一些现代作家则注重神话叙事象征作用的发挥，试图在创作中表达一种现代理念，他们甚至会在叙事中将自己"化生"为生命物象，并通过展现生命循环的过程而表达对世界的期待。郭沫若通过《女神》《凤凰涅槃》《太阳礼赞》等诗作表达生命的毁灭与重生主题；巴金倾向在作品中表达生与死、光明与黑暗的转化，如《寒夜》《死去的太阳》《春天里的秋天》《萌芽》《新生》等；曹禺的《雷雨》《日出》《原野》《北京人》则以一种生命进化思路塑造出多种新的生命类型。现代作家的神话叙事与神话学家弗莱提出的叙事的两种基本运动原理如出一辙，即"一种是自然秩序内的循环运动，另一种是由该秩序向着上方神启世界的辩证运动"①。因此读者获取的不再只是现代的神话故事，而是从神话叙事所突出的"运动"中体味到生命的自然循环及这一循环赋予人类主体的意义，这使得启蒙在一种自然的流程中逐渐发生。

新时期以来中国作家通过神话叙事而实现的启蒙立场，不再是鼓动大众建设一个现代民族国家，而是在一个众声喧哗的时代帮助读者实现对自我价值的发现，并扭转人们在精神领域呈现出的错误方向。在当代作家那里，神话不再是一种非理性的创造，而是在人类的理性逻辑之外的不可忽视的精神力量，它能够使人们获得一种精神的自觉，以应对理性逻辑泛滥而引发的诸多社会问题。

在张炜、韩少功等作家对独特地域文化的表现中，能够看出他们对人类精神问题的普遍关注。张炜在围绕胶东展开的神话叙事中，一直试图解决一个问题，即人类如何实现对自我的认知，以及实现精神境界的升华，基于这种思考，他选择把自然生命的表现作为重点，因为这些生命作为神话存在于人类世界中的证明，有着充沛的精神能量，它们的存在是给予人类精神动力的根本来源。张炜不仅表现了由自然生命串联起

---

① ［加］诺思洛普·弗莱.批评的解剖［M］.陈慧，袁宪军，吴伟仁，译.天津：百花文艺出版社，2006：129.

的自然神话，而且在其中凸显了一种宝贵的人文精神。韩少功则从《爸爸爸》等作品便开始着力于楚地巫风的塑造，在对语言神话、集体神话的持续性发现中，他发现了人类语言表现与社会呈现对人们精神世界的影响。一个集体的语言往往蕴含着权力组织与运行的奥秘，集体语言的表现使神话具有了意识形态属性，成为现代神话的另一种表达形式，它在一定程度上造成了现代人的精神危机。因此韩少功的神话叙事帮助读者认识到了神话存在的多元样式，并在精神层面产生对话语权力的警惕，这是人类精神救赎实现的重要前提。神话叙事的上述表达方式在朱大可、王小波等作家的创作中也得到了体现，他们也在一定程度上介入了读者精神的塑造过程。以王小波为例，他在对未来时代情境的虚构中表现主体的肉体与精神遭际，在身体叙事之外，他还通过对人类艺术所面临窘境的刻画，探索人类精神痛苦的来源，因此王小波的神话世界塑造更具隐喻性质。王小波之所以在离世多年之后仍具有一定的影响力，是因为读者能够从他的作品感知一个充溢着多元精神质素的巨大神话空间，对这一空间的认知与认同，使读者具有了建构个人主体性神话世界的可能。读者由此获得的精神自主性与生命能量的释放，使他们在获得精神救赎的同时，也能够进一步明确个体在世界中存在的重要意义与价值。

对精神救赎的考虑，不仅存在于知识分子作家的神话世界创造，也存在于一些作家对某些区别于一般生活经验的地域的持续发掘中。比如迟子建笔下的额尔古纳河右岸、范稳笔下的藏滇交界地带等，作家着重还原少数民族日常生活的神话特性，这不仅是因为少数民族地区是神话遗存的重要地域，而且神话至今仍然密切地与人们的生活发生关联。鄂温克人的萨满信仰，藏滇交界地带佛教、基督教等多种信仰形态混融的复杂文化构成，使读者领略到神话在不同文化地域中的存在方式，而且也能够在一种历史与神话融汇的氛围中产生精神的震动。神话作为少数民族文化传统的重要构成，是他们宝贵的精神财富，它支撑着人们渡过历史的长河，人们在艰辛的生活中表现出的精神富足，显然能够使读者从中体味到人类精神成长与延续的启示。

在对人类生存未来情境进行构想的科幻创作中，当代作家发掘了表现另外一种精神救赎的可能。不管是刘慈欣通过《三体》建构一个宏大世界，还是王晋康在创作中对人神辩证展开思考，他们都将人类置于某种危机情境中，比如地球被三体人侵略，或者人类的生存受到人工智能的威胁，这就为考察人类精神的限度提供了可能。科幻小说虽然是作家想象的结果，但其依据却是人类已取得的科技成果，因此科幻小说实现了对人类能力延伸的想象，在这方面神话与科幻实现了深度契合。客观来说，作为人类现代文明的产物，科幻文学秉持的往往是单向、直线型时间观，因此它与神话蕴含的时间观念是有区别的，但中国作家的科幻创作却往往在一种循环时间观的参照下展开叙事，因此与西方的科幻创作存在一定的区别。另一方面，读者从科幻创作中获得的精神启示，是一个更为复杂的问题。对于人类来说，神话承担了解释世界现状与人类秩序的功能，它虽然是虚构的产物，但在原始人类那里却成为真实的存在，从而缓解了人类对未知世界的恐惧感，而科幻创作解释作用的发挥，则是在人类现实社会实践的基础上面对人类的未来世界，因此科幻给予读者的感受是对人类生存现状的反思。虽然人类的技术狂欢推动了文明发展，但却成为地球最终毁灭的根源，科幻作家对这一图景的描绘自然能够唤起读者在精神层面的觉醒。因此科幻创作实现了对神话主题的延续，并通过表现对人类未来的深刻忧虑，实现人类自我的反省，进而在对现实世界的科学改造中完成精神救赎。

当代作家通过神话叙事而开辟的神话启蒙功能，不仅影响了读者的情感世界，而且也使读者的精神境界进入一个更为深刻的层面。启蒙的主题，贯穿了人类发展的始终，而且在不同的时代，知识分子作家也开辟出启蒙的不同层次。立足于中国新时期以来的社会情境，当代作家笔下的启蒙表现呈现出诸多特殊性。首先，作家们的启蒙在使大众理性思考社会现状的同时，也使他们获得了一种审美视野，并借助它思考人之存在的意义，小说中的神话塑造与精神提炼恰恰提供了这种可能，这使得读者具备了开启一种理想化生活方式的能力，而且开始重新理解神话存在于当下的意义；其次，与一般的叙事相比，小说神话叙事在情境营造、形象塑造乃至主题开掘层面，均有较强的特殊性，它以隐喻、象征等手法，着重理想化、神秘化、象征化的现实提炼，因此能够使读者感受到一种典型化书写的独特性，同时在现实层面呼唤读者以体验神话的激情融入现实生活实践之中；最后，由小说神话叙事开启的新启蒙，将会使读者在对神话超验式书写的感受中建构一个宏大的主体性世界，继而在一个多元化时代产生更为明确的精神指向。从长远来看，小说神话叙事能够帮助塑造一种更为理想化的生活，并在一定程度上为读者大众提供情感支持与精神依托，这能够推动社会关系向一个更为和谐的方向稳步发展。

第二节　解构与重建：小说神话叙事的两条路径

小说神话叙事的当代启示，不仅体现在它提供了新的时代语境中启蒙话语的新型表达，而且在文本叙事层面，它也帮助塑造了在当代文学创作场域中能够产生深远意义的新的叙事路径，这使得小说神话叙事本身具有了可持续性意义。这一路径体现在两个方面，即神话叙事对于历史的解构，以及读者感性经验的重建。解构与重建突出了小说神话叙事存在的重要意义，它们涵盖了小说表达的情境面向问题，即一个指向历史，另一个则指向现实乃至未来。因此，小说神话叙事贯通了中国的历史与现实经验，它以形象构建、情节设置等叙事手法，更新了中国当代小说表现历史与现实的方法，而且更新了读者的阅读经验与社会认知，这便是小说创作的社会意义所在。

一、历史的解构：小说神话叙事对既往经验的打破

神话的内涵经历了一个不断演变的过程，中国神话在言说过程中的历史化便是代表之一。在中国神话史中，神话或者被赋予历史化外观，或者成为历史叙事的证明材料，这种神话处理逐渐使神话失去了原初意

义，并被赋予了更多的现实性，但神话内涵的丰富性也被削弱了。神话与历史皆是人类的叙述方式，是不能互相替代的，神话的不断历史化，不仅削弱了神话的表现力，而且历史本身也失去了被人信服的力量。虽然神话被历史侵蚀的过程塑造了历史叙事的轮廓，但神话却并没有因之而绝迹，反而以一种思维的方式影响并指导着历史叙事，这广泛存在于历史典籍之中，而且也成为诸多演义小说（如《三国演义》《水浒传》等）的叙事方式之一。

鲁迅等现代作家笔下的历史叙事，是在神话思维的指导下完成的，在这种视阈中，神话不断地打破历史的各项规约，历史反而具有了更多神话的色彩。神话真正冲破历史叙事的限制，成为叙事话语的主要表现形式，是从新时期文学开始的。在这之前的十七年文学时期，虽然作家们主要表现中国近现代的革命历史，但在人物形象塑造方面对"高、大、全"等人物特质的突出，以及在叙事过程中对夸张、变形等手法的运用，仍体现出一种神话思维的影响。因此十七年文学的英雄塑造与历史书写，成为意识形态呈现与神话叙事表现的神奇耦合。十七年文学中的"神话"，其实在更大程度上是观念表达的一种形式，对神话作为一种叙事方式的内容较少涉及，因此可以说作家是在另一层面理解神话，并未实现叙事与理念的契合，这使得某些作品呈现出夸张化、脸谱化的创作特征。

新时期以来，当代作家不仅自觉运用神话叙事的手法创作小说，而且也以神话作为重新结构历史的中介，从而打破了读者既有的历史经验，这使历史在新时期以来的文学书写中呈现出了多元面貌。总的来说，新时期以来小说神话叙事对历史的解构，主要体现在几个方面：第一，打破历史叙事的传统模式，以神话的方式重述历史，更新读者的历史认知；第二，通过神话叙事营造一个宏大的神话历史框架，从而再造历史；第三，搁置历史与神话的真伪之辨，突出神话叙事内蕴的精神真实，并把它视为历史的本质。

中国的历史小说创作以成熟的历史叙述模式为依托，形成了鲜明的历史叙事特征。它倾向借助宏大视野还原历史现场，试图以宏大历史场面的刻画与历史人物的精准描摹，以反映历史的真实面目与本质规律，这种特征在十七年文学中表现较为明显代表。进入新时期，中国作家开始自觉反拨传统的历史写作，如果说伤痕文学、反思文学等仍延续了十七年文学的思路(虽然其立意不同，但在叙事层面则仍未脱离传统叙事方式)，那么寻根文学则开辟了历史叙事的新空间。寻根作家不仅把神话当作历史的源头，而且在文本中刻画了富有意味的神话情境、塑造了色彩鲜明的神话英雄，从而使历史成为另一种形式的神话。

　　新历史小说是在寻根文学的创作基础上发展起来的，而它解构的对象，是由主流话语构建起来的历史。作为新历史小说的代表作，陈忠实的《白鹿原》即是从神话叙事的角度重塑了革命历史，并展示了这一历史过程的复杂性。小说中的"白鹿"即一种典型的神话意象，它的出现不仅改变了白、鹿两家的命运，而且也潜移默化地改变着白鹿原上的生命世界。由此，一种神话的语言占据了主导地位，而在白鹿原上发生的革命历史则脱离不了白鹿之神秘性的统括。如果说陈忠实以宏大叙事的笔调介入革命史的神话讲述，那么贾平凹则从日常生活史的角度，探讨了神话作为历史认知方法的可能性。从《商州》《浮躁》《秦腔》，到《极花》《老生》《山本》，贾平凹把日常的写实与世界的神秘特质结合起来，从而开辟出小说神话叙事的别样风格。比如在新作《山本》中，贾平凹即用神话串联起了人们日常的生活经验与社会的运行，并在这一基础上探讨日常神话与革命神话的相遇，这就使小说神话叙事进入一个更高的表现层次。

　　借助神话叙事的视野，当代小说中出现的民间史、革命史、日常生活史等均呈现出了不同的样貌。历史不再是被理性话语按照严格的逻辑顺序排列组合而成，也不再有一个明确的意识形态目标，或者前后连贯的历史脉络，对历史的神话处理使那些大众耳熟能详的历史被灌注了丰富的细节，并且在神话逻辑的引导下成为一种新历史。这种神话逻辑可被总结为以下几点：第一，历史讲述的严密时间顺序被替换为神话的自然时间，因此对历史的表现不再是直线的、顺延向前的，而是有时候会出现停滞，在一些文本中(如赵本夫的《天漏邑》等)，对某个地域的表现反而被取消了时间属性，因此传统的历史叙事倾向被置换为神话表现的主题，围绕地域展开的故事也不再只是历史的演绎；第二，读者接受层面，传统的历史叙事试图通过历史的演绎使读者获得历史知识的补充，或者加深对历史事件的认知，但神话叙事视阈中的历史则不再有清晰可辨的面目，而是唤起了读者对神秘与模糊的感知，因此这里的"历史"给人的感觉是复杂的。过往的历史本来就难以重现，因此从神话叙事的角度重现历史反而有剑走偏锋之妙，它是对历史意蕴的艺术表达，历史借助这种表现反而成为一种内涵丰富的存在，并释放出可被多维度阐释的巨大魅力。

尽管中国有着强大的历史叙事传统，但从文学对历史的表现这一层面来说，从来也没有一个叙事者能够全面、客观地表现历史，这不仅是因为文学创作本身即是一种虚构的艺术，而且历史本身的复杂性也使得针对它展开的叙事不可能面面俱到。这种创作现实在客观上为通过神话对历史进行叙事表现提供了可能性，作家通过神话叙事对历史的大胆构想，能够创建一种新的历史叙述方式，由此塑造一种新的历史解释方式与历史景观，从而为"神话历史"乃至"神话中国"作出文学形式的注解。

当代作家已开始了上述工作，它不仅包括营造人类生活的神话地域，也包括以神话重构历史线索，一个宏观的神话世界由此形成。贾平凹笔下的秦岭、张炜笔下的胶东半岛、莫言笔下的高密东北乡、韩少功笔下的南方世界、迟子建笔下的冰雪北国、红柯笔下的辽远边疆，等等，这些不仅是地理意义上的特殊区域，而且被作家赋予了浓厚的神话品性。评论家樊星认为，"相对于变幻的时代风云，地域文化显然具有更长久的(有时甚至是永恒的)意义。——它是民族性的证明，是文明史的证明"①。贾平凹等作家虽然也表现了历史风云，但他们的兴趣点显然仍在脚下那片神奇的土地，在他们看来，这片土地蕴藏着最丰富的神话资源，而且后来被人们视为圭臬的历史，也是受这片土地的滋养而生长出来的。

---

① 樊星. 当代文学与多维文化[M]. 武汉：武汉大学出版社，2006：13.

在地域表现之外，也有作家试图以重述的方法建构历史线索，比如阿来、苏童等人的重述神话作品，即在 21 世纪的社会语境中开辟出神话对社会意识潜在影响，从而为神话的讲述提供了更多的可能。另外，像朱大可这样的学者作家，则自觉地承担起重构历史的责任，其《古事记》《长生弈》等作品，即创造了把神话与历史相混融的历史叙事方式，它使读者相信，在那些历史存在的地方，往往隐藏着神话的秘密。因此朱大可等人的创作为中国的历史增添了诸多迷人的色调，也使人开始以审美的眼光去重温中国的神话历史。

除此之外，也有作家在对人类未来的想象中掺入神话的成分，从而呈现出历史在未来延续的可能方式。除了王小波等作家探讨神话被世俗权力裹挟并纳入权力运行机制的可能性书写，还有科幻文学对人类历史未来前景的宏大表现。评论家严锋将中国 21 世纪以来的科幻创作称作是宏大叙事的回归。"在科幻创作宏大景观的背后，隐含着永恒的神话渴望"，而科技的进步为这一渴望提供了新的载体，它使人类在神话中表达的"想要超越有限的生命、超越肉体的力量、超越个体的智慧"的愿望都有了实现的可能。① 借助神话的力量，当代作家将中国的历史、现实与未来串联起来，并由此构想出一个庞大的历史框架。神话叙事是一个开放的空间，它使历史的讲述在当下呈现出诸多新变化，也改变了人们认知经验中的历史外观。

人类对历史进行考察的目的，是为了能够从历史经验中汲取智慧，并最终实现更美好的未来。当代作家之所以借助神话去观照历史，其目的并非帮助读者获得所谓的"真实"的历史，而是试图在神话的干预下破解历史运行的秘密，并从中提炼出一种精神真实。其实所谓的历史经验，也是人类看待历史的一种方式，它最终仍要与人类的精神与心理相关联，而那些有价值的历史经验是能够影响人类文明进程的。在这一点上，神话实现了与历史的契合，而且作家们神话表达的目的也并非使人

①　严锋. 科幻的现实与神话——作为一种文化现象的科幻景观[J]. 探索与争鸣，2019(8).

们承认神话的真实性，而是突出神话内蕴的可作用于人类精神的真实性，这是神话的本质所在。学者彭兆荣认为，"以民族学、人类学的眼光看，人类的行为和创造都可以理解为'历史的事件和真实'。人们'造神'具有一个历史的需要和必要。人们当然可以把'神'视为虚幻，但我们必须记住：人类创造这些'虚幻'的过程与结果完全真实。……即是按照现代学问'证真'的嗜好，我们同时应该给予'虚构'思维、活动和行为以事件和事实的真实性确认。而且，就在我们面对任何'虚构'的时候，它本身就可能呈现一种'历史记忆'的真实"①。也就是说，人类的"造神"行为是以心理的真实性为依托的，而人类从对"神"的信仰中所获取的精神刺激乃至由之引起的现实改造力量也完全是真实的，这成为人与神话之间密切关联的生动证明。

　　小说神话叙事是最能够全面展现人类的"造神"过程，而且呈现人类精神真实的叙事表达，这不仅因为小说创作所借助的隐喻、象征、夸张等艺术手法与神话的言说有着天然联系，能够有效模拟神话言说的过程，并作用于读者的深层心理，而且小说的社会传播也能在大众心理层面形成一种"共感"，使人们从远古神话的现代回声中体味到令人震撼的力量。客观来说，十七年文学也表现了一种"造神"的过程，但作家强烈主观情感的介入又使得读者难以从中获得真实的精神体验，甚至会对作家笔下的历史发出疑问，而小说神话叙事虽然解构了历史，但读者却能从中获取宝贵的精神滋养，进而重塑历史认知观念。神话特有的宏大视野，使作家的历史书写不再局限于历史的细枝末节，而是从历史的整体层面考察神话的源头性质，并通过表现人在这一历史层面上的活动，考察人介入历史的方式，以及历史与人之间的互动。当代作家在神话主题表达、形式与内容呈现等多个层面介入了神话与历史间关联的考察，而且回溯性视角的普遍运用，也使读者自觉地返回到神话与历史现场，并从中体味人类精神源起的秘密。

---

　　① 彭兆荣. 仪式谱系：戏剧文学与人类学［A］. 叶舒宪，编. 神话-原型批评［M］. 西安：陕西师范大学出版社，2012：43.

历史解构作为小说神话叙事的重要路径之一，不仅成为作家创作的主要内容，而且也为作家创作与读者鉴赏提供了一个可供交流的契机。在神话叙事的参照下，历史的暗流开始浮出地表，这使曾经轮廓分明的历史成为一个巨大的、神秘的存在。面对这样一个陌生的历史，读者需要借助神话的力量廓清历史传统叙事的迷雾，在一种解构能量的帮助下破除假象的遮挡，从而对历史的本质内容产生清晰的认识，并从此投入广阔的社会实践运动之中。小说神话叙事显然承担了催化剂的作用，在读者的阅读体验中，历史与神话发生了神奇的化学反应，二者不再浮现它们本有的样子，而是以一种新鲜的形象冲击着读者的经验世界，这使读者感受世界的方式从此发生了巨变。

二、感性经验的重建：小说神话叙事的升华之路

神话的产生，是人类表现最初的生命体验与感性认知的结果。当人类第一次面对他们身体之外的物质世界，第一次面对绚丽而又令人不安的自然万物，乃至第一次试图探索自己身体的新奇感受，这些对于未知之物的神秘感性体验是神话诞生的重要心理基础。人类通过言说与传播神话，产生与自然世界乃至人类社会的亲密情感，这是神话构建人类感性经验的生动证明。在人类告别原始时代，并进入文明高度发展时期，神话似乎逐渐失去了其本有内涵，而成为意识形态传达的工具。比如孔子把《山海经》中的"黄帝四面"解释为"黄帝取合己者四人，使治四方，不计而耦，不约而成，此之谓四面"，便是把神话中那些能够使人产生敬畏情感的成分转化为历史讲述，因此他人只能从这种解读中获取历史的某些内容，而非情感上的触动，这是神话历史化过程中较为普遍的现象。

中国现代作家试图借助神话叙事推动社会大众社会观念的更新，在他们的创作中，神话的本来面目得以重现，但作家鲜明的启蒙观念又使得神话仍然承载了理念意义，这种神话的书写能够在多大程度上重塑大众的感性经验，仍是有疑问的。从文学史角度来看，现代作家的启蒙创

作并没有在根本上触动大众的内心世界，启蒙任务并没有真正完成，这与神话叙事的偏于理性表达有一定关系。新时期乃至 21 世纪以来，社会大众的情感表达有了多种形式，但形式的多变背后却是人们情感成分的日益稀薄，因此人们的感性经验与精神境界并没有实现深入提升。在这一背景下，当代作家的小说神话叙事便具有了存在的必要性，它通过向神话的回溯，重新开启了神话的情感触发作用，并促成了大众感性经验的重建。就如英国学者凯伦·阿姆斯特朗所说，在每一个转折的时代，"我们需要神话——蕴含的包容性……令我们富有同情心……帮助我们创造新的精神纬度……让我们再度敬畏大地的神性，而不仅是把它当成一种可被利用、持存的'资源'"①。当代作家正是在对读者精神状况进行细致考察的基础上，才选择利用神话去唤醒人们的原初记忆，并重建早已远去的丰盈的精神世界，这是感性经验构建的前提。总的来说，人类感性经验的重建体现于三个方面：第一，在叙事中引导大众感知神话，并恢复面对自然世界时的纯粹感受；第二，通过神话叙事实现人与人之间的情感交流，形成大众心理的"共情"；第三，在神话感受的基础上升华感性经验，进而从人类群体的整体视角考察存在的意义。

　　在西方中世纪的宗教神学演变中，"自然"一直是思想家们关注的核心主题。从奥卡姆到彼特拉克，从伊拉斯谟到马丁·路德，一直到笛卡尔与霍布斯，思想家往往通过人对自然的控制与利用能力，来展开对"神"之身份的思考。也就是说，由西方宗教神学生发的现代性问题中，自然被视为一种"对象"，人类对自然的改造即证明着人类自主意识与实践能力的进步。与西方不同，中国的"现代性"没有经历一个逐渐成熟的过程，也没有像宗教神学那样形成一种系统性的神学阐释，中国人对"神"的思考一直没有远离自然的文明进程，而神话叙事也一直以人的自然感受作为重要的对象。中国神话中的"自然"不是被利用或被控制的对象，而是人类生存与精神成长的重要力量来源。比如中国的盘古

---

　　① ［英］凯伦·阿姆斯特朗. 神话简史［M］. 胡亚幽，译. 重庆：重庆出版社，2005：147-148.

神话，讲到盘古死去，其身体的不同部位化生成自然万物，因此"神"与自然是同质性的存在，人类在自然中的生存即是对"神"的感知过程。通过神话的叙事来表现神与自然的同一，进而构建一种人、神、自然的和谐关系，这是中国神话的重要特质，在中国作家探讨神话的现代性问题时，这一表现主题也得到了延伸。

中国经济的发展使自然问题在社会中越发突出，不仅是资源滥用、环境污染的问题，还有人与自然间关系的疏离与紧张问题，小说神话叙事立足于对上述社会现实的观照，试图在文本中重塑人与自然间的和谐关系，从而使读者恢复面对自然时的纯粹感受。比如李杭育的"葛川江系列"、阿城的《树王》、贾平凹的《商州》等，其实都把人与自然间的天然关系作为表现的重点，通过在文本中设置这一关系的对立面，突出前者对于人类社会的重要意义。福奎、肖疙瘩等经典形象，都具有纯粹的自然属性，同时被赋予了浓重的神性特征。又如张炜，他一直将自然情境作为小说神话叙事的重要背景，他不仅塑造了个性殊异的自然生灵与人物，突出了这些生灵对于现实世界的启示意义，而且注重从生态伦理的角度探讨人类与自然之间和谐相处的方式。另外，像红柯对边疆的神圣特质凸显、范稳对民族聚居地区的自然书写，其实都触及了中国神话的自然品性，因此他们的创作也代表了当代小说创作的一种重要方向。在当下时代中，快节奏的生活使人们无暇顾及自然环境的变化，人们的精神世界也难以实现与自然的融合，这使人们的日常生活越发枯燥，精神表现也变得紊乱。因此，小说神话叙事提供了这样一种可能，它使读者通过小说的阅读，置身于一种虚构的神话情境中，从而与自然重新实现心灵的联结，这对于恢复人类精神的纯粹是大有裨益的。在一个众声喧哗的多元化时代，小说神话叙事为人类提供了一个心灵休憩的场所，也使人类重新获得了一种宝贵的审美能力。

神话是人类感性体验不断充实与发达之后的创造，而神话也会反过来为人类提供一种交流的环境，从而使人类个体之间通过对神话的共同感受而产生一种"共情"的效应，这自然会使个体的精神获得慰藉。马林诺夫斯基将神话视为原始文化的重要组成部分，认为它关乎人类的信仰、道德、仪式、准则，"是人类文明不可缺少的一个组成部分，它不是聊以消遣的故事，而是一种经过苦心思索而成的积极力量；它不是一种理性解释或艺术幻想，而是原始信仰和道德智慧的实用宪章"①。也就是说，神话是促发人类情感表现与交流的核心力量，它能够使人们在对神话叙事话语的认同中产生情感的共鸣，进而凝结为应对自然挑战与社会危机的命运共同体，人类族群的生命得以在这一前提下得到延续。然而，当人类的科技进步一次次冲击着神话的领地，神话也似乎失去了像马克思所说的使其继续存在的土壤，它难以再继续干预人类的情感世界，在由经济、科技等组成的新时代神话中，人类逐渐变成马尔库塞所说的"单向度的人"，个体的人或者陷入情感放纵表达的怪圈，或者沉浸在孤独的个体情感世界中难以自拔，这其实都是神话缺位的必然结果。小说神话叙事的存在，使神话穿透现代社会的情感迷雾而重现在人类的精神世界中，这推动了人类情感的再次凝聚。

《爸爸爸》中的"唱古"情境具有浓厚的神话意味，鸡头寨的村民们围绕在讲述者德龙周围，构成对神话原初诞生情境的模仿，这促成了讲述者与听众之间的情感交流。以迟子建《额尔古纳河右岸》、刘庆《唇典》、方棋《最后的巫歌》、范稳"大地三部曲"等为代表的表现少数民族生活的神话叙事中，对神话情境的表现更具代表性。少数民族地区保留的丰富神话资源，使神话情境的表现有着坚实的基础，而且神话所具有的"宪章"意义在少数民族的日常生活实践中更为突出，因此作家以少数民族的神话认知与实践作为叙事主体显然更具代表性。神话在中国广大边地中存在的普遍性、纯粹性，以及与在边地生活的人们距离的贴近，使生活在现代世界中的读者产生了强烈的心理刺激，这会使读者反观现实中神话的缺位，以及这种缺位对人类生活的不良影响。因此，小说神话叙事的存在，必然会引领大众的情感趋向一种更为合理的交流方式，从而构建一种更为理想的情感世界。由对神话感知的描绘转向对人

---

①　［英］马林诺夫斯基. 神话在生活中的作用［A］. ［美］阿兰·邓迪斯，编. 西方神话学论文选［M］. 上海：上海文艺出版社，1994：263-264.

际之间和谐关系构建的探讨，小说神话叙事在现代社会实现了更具现实意义的恒久价值。

虽然当代作家的小说神话叙事多立足于一时一地的神话风貌，但从更大的层面来看，作家们其实都表现了人类生存的某一个侧面，这使得读者能够从个体的感知层面进入人类生存的整体观照层面，进而思考神话对于人类族群的意义。加西亚·马尔克斯笔下的马孔多镇，威廉·福克纳笔下的美国南方，其实都在展现人类神话特殊性的同时，蕴含某种普遍性，他们笔下的美洲神话也成为人类生存的隐喻。结合上述作家的创作，可以总结出那些具有深远意义的小说神话叙事能够引导读者实现感性经验的升华，并从对个体命运的关注延伸到对人类现实与未来命运的思考之中。当代作家的神话叙事存在一种较具普遍性的创作倾向，即通过描摹对象的神圣性特征，刻画一种超越日常生活的精神境界，从而使读者在现实生活的基础上获得精神的飞升体验，这在红柯、范稳、迟子建等作家的创作中表现较为明显。

一种神圣情境的构建，需要作家塑造具有神性意味的意象，而且意象神性的表现需要在叙事过程中逐渐体现出来，其结果即叙事在整体上产生了浪漫与神秘的色调。在红柯笔下，中国的边疆以宏阔的地域、多样的地理特征，以及丰富多彩的地方神话与传说，成为一块神话的地域。红柯不仅在作品中突出了边疆地域的文化特性，而且也将边疆的神性塑造作为神话叙事的核心，边疆大地上的诸多英雄，以及英雄做出的神圣功绩，与那些神圣的边疆物象一道，构成了红柯的神话想象与叙事主体，边疆由此获得了与一般叙事相区别的别样风味。与之类似，迟子建细致地展现鄂温克人的日常生活与萨满信仰，描绘他们在现实中的生死遭遇，以及通过萨满信仰仪式获得的神性体验。范稳则在文本中呈现了藏滇交界地带藏族、纳西族乃至西方传教士不同信仰的杂糅状况，伴随着近现代史的前进历程，这些信仰之间发生着冲突与交流，而作家试图通过对这种复杂性的呈现，凸显一种人性之善在历史进程中的重要作用。对神圣性的描绘，在刘慈欣、王晋康等作家的科幻创作中也有鲜明的体现。在《三体》《逃离母宇宙》中，来自外星文明的威胁使人类组成了一个文明共同体，虽然人类的未来科技在对抗外来侵略的过程中发挥了重要作用，但作家表现的重点仍是在人类群体内部蕴藏的一种宝贵的精神特质，它表现为保全他人而牺牲自己、为了种群的存续而鞠躬尽瘁等，这些宝贵的品质即使人类摆脱危难的"神性"。这一"神性"超越了人类的自私等普遍存在的品性，从而使人性具有了更纯粹的成分，而这正是保证人类族群能够生存下去的根本前提。

在当代作家的神话视阈中，人类是一个不可分割的整体，这不仅是作家出于知识分子责任感的必然叙事选择，而且人类作为一个整体的对叙事的介入，能够充分发挥神话叙事的宏大表现倾向。神话的宏大视界，以及在危难之时神话给予人类的激励力量，都促使个体回归到人类群体之中，并深刻地认同人类的核心价值观念，在这一过程中，小说神话叙事的构建意义是不能忽视的。

第三节　小说神话叙事的现实意义与时代价值

从创作所依托的资源层面来说，虽然小说神话叙事的实现离不开神话，但在根本上，它面对的是中国社会的现实情境以及大众的精神现状，因此小说神话叙事的底蕴仍是现实意义上的。当代作家虽然不是以现实主义的笔法组织神话叙事，但却在叙事中灌注了一种现实主义精神，因此能够在深层次上影响现实。小说神话叙事的独特性，在于它实现了神性书写与现实旨归的巧妙融合，在叙事的最终呈现上，则是浪漫色调与现实关怀的交融，因此这种书写既继承了中国文学的现实主义创作传统，而且也进一步开拓了中国当代小说创作。小说神话叙事以深蕴的精神内涵与创新的表达形式，拓展了读者审美鉴赏的范围，使读者领略到神话世界的博大与神奇，这直接提升了文学作品的审美层次。另外，小说神话叙事作为小说写作的创新形式，彰显出其特有的时代价值。这体现为它通过对中国乃至世界优秀神话资源的叙事性转化，更新了中国故事的讲法，而且使中国故事蕴含的价值观念得到其他文明体的认同，从而成为世界文学的重要组成部分。小说神话叙事的上述价值，使其在文学发展的新时代能够发挥更加重要的作用。

一、神性书写与现实旨归：神话叙事的现实底色

作为叙事艺术的一种类型，神话叙事以想象为重要基底，它是人类虚构能力的重要证明。在人类原始时代诞生的神话，不仅仅是一个个故事，它还是原始人的精神象征，原始人不仅通过想象在神话中再造一个与现实环境类似但不相同的世界，而且为这一世界灌注自己的理想，为神话对象赋予人性，这是对真实世界的艺术化再现，是人类早期艺术创造力的表现。神话虽然是人类发挥想象的结果，却有着浓厚的现实底色，这是因为：第一，神话创造的根基是人类的现实生活，因此神话中的诸多主题与细节其实都是对现实的模仿，因此现实可称为神话叙事的根源；第二，从神话叙事的效果来看，虽然神话在当下难以再承担"宪章"的作用，却能够满足现代人的原始想象，而且神话对其他艺术类型的影响，也反映在人类的精神生活之中。神话叙事的现实品性是一种客观事实，因此围绕小说神话叙事展开的讨论也需纳入现实这一维度，以实现对神话叙事的全面观照。

中国小说向来有着强大的现实主义创作传统。这首先是基于中国的复杂现实对作家形成的强烈刺激，尤其是中国近现代史呈现的酷烈现实，更催促着作家们以小说写作关注现实，并借此实现唤醒大众的目的。这一创作传统在中国现代文学时期得到了较为集中的体现，这不仅是因为现代中国与西方世界的差距引发了作家强烈的民族情感，而且外来文艺观念的冲击，也使得现代作家的现实主义表达具有了更为多样的形式，神话叙事即重要的形式之一。在鲁迅、茅盾、郭沫若等现代作家笔下，神话作为一种重要的创作资源介入现实题材的文学书写之中。由现代作家开辟的创作传统自然延续到了当代作家创作之中，但与现代作家不同的是，当代作家面对的是更加复杂与多元的现实境况，因此他们的现实观念表达包含了更为复杂的内容，而且在创作形式上也呈现出更

多新的变化。总的来说,当代作家小说神话叙事的现实特质,主要体现于以下几个方面:第一,借助一种神话视角表现现实中存在的问题,而问题的解决也选择了一种神话方案;第二,在对现实生活的日常表现中,借助神话提炼出一种符合美好人性与审美期待的精神内核,从而在整体上提升现实存在的意义;第三,在神话叙事中实现现实精神与浪漫色调的融合,从而在新的时代情境中将现实主义创作引入一个新的境界。

现实主义之所以能够成为一种普遍的叙事方式,是作家对人类生存现实进行细致观察的结果。神话其实也是在上述前提下产生的,人类在诞生初期面临的生存困境与生命危险,即最普遍的现实问题,但理性逻辑的缺失使人类难以理解周围世界发生的各种事件,因此他们只能用神话的语言去缓解心理的恐慌。如果说神话叙事在最初是人类为抚慰心灵而不得不创造的形式,那么随着人类在现代社会遇到越发复杂的现实,作家们不再满足于只运用现实主义创作去反映人类的生存,而是试图在作品中提炼出一种超越现实的意义,神话叙事在这一过程中即发挥了重要的引导作用。一种有效视角的介入,能够使大众从暂时的现实困境中脱身出来,并在一种审美化心境中寻找解决问题的答案,这显然是现实主义创作更为高级的形式。

中国当代作家通过小说神话叙事表达了对社会现实的强烈关注,并同时尝试在文本中提出解决现实问题的诸多方案。阿城、李杭育、郑义、莫言等寻根作家,都关注了中华民族优秀文化传统在当时语境中的缺位问题。作家们在小说中表现的古朴的、遵循自然规律的生活方式,以及对传统文化精神与合理伦理秩序的提倡,都遭遇了以自然破坏或经济不合理增长等方式呈现的另一种力量,这便实现了神话叙事的现实观照。从叙事主体对不合理现实的拒斥态度,即可以看出当代作家对神话介入现实改造的美好期望。20世纪90年代以来,当代作家面对的社会现状更加多元,因此他们的神话叙事也介入了对不同社会问题的思考。如贾平凹感叹于世俗情感的泛滥,人们敬畏心理的稀薄,以及对神话的忽视,推动着作家重新走进秦岭,并通过神话叙事改变人们的现实感观。从《商州》《太白山记》，到《老生》《山本》，贾平凹创造了当代的志怪传奇，构建了一个隐藏在自然山林中的神话世界，他试图借此唤起大众对于神秘的直觉感受，重塑神话在人们心理中的存在，发挥神话在人们生活中的作用；张炜揭示的社会问题更有针对性，即人类对自然的破坏以及由之引起的人与自然关系的疏离，因此张炜将自然神话的塑造作为叙事的重点，并试图重塑一个和谐、静谧的自然世界，人与自然万物能够在这个世界中实现身体与精神的融合，因此一种合理的自然秩序也能够得到确立；莫言对现实的发现，集中于人的种性退化问题，就像他在《红高粱家族》中所说的，自己作为祖先的不肖子孙，没有能够继承祖先的强力意志与野性精神，这导致了东北乡后代的身体与心理畸形，基于这一现实，莫言在作品中塑造了具有强大生命力的英雄形象，不管是拥有强劲膂力的男性，还是具有强悍生育能力的女性，都深深地刺激了退化了的一群；韩少功则从人类社会的组织运行层面介入了现实思考，他发现了人类语言与权力的秘密，这形成了与传统神话相抗衡的另一种神话力量，韩少功在对这一现代神话形式的密码破译中，设想了一种能够使人类形成一种更为纯粹、和谐秩序的生活方式。当代作家对现实的多元观照，也影响了小说神话叙事的表达方式。

现实主义创作一般具有强烈的目的性，当代作家在离析现实的庸常与芜杂的同时，往往着重凸显一种符合人性审美期待的精神内核，它能够帮助读者在深刻认识现实本质的同时，提升审美境界，并实现一种理想的生活方式。一些作家虽然选择了现实题材，但其思维介入的形式与精神实质的表现却是神话式的。比如徐坤的《女娲》、鲁敏的《奔月》等作品，作家笔下现实生活的发生地虽然有城市与乡村的区别，但这种生活的本质属性却是相通的，它冗长、缓慢、凌乱，将人物引入了精神的迷乱与恐慌，而她们的命运也因之陷入难以把握的境地。面对这样的现实窘境，作家没有让她们塑造的女性选择毫无保留地接受，而是推动她们从肉体与精神上努力逃离现实。李玉儿通过创造生命的方式实现身体与自然规律的深度契合，这使她虽然处在穷困的环境中，却能够实现精神的自足；小六借一次车祸的机会从南京逃离到乌鹊，虽然她不可避免地在乌鹊经历了人生的又一次循环，但却在这种经历中明晰了"逃离"的意义。作为传统女性神祇的当代象征，李玉儿与小六在现实境遇中做出的选择凸显出神话叙事的现代内涵，而且推动了当代女性书写新形式的发生。徐坤等作家在现实情境塑造基础上，赋予了现实女性以神性特质，而且也把她们的行为当作神祇事迹的模拟化再现，从而使读者重新思考女性的时代境遇与神性可能。

上述创作中呈现的象征化色彩，在《天漏邑》《朱雀》等作品中也有所体现，赵本夫等作家是在对社会现实的历史背景凸显现实的本质特征。读者透过作家描绘的现实，从中感受历史存在的痕迹，历史影响了人物不同的命运走向，而且在现实层面上，它又呈现为神秘的外观，引起人们剧烈的心理震动。已经存在上千年的天漏邑，早已形成其运转的独特规律，天雷的客观存在、神秘的遗址，感染着天漏邑的每一个生命，宋源、千张子等人物的现实命运，其实都被统括在天漏邑整体历史的规约之中。《朱雀》里的神兽朱雀，虽然只是一件挂饰，却成为南京城久远历史的象征，它在不同人物手中的流转，则构成了南京城流动的历史，它在所有的人物身上都留下了难以磨灭的印记，历史视角观照下的现实表现显然被赋予了一种厚重感。对现实的深刻观照，是叙事主体回溯历史的中介，这成为作家创作的最终指向，它显示了作家向历史回溯的思考过程。历史经验的现实凝练，使读者能够培养起一种历史认知的方式，而且也能够以感性与理性兼备的心理体验、面对现实生活。

神话蕴含着人类的浪漫想象，是原始人生存智慧的结晶，神话中那些超现实的或者超出人类能力范围的内容，其实都可以理解为人类对自身能力的想象延伸，表达了人们的一种美好愿望。人类文明的不断进步，以及艺术创作所依托的形象思维的完善，使原始神话成为人类艺术家创作的重要叙事资源与精神滋养。从屈原在《离骚》中打破时空的限制，挥洒想象的文采，到郭沫若在《女神》《天狗》中以充满浪漫意味的言语再造神话世界，神话叙事自然地形成了一种浪漫主义表现传统，但这里的浪漫风格并非虚无缥缈的言语空转或情感的矫揉造作，而是立足于现实基础上的自由精神彰显，这种创作特征也延续到了新时期以来的小说中。寻根作家从边地文化的展现中发掘出的审美境界，莫言、贾平凹通过超现实书写而呈现出的情思表达，重述神话作家为远古神话情境注入的现代情感动力，红柯、范稳等作家在民族地域神话书写中迸发的原始情感，以及刘慈欣、王晋康等在未来世界的想象中熔铸的浪漫情怀，当代作家在多元的神话叙事中展了一幅幅令人惊叹的浪漫图景。作家们不仅以宏大的想象完善着神话世界的诸多细节，而且通过情感成分的融入，发挥了神话叙事对人类情感的联结与促发作用。神话通过其夸张的叙事表达，不仅影响了人类的心灵表现，而且以超现实的方式连接起人与自然的想象，因此使人类的浪漫想象能力进入一个新的呈现阶段。

小说神话叙事的浪漫外观是建立在现实基础上的，这里的"现实"并非人类每天都要面临的日常生活现实，而是被艺术审美改造过的升华了的现实。通过小说神话叙事呈现的现实，不是自然主义式的细致描摹，而是融汇了作家想象与思考的抒情话语表达，因此小说神话叙事的现实关注，是以审美的方式提升现实生活的美学内涵，进而拉近叙事者与现实间的距离，同时引导读者将神话想象与现实联通起来，从而使现实获得一种意义提炼与升华的可能。虽然小说神话叙事仍未达到相对成熟的表现形态，但内容的丰富与形式的多样，也使其获得了更为广大的表现空间，这说明神话叙事作为中国当代小说美学的一种表达方式，得到了越来越多的关注，在人们对美好生活的期待中，小说神话叙事也能够发挥越发重要的作用，使人们的期待以更为艺术化的形式得以呈现。

二、讲好中国故事：小说神话叙事的时代价值

小说作品是作家通过文学语言表达完整的故事，其价值不仅体现于作家的创作过程之中，而且更体现在社会的流通以及读者大众的鉴赏过程中，这是文学作品价值实现的基本规律。文学作品的价值能够实现的前提，是创作者能够以艺术语言清晰表达作品的主旨，而且能够将作品体现的时代价值与引导大众审美趋向的责任连接在一起。小说神话叙事

之时代价值的实现，也要遵循文学创作的基本规律，但与一般的叙事作品不同，小说神话叙事是"神话"与"叙事"的融合，它不仅涉及神话在当下如何表现的问题，也涉及神话叙事的社会接受度问题，因此其价值实现的条件更为复杂。就原始神话本身来看，其价值不仅体现在为原始人提供精神与心灵的依托，而且也能够以"社会宪章"的方式参与社会秩序的构建，小说神话叙事价值的实现虽不像原始神话那样参与了具体的社会实践，但却能够在艺术审美的领域发挥重要作用，小说叙事与神话特质的融合，在使读者感受到叙事多样性的同时，也能够在一定程度上引领大众的审美趋向，从而加深大众对中国故事之讲述方法更新以及意义提升的印象。

　　总的来说，小说神话叙事为中国故事的演绎提供了更多的可能性。这表现在几个方面：第一，发掘中国丰富的神话资源，通过叙事的方式为传统的神话讲述赋予更多的时代价值，从而使神话焕发新的时代生机；第二，将神话叙事与社会现实表现、社会大众心理呈现结合起来，从而为神话注入时代的诸多新特质，更新神话叙事的内容与表达；第三，通过神话叙事的表达实现中外文学交流，突出中国传统文化特性，使通过神话叙事表现的中国故事及其蕴含的价值观、世界观在世界范围内广泛传播，推动中国当代文学进入世界文学的进程。

　　中国神话虽不像古希腊神话、北欧神话等那样形成了完整的神话体系与严密的神话表达，但却以多元的表达形式广泛存在于中国社会的方方面面。比如中国民间存在的各种类型的巫神信仰中，即有神话的身影，各种神话内容不仅构成了民间信仰的主要形态，而且与国家的主流话语共同存在于中国社会的文化场域之中。中国丰富的神话资源为小说神话叙事提供了最重要的叙事依托，《西游记》《封神演义》等神魔小说将分散的神话材料按严密的叙事逻辑整理成书，从而重新塑造了完整的神话讲述体系；《三国演义》《水浒传》等作品则具有了成熟的神话气韵，它们往往以神话起笔，在一种叙事的循环中揭示出某种哲理意味。以鲁迅、茅盾等为代表的现代作家的神话叙事，则将现代启蒙观念融于叙事之中，从而使神话被赋予了浓重的时代启蒙价值。

新时期以来中国社会的崭新面貌，推动着当代作家以新的时代观念选择神话资源中那些适于表达的部分。有的作家（如莫言、贾平凹等）将注意力集中于地域文化形态的表现层面，并把地域当作神话叙事表现的主体，从中发掘能够影响读者心理的价值观念；有的作家进入神话的再造层面，如苏童、叶兆言、朱大可等作家的神话重述作品，他们以充沛的想象力把那些湮没在历史中的神话资料重新构成完整的神话叙事，同时将他们对神话的新思考注入其中，从而使新的神话成为时代观念的表征；有的作家选择将视野转向那些极少被关注的乡野之地，将那些流传在民间的传统神话以现代表现方式重新呈现出来，因此这些神话不再只是在民间流传的文化内容，而是成为被现代理念与叙事方法改造过的新型文学创作，它同时能够进入中国社会的新型文化建构之中。当代作家通过叙事使传统神话实现了存在方式的更新，从而实现了新时间阶段的时代理念与小说叙事的融合，这使得传统神话成为表达时代主题的中介，同时也焕发出神话新的时代魅力。中国新时期、20世纪90年代乃至21世纪的小说神话叙事，均呈现出不同的时代精神指向。小说神话叙事的时代呈现与主题表达，是神话中那些具有恒久价值成分的当下延续，对于时代精神的提炼与推广具有重要的推动作用。

小说神话叙事在当下时代的演绎，呈现了神话的丰富存在方式，从更具体的层面来说，它在社会现实的象征性表现、大众心理的想象式刺激及价值观念的间接体现等多个方面，引导读者实现了对神话价值的认同。时代发展与大众对于时代的心理认同之间是有紧密关联的，而文学创作恰恰提供了大众心理引导的重要作用，小说神话叙事作为文学创作的一种特殊形式，能够在引导大众心理的基础上使人们的心灵趋向一种和谐、昂扬的境界。中国的经典神话往往蕴含着一种巨大的精神能量，给予人奋发向上的勇气，不管是盘古开天辟地、化生万物的自我牺牲精神，女娲造人与补天的悲悯情怀，还是后羿射日的护佑苍生、精卫填海的奋勇精进、愚公移山的坚韧不拔等，这些神话英雄从伟大功绩创造中呈现出的精神品质，支撑着中华民族战胜艰难险阻，创造出灿烂的文明，他们正是鲁迅先生所说的"民族的脊梁"。当代小说的神话叙事延续了中国神话中蕴含的伟大精神，当代作家不仅塑造了诸多具有神性特质的现实人物，并把他们作为传统神话精神的当代象征，而且突出了这些人物对现实进行的巨大改造，这些可称为"神迹"的改造推动社会的运行趋向一种平衡。借助当代作家的独特创造，原始神话的丰富内容及其思想与精神内蕴得以重新呈现在大众面前，面对由社会的迅速发展所引发的大众的诸多心理问题，作家们的创造显然能使读者在阅读中使焦虑的心理得到一定程度的纾解，就像神话人物通过神迹施展使世界重回正轨一样，读者通过感知神话的存在，也能够恢复内心秩序的平衡。

虽然当代作家以巨大的热情拥抱神话，但他们却没有从绝对化的视角表现神话，比如突出人物的绝对神性、夸大人物的神力等，而是辩证地发现现实人物宝贵神性之外的问题。这是一种理性的叙事态度，它使读者认识到了小说神话叙事的表现限度，这包括作家表现的对象有其局限性，而且人与"神"之间有出现角色互换的可能。这种观念传达比较符合时代发展的实际，新时代的发展需要社会大众充分发掘自身的潜力，在各自的岗位上做出不凡的成绩，在这一点上，小说中的人物与现实中人物的角色其实是同一的。作家们虽然只是表现了现实中极为普通的人物，但他们却总是能够在一些关键时刻挺身而出，以自己的"神力"改变这个世界，小说神话叙事即展现了人物由人变为"神"的过程。因此，小说神话叙事放大了人之主体性地位，不再像传统神话叙事那样将神的功绩表现作为核心，而是突出了普通人的"神性"存在及其社会价值呈现，这是小说神话叙事现实性的一面，也是极具创新性的一面。由此，当代作家对人之价值的表现与尊重，对人之主观能动性的着重呈现，使神话贴近了现实，也贴近了读者的心灵世界，这是小说神话叙事之时代价值的重要组成部分。

中国当代文学虽然是世界文学的重要组成部分，但其融入世界文学的方式却并非依靠跟随某一潮流的创作，而是立足于中华民族的文化特性，根据中国优秀的传统文化资源创造具有创新性的中国叙事作品，只有以这种文化立场为创作根基，中国文学才能够实现与其他民族文学的深度交流。而在中国广博的文化资源中，能够以小说叙事形式呈现，且能代表中国文化特性并获得世界广泛认同的，神话便是最重要的代表之一。神话是世界各民族的共同记忆，它蕴藏着不同民族文化的密码，中外作家围绕神话展开的小说叙事，使传统的神话外貌呈现出新的外观，且重新引起了世界读者对神话的浓厚兴趣，小说神话叙事即在这一前提下实现了传统神话与当下时代的关联，凸显了不同民族的文化特性，壮大了世界文学的创作版图。以中国的情况来说，中国的传统神话成为当下中国故事讲述的重要来源，神话体现的中华民族的独特思维方式及智慧，成为中国当代小说创作民族性的体现，因此成为当代文学走向世界的重点表现内容。

以莫言、贾平凹、张炜等为代表的中国当代作家群体，同时也是在国际上知名的作家，他们在小说叙事中表现出的对中国神话元素的青睐与应用，使得他们的创作成为世界读者认识中国的重要窗口。像"重述神话"这样的由出版单位与作家合作的出版计划，则推动了中国当代文学自觉"走出去"的进程，这使得中国故事能够得到广泛传播。虽然从当代作家创作本身来看，神话的重述在主题立意、内涵提升等方面仍存在一些问题，但这种出版实践本身即有推广中国文化的目的，因此这给予了当代作家以宝贵的创作机会与信心。另外，当代小说神话叙事在表现对象层面的不断更新(少数民族地域的神话塑造、科幻叙事对新领域的开拓等)，也使得中国故事的讲述内容越发丰富，其承载的中国文化信息也更加多元。中国广大边地的风土人情，少数民族地域的文化特色，乃至中国科幻作家的想象情境，这里面诞生的中国故事使世界读者看到了一个更为精彩的文化中国，也是当代小说为世界读者提供的一个充满魅力的属于中国的神话世界。

中国新时期以来小说的神话叙事，既容纳着丰富的中国文化信息，也渗透着中国人对世界与历史的思考，因此，这些创作在成为世界读者的阅读对象时，文本蕴含的中国人的价值观与世界观也会被感知，在全球化时代，这种通过文学创作的流通而形成的不同文明间的互融共通，越来越成为消除文明间误解与隔阂的重要中介。作为文学书写的一种方式，小说神话叙事并不能转化为物质生产那样的社会实践，但其存在的意义正是可以作用于人类的精神世界，它能够以唤醒人类神话时代的想象、恢复人类的感性直观等方式，帮助人类继续推进人类文明的秩序，促进世界范围内更广泛的文化交流。在构建人类命运共同体的新时代，神话的作用更不可小觑，这是因为早期神话的讲述生动描摹了人类在艰难时代的生命过程，在经历了历史演变之后，神话能够更集中地，且更具象征性地表现人类的命运走向，因此读者能够通过神话对自己作为人类一部分的身份产生清晰、直观的认知。通过小说神话叙事的介入，人类命运共同体的表现进入艺术的审美表现范畴，这使人类可以通过艺术鉴赏的方式更为直观地感受命运共同体建构的重要性与可能性。因此，小说神话叙事不仅仅是一种叙事方式，它还描摹了人类未来命运的美好前景，承载了人类的集体理想，因此也能够成为人类合理秩序构建的重要精神支撑。

结　语

　　神话是人类共同记忆的证明，它伴随着人类走过了漫长的历史。神话也是人类叙事文学的源头，它蕴含的诸多要素开启了后世人类叙事文学的多种类型与样式，在早期一些相对成熟的神话讲述中，已经包含了完整叙事所需的多种元素，而就叙事效果来说，早期神话是人类想象力的证明，即使时至当下，神话仍以科幻、技术等形式继续开拓着人类的想象力，这将人类的心灵推向了一个超越现实情境的理想境界。另外，神话在人类的反复言说与传播过程中，形成了具有典型意义的神话原型，这些原型成为人类艺术创作反复表现的对象。在人类发展的当下，神话的表现方式变得前所未有的丰富，口头、图像、仪式、文字、影像等，均成为神话呈现自身的重要中介，在法国学者罗兰·巴特看来，神话甚至变成了一种修辞术，具有了某种意识形态属性。在一定程度上，神话甚至介入了人类现代社会商业资本流动的描述，以及现代科技发展（如人工智能、5G 实现的万物互联等）前景的表述之中，这说明神话内涵的丰富性以及与不同时代主题内涵的契合。在神话呈现的诸多叙事方式中，文字形式的神话叙事最具代表性，这是因为文字叙事因其可传播性与稳定性成为人类在理性时代交流的主要方式，而且文字叙事能够有效地糅合神话叙事的其他类型，从而能够全面呈现神话的特质。

　　在神话的文字叙事形式中，神话口头叙事的灵活性、图像叙事的视觉性、仪式叙事的过程性等都得到了和谐的整合，而且随着新媒体的发展，文字形式的神话叙事往往能够转化为影像语言，从而在更广的层面影响大众心理。神话的文字叙事经历了一个由幼稚到成熟、由简单到复杂的变迁过程，它从文字诞生时人类对神话的简短记录，逐渐形成了完整的叙事表达，这以西方的《荷马史诗》《神谱》、中国的《山海经》及传统典籍中的神话记录为代表。虽然中国的神话早早地就进入历史化的阶段，但主流话语之外的民间神话话语仍然为中国文学创作提供了多种创作方向，这使得中国的神话叙事传统仍旧绵延在历史过程之中。神话叙事的文学表现不仅将经典神话中的原型作为表现对象，而且也在创作实践中提炼出独特的神话认知，作家们往往先提炼出神话中的核心质素，并通过现代语言进行重组，这使得神话在人类生存的现代情境中或是具有现实的外观，或是与历史现场发生关联，尽管神话的样貌发生了变化，但读者仍然能够从中窥探到神话的余韵，且能自觉地把它与传统神话区别开来，因此神话叙事的现代形式，是现代人对传统神话进行思考并重新表现的结果。

20 世纪以来的西方文学继承了深厚的神话叙事传统，并从中开辟出新的叙事模式。《变形记》《尤利西斯》《魔山》《喧哗与骚动》等作品，体现出西方现代作家对神话的新理解，以加西亚·马尔克斯的《百年孤独》等为代表的南美洲文学，则以夸张的并带有浓厚个人体验的文字表现着南美大地上的孤独神话，这些创作将作家的主体经验与对人类社会的现代性思考融入神话的外壳，这使神话叙事不再只是对神秘世界的呈现，而是成为剖析人类生存与精神困境的重要中介。中国进入现代社会的客观事实，使发生在中国现代情境的神话叙事也表现出与上述创作类似的特征，而且同时体现出中国社会情境的独特影响。中国现代文学时期虽然也出现了鲁迅、茅盾、郭沫若等人对神话的现代运用，但启蒙主题的强烈渗透显然压倒了神话作为一种叙事的本体特征，神话叙事的叙事功能与作用并没有得到有效发挥，这一创作现实在新时期以来的中国文学创作中得到了改观。当代作家不仅对传统神话进行了重新创造，而且以叙事方式与叙事对象的更新开辟了神话表现的新境界。面对小说神话叙事的多元面貌，批评家不仅需要作出科学性、系统性的阐述，而且需要在既有批评模式的基础上开拓新的批评视界，这就涉及了批评范式的转换问题。

在 20 世纪初，西方人类学界已开始了基于神话阐释的批评范式转换，神话研究的仪式学派、历史-地理学派、功能学派、心理学派、结构主义学派等皆从更多元的视角理解神话，而在文学作品的神话叙事研究层面，则有加拿大学者诺斯罗普·弗莱等对艺术创作中神话原型的创新性阐释。在《批评的解剖》中，弗莱将现实主义艺术与神话进行了区分，他认为，"若说现实主义艺术是含蓄的明喻，那么神话便是一门通过含蓄隐喻来体现同一性的艺术。……在神话中，我们见到文学的结构原理是离析出来的；在现实主义中，则见到同样的（而不是相似的）结构原理纳入一个大致真实可信的语境中"①。如果说弗莱从人类的叙事作品中发现了一种神话的结构，那么俄国神话理论家叶·莫·梅列金斯基则从西方作家的现代神话叙事中发掘出了神话的诗学意蕴。他在《神话的诗学》中系统描绘了 20 世纪以来西方现代小说的神话叙事风貌，他同时总结道："依据某种原因，希图将现时与往昔结成统一的系列，其目的或是为了揭示统一的玄想特质（詹·乔伊斯），或是为了凭借欧洲人文主义思想及古典时期道德的传统（托·曼），或是为了保持和重振思想和创作的种种民族形态（拉丁美洲和亚、非洲的一些作家）。与此相应，同一传统的神话成分被赋予不同的含义或含义的种种细微差异。"②在弗莱、梅列金斯基等神话学家那里，神话叙事不仅具有了形式的意义，而且也蕴含着重要的思想特质。

上述神话学家的批评实践为国内学界的神话批评提供了良好的借鉴，国内的神话学者也相继拓展了神话批评的新形式，但这些学者对神话的关注，往往集中于人类学田野调查中的神话记录，或者把神话当作民俗的一部分，对于神话在文学中的表现则关注较少，这不能不说是一种缺失。中国当代小说是一种"现在时"的创作，它承载着现代中国人对人生、历史、国族的认知，是人们丰富情感的叙事呈现，也集中地表达了人们的审美理想，因此它比民间文学等创作类型显然更有浓厚的时

---

① [加]诺思洛普·弗莱. 批评的解剖[M]. 陈慧，袁宪军，吴伟仁，译. 天津：百花文艺出版社，2006：107.

② [俄]叶·莫·梅列金斯基. 神话的诗学[M]. 魏庆征，译. 北京：商务印书馆，2009：396.

代气息。因此，对新时期以来小说神话叙事的集中探讨，不仅是对当代文学创作的一次检视，也是探析批评范式转换问题的重要机遇，因此也能对作家的未来写作产生一定的良性影响。

对叙事文学的阐释，从来不存在一家独大的批评模式，因为从没有一种批评可以涵盖所有类型的文学创作，小说神话叙事批评作为文本阐释的一种方法，也并不是要形成垄断性的批评话语，而是试图在当下的批评语境中开拓出一种新的文本阐释方式。小说神话叙事批评不同于一般的现实主义批评，也与现代、后现代批评迥然有别，它以中西方的神话叙事理论为参照，同时中西方丰富神话叙事资源也为小说神话叙事提供了重要的创作借鉴，因此这种批评能够实现理论阐释与文本解读的深度契合。总的来说，小说神话叙事批评的优越性主要体现在以下几个方面：

第一，中国的神话学研究已走过了百年历程，形成了较为完整、科学的理论体系，小说神话叙事批评即在借鉴中国神话学研究成果的基础上得以确立的，同时西方世界的如维柯、列维-斯特劳斯、恩斯特·卡西尔、叶·莫·梅列金斯基、诺斯罗普·弗莱、约瑟夫·坎贝尔等神话学者的神话研究理论，也使小说神话叙事批评在内涵上进一步深化，在批评方法上也渐趋成熟。因此，小说神话叙事批评有着较为完备的理论支撑，而通过这一批评方法而形成的阐释能够很大程度上切近批评对象的本质特征，从而形成一种较为有效的批评。

第二，从批评方法与创作现实之间的关系层面来看，小说神话叙事批评具有极强的灵活性与可塑性。小说神话叙事批评方式的特殊性，使其主要的批评对象是那些清晰呈现神话诸种元素的叙事作品，比如重述神话、少数民族神话叙事表现等。面对这些文本，小说神话叙事批评能够显示出明显的适用性。然而，小说神话叙事批评是一个综合性的概念，神话在现代社会的普遍存在及其独特呈现方式，使小说神话叙事的批评对象必然突破了既有的限制，而表现出开放性特征。比如一些现实题材作品，虽然不是对神话的重述，也没有明显的神话故事特征，但在作家思维观念的呈现，或者对神话因素的象征性化用层面，却内蕴着神话的核心内质，因此可以作为神话叙事的阐释对象。这种融通式的批评不仅能够增加现实主义批评的深度，而且相应地拓展了神话叙事批评的广度，这对于当下文学批评的健康发展是大有裨益的。

第三，小说神话叙事批评形成了一套具有学理性的、科学的批评话语，比如神话原型的发掘与神话意象的阐释、民间神话叙事资源的转化、叙事话语的象征与隐喻特征等等，这些批评话语不仅能够合理地展示批评对象的核心特征，而且也精准地把握了神话介入小说叙事的方式与呈现效果。通过神话叙事视角展开的文本阐释，往往能够给人以耳目一新的感觉，这不仅是因为神话叙事的批评话语以严密的阐释体系、神话观念的融入以及批评对象的独特选择更新了接受者的普遍认知，而且更重要的是，在当下这样一个众声喧哗的时代，神话叙事批评选择把目光投向人类的原始记忆，从人类原始时代诞生的神话艺术中找寻情感的共鸣与批评的灵感，这种带有情怀的批评方式，能够实现创作者、批评者、读者、批评接受者的"共情"。因此，小说神话叙事批评在当下的存在是必要的，它不仅是叙事批评的更新，而且它也通过向神话时代回溯的方式，促进人类群体间的情感交流，进而构建一种和谐的族群关系，这也是批评话语之社会责任的体现。

小说神话叙事批评的优越性，不仅使诸多作品获得了重新阐释的机会，而且也能够形象地概括某些创作风格鲜明的作家创作。另外，一种有效的神话叙事批评话语的展开，也能够推动一种新的文学创作潮流的出现，从而使文学创作与文本批评之间产生良性的互动，并且使作家与批评家都能以神话叙事为核心呈现出更为多元的话语表达。以贾平凹、莫言等作家的创作为例，这些在当下文坛具有重要影响力的作家，已经形成了以神话叙事为核心的创作风格。尤其是贾平凹，其近作《老生》《山本》等作品，将日常生活的书写与神话叙事的神秘表现相关联，从而开辟了现实主义创作的新形式。对于这些作家来说，他们最新作品的问世早已成为极具影响力的文化事件，小说神话叙事批评的适时切入，能够串联起作家的创作历史与新作间的关系，并探讨神话叙事内在发生的一些变化，这帮助读者从神话视角发现作家创作的内在理路，神话叙事批评话语的统摄性、新奇性、概括性等特征，使读者的发现与作家创作的本质特征更为契合。另外，一些作家在叙事对象的选择上做出了突破，比如在对一些偏远地域的文学表现中，迟子建、红柯、范稳、方棋等作家发掘了人们的原生态生存状况与极具原始意味的信仰形态，而这些都是与神话密切相关的内容，借助小说神话叙事批评的视角，上述作家的叙事表现便与人类神话的现实存在这一客观情境关联起来。从叙事产生的实际效用来看，神话叙事批评话语对上述文本的系统性评述，能够引导更多的作家关注那些几乎被遗忘的地域，这不仅能够进一步推动地域文化的叙事表现，而且也能够使对偏远地域的神话表现成为主流文化传统表现的一部分，从而推动不同叙事传统的深度融合。与此同时，小说神话叙事批评也能够介入文本的跨媒介形式转化过程。比如以科幻文学样式呈现出的小说神话叙事，即存在着向影像形式呈现的转化可能，刘慈欣的《流浪地球》《乡村教师》等作品的电影改编即是典型例证。在科幻电影中，通过影像塑造的奇观情景往往能够使观众产生心灵的极大震撼，而这正是以作家的奇观想象为依托的，作家以神话视野构建的神话图景经过影像语言的转化，成为观众的审美对象，从而具象化地满足了观众的神话想象。小说神话叙事批评的灵活性，即体现于对上述复杂叙事现象的有效剖析上，它不仅能够阐释小说文本神话叙事的基本内涵与组织方式，而且也能够理清小说文本向影像语言转化的基本原理，以及二者在神话叙事方法层面存在的区别。

综上所述，小说神话叙事批评作为一种跨学科的批评方式，能够使传统意义上的小说文本获得来自更具文化意味的视野的观照，这种解读使小说在文学史中的呈现方式也发生了比较大的变化，另外，小说神话叙事的宏大批评视野，又使它容纳了针对文本的理论阐释及其外部转化形式等多个方面，这突破了传统批评方法的固定模式，开辟了中国文学批评的新境界。而从另一个层面来说，小说神话叙事批评虽然是一种具有创新性的批评话语，也能推动当代文学批评发生深层次变革，但它仍需要面临来自各个方面的挑战。

首先，是神话叙事批评作为一种批评方法的理论合法性问题。按照一般的观点，神话叙事指的是神话传说或故事讲述的方法，因此神话叙事批评的对象便限定于那些以神灵等为核心而展开的故事。但在实际上，神话对叙事文学的影响不仅体现在故事的延续上，也在于神话蕴含的思维特征或模式化特征在后世叙事文学中的再现，这是神话本身内涵丰富性的证明，因此小说神话叙事批评必然不只是以经典神话作为讨论对象，而是需要作进一步的延伸，纳入更丰富的内容，以此一种批评方法的体系才能得以构建。在这一过程中，需要从神话与新时期以来文学的关联以及神话在何种程度上影响了小说叙事方式等层面进行说明，从而在一定程度上更新人们对神话的传统认知。因此小说神话叙事批评作为一种具有挑战性与创新性的批评话语，是要面临一些质疑声音的，但其价值也正是体现在质疑与证明的辩证过程之中。

其次，任何一种批评方法都不可能涵盖所有类型的文本创作，小说神话叙事批评同样如此。作为一种具有创新性的文本阐释方式，小说神话叙事批评对文本的遴选有一定的标准，但也容易产生神话叙事泛化的风险。比如一些现实题材的小说创作，如果作家因为采用了神话的象征方式进行细节处理，那么这一文本还能否被称作神话叙事？或者小说神话叙事对文本的选择界限是什么？这都是一些需要切实解决的批评问题。虽然一些作品暂时以神话叙事的批评方法进行了阐释，但其中许多细节都是需要重新讨论的，就如叶·莫·梅列金斯基将《变形记》《魔山》等现代作品视为神话叙事的典型作品一样，他是从西方的神话叙事传统出发，去探讨现代作家对于神话精神内蕴的开拓，以及能够达到的限度。因此为了解决神话叙事泛化风险这一问题，就需要选择一些新时期以来的典型小说文本，以它们为代表，去讨论这些创作与中国神话讲述传统的关系，以及由之体现出的当代作家对神话的新型认知，这样能够突出小说神话叙事批评的典型性特征，进而使更多的叙事文本进入批评的讨论范围。

再次，从神话叙事的起源层面来说，人类原始思维中的重要部分——神话思维，构成了神话叙事的重要背景。神话思维不仅是神话讲述的重要依托，而且神话思维在人类不同发展阶段表现出的不同特点，也影响了神话叙事的表达方式，它不仅包括文学叙事，也包括图像、口头、仪式、影像等多种形式。因此，神话思维的叙事转化，构成人类文明发展史的重要线索，而对这一转化机制的细节剖析，则是一个跨越心理学、叙事学、文艺学等学科的重大问题。小说神话叙事批评面对的对象，是神话叙事的最终呈现形态，是神话思维转化后的结果，而不是对转化过程进行描述，这是小说神话叙事批评的局限所在，但也是阐释对象的特殊性所决定的客观状况。就本文来说，即存在对神话思维的认识没有完整地融入文本分析之中的问题。在理论探讨部分，本书从广义神话学的角度理解神话，并试图在此基础上构建一套合理的、具有普遍适用性的叙事话语，但在具体的文本分析中，这一目标并未有效达成。这一方面是因为当代作家创作对广义神话的有限理解，影响了他们在小说中进行神话叙事表现的有效性，从而使得他们仍然是在狭义的层面上理解神话，另一方面则是因为叙事批评话语本身的问题，在批评话语与文本对象之间缺乏一个有效的联结渠道，因此很容易陷入自说自话的窘境，这说明对神话思维乃至神话叙事的理解仍是有缺失的。因此神话思维叙事转化的溯源、原理与机制，可以成为神话叙事研究的专门议题，也是小说神话叙事批评进一步深化的重要方向。虽然面临着诸多挑战，但小说神话叙事批评仍然具有重要的价值，它以促进批评范式转换的方式，积极促进当下文学批评话语的变革，从而为中国文学批评的跨学科研究实践提供了一个典型范本。

最后，从小说神话叙事的呈现现状来看，虽然当代作家已从多方面思考并表现了神话存在的现代形式，但小说神话叙事仍属于一种现象型的创作，还没有得到普遍性的呈现，因此这成为当代小说的神话叙事探究所面临的挑战。这也影响了本书的结构布局，从而产生了一些问题，这主要体现在由第一章与第五章构成的理论探讨部分与由第二、三、四章组成的层面结构之间存在逻辑上不能自洽的问题。第二、三、四章分别在主题、内容、形式等层面对作家的小说神话叙事进行了区分，从具体的论述来看，每一部分都能自成一体，有其合理性，但是在整体上，则与第一章及第五章在论述上存在裂缝，这是一个叙事理论不能够在实践中完满呈现的问题。从客观层面来说，现象型的创作确实给创作的系列分析带来了困难，这也使理论本身的合法性被质疑，本书虽然在第五章试图对不同部分进行了弥合，但就效果来看，仍有些硬性，难以进行全方位的融合。这是本书现阶段存在的问题，这需要在小说神话叙事的理论问题上作进一步优化，也需要对当代小说文本做进一步的遴选，从而在结构的整体与细部都能体现出一种内在的合理逻辑性。

　　每一种文学批评方法的诞生，都需要根植于人类的生存实践与现实经验，现实主义、自然主义、象征主义等批评话语，其实都是由现实出发进而反观现实，由此表达人类对生存本质特性的思考，小说神话叙事批评也是在上述背景中产生的。与其他批评方法不同的是，小说神话叙事批评将话语的源头拉回到人类的原始记忆——神话之中，它不仅把从神话中提炼的思维观念与叙事特性作为阐释人类文学创作的重要依据，而且着重发掘一种神话内蕴的精神与思想特质在叙事文学中的重现。从小说神话叙事批评的视角观照中国新时期以来的小说创作，能够总结出当代作家从传统神话以及现代作家的神话叙事中汲取的经验，乃至当代作家在新的时代语境中对神话的新发现。通过神话，读者能够发现作家们创作心理中那些秘而不宣的世界，以及这一世界在文本中的生动呈现。因此，当代作家的神话叙事写作与小说神话叙事批评话语之间是辩证统一的，在作家笔下，神话呈现出更为多元、丰富的色彩，而就批评话语来说，小说神话叙事批评也推动着中国叙事文学向更具内涵的世界迈进。

参 考 文 献

一、专　　著

外国文献

[1] John J. White. Mythology in the Modern Novel：A Study of Prefigurative Techniques[M]. Princeton：Princeton University Press，1971.

[2] [法]列维-布留尔．原始思维[M].丁由，译．北京：商务印书馆，2017.

[3] [法]克洛德·列维-斯特劳斯．图腾制度[M].渠东，译．上海：上海人民出版社，2005.

[4] [法]克洛德·列维-斯特劳斯．结构人类学[M].谢维扬，俞宣孟，译．上海：上海译文出版社，1995.

[5] [法]克洛德·列维-斯特劳斯．面对现实世界问题的人类学[M].栾曦，译．北京：中国人民大学出版社，2017.

[6] [法]爱弥儿·涂尔干．宗教生活的基本形式[M].渠东，汲喆，译.北京：商务印书馆，2015.

[7] [法]乔治·杜梅齐尔．从神话到小说——哈丁古斯的萨迦[M].施康强，译．北京：北京大学出版社，2012.

[8] [法]马塞尔·莫斯．礼物——古式社会中交换的形式与理由[M].汲喆，译．北京：商务印书馆，2016.

［9］［法］罗兰·巴特．神话修辞术［M］．屠友祥，译．上海：上海人民
出版社，2016.

［10］［法］热拉尔·热奈特．叙事话语［M］．王文融，译．北京：中国社
会科学出版社，1990.

［11］［法］米歇尔·福柯．规训与惩罚——监狱的诞生［M］．刘北成，
杨远婴，译．北京：生活·读书·新知三联书店，2015.

［12］［法］米歇尔·福柯．疯癫与文明：理性时代的疯癫史［M］．刘北
成，杨远婴，译．北京：生活·读书·新知三联书店，2015.

［13］［法］H. 孟德拉斯．农民的终结［M］．李培林，译．北京：社会科
学文献出版社，2005.

［14］［法］乔治·索雷尔．论暴力［M］．乐启良，译．上海：上海人民出
版社，2005.

［15］［法］保罗·利科．历史与真理［M］．上海：上海译文出版
社，2004.

［16］［法］让伊夫·塔迪埃.20 世纪的文学批评［M］．史忠义，译．郑
州：河南大学出版社，2009.

［17］［德］莱布尼茨．神正论［M］．段德智，译．北京：商务印书
馆，2017.

［18］［德］黑格尔．美学［M］．朱光潜，译．北京：商务印书馆，2013.

［19］［德］恩斯特·卡西尔．神话思维［M］．黄龙保，周振选，译．北
京：中国社会科学出版社，1992.

［20］［德］恩斯特·卡西尔．国家的神话［M］．范进，杨君游，等，译．
北京：华夏出版社，2015.

［21］［德］恩斯特·卡西尔．语言与神话［M］．于晓，等，译．生活·读
书·新知三联书店，2017.

［22］［德］恩斯特·卡西尔．人论［M］．甘阳，译．上海：上海译文出版
社，2013.

［23］［德］W. 施密特．原始宗教与神话［M］．萧师毅，陈祥春，译．上
海：上海文艺出版社，1987.

［24］［德］格罗塞．艺术的起源［M］．蔡慕晖，译．北京：商务印书馆，1984.

［25］［德］马克斯·韦伯．新教伦理与资本主义精神［M］．康乐，简惠美，译．桂林：广西师范大学出版社，2010.

［26］［德］施瓦布．希腊神话和传说［M］．楚图南，译．北京：人民文学出版社，2017.

［27］［加］诺思洛普·弗莱．现代百年［M］．盛宁，译．沈阳：辽宁教育出版社，1998.

［28］［加］诺思洛普·弗莱．批评的解剖［M］．陈慧，袁宪军，吴伟仁，译．天津：百花文艺出版社，2006.

［29］［加］诺思洛普·弗莱．诺思洛普·弗莱文论选集［M］．吴持哲，主编．北京：中国社会科学出版社，1997.

［30］［加］诺思洛普·弗莱．世俗的经典——传奇故事结构研究［M］．孟祥春，译．上海：上海人民出版社，2010.

［31］［英］J.G.弗雷泽．金枝［M］．张泽石，汪培基，徐育新，译．北京：商务印书馆，2013.

［32］［英］罗伯特·A.西格尔．神话理论［M］．刘象愚，译．北京：外语教学与研究出版社，2013.

［33］［英］麦克斯·缪勒．比较神话学［M］．金泽，译．上海：上海文艺出版社，1989.

［34］［英］凯伦·阿姆斯特朗．神话简史［M］．胡亚豳，译．重庆：重庆出版社，2005.

［35］［英］E.E.埃文斯-普理查德．阿赞德人的巫术、神谕和魔法［M］．覃俐俐，译．北京：商务印书馆，2014.

［36］［英］马林诺夫斯基．西太平洋的航海者［M］．梁永佳，李绍明，译．北京：华夏出版社，2002.

［37］［英］玛丽·道格拉斯．作为文学的《利未记》［M］．唐启翠，徐蓓丽，唐铎，译．北京：社会科学文献出版社，2018.

［38］［英］菲利普·威尔金森．神话与传说：图解古文明的秘密［M］．

郭乃嘉，陈怡华，崔宏立，译．北京：生活·读书·新知三联书店，2018.

[39][英]彼得·巴里．理论入门：文学与文化理论导论[M]．杨建国，译．南京：南京大学出版社，2014.

[40][英]阿诺德·汤因比．人类与大地母亲——一部叙事体世界历史[M]．徐波，译．上海：上海世纪出版集团，2012.

[41][英]E. M. 福斯特．小说面面观[M]．冯涛，译．上海：上海译文出版社，2016.

[42][英]卡尔·波普尔．猜想与反驳：科学知识的增长[M]．傅季重，纪树立，周昌忠，蒋弋为，译．上海：上海译文出版社，2005.

[43][英]本·海默尔．日常生活与文化理论导论[M]．王志宏，译．北京：商务印书馆，2008.

[44][英]爱德华·泰勒．人类学：人及其文化研究[M]．连树声，译．桂林：广西师范大学出版社，2004.

[45][英]菲利普·汤姆森．论怪诞[M]．孙乃修，译．北京：昆仑出版社，1992.

[46][美]阿兰·邓迪思．西方神话学论文选[C]．上海：上海文艺出版社，1994.

[47][美]张光直．美术、神话与祭祀[M]．郭净，译．沈阳：辽宁教育出版社，1988.

[48][美]戴维·利明．神话学[C]．李培莱，何其敏，金泽，译．上海：上海人民出版社，1990.

[49][美]杰拉德·普林斯．叙事学：叙事的形式与功能[M]．徐强，译．北京：中国人民大学出版社，2015.

[50][美]休斯顿·史密斯．人的宗教[M]．刘安云，译．海口：海南出版社，2017.

[51][美]巫鸿．中国古代艺术与建筑中的"纪念碑性"[M]．李清泉，等，译．上海：上海人民出版社，2017.

[52][美]万志英．左道：中国宗教文化中的神与魔[M]．廖涵缤，译．

北京：社会科学文献出版社，2018.

[53][美]罗洛·梅．祈望神话[M]．王辉，罗秋实，何博闻，译．北京：中国人民大学出版社，2012.

[54][美]伊万·斯特伦斯基．二十世纪的四种神话理论——卡西尔、伊利亚德、列维-斯特劳斯与马林诺夫斯基[M]．李创同，张经纬，译．北京：生活·读书·新知三联书店，2012.

[55][美]约翰·维克雷．神话与文学[C]．潘国庆，扬小洪，方永德，译．上海：上海文艺出版社，1995.

[56][美]约瑟夫·坎贝尔．千面英雄[M]．黄珏苹，译．杭州：浙江人民出版社，2016.

[57][美]迈克尔·艾伦·吉莱斯皮．现代性的神学起源[M]．张卜天，译．长沙：湖南科学技术出版社，2019.

[58][美]克利福德·格尔兹．地方知识——阐释人类学论文集[M]．杨德睿，译．北京：商务印书馆，2014.

[59][美]浦安迪．中国叙事学[M]．北京：北京大学出版社，1998.

[60][美]伊恩·P.瓦特．小说的兴起[M]．高原，董红钧，译．北京：生活·读书·新知三联书店，1992.

[61][美]W.C.布斯．小说修辞学[M]．胡晓苏，华明，周宪，译．北京：北京大学出版社，1987.

[62][美]华莱士·马丁．当代叙事学[M]．伍晓明，译．北京：北京大学出版社，1990.

[63][美]弗朗西斯·福山．历史的终结及最后之人[M]．黄胜强，许铭原，译．北京：中国社会科学出版社，2003.

[64][美]詹姆士·O.罗伯逊．美国神话美国现实[M]．贾秀东，等，译．北京：中国社会科学出版社，1990.

[65][美]斯蒂·汤普森．世界民间故事分类学[M]．郑海，等，译．上海：上海文艺出版社，1991.

[66][美]J·希利斯·米勒．小说与重复[M]．王宏图，译．天津：天津人民出版社，2008.

[67][美]米尔恰·伊利亚德. 神圣的存在[M]. 晏可佳，姚蓓琴，译.
桂林：广西师范大学出版社，2008.

[68][意]维柯. 新科学[M]. 朱光潜，译. 北京：人民文学出版
社，2008.

[69][意]翁贝托·艾柯. 丑的历史[M]. 彭怀栋，译. 北京：中央编译
出版社，2017.

[70][意]吉奥乔·阿甘本. 渎神[M]. 王立秋，译. 北京：北京大学出
版社，2017.

[71][挪威]托马斯·许兰德·埃里克森. 什么是人类学[M]. 北京：
北京大学出版社，2013.

[72][俄]弗拉基米尔·雅可夫列维奇·普罗普. 神奇故事的历史根源
[M]. 贾放，译. 北京：中华书局，2006.

[73][俄]叶·莫·梅列金斯基. 神话的诗学[M]. 魏庆征，译. 北京：
商务印书馆，2009.

[74][俄]M. 巴赫金. 巴赫金文论选[M]. 佟景韩，译. 北京：中国社
会科学出版社，1996.

[75][俄]李福清. 神话与民间文学——李福清汉学论集[M]. 北京：
北京大学出版社，2017.

[76][日]大林太良. 神话学入门[M]. 林相泰，贾福永，译. 北京：中
国民间文艺出版社，1988.

[77][日]小南一郎. 中国的神话传说与古小说[M]. 孙昌武，译. 北
京：中华书局，2006.

[78][日]百田弥荣子. 中国神话的构造[M]. 胡婉如，译. 上海：上海
文艺出版社，2017.

[79][日]竹下节子. 无神论：穿越两千年的混沌与矛盾[M]. 于雷，
译. 北京：中国友谊出版公司，2010.

[80][日]绫部恒雄. 文化人类学的十五种理论[C]. 周星，等，译. 贵
阳：贵州人民出版社，1988.

[81][日]坪内逍遥. 小说神髓[M]. 刘振瀛，译. 上海：上海译文出版

社，2010.

[82][荷]高延．中国的宗教系统及其古代形式、变迁、历史及现状
[M]．芮传明，等，译．广州：花城出版社，2018.

[83][荷]米克·巴尔．叙述学：叙事理论导论[M]．谭君强，译．北
京：北京师范大学出版社，2015.

[84][匈]格雷戈里·纳吉．荷马诸问题[M]．巴莫曲布嫫，译．桂林：
广西师范大学出版社，2008.

国内文献

[1]鲁迅．中国小说史略[M]．北京：当代世界出版社，2013.

[2]茅盾．茅盾说神话[M]．上海：上海古籍出版社，1999.

[3]茅盾．中国神话研究初探[M]．上海：上海古籍出版社，2005.

[4]闻一多．神话与诗[M]．武汉：武汉大学出版社，2009.

[5]谢六逸．神话学 ABC[M]．上海：上海书店，1990.

[6]袁珂．中国神话史[M]．北京：北京联合出版公司，2017.

[7]袁珂．中国古代神话[M]．北京：中华书局，1981.

[8]袁珂．中国神话通论[M]．成都：四川人民出版社，2019.

[9]袁珂．神话论文集[M]．上海：上海古籍出版社，1982.

[10]丁山．古代神话与民族[M]．北京：商务印书馆，2013.

[11]丁山．中国古代宗教与神话考[M]．上海：上海书店出版社，2011.

[12]江绍原．民俗与迷信[M]．北京：北京出版社，2016.

[13]李亦园．宗教与神话[M]．桂林：广西师范大学出版社，2004.

[14]潜明兹．中国神话学[M]．上海：上海人民出版社，2008.

[15]马昌仪．中国神话学百年文论选[C]．西安：陕西师范大学出版社
总社，2018.

[16]程金城．中国文学原型论[M]．兰州：甘肃人民美术出版社，2008.

[17]程金城．原型批判与重释[M]．兰州：甘肃人民美术出版社，2008.

[18]叶舒宪．中国神话哲学[M]．北京：中国社会科学出版社，1997.

[19]叶舒宪．河西走廊——西部神话与华夏源流[M]．西安：陕西师范

大学出版总社，2019.

[20]叶舒宪. 神话-原型批评[C]. 西安：陕西师范大学出版社，2012.

[21]叶舒宪，李家宝. 中国神话学研究前沿[C]. 西安：陕西师范大学
　　出版总社，2018.

[22]田兆元，叶舒宪，钱杭. 中国创世神话六讲[C]. 上海：上海交通
　　大学出版社，2018.

[23]萧兵. 神话学引论[M]. 西安：陕西师范大学出版总社，2019.

[24]陈建宪. 神话解读——母题分析方法探索[M]. 武汉：湖北教育出
　　版社，1997.

[25]陈建宪. 神祇与英雄——中国古代神话的母题[M]. 北京：生活·
　　读书·新知三联书店，1994.

[26]陈器文. 玄武神话、传说与信仰[M]. 西安：陕西师范大学出版
　　社，2013.

[27]黄盛华. 神文化[M]. 北京：中国经济出版社，1995.

[28]詹鄞鑫. 神灵与祭祀——中国传统宗教综论[M]. 南京：江苏古籍
　　出版社，1992.

[29]王铭铭.20 世纪西方人类学主要著作指南[C]. 北京：世界图书出
　　版公司，2008.

[30]彭兆荣. 文学与仪式：文学人类学的一个文化视野——酒神及其
　　祭祀仪式的发生学原理[M]. 北京：北京大学出版社，2004.

[31]杨利慧. 神话与神话学[M]. 北京：北京师范大学出版社，2015.

[32]吕微. 神话何为——神圣叙事的传承与阐释[M]. 北京：社会科学
　　文献出版社，2001.

[33]刘小枫. 普罗米修斯之罪[M]. 北京：生活·读书·新知三联书
　　店，2012.

[34]朱大可. 华夏上古神系[M]. 北京：东方出版社，2018.

[35]王以欣. 神话与历史：古希腊英雄故事的历史与文化内涵[M]. 西
　　安：陕西师范大学出版总社，2018.

[36]徐新建. 醉与醒：中国酒文化研究[M]. 西安：陕西师范大学出版

总社，2019.

[37]高莉芬.蓬莱神话——神山、海洋与洲岛的叙事[M].西安：陕西师范大学出版社，2013.

[38]郑家建.历史向自由的诗意敞开：《故事新编》诗学研究[M].北京：生活·读书·新知三联书店，2005.

[39]叶永胜.中国现代神话诗学研究[M].合肥：合肥工业大学出版社，2014.

[40]林玮生.中西文化范式发生的神话学研究[M].广州：中山大学出版社，2017.

[41]谭佳.神话中国：中国神话学的反思与开拓[C].北京：生活·读书·新知三联书店，2019.

[42]杨义.中国叙事学[M].北京：人民出版社，2009.

[43]陈平原.中国小说叙事模式的转变[M].北京：北京大学出版社，2010.

[44]陈平原.神神鬼鬼[M].上海：复旦大学出版社，2005.

[45]傅修延.中国叙事学[M].北京：北京大学出版社，2015.

[46]胡亚敏.叙事学[M].武汉：华中师范大学出版社，2004.

[47]申丹，王丽亚.西方叙事学：经典与后经典[M].北京：北京大学出版社，2017.

[48]耿占春.叙事美学：探索一种百科全书式的小说[M].郑州：郑州大学出版社，2002.

[49]罗钢.叙事学导论[M].昆明：云南人民出版社，1994.

[50]谭君强.叙事学导论[M].北京：高等教育出版社，2014.

[51]徐岱.小说叙事学[M].北京：商务印书馆，2010.

[52]刘小枫.沉重的肉身：现代性伦理的叙事纬语[M].北京：华夏出版社，2004.

[53]彭刚.叙事的转向：当代西方史学理论的考察[M].北京：北京大学出版社，2017.

[54]龙迪勇.空间叙事研究[M].北京：生活·读书·新知三联书

店，2014.

[55]荆亚平．当代中国小说的信仰叙事[M]．上海：学林出版社，2010.

[56]李剑国．唐五代志怪传奇叙录[M]．天津：南开大学出版社，1998.

[57]陈惠琴．传奇的世界：中国古代小说创作模式研究[M]．北京：北京师范大学出版社，1999.

[58]张大春．小说稗类[M]．桂林：广西师范大学出版社，2004.

[59]祝宇红．故事如何新编——论中国现代重写型小说[M]．北京：北京大学出版社，2010.

[60]董乃斌．中国文学叙事传统研究[M]．北京：中华书局，2012.

[61]石麟．传奇小说通论[M]．郑州：中州古籍出版社，2005.

[62]王国维．人间闲话[M]．北京：北京大学出版社，2011.

[63]李泽厚．中国古代思想史论[M]．北京：生活·读书·新知三联书店，2015.

[64]李泽厚．中国近代思想史论[M]．北京：生活·读书·新知三联书店，2017.

[65]李泽厚．中国现代思想史论[M]．北京：生活·读书·新知三联书店，2017.

[66]李泽厚．由巫到礼 释礼归仁[M]．北京：生活·读书·新知三联书店，2015.

[67]张岱年．中国伦理思想研究[M]．南京：江苏教育出版社，2009.

[68]孙隆基．中国文化的深层结构[M]．北京：中信出版社，2015.

[69]葛兆光．中国思想史[M]．上海：复旦大学出版社，2013.

[70]葛兆光．宅兹中国：重建有关"中国"的历史论述[M]．北京：中华书局，2011.

[71]赵汀阳．第一哲学的支点[M]．北京：生活·读书·新知三联书店，2013.

[72]曹锦清．黄河边的中国：一个学者对乡村社会的观察与思考[M]．上海：上海文艺出版社，2013.

[73]王德威．现代中国小说十讲[M]．上海：复旦大学出版社，2008．

[74]王德威．现当代文学新论：义理·伦理·地理[M]．北京：生活·读书·新知三联书店，2014．

[75]王德威．想象中国的方法：历史·小说·叙事[M]．天津：百花文艺出版社，2016．

[76]费孝通．乡土中国·生育制度·乡土重建[M]．北京：商务印书馆，2016．

[77]刘俐俐．文学"如何"：理论与方法[M]．北京：北京大学出版社，2009．

[78]张清华．中国当代先锋文学思潮论[M]．北京：中国人民大学出版社，2014．

[79]程光炜，谢尚发．寻根文学研究资料[C]．南昌：百花洲文艺出版社，2018．

[80]张新颖．20世纪上半期中国文学的现代意识[M]．上海：复旦大学出版社，2009．

[81]李怡．现代性：批判的批判——中国现代文学研究的核心问题[M]．北京：人民文学出版社，2006．

[82]邵燕君．倾斜的文学场：当代文学生产机制的市场化转型[M]．南京：江苏人民出版社，2003．

[83]孟繁华．梦幻与宿命：中国当代文学的精神历程[M]．广州：广东人民出版社，1999．

[84]樊星．当代文学与多维文化[M]．武汉：武汉大学出版社，2006．

[85]朱崇科．身体意识形态[M]．广州：中山大学出版社，2009．

[86]畅广元，李西建．文学文化学[M]．沈阳：辽宁人民出版社，2000．

[87]张炜，朱又可．行者的迷宫[M]．北京：商务印书馆，2018．

[88]张开焱．世界祖宗型神话——中国上古创世神话源流与叙事类型研究[M]．北京：中国社会科学出版社，2016．

二、论　文

博硕士论文

[1]刘振伟．丝绸之路神话研究［D］．苏州：苏州大学，2006.

[2]杨栋．神话与历史：大禹传说研究［D］．长春：东北师范大学，2010.

[3]马硕．新时期小说仪式叙事研究——以茅盾文学奖获奖作品为中心［D］．兰州：兰州大学，2018.

[4]高成效．"神圣的叙述"——中西现代人化动物小说神话性与叙事性比较研究［D］．重庆：重庆师范大学，2007.

[5]殷婷．希腊神话的叙事艺术研究［D］．长沙：湖南师范大学，2012.

[6]李玥．论寻根小说的神话叙事［D］．重庆：西南大学，2014.

[7]牟春燕．迟子建小说的神话叙事［D］．重庆：西南大学，2015.

[8]郑月．山、陕、豫女娲神话的民间叙事研究［D］．太原：山西大学，2016.

期刊论文

[1]星舟．神桃五题——中国神话叙事结构研究之二［J］．华中理工大学学报(社会科学版)，1994(1)：84-90.

[2]朱迪光．中国神话的历史化及其对中国叙事文的影响［J］．安庆师范学院学报(社会科学版)，2001(4)：51-55.

[3]彭松桥．话语霸权下的诗性言说——中国汉族神话叙事话语解析［J］．江汉大学学报，2001(2)：43-49.

[4]彭兆荣．神话叙事中的"历史真实"——人类学神话理论述评［J］．民族研究，2003(5)：83-92，110.

[5]吴天明．婚姻神话叙事模式考［J］．云南民族大学学报(哲学社会科学版)，2003(3)：96-99.

［6］向丽．交换与社会叙事——关于两种神话叙事及审美交流问题研究［J］．马克思主义美学研究，2004（7）：171-189.

［7］蒋原伦．西方神话与叙事艺术［J］．外国文学评论，2004（2）：16-27.

［8］杨利慧．民间叙事的传承与表演［J］．文学评论，2005（2）：140-147.

［9］耿占春．叙事：从神话到小说［J］．人文杂志，2005（2）：79-85+3.

［10］季红真．神话结构的自由置换——试论莫言长篇小说的文体创新［J］．当代作家评论，2006（6）：91-100.

［11］叶永胜．现代小说中的"神话叙事"［J］．文艺理论与批评，2006（2）：97-100.

［12］梅新林．《红楼梦》"契约"叙事论［J］．红楼梦学刊，2007（7）：19-52.

［13］武建雄，张运磊．"情"本位的哲理建构与人世演绎——论《红楼梦》神话叙事结构对主题的揭示［J］．东方论坛，2007（2）：27-32.

［14］叶永胜．传奇与神话：现代家族叙事主题一种［J］．东方论坛，2007（4）：57-60.

［15］李立．牛郎织女神话叙事结构的艺术转换与文学表现——由汉代"牛郎织女"画像石而引发的思考［J］．古代文明，2007（1）：95-103，114.

［16］黄泽．神话叙事基本概念的历史演进［J］．云南师范大学学报（哲学社会科学版），2007（4）：83-88.

［17］薛敬梅，彭兆荣．佤族司岗里叙事中"神话在场"［J］．民族文学研究，2007（3）：152-156.

［18］汪晓云．云神："夸父"神话叙事本源［J］．民俗研究，2007（1）：218-229.

［19］胡孝根．柏拉图对话中的神话叙事及其价值归依［J］．中南大学学报（社会科学版），2008（5）：604-608.

［20］叶永胜．论中国当代小说中的"神话叙事"［J］．阜阳师范学院学报，2008（2）：40-43.

［21］林丹娅．语言的神力：神话隐喻的性别观［J］．南开学报（哲学社

会科学版)，2008(4)：23-31.

[22]陈佳冀.传统情结与现代伦理的矛盾与悖反——贾平凹、叶广岑神话"动物叙事"比较研究[J].沈阳师范大学学报(社会科学版)，2009(1)：93-96.

[23]王凤，林忠.尼采的神话观与现代主义神话叙事[J].重庆邮电大学学报(社会科学版)，2009(3)：85-89.

[24]万建中.神话的现代理解与叙述[J].北京师范大学学报(社会科学版)，2009(1)：74-79.

[25]吕微.神话信仰——叙事实践的内容与形式[J].民族艺术，2013(5)：21-28.

[26]叶舒宪.中国的神话历史——从"中国神话"到"神话中国"[J].百色学院学报，2009(2)：33-37.

[27]程金城.中国神话与叙事文学原型生成的关系[J].兰州大学学报(社会科学版)，2009(5)：44-50.

[28]卢蓉.90年代以来"神话—传奇"影像的叙事原型演变初论[J].当代电影，2010(1)：101-105.

[29]万建中.西王母神话的现代表达——读罗兰·巴特的《神话学》[J].青海社会科学，2010(5)：10-13.

[30]傅修延.元叙事与太阳神话[J].江西社会科学，2010(4)：26-46.

[31]高海珑.中国壮侗语族射日神话形态结构分析[J].民间文化论坛，2010(5)：29-41.

[32]李斯颖.骆越文化的精粹：试析布洛陀神话叙事的起源[J].百色学院学报，2011(6)：23-28.

[33]田红云.傩戏的神话行为叙事探析——以湘西傩戏为例[J].思想战线，2011(5)：139-140.

[34]王云龙.维京神话叙事特质的历史学解析[J].青海社会科学，2011(7)：118-124.

[35]张冀.20世纪中国文学的"青春想象神话叙事"现象[J].文艺争鸣，2012(7)：116-120.

[36]王宪昭．中国少数民族造人神话叙事类型与结构[J]．广西民族师范学院学报，2012(5)：1-5.

[37]李蓉．从人物神话原型看《午夜之子》的神话叙事策略[J]．东南学术，2013(4)：236-241.

[38]王文，公荣伟．莫言与马尔克斯：跨文化的神话叙事[J]．江南大学学报(人文社会科学版)，2013(6)：84-89.

[39]王曙光，丹芬妮·克茨．神话叙事：灾难心理重建的本土经验[J]．社会，2013(6)：59-92.

[40]方艳．玉女为我师——论《穆天子传》的神话叙事[J]．民族文学研究，2013(1)：26-34.

[41]叶立文，游迎亚．从神话叙事到神性写作——论1980年代以来小说叙事的话语谱系[J]．西藏大学学报(社会科学版)，2014(4)：158-165.

[42]刘研．反思"东亚"现代性——论《生死疲劳》与《1Q84》中的神话叙事[J]．东北亚外语研究，2014(3)：10-14.

[43]刘振伟，彭无情．西域狼祖叙事在史诗中的多重演变[J]．中央民族大学学报(哲学社会科学版)，2014(1)：113-119.

[44]龙其林．从神话复归到文明反思——当代中西生态文学中的神话叙事[J]．江苏师范大学学报(哲学社会科学版)，2015(1)：75-79.

[45]赵顺宏．神幻体小说：中国当代小说创作中的神话叙事[J]．浙江学刊，2015(3)：82-88.

[46]吴玉萍，丁哲．"帛"礼器的神话叙事——从《墨子》说起[J]．社会科学家，2016(4)：139-143.

[47]周航．"史诗"与"神话"：民族宏大叙事升华的双翼——方棋《最后的巫歌》解读及其他[J]．中央民族大学学报(哲学社会科学版)，2016(4)：149-155.

[48]衡学民．传统与现代的融合：莫言小说对中国叙事传统的继承与创造[J]．江西社会科学，2016(9)：96-100.

[49]陈佳冀．中国当代"动物叙事"神话原型母题及其模式研究[J]．湖

南大学学报(社会科学版)，2016(1)：108-116.

[50]马硕.人类学视野下的小说仪式书写[J].兰州大学学报(社会科学版)，2017(2)：69-75.

[51]虞吉，张钰.新世纪国产奇幻大片的神话叙事呈现[J].电影艺术，2017(4)：21-26.

[52]马硕.小说仪式叙事研究[J].新疆师范大学学报(哲学社会科学版)，2018(5)：150-156.

[53]赵艳.神树神话叙事的嬗变与多重语境——从生命树到如意宝树再到佛像摇钱树[J].民俗研究，2019(5)：82-89.

后　记

在这部书稿即将付梓之际，我再一次回顾了踏上科研路的这些年，不可不谓感慨万千。

记得我在兰州大学受业之时，文科教学楼的楼梯口有一面镜子，上面写着文学院的院训——"铁肩担道义，妙手著文章"，虽然至今也谈不上铁肩和妙手，但是我的内心一直在兹念兹。这一信条成为我后来做学问、写文章的指引，它提醒着我，作为一名科研工作者，应该以一种怎样的态度去做出有道义、有价值的科研成果。这部书稿的基础是我的博士论文，读博时期从确立选题到打磨成形的过程，至今历历在目。后期经过几番修改，现在终于能够顺利出版，其中的酸甜苦辣难以为人所道。

我于2018年开始接触神话研究领域，在研究神话学的诸多前辈学者面前，我仍是一个学生。在确立"神话叙事"作为选题的时候，我内心惴惴，如何能不负多年的寒窗苦读，尤其是不负所研究的对象，对我而言，都是一个不小的挑战。所以，当我发现一个问题，或者提出一个观点时，都有"豫兮若冬涉川，犹兮若畏四邻"之感。但是，伴随着各种想法落地为文字，我也逐渐坚定了自己的信念。可以确定的是，在未来的多年，我仍会勤恳地深耕神话这块沃土，在神话研究的原点上作出拓展，为中国文学的研究提供更多的视角与方法。

感谢我的导师程金城教授，先生为学严谨、待人和蔼，在文学人类学领域中用力颇深。有赖于先生的指导，我在神话叙事的研究过程中受益良多。还有古世仓教授、彭岚嘉教授、李利芳教授、权绘锦教授，以及我的硕士导师冯欣教授，他们的治学与为人都深刻地影响了我，使我

291

在"润物细无声"中成长，坚定地踏进神圣的学术殿堂。

感谢我的父母，他们的鼎力支持是我顺利走到现在的前提。感谢我的妻子马硕，我们走入兰大校园时即开始相知、相恋，共同经历了十多年的风风雨雨，我们始终互相鼓励，共同感受生命中的欢欣与痛苦。特别是儿子的降生，更使我感受到了为人父母的幸福和责任，在工作之余，看着他可爱的笑容，不禁感叹世间还能有什么事是比这笑容更让人心情愉悦的呢？

最后，我要感谢广东技术师范大学，感谢文学与传媒学院，我能够以教师这一身份教书育人，离不开单位对我的扶持。感谢学院的领导与同事，他们对我这个从外地初来广州的新人给予了极大的善意和耐心，使我每每想起，都有一股暖意涌上心头。我还要感谢武汉大学出版社和我的责编蒋培卓女士，她为这本书的出版做了许多繁琐而又细致的工作。

2023 年 3 月于广州